文豪《ぶんごう》ノ怪談《かいだん》 ジュニア・セレクション

影《かげ》 北原《きたはら》白秋《はくしゅう》・澁澤《しぶさわ》龍彦《たつひこ》ほか

東《ひがし》 雅夫《まさお》 編《へん》・註釈《ちゅうしゃく》
水沢《みずさわ》そら 絵《え》

目《もく》次《じ》

Kの昇《しょう》天《てん》
――或《あるい》はKの溺《でき》死《し》

梶《かじ》井《い》基《もと》次《じ》郎《ろう》

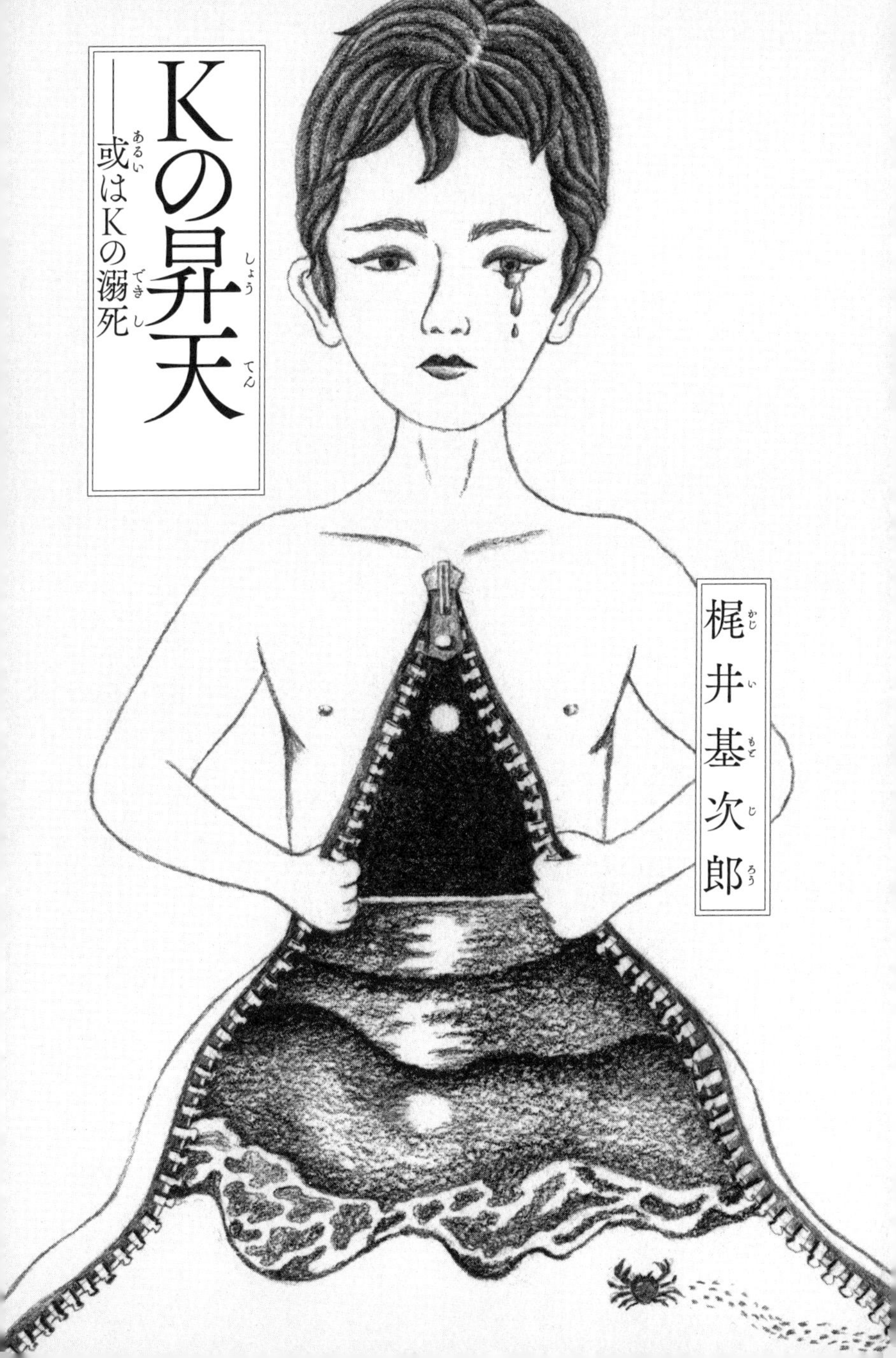

お手紙《てがみ》によりますと、あなたはK君《くん》の溺死《できし》*について、それが過失《かしつ》*だったろうか、自殺《じさつ》だったろうか、自殺《じさつ》ならば、それが何《なに》に原因《げんいん》しているのだろう、あるいは不治《ふち》の病《やまい》*をはかなんで*死《し》んだのではなかろうかと様《さま》ざまに思《おも》い悩《なや》んでいられるようであります。そしてわずか一《ひ》と月程《つきほど》の間《あいだ》に、あの療養地《りょうようち》*のN海岸《かいがん》で偶然《ぐうぜん》にも、K君《くん》と相識《あいし》った*というような、一面《いちめん》識《しき》もない*私《わたし》にお手紙《てがみ》を下《くだ》さるようになったのだと思《おも》います。私《わたし》はあなたのお手紙《てがみ》ではじめてK君《くん》の彼地《かのち》での溺死《できし》を知《し》ったのです。私《わたし》は大層《たいそう》おどろきました。と同時《どうじ》に「K君《くん》はとうとう月世界《げっせかい》へ行《い》った*」と思《おも》ったのです。どうして私《わたし》がそんな奇異《きい》*なことを思《おも》ったか、それを私《わたし》は今《いま》ここでお話《はなし》しようと思《おも》っています。それはあるいはK君《くん》の死《し》の謎《なぞ》を解《と》く一《ひと》つの鍵《かぎ》であるかも知《し》れないと思《おも》うからです。

それはいつ頃《ごろ》だったか、私《わたし》がNへ行《い》ってはじめての満月《まんげつ》の晩《ばん》です。私《わたし》は病気《びょうき》の故《せい》*でその頃夜《ころよる》がどうしても眠《ねむ》れないのでした。その晩《ばん》もとうとう寝床《ねどこ》を起《お》きて仕舞《しま》いまして、幸《さいわ》い月夜《つきよ》でもあり、旅館《りょかん》を出《で》て、錯落《さくらく》＊とした松樹《まつのき》の影《かげ》を踏《ふ》みながら砂浜《すなはま》へ出《で》て行《い》きました。引《ひ》きあげられた漁船《ぎょせん》や、地引網《じびきあみ》＊を捲《ま》く轆轤《ろくろ》＊などが白《しろ》い砂《すな》に鮮《あざや》かな影《かげ》をおとしている外《ほか》、浜《はま》には何《なん》の人影《ひとかげ》もありませんでした。干潮《かんちょう》＊で荒《あら》い浪《なみ》が月光《げっこう》に砕《くだ》けながらどうどう＊と打寄《うちよ》せていました。私《わたし》は煙草《たばこ》をつけながら漁船《ぎょせん》のとも＊に腰《こし》を下《お》ろして海《うみ》を眺《なが》めていました。夜《よる》はもうかなり更《ふ》けていました。

溺死《できし》　水《みず》に溺《おぼ》れて死《し》ぬこと。
過失《かしつ》　あやまち。不注意《ふちゅうい》による失敗《しっぱい》。
不治《ふち》の病《やまい》　回復《かいふく》の望《のぞ》みがない病気《びょうき》。死病《しびょう》。
はかなんで　絶望《ぜつぼう》して。
療養地《りょうようち》　病気《びょうき》などの療養《りょうよう》に適《てき》した土地《とち》。
相識《あいし》った　知《し》り合《あ》った。
一面識《いちめんしき》もない　一度《いちど》も対面《たいめん》したことがない。
月世界《げっせかい》へ行《い》った　物語《ものがたり》の祖《おや》とされる『竹取物語《たけとりものがたり》』このかた、月《つき》は、日本人《にほんじん》にとって最《もっと》も身近《みぢか》な「異界《いかい》」であることに留意《りゅうい》。
奇異《きい》な　怪《あや》しく不思議《ふしぎ》な。

病気《びょうき》の故《せい》で　いわゆる不眠症《ふみんしょう》、睡眠障害《すいみんしょうがい》のために。
錯落《さくらく》　入《い》り混《ま》じっている様子《ようす》。
地引網《じびきあみ》　引網《ひきあみ》（引《ひ》き寄《よ》せて水中《すいちゅう》の魚《さかな》を捕獲《ほかく》する網《あみ》）による漁法《ぎょほう》のひとつで、沖合《おきあい》に張《は》った網《あみ》を機械《きかい》や人力《じんりき》で陸上《りくじょう》に引《ひ》き寄《よ》せ大量《たいりょう》の魚《さかな》を獲《と》る。
轆轤《ろくろ》　回転運動《かいてんうんどう》をする器具《きぐ》。ここでは魚網《ぎょもう》を軸棒《じくぼう》に巻《ま》きつけて引《ひ》っぱるための道具《どうぐ》を指《さ》す。
干潮《かんちょう》　潮《しお》がひいて海水面《かいすいめん》が最《もっと》も低《ひく》くなった状態《じょうたい》。ひきしお。
どうどう　波《なみ》が打《う》ち寄《よ》せる音《おと》。
とも　「艫《とも》」と表記《ひょうき》。船《ふね》の後端部《こうたんぶ》。船尾《せんび》。

しばらくして私《わたし》が眼《め》を砂浜《すなはま》の方《ほう》に転《てん》じましたとき、私《わたし》は砂浜《すなはま》に私以外《わたしいがい》のもう一人《ひとり》の人《ひと》を発見《はっけん》しました。それがK君《くん》だったのです。しかしその時《とき》はK君《くん》という人《ひと》を私《わたし》は未《ま》だ知《し》りませんでした。その晩《ばん》、それから、はじめて私達《わたしたち》は互《たがい》に名乗《なの》り合《あ》ったのですから。

私《わたし》は折《おり》おりその人影《ひとかげ》を見返《みかえ》りました。そのうちに私《わたし》はだんだん奇異《きい》の念《ねん》＊を起《おこ》してゆきました。というのは、その人影《ひとかげ》――K君《くん》――は私《わたし》と三四十歩《さんしじゅっぽ》も距《へだ》って＊いたでしょうか、海《うみ》を見《み》るというのでもなく、全《まった》く私《わたし》に背《せ》を向《む》けて、砂浜《すなはま》を前《まえ》に進《すす》んだり、後《あと》に退《しりぞ》いたり、と思《おも》うと立留《たちどま》ったり、そんなことばかりしていたのです。私《わたし》はその人《ひと》がなにか落《おと》し物《もの》でも捜《さが》しているのだろうかと思《おも》いました。首《くび》は砂《すな》の上《うえ》を視凝《みつ》めているらしく、前《まえ》に傾《かたむ》いていたのですから。しかしそれにしては踞《かが》む＊こともしない、足《あし》で砂《すな》を分《わ》けて見《み》ることもしない。満《まん》月《げつ》で随分明《ずいぶんあか》るいのですけれど、火《ひ》を点《つ》けて見《み》る様子《ようす》もない。

私《わたし》は海《うみ》を見《み》ては合間合間《あいまあいま》に、その人影《ひとかげ》に注意《ちゅうい》し出《だ》しました。奇異《きい》の念《ねん》は増《ます》ます募《つの》ってゆきました。そしてついには、その人影《ひとかげ》が一度《いちど》もこっちを見返《みかえ》らず、全《まった》く私《わたし》に背《せ》を向《む》けて動《どう》作《さ》しているのを幸《さいわ》い、じっとそれを見続《みつづ》けはじめました。不思議《ふしぎ》な戦慄《せんりつ》＊が私《わたし》を通《とお》り抜《ぬ》けました。その人影《ひとかげ》のなにか魅《ひ》かれているような様子《ようす》が私《わたし》に感《かん》じられたのです。私《わたし》は海《うみ》の方《ほう》に向《む》き直《なお》って口笛《くちぶえ》を吹《ふ》きはじめました。それがはじめは無意識《むいしき》にだったのですが、あるいは人影《ひとかげ》になにかの効果《こうか》を及《およ》ぼすかも知《し》れないと思《おも》うようになり、それは意識的《いしきてき》になりました。私《わたし》ははじめシューベルト＊の「海辺《うみべ》にて」＊を吹《ふ》きました。御存《ごぞん》じでしょうが、それはハイネ＊

奇異《きい》の念《ねん》　怪《あや》しく不思議《ふしぎ》な気持《きも》ち。

距《へだ》って　離《はな》れて。間《ま》を置《お》いて。

踞《かが》む　通常《つうじょう》は「屈《かが》む」と表記《ひょうき》。足《あし》や腰《こし》を曲《ま》げて姿勢《しせい》を低《ひく》くする。しゃがむ。

戦慄《せんりつ》　恐《おそ》ろしさのあまり身《み》ぶるいすること。

シューベルト　（Franz Peter Schubert　一七九七〜一八二八）オーストリアの作曲家《さっきょくか》。初期《しょき》ロマン派《は》を代表《だいひょう》する一人《ひとり》で、特《とく》に「歌曲《かきょく》の王《おう》」と称《しょう》され、六百余《ろくぴゃくよ》の歌曲《かきょく》を遺《のこ》した。歌曲《かきょく》集《しゅう》に『美《うつく》しき水車小屋《すいしゃごや》の娘《むすめ》』『冬《ふゆ》の旅《たび》』『白鳥《はくちょう》の歌《うた》』など。器《き》楽曲《がくきょく》では『未完成交響曲《みかんせいこうきょうきょく》』や『鱒《ます》』『死《し》と乙女《おとめ》』などの室内《しつない》楽《がく》で知《し》られる。

「海辺《うみべ》にて」　（Am Meer）シューベルトの歌曲集《かきょくしゅう》『白鳥《はくちょう》の歌《うた》 Schwanengesang』（一八二八）の第《だい》十二歌《か》。浜辺《はまべ》で寄《よ》り添《そ》う恋人《こいびと》たちの憂愁《ゆうしゅう》を詠《うた》う歌詞《かし》は、ハイネの恋愛詩集《れんあいししゅう》『歌《うた》の本《ほん》 Buch der Lieder』（一八二七）の「帰郷《ききょう》 Die Heimkehr」と題《だい》された章《しょう》の第《だい》七詩《し》（「漁師《りょうし》の家《いえ》のそばに坐《すわ》り／僕《ぼく》たちは海《うみ》をながめてゐた」〔井上正蔵訳《いのうえしょうぞうやく》〕に始《はじ》まる詩《し》）に拠《よ》る。

ハイネ　（Heinrich Heine　一七九七〜一八五六）ドイツの詩《し》人《じん》、批評家《ひひょうか》。いとこ姉妹《しまい》との悲恋体験《ひれんたいけん》にもとづく抒情詩集《じょじょうししゅう》『歌《うた》の本《ほん》』で文名《ぶんめい》を高《たか》め、一八三〇年《ねん》にフランスで七月革命《しちがつかくめい》が起《お》きると、みずからパリに亡命《ぼうめい》、時《とき》のドイツ政府《せいふ》を批判《ひはん》する論陣《ろんじん》を張《は》った。長詩《ちょうし》『ドイツ・冬物語《ふゆものがたり》』、評論《ひょうろん》『ロマン派《は》』などのほか、古代《こだい》の異教《いきょう》の神々《かみがみ》の没落《ぼつらく》を描《えが》いて、柳田民俗学《やなぎたみんぞくがく》にも影響《えいきょう》を与《あた》えた『精霊物語《せいれいものがたり》』『流刑《るけい》の神々《かみがみ》』の両著《りょうちょ》がある。

の詩《し》に作曲《さっきょく》したもので、私《わたし》の好《す》きな歌《うた》の一《ひと》つなのです。それからやはりハイネの詩《し》の「ドッペルゲンゲル」。*これは「二重人格《にじゅうじんかく》」*と云《い》うのでしょうか。これも私《わたし》の好《す》きな歌《うた》なのでした。口笛《くちぶえ》を吹《ふ》きながら、私《わたし》の心《こころ》は落《お》ちついて来《き》ました。やはり落《おと》し物《もの》だ、と思《おも》いました。そう思《おも》うより外《ほか》、その奇異《きい》な人影《ひとかげ》の動作《どうさ》を、どう想像《そうぞう》することが出来《でき》ましょう。そして私《わたし》は思《おも》いました。あの人《ひと》は煙草《たばこ》を喫《の》まない*から燐寸《マッチ》がないのだ。それは私《わたし》が持《も》っている。とにかくなにか非常《ひじょう》に大切《たいせつ》なものを落《おと》したのだろう。私《わたし》は燐寸《マッチ》を手《て》に持《も》ちました。そしてその人影《ひとかげ》の方《ほう》へ歩《ある》きはじめました。その人影《ひとかげ》に私《わたし》の口笛《くちぶえ》は何《なん》の効果《こうか》もなかったのです。相変《あいかわ》らず、進《すす》んだり、退《しりぞ》いたり、立留《たちどま》ったり、の動作《どうさ》を続《つづ》けているのです。近寄《ちかよ》ってゆく私《わたし》の足音《あしおと》にも気《き》がつかないようでした。ふと私《わたし》はビクッとしました。あの人《ひと》は影《かげ》を踏《ふ》んでいる。*もし落《おと》し物《もの》なら影《かげ》を背《せ》にしてこっちを向《む》いて捜《さが》す筈《はず》だ。

天心《てんしん》*をややに*外《はず》れた月《つき》が私《わたし》の歩《ある》いて行《い》く砂《すな》の上《うえ》にも一尺《いっしゃく》*程《ほど》の影《かげ》を作《つく》っていました。私《わたし》はきっとなにかだとは思《おも》いましたが、やはり人影《ひとかげ》の方《ほう》へ歩《ある》いてゆきました。そして二三《にさん》間《げん》*手前《てまえ》で、思《おも》い切《き》って、

「何《なに》か落《お》し物《もの》をなさったのですか」

「ドッペルゲンゲル」（Der Doppelgänger）シューベルトの歌曲集《かきょくしゅう》『白鳥《はくちょう》の歌《うた》』の第《だい》十三歌《か》。「影法師《かげぼうし》」と訳《やく》されることが多《おお》い。「海辺《うみべ》にて」と同《おな》じくハイネの『歌《うた》の本《ほん》』の「帰郷《ききょう》」第《だい》二十詩《し》に拠《よ》る。その第《だい》一連《れん》と第《だい》二連《れん》を次《つぎ》に掲《かか》げる。「夜《よる》は　静《しず》か　路地《ろじ》は　ひっそり／この家《いえ》だ　あのひとが　住《す》んでゐたのは／あのひとは　とっくに　町《まち》を去《さ》ったが／家《いえ》はやっぱり　昔《むかし》のところにある」「あれ　そばに人《ひと》もゐる　両手《りょうて》をもんで／身《み》をもだえ　見上《みあ》げてゐる／その顔《かお》をみて　ぞっとした／月明《つきあか》りに　まぎれもない　この俺《おれ》の顔《かお》」（井上正蔵訳《いのうえしょうぞうやく》／岩波文庫《いわなみぶんこ》『歌《うた》の本《ほん》』所収《しょしゅう》）ハイネのこの詩《し》が、後世《こうせい》のドッペルゲンガー文学《ぶんがく》に及《およ》ぼした影響《えいきょう》の大《おお》きさは、「Kの昇天《しょうてん》」のみならず、本書《ほんしょ》に収《おさ》めたいくつかの作品《さくひん》——たとえば柳田《やなぎた》の「影《かげ》」、葉舟《ようしゅう》の「跫音《あしおと》」、鏡花《きょうか》の「星《ほし》あかり」という『遠野《とおの》物語《ものがたり》』三人衆《さんにんしゅう》（詳《くわ》しくは拙著《せっちょ》『遠野物語《とおのものがたり》と怪談《かいだん》の時代《じだい》』を参照《さんしょう》）の作品《さくひん》にも歴然《れきぜん》であろう。

二《に》重人格《じゅうじんかく》　ドイツ語《ご》のドッペルゲンゲル（「ドッペル＝二重《にじゅう》の」＋「ゲンゲル＝歩《あゆ》むもの」）は、現在《げんざい》では「ドッペルゲンガー」と表記《ひょうき》されることが多《おお》く、英語《えいご》では「ダブル」とも呼《よ》ばれる。訳語《やくご》には他《ほか》にも「分身《ぶんしん》」「二重身《にじゅうしん》」「自己像幻視《じこぞうげんし》」など多種《たしゅ》あって、定《さだ》まってはいない。「二重人格《にじゅうじんかく》」はロシアの作家《さっか》ドストエフスキーの分身譚《ぶんしんたん》『Двойник』（一八四六）の邦訳《ほうやく》タイトルにも採用《さいよう》されているが、本来《ほんらい》の語義《ごぎ》（一人《ひとり》の人間《にんげん》の中《なか》に複数《ふくすう》の人格《じんかく》が発現《はつげん》すること）からすると、必《かなら》ずしも相応《ふさわ》しい訳語《やくご》とは云《い》いがたいきらいがある。岩波文庫版《いわなみぶんこばん》『二重人格《にじゅうじんかく》』の改版《かいはん》あとがきで訳者《やくしゃ》の小沼文彦《おぬまふみひこ》は「多分《たぶん》に民間伝承的《みんかんでんしょうてき》な奇怪《きかい》な要素《ようそ》を含《ふく》んだ言葉《ことば》であって、日本語《にほんご》には翻訳《ほんやく》しがたいものの一つである。従来《じゅうらい》『二重人格《にじゅうじんかく》』『分身《ぶんしん》』等《など》の訳語《やくご》が使《つか》われ、心理学的要素《しんりがくてきようそ》に重点《じゅうてん》をおくか、相似関係《そうじかんけい》に重点《じゅうてん》を置《お》くかによって訳語《やくご》が異《こと》なってくる」と付記《ふき》している。

喫《の》まない　吸《す》わない。

影《かげ》を踏《ふ》んでいる　いわゆる「影踏《かげふ》み遊《あそ》び」を想起《そうき》させる動作《どうさ》。綺堂《きどう》「影《かげ》を踏《ふ》まれた女《おんな》」を参照《さんしょう》。

天心《てんしん》　天空《てんくう》の真《ま》ん中《なか》。与謝蕪村《よさぶそん》に「月天心貧《つきてんしんまず》しき町《まち》を通《とお》りけり」の名句《めいく》がある。

ややに　少《すこ》し。

一尺《いっしゃく》　約《やく》三〇センチメートル。

二三間《にさんげん》　約《やく》三・六〜五・五メートル。今《いま》の表現《ひょうげん》なら「四、五メートル」か。

とかなり大《おお》きい声《こえ》で呼《よ》びかけて見《み》ました。手《て》の燐寸《マッチ》を示《しめ》すようにして。
「落《おと》し物《もの》でしたら燐寸《マッチ》がありますよ」
次《つぎ》にはそう言《い》う積《つも》りだったのです。しかし落《おと》し物《もの》ではなさそうだと悟《さと》った以上《いじょう》、この言《こと》葉《ば》はその人影《ひとかげ》に話《はな》しかける私《わたし》の手段《しゅだん》に過《す》ぎませんでした。
最初《さいしょ》の言葉《ことば》でその人《ひと》は私《わたし》の方《ほう》を振《ふ》り向《む》きました。「のっぺらぽー」*そんなことを不知《しらず》不識《しらず》*の間《あいだ》に思《おも》っていましたので、それは私《わたし》にとって非常《ひじょう》に怖《おそ》ろしい瞬間《しゅんかん》でした。月光《げっこう》がその人《ひと》の高《たか》い鼻《はな》を滑《すべ》りました。*私《わたし》はその人《ひと》の深《ふか》い瞳《ひとみ》を見《み》ました。と、その顔《かお》は、なにか極《きま》り悪《わ》る気《げ》な*貌《かお》に変《かわ》ってゆきました。

のっぺらぽー　通常《つうじょう》は「のっぺらぼう」と表記《ひょうき》。つるんとして凹凸《おうとつ》がなく、つかみどころのない様子《ようす》から、転《てん》じて、顔《かお》に目《め》鼻《はな》や口《くち》のない化物《ばけもの》を指《さ》す言葉《ことば》としても用《もち》いられる。小泉八雲《こいずみやくも》「むじな」（『怪談《かいだん》』所収《しょしゅう》）の作例《さくれい》が有名《ゆうめい》で、この場面《ばめん》の描写《びょうしゃ》も、次《つぎ》に掲《かか》げる「むじな」の恐怖《きょうふ》シーンを踏《ふ》まえて書《か》かれたと考《かんが》えられる。「女《おんな》はくるりと商人《しょうにん》の方《ほう》へ向《む》き直《なお》ったと思《おも》うと、袂《たもと》を払《はら》って、片手《かたて》でぺろりと顔《かお》を撫《な》でた。途端《とたん》に商人《しょうにん》は、女《おんな》の顔《かお》に目《め》も、鼻《はな》も、口《くち》もないのを見《み》て、きゃっと云《い》って逃《に》げ出《だ》した」（平井呈一《ひらいていいち》訳《やく》）
梶井《かじい》の並々《なみなみ》ならぬ「おばけずき」を裏書《うらが》きするような一節《せつ》といえよう。

不知不識《しらずしらず》　知《し》らず識《し》らず。無意識《むいしき》のうちに。

月光《げっこう》がその人《ひと》の高《たか》い鼻《はな》を滑《すべ》りました　新感覚派風《しんかんかくはふう》の奇抜《きばつ》な構文《こうぶん》で、振《ふ》り向《む》く動作《どうさ》をスローモーション撮影《さつえい》のように描《えが》きだしている。後出《こうしゅつ》の「微笑《びしょう》がその口《くち》のあたりに」云々《うんぬん》も同《おな》じく。

極《きま》り悪《わ》る気《げ》な　照《て》れくさそうな。何《なん》となく恥《は》ずかしそうに。

「なんでもないんです」

澄《す》んだ声《こえ》でした。そして微笑《びしょう》がその口《くち》のあたりに漾《ただよ》いました。

私《わたし》とK君《くん》とが口《くち》を利《き》いたのは、こんな風《ふう》な奇異《きい》な事件《じけん》がそのはじまりでした。そして私《わたし》達《たち》はその夜《よる》から親《した》しい間柄《あいだがら》になったのです。

しばらくして私達《わたしたち》は再《ふたた》び私《わたし》の腰《こし》かけていた漁船《ぎょせん》のとも、へ返《かえ》りました。そして、

「本当《ほんとう》に一体何《いったいなに》をしていたんです」

というようなことから、K君《くん》はぼつぼつそのことを説《と》き明《あ》かしてくれました。でも、はじめの間《あいだ》はなにか躊躇《ちゅうちょ》していたようですけれど。*

K君《くん》は自分《じぶん》の影《かげ》を見《み》ていた、と申《もう》しました。そしてそれは阿片《アヘン》*の如《ごと》きものだ、と申《もう》しました。

あなたにもそれが突飛《とっぴ》*でありましょうように、それは私《わたし》にも実《じつ》に突飛《とっぴ》でした。

夜光虫《やこうちゅう》*が美《うつく》しく光《ひか》る海《うみ》を前《まえ》にして、K君《くん》はその不思議《ふしぎ》な謂《い》われ*をぼちぼち話《はな》してくれました。

影程《かげほど》不思議《ふしぎ》なものはないとK君《くん》は言《い》いました。君《きみ》もやって見《み》れば、必《かなら》ず経験《けいけん》するだろう。影《かげ》をじーっと視凝《みつ》めておると、そのなかにだんだん生物《せいぶつ》の相《そう》*があらわれて来《く》る。外《ほか》でもない自分自身《じぶんじしん》の姿《すがた》なのだが。それは電燈《でんとう》の光線《こうせん》のようなものでは駄目《だめ》だ。月《つき》の光《ひかり》が一番《いちばん》いい。何故《なぜ》ということは云《い》わないが、——という訳《わけ》は、自分《じぶん》は自分《じぶん》の経験《けいけん》でそう信《しん》じるようになったので、あるいは私自身《わたしじしん》にしかそうであるのに過《す》ぎないかも知《し》れない。またそれが客観《きゃっかん》的《てき》に最上《さいじょう》であるにしたところで、どんな根拠《こんきょ》でそうなのか、それは非常《ひじょう》に深遠《しんえん》*なことと思《おも》います。どうして人間《にんげん》の頭《あたま》でそんなことがわかるものですか。——これがK君《くん》の口調《くちょう》でし

躊躇《ちゅうちょ》していた　ためらっていた。

阿片《アヘン》　(opium)「鴉片《あへん》」「アヘン」とも表記《ひょうき》。ケシの実《み》から採《と》れる乳状液《にゅうじょうえき》を乾燥《かんそう》させて作《つく》られる、麻薬《まやく》の一種《いっしゅ》。鎮痛《ちんつう》・麻《ま》酔作用《すいさよう》を有《ゆう》するアヘンアルカロイドを含有《がんゆう》し、中毒性《ちゅうどくせい》が高《たか》いため、法律《ほうりつ》で厳《きび》しく規制《きせい》されている。阿片喫煙《あへんきつえん》の悪習《あくしゅう》は、十八世紀《せいき》なかばに中国《ちゅうごく》から世界中《せかいじゅう》に拡《ひろ》まった。

突飛《とっぴ》　唐突《とうとつ》で思《おも》いがけないこと。奇抜《きばつ》で意表《いひょう》を突《つ》いた言動《げんどう》や発《はっ》想《そう》。

夜光虫《やこうちゅう》　(Noctiluca scintillans) 原生動物門鞭毛虫亜門植物《げんせいどうぶつもんべんもうちゅうあもんしょくぶつ》性鞭毛虫綱渦鞭毛虫目《せいべんもうちゅうこうかべんもうちゅうもく》ヤコウチュウ科《か》の生物《せいぶつ》。直径《ちょっけい》一ミリメートル程度《ていど》の球形《きゅうけい》で、一本《いっぽん》の太《ふと》く長《なが》い鞭毛《べんもう》を有《ゆう》する。海《かい》中《ちゅう》を浮遊《ふゆう》し、夜《よる》、波《なみ》などの刺激《しげき》を受《う》けて青白《あおじろ》い燐光《りんこう》を放《はな》つ。異常繁殖《いじょうはんしょく》すると赤潮《あかしお》の害《がい》をもたらす。夏《なつ》の季語《きご》。

謂《い》われ　理由《りゆう》。来歴《らいれき》。

生物《せいぶつ》の相《そう》　生《い》き物《もの》のような性質《せいしつ》、様態《ようたい》。

深遠《しんえん》　奥深《おくぶか》くて測《はか》り知《し》れないこと。「じんえん」とも。

たね。何《なに》よりもK君《くん》は自分《じぶん》の感《かん》じに頼《たよ》り、その感《かん》じの由《よ》って来《き》たる*所《ところ》を説明《せつめい》の出来《でき》ない神《しん》秘《ぴ》のなかに置《お》いていました。

ところで、月光《げっこう》による自分《じぶん》の影《かげ》を視凝《みつ》めているとそのなかに生物《せいぶつ》の気配《けはい》があらわれて来《く》る。*それは月光《げっこう》が平行光線《へいこうこうせん》*であるため、砂《すな》に写《うつ》った影《かげ》が、自分《じぶん》の形《かたち》と等《ひと》しいということがあるが、しかしそんなことはわかり切《き》った話《はなし》だ。その影《かげ》も短《みじか》いのがいい。一尺二尺《いっしゃくにしゃく》*くらいのがいいと思《おも》う。そして静止《せいし》している方《ほう》が精神《せいしん》が統一《とういつ》されていいが、影《かげ》は少《すこ》し揺《ゆ》れ動《うご》く方《ほう》がいいのだ。自分《じぶん》が行《い》ったり戻《もど》ったり立留《たちどま》ったりしていたのはそのためだ。雑穀屋《ざっこくや》*が小豆《あずき》の屑《くず》を盆《ぼん》の上《うえ》で捜《さが》すように、影《かげ》を揺《ゆす》って御覧《ごらん》なさい。そしてそれをじーっと視凝《みつ》めていると、そのうちに自分《じぶん》の姿《すがた》がだんだん見《み》えて来《く》るのです。そうです、それは「気配《けはい》」の域《いき》を越《こ》えて*「見《み》えるもの」の領分《りょうぶん》*へ入《はい》って来《く》るのです。——こうK君《くん》は申《もう》しました。そして、

「先刻《せんこく》*あなたはシューベルトの『ドッペルゲンゲル』を口笛《くちぶえ》で吹《ふ》いてはいなかったですか」

「ええ。吹《ふ》いていましたよ」

と私《わたし》は答《こた》えました。やはり聞《き》こえてはいたのだ、と私《わたし》は思《おも》いました。

「影《かげ》と『ドッペルゲンゲル』。私《わたし》はこの二《ふた》つに、月夜《つきよ》になれば憑《つ》かれるんですよ。* この世《よ》のものでないというような、そんなものを見《み》たときの感《かん》じ。——その感《かん》じになじんでいる

由《よ》って来《き》たる　起因《きいん》する。由来《ゆらい》する。

生物《せいぶつ》の気配《けはい》があらわれて来《く》る　本篇《ほんぺん》に先立《さきだ》ち発表《はっぴょう》された梶井《かじい》の短篇《たんぺん》「泥濘《でいねい》」（一九二五）には、このくだりとよく似《に》た部分《ぶぶん》が見《み》いだされて興味深《きょうみぶか》い。雪《ゆき》の夜道《よみち》を帰《かえ》る途上《とじょう》、月《つき》に照《て》らし出《だ》される自分《じぶん》の影《かげ》に、妙《みょう》に親《した》しみをおぼえた語《かた》り手《て》の述懐《じゅっかい》である。「影《かげ》の中《なか》に生《い》き物《もの》らしい気配《けはい》があらわれて来《き》た。何《なに》を思《おも》っているのか確《たし》かに何《なに》かを思《おも》っている——影《かげ》だと思《おも》っていたものは、それは、生《なま》なましい自分《じぶん》であった！」

平行光線《へいこうこうせん》　太陽光《たいようこう》のこと。太陽《たいよう》は放射状《ほうしゃじょう》に光《ひかり》を発《はっ》しているが、地球《ちきゅう》までの距離《きょり》が遠《とお》く離《はな》れているため、地上《ちじょう》に光《ひかり》が到達《とうたつ》する際《さい》には、平行《へいこう》に降《ふ》りそそいでいるとみなされる。そのため影《かげ》は、実体《じったい》と同《おな》じ形《かたち》に投影《とうえい》される。なお、月《つき》は光源《こうげん》ではないが、原理《げんり》は同《おな》じである。

一尺二尺《いっしゃくにしゃく》　約《やく》三〇〜六〇センチメートル。

雑穀屋《ざっこくや》　米《こめ》と麦以外《むぎいがい》の穀類《こくるい》（アワ、ヒエ、キビなど）や豆《まめ》・蕎麦《そば》・胡麻《ごま》などを扱《あつか》う商人《しょうにん》。

域《いき》を越《こ》えて　範囲《はんい》を越《こ》えて。

領分《りょうぶん》　勢力範囲《せいりょくはんい》。

先刻《せんこく》　さっき。先《さき》ほど。

月夜《つきよ》になれば憑《つ》かれるんですよ　英語《えいご》で「狂気《きょうき》」を意味《いみ》するlunaticが、月《つき》の女神《めがみ》Lunaに由来《ゆらい》するように、古来《こらい》、月《つき》の満《み》ち欠《か》けと人間《にんげん》の心身《しんしん》のあいだには神秘的《しんぴてき》な交感《こうかん》が認《みと》められると考《かんが》えられてきた。狼男《おおかみおとこ》（狼憑《おおかみつ》き）やセーラームーンが月《つき》の光《ひかり》に導《みちび》かれて変身《へんしん》するのも、それゆえである。同時代《どうじだい》に書《か》かれた分身譚《ぶんしんたん》の中《なか》では、梶井《かじい》と同《おな》じく夭折《ようせつ》した富《とみ》ノ澤麟太郎《ざわりんたろう》も「A Lunatic Story on Doppelgenger」の副題《ふくだい》をもつ短篇《たんぺん》「セレナアド」（一九二二）を手《て》がけているが、シューベルト／ハイネの「影法師《かげぼうし》」に導《みちび》かれて（前掲《ぜんけい》「月明《つきあか》りにまぎれもない　この俺《おれ》の顔《かお》」）、「月《つき》」と「ドッペルゲンガー」を「影《かげ》」の妖《あや》かしによって濃密《のうみつ》に結《むす》びつけたところに、梶井《かじい》の独創《どくそう》があり本篇《ほんぺん》の名作《めいさく》たる所以《ゆえん》がある。

と、現実《げんじつ》の世界《せかい》が全《まった》く身《み》に合《あ》わなく*思《おも》われて来《く》るのです。だから昼間《ひるま》は阿片喫煙者《アヘンきつえんしゃ》のように倦怠《けんたい》*です」

とK君《くん》は云《い》いました。

自分《じぶん》の姿《すがた》が見《み》えて来《く》る。不思議《ふしぎ》はそればかりではない。だんだん姿《すがた》があらわれて来《く》るに随《したが》って、影《かげ》の自分《じぶん》は彼自身《かれじしん》の人格《じんかく》を持《も》ちはじめ、それにつれてこちらの自分《じぶん》はだんだん気《き》持《もち》が杳《はる》かに*なって、或《あ》る瞬間《しゅんかん》から月《つき》へ向《むか》って、スースーッと昇《のぼ》って行《ゆ》く。それは気持《きもち》で何《なに》物《もの》とも云《い》えませんが、まあ魂《たましい》とでも云《い》うのでしょう。それが月《つき》から射《さ》し下《お》ろして来《く》る光線《こうせん》を溯《さかのぼ》って、それはなんとも云《い》えぬ気持《きもち》で、昇天《しょうてん》*してゆくのです。

K君《くん》はここを話《はな》すとき、その瞳《ひとみ》はじっと私《わたし》の瞳《ひとみ》に魅《みい》り*非常《ひじょう》に緊張《きんちょう》した様子《ようす》でした。そしてそこで何《なに》かを思《おも》いついたように、微笑《びしょう》でもってその緊張《きんちょう》を弛《ゆる》めました。

「シラノ*が月《つき》へ行《い》く方法《ほうほう》を並《なら》べたてるところがありますね。これはその今一《いまひと》つの方法《ほうほう》ですよ。でも、ジュール・ラフォルグ*の詩《し》にあるように哀《あわ》れなる哉《かな》、イカルスが＊幾人《いくたり》も来《き》ては落《お》っこちる。

身《み》に合《あ》わなく　違和感《いわかん》をおぼえる。しっくりこない。

阿片喫煙者《アヘンきつえんしゃ》のように倦怠《けんたい》　阿片《あへん》は吸引《きゅういん》することで強烈《きょうれつ》な恍惚感《こうこつかん》を生《しょう》じさせるため依存性《いぞんせい》が高《たか》く、常用《じょうよう》すると中毒症状《ちゅうどくしょうじょう》におちいり脱力感《だつりょくかん》や倦怠感《けんたいかん》にとらわれて、遂《つい》には廃人《はいじん》と化《か》す。

杳《はる》かに　遠《とお》い彼方《かなた》にかすかに見《み》えるさま。奥深《おくぶか》くて遠《とお》いさま。

昇天《しょうてん》　天《てん》に昇《のぼ》ること。転《てん》じて、死《し》ぬこと。

魅《みい》り　通常《つうじょう》は「見入《みい》り」と表記《ひょうき》。じっと見《み》つめるの意味《いみ》だが、「魅《み》」の字《じ》を用《もち》いると、取《と》り憑《つ》く、魅了《みりょう》するの意味《いみ》にも。

シラノ　(Cyrano de Bergerac 一六一九～一六五五) シラノ・ド・ベルジュラック。フランスの文人《ぶんじん》、自由思想家《じゆうしそうか》、剣客《けんかく》。その義侠心《ぎきょうしん》に富《と》むキャラクターと巨大《きょだい》な鼻《はな》は伝説化《でんせつか》され、劇作家《げきさっか》エドモンド・ロスタン (Edmond Rostand 一八六八～一九一八) によって戯曲《ぎきょく》『シラノ・ド・ベルジュラック』に仕立《した》てられた。その第《だい》三幕第《まくだい》十三場《ば》に、シラノが即興詩《そっきょうし》の形《かたち》で月《つき》へ行《い》く方法《ほうほう》を列挙《れっきょ》するシーンがある。これはシラノ自身《じしん》が執筆《しっぴつ》した異世界遍歴《いせかいへんれき》ファンタジーの先駆《せんく》『月世界旅行記《げっせかいりょこうき》』(一六五七) を踏《ふ》まえたもの。

ジュール・ラフォルグ　(Jules Laforgue 一八六〇～一八八七) フランスの詩人《しじん》。詩集《ししゅう》『なげきうた』(一八八五)『聖母《せいぼ》なる月《つき》のまねび』(八六) で注目《ちゅうもく》を集《あつ》めたが、梶井《かじい》と同《おな》じく結核《けっかく》のため二十七歳《さい》で夭折《ようせつ》した。「月《つき》とピエロの詩人《しじん》」とも称《しょう》される、憂愁《ゆうしゅう》と悲哀《ひあい》と倦怠《けんたい》に満《み》ちた独特《どくとく》の詩世界《しせかい》は、吉田健一《よしだけんいち》や堀口大學《ほりぐちだいがく》をはじめ、日本《にほん》でも愛好者《あいこうしゃ》が多《おお》い。

哀《あわ》れなる哉《かな》、イカルスが……　ラフォルグの詩集《ししゅう》『聖母《せいぼ》なる月《つき》のまねび』に収《おさ》められた「月光《げっこう》」の一節《いっせつ》。上田敏《うえだびん》の訳詩集《やくししゅう》『牧羊神《ぼくようしん》』(一九二〇) の訳文《やくぶん》が、ほぼそのまま用《もち》いられている。以下《いか》に「月光《げっこう》」の前半部《ぜんはんぶ》を掲《かか》げる。「とてもあの星《ほし》には住《すま》へないと思《おも》ふと、／まるで鳩尾《みぞおち》でも、どやされたやうだ／／あゝ月《つき》は美《うつく》しいな、あのしんとした中空《なかぞら》を／夏八月《なつはちぐわつ》の良夜《あたらよ》に乗《の》つきつて／／帆柱《ほばしら》なんぞはうつちやつて、ふらりふらりと／転《こ》けてゆく、雲《くも》のまつ黒《くろ》けの崖下《がけした》を／／あゝ往《い》つてみたいな、無暗《むやみ》に往《い》つてみたいな、／尊《たふと》いあすこの水盤《すいばん》へ乗《の》つてみたなら嘸《さぞ》よからう。／／お月《つき》さまは盲《めくら》だ、険難至極《けんのんしごく》の燈台《とうだい》だ。／哀《あは》れなる哉《かな》、イカルスが幾人《いくたり》も来《き》ておつこちる。／／自殺者《じさつしゃ》の眼《め》のやうに、死《あが》つてござるお月様《つきさま》、／吾等疲労者大《われらひろうしゃたい》会《かい》の議長《ぎちょう》の席《せき》につきたまへ。」(上田敏訳《うえだびんやく》) まるでK君自身《くんじしん》の月《つき》への想《おも》いが、吐露《とろ》されているかのようではないか。

私も何遍《なんべん》やってもおっこちるんですよ」

そう云《い》ってK君《くん》は笑《わら》いました。

その奇異《きい》な初対面《しょたいめん》の夜《よる》から、私達《わたしたち》は毎日《まいにち》訪《たず》ね合《あ》ったり、一緒《いっしょ》に散歩《さんぽ》したりするようになりました。月《つき》が欠《か》けるに随《したが》って、K君《くん》もあんな夜更《よふ》けに海《うみ》へ出《で》ることはなくなりました。

ある朝《あさ》、私《わたし》は日《ひ》の出《で》を見《み》に海辺《うみべ》に立《た》っていたことがありました。そのときK君《くん》も早起《はやお》きしたのか、同《おな》じくやって来《き》ました。そして、ちょうど太陽《たいよう》の光《ひかり》の反射《はんしゃ》のなかへ漕《こ》ぎ入《い》った船《ふね》を見《み》たとき、

「あの逆光線《ぎゃくこうせん》*の船《ふね》は完全《かんぜん》に影絵《かげえ》*じゃありませんか」

と突然私《とつぜんわたし》に反問《はんもん》*しました。K君《くん》の心《こころ》では、その船《ふね》の実体《じったい》*が、逆《ぎゃく》に影絵《かげえ》のように見《み》えるのが、影《かげ》が実体《じったい》に見《み》えることの逆説的《ぎゃくせつてき》*な証明《しょうめい》になると思《おも》ったのでしょう。

「熱心《ねっしん》ですね」

と私《わたし》が言《い》ったら、K君《くん》は笑《わら》っていました。

K君《くん》はまた、朝海《あさうみ》の真向《まっこう》から昇《のぼ》る太陽《たいよう》の光《ひかり》で作《つく》ったのだという、等身《とうしん》のシルウェット*を

幾枚《いくまい》か持《も》っていました。

　そしてこんなことを話《はな》しました。

「私《わたし》が高等学校《こうとうがっこう》の寄宿舎《きしゅくしゃ》＊にいたとき、よその部屋《へや》でしたが、一人美少年《ひとりびしょうねん》がいましてね、それが机《つくえ》に向《む》っている姿《すがた》を誰《だれ》が描《か》いたのか、部屋《へや》の壁《かべ》へ、電燈《でんとう》で写《うつ》したシルウェットですね。その上《うえ》を墨《すみ》でなすって＊描《か》いてあるのです。それがとてもヴィヴィッド＊でしてね、私《わたし》はよくその部屋《へや》へ行《い》ったものです」

　そんなことまで話《はな》すK君《くん》でした。聞《き》きただしては見《み》なかったのですが、あるいはそれがはじまりかも知《し》れませんね。

逆光線《ぎゃくこうせん》　対象物《たいしょうぶつ》の背後《はいご》から照射《しょうしゃ》される光《ひかり》。逆光《ぎゃっこう》。

影絵《かげえ》　人間《にんげん》や動物《どうぶつ》の姿《すがた》を模《も》した形《かたち》を燈火《とうか》で照《て》らして、壁《かべ》などにその影《かげ》を映《うつ》し出《だ》す遊《あそ》び。

反問《はんもん》　質問者《しつもんしゃ》に向《む》かって、反対《はんたい》に問《と》いかけること。

実体《じったい》　正体《しょうたい》や本体《ほんたい》。実質《じっしつ》。

逆説的《ぎゃくせつてき》　通常《つうじょう》とは逆《ぎゃく》の方向《ほうこう》から思考《しこう》を進《すす》めてゆくさま。

等身《とうしん》のシルウェット　人《ひと》の身《み》の丈《たけ》と等《ひと》しい影絵《かげえ》。影法師《かげぼうし》。シルウェット（silhouette）は十八世紀《せいき》フランスの大蔵大臣《おおくらだいじん》の名《な》前《まえ》で、彼《かれ》が極端《きょくたん》な倹約《けんやく》を提唱《ていしょう》し、肖像画《しょうぞうが》など黒影《こくえい》で十分《じゅうぶん》だと主張《しゅちょう》したことから、この名称《めいしょう》が生《う》まれたとされる。

高等学校《こうとうがっこう》の寄宿舎《きしゅくしゃ》　旧制高校《きゅうせいこうこう》の学生寮《がくせいりょう》。

なすって　塗《ぬ》りつけて。

ヴィヴィッド（vivid）　鮮明《せんめい》で、活《い》き活《い》きとしたさま。

私《わたし》があなたの御手紙《おてがみ》で、K君《くん》の溺死《できし》を読《よ》んだとき、最《もっと》も先《さき》に私《わたし》の心象《しんしょう》*に浮《うか》んだのは、あの最初《さいしょ》の夜《よる》の、奇異《きい》なK君《くん》の後姿《うしろすがた》でした。そして私《わたし》は直《す》ぐ、

「K君《くん》は月《つき》へ登《のぼ》ってしまったのだ」

と感《かん》じました。そしてK君《くん》の死体《したい》が浜辺《はまべ》に打《う》ちあげられてあった、その前日《ぜんじつ》は、まちがいもなく満月《まんげつ》ではありませんか。私《わたし》は唯今本暦《ただいまほんれき》*を開《ひら》いてそれを確《たしか》めたのです。

私《わたし》がK君《くん》と一緒《いっしょ》にいました一《ひ》と月程《つきほど》の間《あいだ》、その外《ほか》にこれと云《い》って自殺《じさつ》される原因《げんいん》になるようなものを、私《わたし》は感《かん》じませんでした。でも、その一《ひ》と月程《つきほど》の間《あいだ》に私《わたし》がやや健康《けんこう》を取戻《とりもど》し、こちらへ帰《かえ》る決心《けっしん》が出来《でき》るようになったのに反《はん》し、K君《くん》の病気《びょうき》は徐々《じょじょ》に進《すす》んでいたように思《おも》われます。K君《くん》の瞳《ひとみ》はだんだん深《ふか》く澄《す》んで来《き》、頬《ほお》はだんだんこけ、あの高《たか》い鼻柱《はなばしら》*が目《め》に立《た》って硬《かた》*く秀《ひい》でて参《まい》*ったように覚《おぼ》えています。

K君《くん》は、影《かげ》は阿片《アヘン》の如《ごと》きものだ、と云《い》っていました。もし私《わたし》の直感《ちょっかん》が正鵠《せいこく》を射抜《いぬ》いて*いましたら、影《かげ》がK君《くん》を奪《うば》ったのです*。しかし私《わたし》はその直感《ちょっかん》を固執《こしつ》するの*ではありません。私《わたし》自身《じしん》にとってもその直感《ちょっかん》は参考《さんこう》にしか過《す》ぎないのです。本当《ほんとう》の死因《しいん》、それは私《わたし》にとっ

ても五里霧中《ごりむちゅう》*であります。

しかし私《わたし》はその直感《ちょっかん》を土台《どだい》にして、その不幸《ふこう》な満月《まんげつ》の夜《よる》のことを仮《かり》に組立《くみた》てて見《み》ようと思《おも》います。

その夜《よる》の月齢《げつれい》*は十五・二であります。月《つき》の出《で》が六時三十分《ろくじさんじゅっぷん》。十一時四十七分《じゅういちじよんじゅうななふん》が月《つき》の南中《なんちゅう》*する時刻《じこく》と本暦《ほんれき》には記載《きさい》されています。私《わたし》はK君《くん》が海《うみ》へ歩《あゆ》み入《い》ったのはこの時刻《じこく》の前後《ぜんご》ではないかと思《おも》うのです。私《わたし》がはじめてK君《くん》の後姿《うしろすがた》を、あの満月《まんげつ》の夜《よる》に砂浜《すなはま》に見出《みいだ》したのもほぼ南中《なんちゅう》の時刻《じこく》だったのですから。そしてもう一歩《いっぽ》想像《そうぞう》を進《すす》めるならば、月《つき》が少《すこ》し西《にし》へ傾《かたむ》きはじめた頃《ころ》と思《おも》います。もしそうとすればK君《くん》の所謂《いわゆる》一尺乃至二尺《いっしゃくないしにしゃく》の影《かげ》は北側《きたがわ》とい

心象《しんしょう》　心《こころ》に思《おも》い浮《う》かべる具体的《ぐたいてき》な姿《すがた》や情景《じょうけい》。
本暦《ほんれき》　一般向《いっぱんむ》けに簡略化《かんりゃくか》された略本暦《りゃくほんれき》や略暦《りゃくれき》ではない、本来《ほんらい》の暦《こよみ》。
鼻柱《はなばしら》　ここでは「はなすじ」の意《い》。
目《め》**に立**《た》**って**　めだって。
秀《ひい》**でて**　突《つ》き出《だ》して。
正鵠《せいこく》**を射抜**《いぬ》**いて**　核心《かくしん》をついて。
奪《うば》**った**　死《し》の世界《せかい》へ連《つ》れ去《さ》った。

固執《こしつ》**する**　自分《じぶん》の見解《けんかい》をあくまで主張《しゅちょう》すること。
五里霧中《ごりむちゅう》　濃霧《のうむ》の中《なか》で方角《ほうがく》が分《わ》からなくなることから転《てん》じて、現状《げんじょう》を把握《はあく》できず、判断《はんだん》に迷《まよ》ったり、この先《さき》どうしてよいか分《わ》からなくなることのたとえ。
月齢《げつれい》　新月《しんげつ》（＝朔《ついたち》）の時《とき》を零《ぜろ》としてかぞえた日数《にっすう》。月《つき》の満《み》ち欠《か》けの度合《どあい》を示《しめ》す。満月《まんげつ》の月齢《げつれい》はおよそ十五日《にち》となる。
南中《なんちゅう》　天体《てんたい》が子午線《しごせん》（観測地《かんそくち》の天頂《てんちょう》と天《てん》の南極《なんきょく》・北極《ほっきょく》とを結《むす》ぶ大円《だいえん》）を通過《つうか》すること。正中《せいちゅう》とも。

ってもやや東《ひがし》に偏《へん》した方向《ほうこう》に落《お》ちる訳《わけ》で、K君《くん》はその影《かげ》を追《お》いながら海岸線《かいがんせん》を斜《ななめ》に海《うみ》へ歩《あゆ》み入《い》ったことになります。

K君《くん》は病《やまい》と共《とも》に精神《せいしん》が鋭《するど》く尖《とが》り、その夜《よる》は影《かげ》が本当《ほんとう》に「見《み》えるもの」になったのだと思《おも》われます。肩《かた》が現《あら》われ、頸《くび》が顕《あら》われ、微《かす》かな眩暈《めまい》の如《ごと》きものを覚《おぼ》えると共《とも》に、「気配《けはい》」のなかからついに頭《あたま》が見《み》えはじめ、そして或《あ》る瞬間《しゅんかん》が過《す》ぎて、K君《くん》の魂《たましい》は月光《げっこう》の流《なが》れに逆《さか》らいながら徐々《じょじょ》に月《つき》の方《ほう》へ登《のぼ》ってゆきます。K君《くん》の身体《からだ》はだんだん意識《いしき》の支配《しはい》を失《うしな》い、無意《むい》識《しき》な歩《あゆ》みは一歩一歩《いっぽいっぽ》海《うみ》へ近《ちか》づいて行《ゆ》くのです。影《かげ》の方《ほう》の彼《かれ》はついに一箇《いっこ》の人格《じんかく》を持《も》ちました。K君《くん》の魂《たましい》はなお高《たか》く昇天《しょうてん》してゆきます。そしてその形骸《けいがい》*は影《かげ》の彼《かれ》に導《みちび》かれつつ、機械《きかい》人形《にんぎょう》*のように海《うみ》へ歩《あゆ》み入《い》ったのではないでしょうか。次《つ》いで干潮《かんちょう》時《じ》の高《たか》い浪《なみ》がK君《くん》を海《かい》中《ちゅう》へ仆《たお》します。*もしそのとき形骸《けいがい》に感覚《かんかく》が蘇《よみがえ》ってくれば、魂《たましい》はそれと共《とも》に元《もと》へ帰《かえ》ったのであります。

哀《あわ》れなる哉《かな》、イカルスが幾人《いくたり》も来《き》ては落《お》っこちる。

K君《くん》はそれを墜落《ついらく》と呼《よ》んでいました。もし今度《こんど》も墜落《ついらく》であったなら、泳《およ》ぎの出来《でき》るK君《くん》です。溺《おぼ》れることはなかった筈《はず》です。

K君《くん》の身体《からだ》は仆《たお》れると共《とも》に沖《おき》へ運《はこ》ばれました。感覚《かんかく》はまだ蘇《よみがえ》りません。次《つぎ》の浪《なみ》が浜辺《はまべ》へ引《ひ》き摺《ず》りあげました。感覚《かんかく》はまだ帰《かえ》りません。また沖《おき》へ引去《ひきさ》られ、また浜辺《はまべ》へ叩《たた》きつけられました。しかも魂《たましい》は月《つき》の方《ほう》へ昇天《しょうてん》してゆくのです。

ついに肉体《にくたい》は無感覚《むかんかく》で終《お》わりました。干潮《かんちょう》は十一時《じゅういちじ》五十六分《ごじゅうろっぷん》と記載《きさい》されています。その時刻《じこく》の激浪《げきろう》*に形骸《けいがい》の翻弄《ほんろう》を委《ゆだ》ねたまま、*K君《くん》の魂《たましい》は月《つき》へ月《つき》へ、*飛翔《ひしょう》し去《さ》ったのであります。

（「青空《あおぞら》」一九二六年《ねん》十月発行《がつはっこう》の第《だい》二十号掲載《ごうけいさい》）

翻弄《ほんろう》を委《ゆだ》ねたまま　もてあそばれるがまま。

K君《くん》の魂《たましい》は月《つき》へ月《つき》へ……　本篇《ほんぺん》をアンソロジー『幻妖《げんよう》』（一九七二）に採録《さいろく》した澁澤龍彦《しぶさわたつひこ》は、解説中《かいせつちゅう》で次《つぎ》のように記《しる》している。「私《わたし》は昔《むかし》から、このドイツ・ロマン派風《はふう》の快活《かいかつ》な、死《し》を描《えが》いて快活《かいかつ》な、『Kの昇天《しょうてん》』という短篇《たんぺん》を好《この》んできた」。

偏《へん》した　かたよった。

形骸《けいがい》　生気《せいき》の抜《ぬ》けたからだ。遺体《いたい》。

機械人形《きかいにんぎょう》　機械仕掛《きかいじか》けで動《うご》く人形《にんぎょう》。ロボット。

仆《たお》します　通常《つうじょう》は「倒《たお》します」と表記《ひょうき》。

激浪《げきろう》　激《はげ》しく打《う》ち寄《よ》せる波《なみ》。

影《かげ》を踏《ふ》まれた女《おんな》

岡《おか》本《もと》綺《き》堂《どう》

一

Y君《ワイくん》は語《かた》る。*

先刻《せんこく》も十三夜《じゅうさんや》*のお話《はなし》が出《で》たが、わたしも十三夜《じゅうさんや》に縁《えん》のある不思議《ふしぎ》な話《はなし》を知《し》っている。それは影《かげ》を踏《ふ》まれたということである。

影《かげ》を踏《ふ》むという子供遊《こどもあそ》び*は今《いま》は流行《はや》らない。今《いま》どきの子供《こども》はそんな詰《つま》らない遊《あそ》びをしないのである。月《つき》のよい夜《よ》ならばいつでも好《よ》さそうなものであるが、これは秋《あき》の夜《よ》にかぎられているようであった。秋《あき》の月《つき》があざやかに冴《さ》え渡《わた》って、地《ち》に敷《し》く*夜露《よつゆ》が白《しろ》く光《ひか》っている宵々《よいよい》に、*町《まち》の子供《こども》たちは往来《おうらい》*に出《で》て、こんな唄《うた》を歌《うた》いはやし*ながら、地《ち》にうつる彼等《かれら》の影《かげ》を踏《ふ》むのである。

――影《かげ》や道陸神《どうろくじん》、十三夜《じゅうさんや》のぼた餅《もち》*――

ある者《もの》は自分《じぶん》の影《かげ》を踏《ふ》もうとして駈《か》けまわるが、大抵《たいてい》は他人《たにん》の影《かげ》を踏《ふ》もうとして追《お》いまわすのである。相手《あいて》は踏《ふ》まれまいとして逃《に》げまわりながら、隙《すき》をみて巧《たく》みに敵《てき》の影《かげ》を踏《ふ》も

Y君《ワイくん》は語《かた》る　本篇《ほんぺん》が収録《しゅうろく》された『近代異妖篇《きんだいいようへん》』（一九二六）の巻頭作《かんとうさく》「こま犬《いぬ》」冒頭《ぼうとう》より引用《いんよう》する。「春《はる》の雪《ゆき》ふる宵《よい》に、わたしが小石川《こいしかわ》の青蛙堂《せいあどう》に誘《さそ》い出《だ》されて、もろもろの怪談《かいだん》を聴《き》かされたことは、曩《さき》に発表《はっぴょう》した『青蛙堂鬼談《せいあどうきだん》』に詳《くわ》しく書《か》いた。しかしその夜《よ》の物語《ものがたり》はあれだけで尽《つ》きているのではない。その席上《せきじょう》でわたしが窃《ひそ》かに筆記《ひっき》したもの、あるいは記憶《きおく》にとどめておいたもの、数《かず》うればまだまだ沢山《たくさん》あるので、その拾遺《しゅうい》というような意味《いみ》で更《さら》にこの『近代異妖篇《きんだいいようへん》』を草《そう》することにした」

『青蛙堂鬼談《せいあどうきだん》』では「第《だい》十一の男《おとこ》は語《かた》る」（『呪《のろい》』所収《しょしゅう》の「笛《ふえ》塚《づか》」参照《さんしょう》）などという語《かた》りだしだったのに対《たい》して、続篇《ぞくへん》の『近代異妖篇《きんだいいようへん》』では「S君《くん》」「E君《くん》」など、語《かた》り手《て》がイニシャルで表記《ひょうき》されている。

十三夜《じゅうさんや》　陰暦《いんれき》九月十三日《にち》の夜《よる》。八月《がつ》十五夜《じゅうごや》の月《つき》に対《たい》して「後《のち》の月《つき》」と呼《よ》び慣《なら》わし、やはり月見《つきみ》の行事《ぎょうじ》がおこなわれた。十五夜《じゅうごや》を「芋名月《いもめいげつ》」、十三夜《じゅうさんや》を「豆名月《まめめいげつ》」「栗名月《くりめいげつ》」とも称《しょう》する。なお、ここで語《かた》り手《て》が言及《げんきゅう》している「十三夜《じゅうさんや》のお話《はなし》」とは、『近代異妖篇《きんだいいようへん》』所収《しょしゅう》「月《つき》の夜《よ》がたり」でE君《くん》が語《かた》った、小石《こいし》川《かわ》の梶《かじ》井《い》家《け》に祀《まつ》られていた十三夜《じゅうさんや》稲荷《いなり》にまつわる因縁譚《いんねんたん》である。

影《かげ》を踏《ふ》むという子供遊《こどもあそ》び　「影踏《かげふ》み鬼《おに》」とか「影踏《かげふ》み」と呼《よ》ばれる路上遊戯《ろじょうゆうぎ》の一種《しゅ》。

地《ち》に敷《し》く　大地《だいち》を一面《いちめん》におおった。

宵々《よいよい》に　晩《ばん》ごとに。夜《よ》ごとに。

往来《おうらい》　ひとが往《ゆ》き来《き》する道路《どうろ》。

歌《うた》いはやし　声《こえ》をあわせて歌《うた》いさわぐ。

影《かげ》や道陸神《どうろくじん》、十三夜《じゅうさんや》のぼた餅《もち》　小学館版《しょうがっかんばん》『日本国語大辞典《にほんこくごだいじてん》』の「影道陸神《かげどうろくじん》」の項《こう》によれば「童戯《どうぎ》の一つ。月《つき》の明《あか》るい夜《よる》に、数人《すうにん》の子《こ》が『影《かげ》や道陸神《どうろくじん》、十三夜《じゅうさんや》の牡丹餅《ぼたもち》、さあ踏《ふ》んでみいしゃいな』と歌《うた》いながら他人《たにん》の影《かげ》を踏《ふ》み合《あ》ったり、あるいは、一人《ひとり》が鬼《おに》になって他人《たにん》の影《かげ》を追《お》って踏《ふ》んだりする遊《あそ》び。かげふみおにの一種《いっしゅ》」とある。「道陸神《どうろくじん》」は道祖神《どうそじん》（村境《むらざかい》や峠《とうげ》の路傍《ろぼう》に鎮座《ちんざ》し、外来《がいらい》の悪霊《あくりょう》・悪疫《あくえき》を防《ふせ》ぐ神《かみ》。旅人《たびびと》や小児《しょうに》の守《まも》り神《がみ》）に同《おな》じ。ちなみに道陸神《どうろくじん》という言葉《ことば》は、泉鏡花《いずみきょうか》も「歌行燈《うたあんどん》」「みさごの鮨《すし》」ほか、いくつかの作中《さくちゅう》で愛用《あいよう》している。

うとする。また横合《よこあい》*から飛《と》び出《だ》して行《い》って、どちらかの影《かげ》を踏《ふ》もうとするのもある。こうして三人《さんにん》五人《ごにん》、多《おお》いときには十人《じゅうにん》以上《いじょう》も入《い》りみだれて、地《ち》に落《お》つる各自《めいめい》の影《かげ》を追《お》うのである。勿論《もちろん》、すべって転《ころ》ぶのもある。下駄《げた》や草履《ぞうり》の鼻緒《はなお》*を踏《ふ》み切《き》るのもある。この遊《あそ》びはいつの頃《ころ》から始《はじ》まったのか知《し》らないが、兎《と》にかくに*江戸時代《えどじだい》を経《へ》て明治《めいじ》の初年《しょねん》、わたし達《たち》の子《こ》どもの頃《ころ》*まで行《おこな》われて、日清戦争《にっしんせんそう》*の頃《ころ》にはもう廃《すた》ってしまったらしい。

子《こ》ども同士《どうし》がたがいに影《かげ》を踏《ふ》み合《あ》っているのは別《べつ》に仔細《しさい》もないが、*それだけでは面白《おもしろ》くないとみえて往々《おうおう》にして*通行人《つうこうにん》の影《かげ》をふんで逃《に》げることがある。迂闊《うかつ》に*大人《おとな》の影《かげ》を踏《ふ》むと叱《しか》られる虞《おそ》れ*があるので、大抵《たいてい》は通《とお》りがかりの娘《むすめ》や子供《こども》の影《かげ》を踏《ふ》んでわっと囃《はや》し立《た》てて逃《に》げる。まことに他愛《たわい》のない*悪戯《いたずら》ではあるが、たとい*影《かげ》にしても、自分《じぶん》の姿《すがた》の映《うつ》っているものを土足《どそく》*で踏《ふ》みにじられると云《い》うのは余《あま》り愉快《ゆかい》なものではない。それに就《つい》てこんな話《はなし》が伝《つた》えられている。

嘉永元年《かえいがんねん》*九月十二日《くがつじゅうににち》の宵《よい》である。芝《しば》の柴井町《しばいちょう》*、近江屋《おうみや》という糸屋《いとや》*の娘《むすめ》おせきが神明《しんめい》前《まえ》*の親類《しんるい》をたずねて、五《いつ》つ（午後八時《ごごはちじ》）前《まえ》に帰《かえ》って来《き》た。あしたは十三夜《じゅうさんや》で、今夜《こんや》の月《つき》も明《あか》るかった。ことしの秋《あき》の寒《さむ》さは例年《れいねん》よりも身《み》にしみて風邪《かぜ》引《ひ》きが多《おお》いというので、おせきは仕立《した》ておろし＊の綿入《わたいれ》＊の両袖《りょうそで》をかき合《あわ》せながら、北《きた》に向《むか》って足早《あしばや》に辿《たど》ってくると、宇《う》田川町《だがわちょう》＊の大通《おおどお》りに五六人《ごろくにん》の男《おとこ》の児《こ》が駈《か》けまわって遊《あそ》んでいた。影《かげ》や道陸神《どうろくじん》の唄《うた》の声《こえ》もき

横合《よこあい》　横《よこ》のほう。

鼻緒《はなお》　下駄《げた》や草履《ぞうり》など履物《はきもの》の緒《お》（足《あし》にかける紐《ひも》の部分《ぶぶん》）の、爪《つま》先《さき》の指《ゆび》にかかる箇所《かしょ》。

兎《と》にかくに　なんにせよ。ともかく。

わたし達《たち》の子《こ》どもの頃《ころ》　綺堂《きどう》は明治《めいじ》五年《ねん》（一八七二）生《う》まれなので（語《かた》り手《て》と作者《さくしゃ》を同一視《どういつし》する前提《ぜんてい》で考《かんが》えれば）明治《めいじ》十年《ねん》前後《ぜんご》となる。

日清戦争《にっしんせんそう》　明治《めいじ》二十七年《ねん》八月《がつ》から翌年《よくねん》四月《がつ》（一八九四〜九五）にかけて、日本《にほん》と清国《しんこく》のあいだでおこなわれた戦争《せんそう》。日本側《にほんがわ》の勝利《しょうり》に終《お》わった。

廃《すた》って　すたれて。衰《おとろ》えて。

仔細《しさい》もないが　さしつかえないが。問題《もんだい》はないが。

往々《おうおう》にして　繰《く》りかえし起《お》こるさま。しばしば。ときどき。

迂闊《うかつ》に　うっかり。不用意《ふようい》に。

虞《おそ》れ　通常《つうじょう》は「恐《おそ》れ」と表記《ひょうき》。

他愛《たわい》のない　思慮《しりょ》がない。幼稚《ようち》な。

たとい　「たとえ」に同《おな》じ。もし。仮《かり》に。

土足《どそく》　履物《はきもの》をはいたままの足《あし》。泥《どろ》だらけの足《あし》。

嘉永元年《かえいがんねん》　幕末《ばくまつ》の一八四八年《ねん》。孝明天皇《こうめいてんのう》、徳川家慶《とくがわいえよし》の治世《ちせい》。嘉《か》永年間《えいねんかん》は、各地《かくち》の大地震《おおじしん》やペリー提督《ていとく》の黒船来航《くろふねらいこう》など変事《へんじ》が相次《あいつ》ぎ、七年間《ねんかん》で安政《あんせい》に改元《かいげん》された。

芝《しば》の柴井町《しばいちょう》　東京《とうきょう》・港区《みなとく》の旧町名《きゅうちょうめい》。現在《げんざい》の港区《みなとく》新橋《しんばし》五丁目《ちょうめ》と六丁目《ちょうめ》付近《ふきん》。江戸《えど》初期《しょき》からの市街地《しがいち》で、東海道《とうかいどう》に面《めん》して多《おお》くの商店《しょうてん》が建《た》ち並《なら》んでいた。

糸屋《いとや》　糸《いと》をあきなう商店《しょうてん》。

神明前《しんめいまえ》　芝神明《しばしんめい》（芝神明宮《しばしんめいぐう》、現在《げんざい》の芝大明神《しばだいみょうじん》。港区《みなとく》芝大門《しばだいもん》一丁目《ちょうめ》に鎮座《ちんざ》）の門前町《もんぜんちょう》付近《ふきん》を指《さ》す。

仕立《した》ておろし　仕立《した》てたばかりの。新品《しんぴん》の。

綿入《わたいれ》　裏地《うらじ》をつけて中《なか》に綿《わた》を入《い》れた防寒着《ぼうかんぎ》。

宇田川町《うだがわちょう》　東京《とうきょう》・港区《みなとく》の旧町名《きゅうちょうめい》。現在《げんざい》の港区《みなとく》東新橋《ひがししんばし》二丁目《ちょうめ》から新橋《しんばし》六丁目《ちょうめ》、浜松町《はままつちょう》一丁目《ちょうめ》、芝大門《しばだいもん》一丁目《ちょうめ》にかけての地《ち》域《いき》。北側《きたがわ》で旧《きゅう》・柴井町《しばいちょう》に接《せっ》する。

こえた。

そこを通《とお》りぬけて行《い》きかかると、その子供《こども》の群《むれ》は一度《いちど》にばらばらと駈《か》けよって来《き》て、地《ち》に映《うつ》っているおせきの黒《くろ》い影《かげ》を踏《ふ》もうとした。はっと思《おも》って避《よ》けようとしたが、もう間《ま》にあわない。いたずらの子供《こども》たちは前後左右《ぜんごさゆう》から追取《おっと》りまいて*来《き》て、逃《に》げまわる娘《むすめ》の影《かげ》を思《おも》うがままに踏《ふ》んだ。かれらは十三夜《じゅうさんや》のぼた餅《もち》を歌《うた》いはやしながらどっと笑《わら》って立去《たちさ》った。

相手《あいて》が立去《たちさ》っても、おせきはまだ一生懸命《いっしょうけんめい》に逃《に》げた。かれ*は息《いき》を切《き》って、逃《に》げて、逃《に》げて、柴井町《しばいちょう》の自分《じぶん》の店《みせ》さきまで駈《か》けて来《き》て、店《みせ》の框《かまち》*へ腰《こし》をおろしながら横《よこ》さまに*俯伏《うつぶ》し*てしまった。店《みせ》には父《ちち》の弥助《やすけ》と小僧《こぞう》ふたりが居《い》あわせたので、驚《おどろ》いてすぐに彼女《かれ》を介抱《かいほう》*した。奥《おく》からは母《はは》のお由《よし》も女中《じょちゅう》*のおかんも駈出《かけだ》して来《き》て、水《みず》をのませて落着《おちつ》かせて、さて、その仔細《しさい》を問《とい》い糺《ただ》*そうとしたが、おせきは胸《むね》の動悸《どうき》*がなかなか鎮《しず》まらないらしく、しばらくは胸《むね》をかかえて店《みせ》さきに俯伏《うつぶ》していた。

おせきは今年十七《ことしじゅうしち》の娘《むすめ》ざかりで*、容貌《きりょう》もよい*方《ほう》である。宵《よい》とは云《い》え、月夜《つきよ》とは云《い》え、賑《にぎや》かな往来《おうらい》とは云《い》っても、なにかの馬鹿者《ばかもの》にからかわれたのであろうと親《おや》たちは想像《そうぞう》したので、弥助《やすけ》は表《おもて》へ出《で》てみたが、そこらには彼女《かれ》を追《お》って来《き》たらしい者《もの》の影《かげ》もみえなかった。

「おまえは一体《いったい》どうしたんだよ。」と、母《はは》のお由《よし》は待《ま》ちかねて又訊《またき》いた。

「あたし踏《ふ》まれたの。」と、おせきは声《こえ》をふるわせながら云《い》った。

「誰《だれ》に踏《ふ》まれたの。」

「宇田川町《うだがわちょう》を通《とお》ると、影《かげ》や道陸神《どうろくじん》の子供達《こどもたち》があたしの影《かげ》を踏《ふ》んで……。」

「なんだ。」と、弥助《やすけ》は張合《はりあ》い抜《ぬ》け＊がしたように笑《わら》い出《だ》した。「それが何《ど》うしたというのだ。そんなことを騒《さわ》ぐ奴《やつ》があるものか。影《かげ》や道陸神《どうろくじん》なんぞ珍《めずら》しくもねえ。」

「ほんとうにそんな事《こと》を騒《さわ》ぐにゃあ及《およ》ばないじゃあないか。あたしは何事《なにごと》が起《おこ》ったのかと

追取《おっと》りまいて　いっせいに追《お》いかけて。
かれ　昔《むかし》は男性《だんせい》だけでなく女性《じょせい》を指《さ》す代名詞《だいめいし》としても用《もち》いられた。
框《かまち》　床《ゆか》などの端《はし》に設置《せっち》する化粧横木《けしょうよこぎ》。ここでは家《いえ》の上《あ》がり口《ぐち》にある「上《あ》がり框《がまち》」のこと。
横《よこ》さま　「よこざま」とも。横向《よこむ》き。
俯伏《うつぶ》し　顔《かお》などを下《した》に向《む》けること。うつむき。
介抱《かいほう》　病人《びょうにん》や怪我人《けがにん》の世話《せわ》をすること。
女中《じょちゅう》　お手伝《てつだ》いさん。
問《と》い糺《ただ》そうと　不明《ふめい》な点《てん》を詳《くわ》しく訊《たず》ねて明確《めいかく》にしようと。
動悸《どうき》　恐怖《きょうふ》や驚《おどろ》きで心臓《しんぞう》がどきどきすること。
娘《むすめ》ざかり　若《わか》い女性《じょせい》が最《もっと》も美《うつく》しく輝《かがや》く年《とし》ごろ。
容貌《きりょう》もよい　「きりょう」は通常《つうじょう》は「器量《きりょう》」と表記《ひょうき》。容姿《ようし》が優《すぐ》れている。ルックスが良《よ》い。
張合《はりあ》い抜《ぬ》け　脱力《だつりょく》すること。緊張《きんちょう》がゆるむこと。

思《おも》ってびっくりしたよ。」と、母《はは》も安心《あんしん》と共《とも》に少《すこ》しく不平《ふへい》らしく*云《い》った。

「でも、自分《じぶん》の影《かげ》を踏《ふ》まれると、悪《わる》いことがある……。寿命《じゅみょう》が縮《ちぢ》まると……。」と、おせきは更《さら》に涙《なみだ》ぐんだ。

「そんな馬鹿《ばか》なことがあるものかね。」

お由《よし》は一言《いちごん》の下《もと》に云《い》い消《け》したが*、実《じつ》をいうと其頃《そのころ》の一部《いちぶ》の人達《ひとたち》のあいだには、自分《じぶん》の影《かげ》を踏《ふ》まれると好《よ》くないという伝説《でんせつ》がないでもなかった。七尺《しちしゃく》去《さ》って師《し》の影《かげ》を踏《ふ》まず*などと支那《しな》*でも云《い》う。たとい影《かげ》にしても、人《ひと》の形《かたち》を踏《ふ》むということは遠慮《えんりょ》しろという意味《いみ》から、彼《か》の伝説《でんせつ》は生《う》まれたらしいのであるが、後《のち》には踏《ふ》む人《ひと》の遠慮《えんりょ》よりも踏《ふ》まれる人《ひと》の恐《おそ》れとなって、影《かげ》を踏《ふ》まれると運《うん》が悪《わる》くなるとか、寿命《じゅみょう》が縮《ちぢ》むとか、甚《はなは》だしきは*三年《さんねん》の内《うち》に死《し》ぬ*などと云《い》う者《もの》がある。それほどに怖《おそ》るべきものであるならば、どこの親達《おやたち》も子《こ》どもの遊《あそ》びを堅《かた》く禁止《きんし》しそうなものであるが、それ程《ほど》にはやかましく云《い》わなかったのを見《み》ると、その伝説《でんせつ》や迷信《めいしん》も一般的《いっぱんてき》ではなかったらしい。而《しか》も*それを信《しん》じて、それを恐《おそ》れる人達《ひとたち》からみれば、それが一般的《いっぱんてき》であると無《な》いとは問題《もんだい》ではなかった。

「馬鹿《ばか》をいわずに早《はや》く奥《おく》へ行《い》け。」

「詰《つま》らないことを気《き》におしでないよ。*」

父《ちち》には叱《しか》られ、母《はは》にはなだめられて、おせきはしょんぼりと奥《おく》へ這入《はい》ったが*、胸一杯《むねいっぱい》の不安《ふあん》と恐怖《きょうふ》とは決《けっ》して納《おさ》まらなかった。近江屋《おうみや》の二階《にかい》は六畳《ろくじょう》と三畳《さんじょう》の二間《ふたま》で、おせきはその三畳《さんじょう》に寝《ね》ることになっていたが、今夜《こんや》は幾《いく》たびも強《つよ》い動悸《どうき》におどろかされて眼《め》をさました。幾《いく》つかの小《ちい》さい黒《くろ》い影《かげ》が*自分《じぶん》の胸《むね》や腹《はら》の上《うえ》に跳《おど》っている夢《ゆめ》をみた。

不平《ふへい》らしく　不満《ふまん》そうに。

一言《いちごん》の下《もと》に云《い》い消《け》した　ひとことで否定《ひてい》した。

七尺《しちしゃく》去《さ》って師《し》の影《かげ》を踏《ふ》まず　師《し》に随行《ずいこう》する際《さい》は、少《すこ》し離《はな》れた背後《はいご》から、師《し》の影《かげ》を踏《ふ》まないようにして従《したが》うべきであるという戒《いまし》めの言葉《ことば》。七尺《しちしゃく》は約《やく》二メートル。「三尺《さんじゃく》下《さ》がって師《し》の影《かげ》を踏《ふ》まず」に同《おな》じ。

支那《しな》　海外《かいがい》における中国《ちゅうごく》（現在《げんざい》の中華人民共和国《ちゅうかじんみんきょうわこく》）の呼称《こしょう》。

甚《はなは》だしきは　極端《きょくたん》な場合《ばあい》には。

三年《さんねん》の内《うち》に死《し》ぬ　三年坂《さんねんざか》という名《な》の坂《さか》で転《ころ》ぶと三年以内《さんねんいない》に死《し》ぬ、姿見《すがたみ》の井戸《いど》を覗《のぞ》いて水面《すいめん》に姿《すがた》が映《うつ》らないと三年以内《さんねんいない》に死《し》ぬ……など、三年以内《さんねんいない》に死《し》ぬタブーは他《ほか》にも各種《かくしゅ》ある。

而《しか》も　ここでは「けれども」の意《い》。

気《き》におしでないよ　気《き》にするんじゃないよ。

這入《はい》った　現在《げんざい》は「入《はい》った」と表記《ひょうき》することが多《おお》い。

幾《いく》つかの小《ちい》さい黒《くろ》い影《かげ》が……　記紀神話《ききしんわ》で、黄泉国《よみのくに》（死者《ししゃ》の世界《せかい》）の住人《じゅうにん》となったイザナミの全身《ぜんしん》に、小《ちい》さな雷神《らいじん》たちがまとわりついている光景《こうけい》を連想《れんそう》させるような不吉《ふきつ》な夢《ゆめ》である（『古事記《こじき》』の「黄泉国《よみのくに》」は、本《ほん》シリーズの『死《し》』の巻《かん》に収録《しゅうろく》）。

あくる日は十三夜《じゅうさんや》で、近江屋《おうみや》でも例年《れいねん》の通《とお》りに芒《すすき》や栗《くり》を買《か》って月《つき》の前《まえ》にそなえた。＊今夜《こんや》の月《つき》も晴《は》れていた。

「よいお月見《つきみ》でございます。」と、近所《きんじょ》の人《ひと》たちも云《い》った。

併《しか》しおせきはその月《つき》を見《み》るのが何《なん》だか怖《おそろ》しいように思《おも》われてならなかった。月《つき》が怖《おそろ》しいのではない、その月《つき》のひかりに映《うつ》し出《だ》される自分《じぶん》の影《かげ》をみるのが怖《おそろ》しいのであった。世間《せけん》ではよい月《つき》だと云《い》って、或《あるい》は二階《にかい》から仰《あお》ぎ、あるいは店先《みせさき》から望《のぞ》み、あるいは往来《おうらい》へ出《で》て眺《なが》めているなかで、かれ一人《ひとり》は奥《おく》に閉籠《とじこも》っていた。

――影《かげ》や道陸神《どうろくじん》、十三夜《じゅうさんや》の牡丹餅《ぼたもち》――

子《こ》ども等《ら》の歌《うた》う声々《こえごえ》が、おせきの弱《よわ》い魂《たましい》を執念《しゅうねん》ぶかく脅《おびや》かした。

二

それ以来《いらい》、おせきは夜《よ》あるき＊をしなかった。殊《こと》に月＊《つき》の明《あか》るい夜《よる》には、表《おもて》へ出《で》るのを恐《おそ》れるようになった。どうしても夜《よ》あるきをしなければならないような場合《ばあい》には、努《つと》めて*月《つき》のない暗《くら》い宵《よい》を選《えら》んで出《で》ることにしていた。世間《せけん》の娘《むすめ》たちとは反対《はんたい》のこの行動《こうどう》が父《ちち》や母《はは》の注意《ちゅうい》をひいて、お前《まえ》はまだそんな詰《つま》らないことを気《き》にしているのかと、両親《りょうしん》からしばしば叱《しか》られた。而《しか》もおせきの魂《たましい》に深《ふか》く食《く》い入《い》った一種《いっしゅ》の恐怖《きょうふ》と不安《ふあん》とはいつまでも消《き》え失《う》せなかった。

そうしている中《うち》に、不運《ふうん》のおせきは再《ふたた》び自分《じぶん》の影《かげ》におどろかされるような事件《じけん》に遭遇《そうぐう》し

月《つき》の前《まえ》にそなえた　岡本綺堂《おかもときどう》『風俗《ふうぞく》　江戸物語《えどものがたり》』所収《しょしゅう》「月見《つきみ》」より引用《いんよう》する。「江戸時代《えどじだい》の月見《つきみ》は非常《ひじょう》に賑《にぎ》わいました。川《かわ》筋《すじ》には月見《つきみ》の船《ふね》も出《で》ました。高台《たかだい》や水《みず》に臨《のぞ》んだ料理茶屋《りょうりぢゃや》も繁《はん》昌《じょう》しました。自分《じぶん》の家《いえ》へ客《きゃく》を招《まね》いて、娘《むすめ》に琴《こと》などを弾《ひ》かせたのもあります。(略《りゃく》)／十五夜《じゅうごや》の月見《つきみ》には、薄《すすき》・青柿《あおがき》・芋《いも》・枝豆《えだまめ》・団子《だんご》などを供《そな》えることは、今《いま》と変《か》わりはありません。薄《すすき》は神酒徳利《みきどっくり》に挿《さ》し、その他《ほか》の物《もの》は三方《さんぼう》に載《の》せて外《そと》の方《ほう》へ向《む》け、縁側《えんがわ》に置《お》いて月《つき》の前《まえ》に供《そな》えたのです。これだけのことは、武家《ぶけ》、町家《まちや》に限《かぎ》らず、どんな裏店《うらだな》のものもしたそうです。(略《りゃく》)／十三夜《じゅうさんや》の月見《つきみ》も十五夜《じゅうごや》と同《おな》じことですが、十三夜《じゅうさんや》には栗《くり》を供《そな》えます。／昔《むかし》はどういうものか、十五夜《じゅうごや》の月見《つきみ》をして十三夜《じゅうさんや》の月見《つきみ》をしないとか、十三夜《じゅうさんや》の月見《つきみ》をして十五夜《じゅうごや》の月見《つきみ》をしないとかいうように、いわゆる片月見《かたつきみ》ということを非常《ひじょう》に忌《い》みましたので、いつも月見頃《つきみごろ》には旅行《りょこう》なども見合《みあ》わせていたということです」

夜《よ》あるき　夜間《やかん》に外出《がいしゅつ》すること。

殊《こと》に　とりわけ。特《とく》に。

努《つと》めて　ここは「できるだけ」の意《い》。

た。その年《とし》の師走《しわす》*の十三日《じゅうさんにち》、おせきの家《うち》で煤掃《すすはき》*をしていると、神明前《しんめいまえ》の親類《しんるい》の店《みせ》から小《こ》僧《ぞう》*が駈《か》けて来《き》て、おばあさんが急病《きゅうびょう》で倒《たお》れたと報《しら》せた。神明前《しんめいまえ》の親類《しんるい》というのは、おせきの母《はは》の姉《あね》が縁付《えんづ》いている家《うち》*で、近江屋《おうみや》とは同商売《どうしょうばい》であるばかりか、その次男《じなん》の要次郎《ようじろう》をゆくゆくはおせきの婿《むこ》*にするという内相談《ないそうだん》*もある。そこの老母《ろうぼ》が倒《たお》れたと聞《き》いては其儘《そのまま》には済《す》まされない。誰《だれ》かがすぐに見舞《みまい》に駈《か》け付《つ》けなければならないのであるが、生憎《あいにく》*にきょうは煤掃《すすはき》の最中《さいちゅう》で父《ちち》も母《はは》も手《て》が離《はな》されないので、とりあえずおせきを出《だ》して遣《や》ることにした。襷《たすき》*をはずして、髪《かみ》をかきあげて、おせきが兎《と》*つかわと店《みせ》を出《で》たのは、昼《ひる》の八《やっ》つ（午後《ごご》二《に》時《じ》）を少《すこ》し過《す》ぎた頃《ころ》であった。ゆく先《さき》は大野屋《おおのや》という店《みせ》で、ここも今日《きょう》は煤掃《すすはき》である。その最中《さいちゅう》に今年《ことし》七十五《ななじゅうご》になるおばあさんが突然《とつぜん》打《ぶ》っ倒《たお》れたのであるから、その騒《さわ》ぎは一通《ひととお》りでなかった。奥《おく》には四畳半《よじょうはん》の離屋《はなれ》があるので、急病人《きゅうびょうにん》をそこへ運《はこ》び込《こ》んで介抱《かいほう》していると、幸《さいわ》いに病人《びょうにん》は正気《しょうき》に戻《もど》った。きょうは取分《とりわ》けて寒《さむ》*い日《ひ》であるのに、達者《たっしゃ》にまかせて*老人《ろうじん》が、早朝《そうちょう》から若《わか》い者《もの》どもと一緒《いっしょ》になって立働《たちはたら》いたために、こんな異変《いへん》をひき起《おこ》したのであるが、左《さ》のみ心配《しんぱい》*することはない。静《しずか》に寝《ね》かして置《お》けば自然《しぜん》に癒《なお》ると、医者《いしゃ》は云《い》った。

それで先《ま》ず一安心《ひとあんしん》したところへ、おせきが駈《か》けつけたのである。

「それでもまあ好《よ》うござんしたわねえ。*」

おせきも安心《あんしん》したが、折角《せっかく》ここまで来《き》た以上《いじょう》、すぐに帰《かえ》ってしまうわけにも行《い》かないので、病人《びょうにん》の枕《まくら》もとで看病《かんびょう》の手《て》つだいなどをしているうちに、師走《しわす》のみじかい日《ひ》はいつか暮《く》れてしまって、大野屋《おおのや》の店《みせ》の煤《すす》はきも片附《かたづ》いた。蕎麦《そば》を食《く》わされ、ゆう飯《めし》を食《く》わされて、おせきは五《いつ》つ*少《すこ》し前《まえ》に、ここを出《で》ることになった。

師走《しわす》　陰暦《いんれき》十二月《がつ》の異称《いしょう》で、太陽暦《たいようれき》の十二月《がつ》にも用《もち》いられる。十三日《にち》は年越《としこ》しの準備《じゅんび》を始《はじ》める日《ひ》で、煤掃《すすは》きや松迎《まつむか》え（正月《しょうがつ》の飾《かざ》り松《まつ》を野山《のやま》で取《と》ってくること）を、この日《ひ》におこなう風習《ふうしゅう》があった。

煤掃《すすはき》　「すすはらい」とも。正月神《しょうがつじん》を迎《むか》えるために、屋内《おくない》に溜《たま》った煤《すす》ほこりを払《はら》い清《きよ》めること。

小僧《こぞう》　年少《ねんしょう》の男性店員《だんせいてんいん》。

縁付《えんづ》いている　嫁入《よめい》りした。

ゆくゆくは　いずれは。将来《しょうらい》は。

内相談《ないそうだん》　内々《ないない》の相談《そうだん》。内輪《うちわ》で事前《じぜん》に話《はな》し合《あ》っておくこと。

生憎《あいにく》に　間《ま》のわるいことに。折《おり》あしく。

襷《たすき》　着物《きもの》の袖《そで》をたくし上《あ》げるために、肩《かた》から脇《わき》にかけて結《むす》ぶ紐《ひも》。

兎《と》つかわ　急《いそ》ぎあわてるさま。

取分《とりわ》けて　特別《とくべつ》に。ことのほか。

達者《たっしゃ》にまかせて　体《からだ》が壮健《そうけん》だと過信《かしん》して。

左《さ》のみ　それほど。

好《よ》うござんしたわねえ　よかったですねえ。

五《いつ》つ　ここでは、午後《ごご》八時頃《じごろ》。

「阿父《おとっ》さんや阿母《おっか》さんにもよろしく云《い》ってください。病人《びょうにん》も御覧《ごらん》の通《とお》りで、もう心配《しんぱい》することはありませんから。」と、大野屋《おおのや》の伯母《おば》は云《い》った。

宵《よい》ではあるが、年《とし》の暮《くれ》で世間《せけん》が物騒《ぶっそう》*だというので、伯母《おば》は次男《じなん》の要次郎《ようじろう》に云《い》いつけて、おせきを送《おく》らせて遣《や》ることにした。お取込《とりこ》み*のところをそれには及《およ》ばないと、おせきは一《いち》応辞退《おうじたい》したのであるが、それでも間違《まちが》いがあってはならないと云《い》って、伯母《おば》は無理《むり》に要次《ようじ》郎《ろう》を附《つ》けて出《だ》した。店《みせ》を出《で》るときに伯母《おば》は笑《わら》いながら声《こえ》をかけた。

「要次郎《ようじろう》。おせきちゃんを送《おく》って行《い》くのだから、影《かげ》や道陸神《どうろくじん》を用心《ようじん》おしよ。*」

「この寒《さむ》いのに、誰《だれ》も表《おもて》に出《で》ていやしませんよ。」と、要次郎《ようじろう》も笑《わら》いながら答《こた》えた。

おせきが影《かげ》を踏《ふ》まれたのは、やはりこの家《うち》から帰《かえ》る途中《とちゅう》の出来事《できごと》で、彼女《かれ》がそれを気《き》に病《や》んでいるらしいことは、母《はは》のお由《よし》から伯母《おば》にも話《はな》したので、大野屋一家《おおのやいっか》の者《もの》もみな知《し》っているのであった。要次郎《ようじろう》は今年十九《ことしじゅうく》の、色白《いろじろ》の痩形《やせがた》の男《おとこ》で、おせきとは似合《にあい》の夫婦《ふうふ》と云《い》ってよい。その未来《みらい》の夫婦《ふうふ》がむつまじそうに肩《かた》*をならべて出《で》てゆくのを、伯母《おば》は微笑《ほほえ》みながら見送《みおく》った。

一応《いちおう》は辞退《じたい》したものの、要次郎《ようじろう》に送《おく》られてゆくことはおせきも実《じつ》は嬉《うれ》しかった。これも笑《わら》いながら表《おもて》へ出《で》ると、煤《すす》はきを済《すま》せて今夜《こんや》は早《はや》く大戸《おおど》*をおろしている店《みせ》もあった。家《うち》中《じゅう》に灯《ひ》をとぼして*何《なに》かまだ笑《わら》いさざめいて*いる店《みせ》もあった。その家々《いえいえ》の屋根《やね》の上《うえ》には、雪《ゆき》が降《ふ》ったかと思《おも》うように月《つき》のひかりが白《しろ》く照《て》り渡《わた》っていた。その月《つき》を仰《あお》いで、要次郎《ようじろう》は夜《よる》の寒《さむ》さが身《み》にしみるように肩《かた》をすくめた。

「風《かぜ》はないが、なかなか寒《さむ》い。」

「寒《さむ》うござんすね。」

「おせきちゃん、御覧《ごらん》よ。月《つき》がよく冴《さ》えている。」

要次郎《ようじろう》に云《い》われて、おせきも思《おも》わず振《ふ》り仰《あお》ぐと、向《むこ》う側《がわ》の屋根《やね》の物干《ものほし》*の上《うえ》に、一輪《いちりん》*の冬《ふゆ》

物騒《ぶっそう》　危険《きけん》で何《なに》が起《お》きるか分《わ》からないさま。
お取込み《とりこ》　急《きゅう》な出来事《できごと》で落《お》ち着かない状態《じょうたい》。
用心《ようじん》**おしよ**　用心《ようじん》しなさいよ。
むつまじそうに　仲《なか》が良《よ》さそうに。
大戸《おおど》　商店《しょうてん》などの正面入口《しょうめんいりぐち》の大《おお》きな戸《と》。

とぼして　ともして。
笑《わら》**いさざめいて**　大勢《おおぜい》でにぎやかに笑《わら》うさま。
物干《ものほし》　物干場《ものほしば》。洗濯物《せんたくもの》を干《ほ》す場所《ばしょ》。
一輪《いちりん》　ここでは「明月《めいげつ》」の意《い》。

の月《つき》は、冷《つめた》い鏡《かがみ》のように冴《さ》えていた。

「好《い》いお月様《つきさま》ねえ。」

とは云《い》ったが、忽《たちま》ちに*一種《いっしゅ》の不安《ふあん》がおせきの胸《むね》に湧《わ》いて来《き》た。今夜《こんや》は十二月十三日《じゅうにがつじゅうさんにち》で、月《つき》のあることは判《わか》り切《き》っているのであったが、今《いま》までは何《なに》かごたごたしていたのと、要次郎《ようじろう》と一緒《いっしょ》にあるいているのとで、おせきはそれを忘《わす》れていたのである。明《あか》るい月《つき》――それと反対《はんたい》におせきの心《こころ》は暗《くら》くなった。急《きゅう》におそろしいものを見《み》せられたように、おせきは慌《あわ》てて顔《かお》をそむけて俯向《うつむ》くと、今度《こんど》は地《ち》に映《うつ》る二人《ふたり》の影《かげ》がありありと見《み》えた。

それと同時《どうじ》に、要次郎《ようじろう》も思《おも》い出《だ》したように云《い》った。

「おせきちゃんは月夜《つきよ》の晩《ばん》には表《おもて》へ出《で》ないんだってね。」

おせきは黙《だま》っていると、要次郎《ようじろう》は笑《わら》い出《だ》した。

「なぜそんなことを気《き》にするんだろう。あの晩《ばん》もわたしが一緒《いっしょ》に送《おく》って来《く》ればよかったっけ。」

「だって、なんだか気《き》になるんですもの。」と、おせきは低《ひく》い声《こえ》で訴《うった》えるように云《い》った。

「大丈夫《だいじょうぶ》だよ。」と、要次郎《ようじろう》はまた笑《わら》った。

「大丈夫《だいじょうぶ》でしょうか。」

二人《ふたり》はもう宇田川町《うだがわちょう》の通《とお》りへ来《き》ていた。要次郎《ようじろう》の云《い》った通《とお》り、この極月《ごくげつ》*の寒《さむ》い夜《よる》に、影《かげ》を踏《ふ》んで騒《さわ》ぎまわっているような子供《こども》のすがたは一人《ひとり》も見出《みいだ》されなかった。むかしから男《だん》女《じょ》の影法師《かげぼうし》は憎《にく》いものに数《かず》*えられているが、要次郎《ようじろう》とおせきはその憎《にく》い影法師《かげぼうし》を土《つち》の上《うえ》に落《お》しながら、摺寄《すりよ》る*ように列《なら》んであるいていた。勿論《もちろん》、ここらの大通《おおどお》りに往来《おうらい》は絶《た》えなかったが、二《ふた》つの憎《にく》い影法師《かげぼうし》をわざわざ踏《ふ》みにじって通《とお》るような、意地《いじ》の悪《わる》い通行人《つうこうにん》もなかった。

宇田川町《うだがわちょう》をゆきぬけて、柴井町《しばいちょう》へ踏《ふ》み込《こ》んだときである。どこかの屋根《やね》の上《うえ》で鴉《からす》の鳴《な》く声《こえ》がきこえた。

忽《たちま》ちに　すぐに。
極月《ごくげつ》　十二月《がつ》の異称《いしょう》。
男女《だんじょ》の影法師《かげぼうし》は憎《にく》いものに……　今《いま》でいえば、リア充《じゅう》の熱々《あつあつ》なカップルにむかつく感《かん》じである。
摺寄《すりよ》る　身《み》がすれあうほど近《ちか》くに寄《よ》る。

「あら、鴉《からす》が……」と、おせきは声《こえ》のする方《ほう》をみかえった。

「月夜鴉《つきよがらす》*だよ。」

要次郎《ようじろう》がこう云《い》った途端《とたん》に、二匹《にひき》の犬《いぬ》がそこらの路地《ろじ》*から駈《か》け出《だ》して来《き》て、恰《あたか》*もおせきの影《かげ》の上《うえ》で狂《くる》いまわった。はっと思《おも》っておせきが身《み》をよけると、犬《いぬ》はそれを追《お》うように駈《か》けあるいて、かれの影《かげ》を踏《ふ》みながら狂《くる》っている。おせきは身《み》をふるわせて要次郎《ようじろう》に取縋《とりすが》った*。

「おまえさん、早《はや》く追《お》って……」

「畜生《ちくしょう》。叱《し》っ、叱《し》っ。」

犬《いぬ》は要次郎《ようじろう》に追《お》われながらも、やはりおせきに附纏《つきまと》っているように、かれの影《かげ》を踏《ふ》みながら跳《おど》り狂《くる》っているので、要次郎《ようじろう》も癇癪《かんしゃく》をおこして、*足《あし》もとの小石《こいし》を拾《ひろ》って二三度《にさんど》叩《たた》きつけると、二匹《にひき》の犬《いぬ》は悲鳴《ひめい》をあげて逃《に》げ去《さ》った。

おせきは無事《ぶじ》に自分《じぶん》の家《うち》へ送《おく》りとどけられたが、その晩《ばん》の夢《ゆめ》には、二匹《にひき》の犬《いぬ》がかれの枕《まくら》もとで駈《か》けまわるのを見《み》た。

三

今《いま》まで、おせきは月夜《つきよ》を恐《おそ》れていたのであるが、その後《ご》のおせきは、昼《ひる》の日光《にっこう》をも恐《おそ》れるようになった。日光《にっこう》のかがやくところへ出《で》れば、自分《じぶん》の影《かげ》が地《ち》に映《うつ》る。それを何者《なにもの》にか踏《ふ》まれるのが怖《おそろ》しいので、かれは明《あか》るい日《ひ》に表《おもて》へ出《で》るのを嫌《きら》った。暗《くら》い夜《よ》を好《この》み、暗《くら》い日《ひ》を好《この》み、家内《かない》でも薄暗《うすぐら》いところを好《この》むようになると、当然《とうぜん》の結果《けっか》として彼女《かれ》は陰鬱《いんうつ》な人間《にんげん》となった。

それが嵩《こう》じて、*あくる年《とし》の三月頃《さんがつごろ》になると、かれは燈火《あかり》をも嫌《きら》うようになった。月《つき》とい

月夜鴉《つきよがらす》　好《よ》い月《つき》に浮《う》かれて鳴《な》くカラス。うかれがらす。転《てん》じて夜遊《よあそ》びをする人《ひと》の意《い》にも。
そこらの　その辺《へん》の。
恰《あたか》も　ここでは「まさしく」「ちょうど」の意《い》。
取縋《とりすが》った　すがりついた。
癇癪《かんしゃく》をおこして　怒《おこ》りだして。
嵩《こう》じて　高《たか》まって。エスカレートして。

わず、日《ひ》と云《い》わず、燈火《あかり》といわず、すべて自分《じぶん》の影《かげ》をうつすものを嫌《きら》うのである。かれは自分《じぶん》の影《かげ》を見《み》ることを恐《おそ》れた。かれは針仕事《はりしごと》*の稽古《けいこ》にも通《かよ》わなくなった。

「おせきにも困《こま》ったものですね。」と、その事情《じじょう》を知《し》っている母《はは》は、ときどきに顔《かお》をしかめて夫《おっと》にささやくこともあった。

「まったく困《こま》った奴《やつ》だ。」

弥助《やすけ》も溜息《ためいき》をつくばかりで、どうにも仕様《しよう》がなかった。

「やっぱり一《ひと》つの病気《びょうき》ですね。」と、お由《よし》は云《い》った。

「まあそうだな。」

それが大野屋《おおのや》の人々《ひとびと》にもきこえて、*伯母夫婦《おばふうふ》も心配《しんぱい》した。とりわけて要次郎《ようじろう》は気《き》を痛《いた》めた。*ことに二度目《にどめ》のときには自分《じぶん》が一緒《いっしょ》に連《つ》れ立《だ》っていただけに、彼《かれ》は一種《いっしゅ》の責任《せきにん》があるようにも感《かん》じられた。

「おまえが傍《そば》に附《つ》いていながら、なぜ早《はや》くその犬《いぬ》を追《お》ってしまわないのだねえ。」と、要《よう》次郎《じろう》は自分《じぶん》の母《はは》からも叱《しか》られた。

おせきが初《はじ》めて自分《じぶん》の影《かげ》を踏《ふ》まれたのは九月《くがつ》の十三夜《じゅうさんや》である。それからもう半年《はんとし》以上《いじょう》を過《す》ぎて、おせきは十八《じゅうはち》、要次郎《ようじろう》は廿歳《はたち》の春《はる》を迎《むか》えている。前々《まえまえ》からの約束《やくそく》で、今年《ことし》はもう婿《むこ》入《い》りの相談《そうだん》をきめることになっているのであるが、肝心《かんじん》の婿取《むこと》り娘《むすめ》が半気《はんき》ちがい*のような、半病人《はんびょうにん》*のような形《かたち》になっているので、それも先《ま》ずそのままになっているのを、おせきの親《おや》たちは勿論《もちろん》、伯母夫婦《おばふうふ》もしきりに心配《しんぱい》していたのであるが、ただ一通《ひととお》りの意見《いけん》や説《せつ》諭《ゆ》*ぐらいでは、何《ど》うしてもおせきの病《やまい》を癒《なお》すことは出来《でき》なかった。

なにしろこれは一種《いっしゅ》の病気《びょうき》であると認《みと》めて、近江屋《おうみや》でも嫌《いや》がる本人《ほんにん》を連《つ》れ出《だ》して、二三《にさん》人《にん》の医者《いしゃ》に診《み》て貰《もら》ったのであるが、どこの医者《いしゃ》にも確《たしか》な診断《しんだん》を下《くだ》すことは出来《でき》ないで、おそらく年《とし》ごろの娘《むすめ》にあり勝《がち》の気鬱病《きうつびょう》*であろうかなどと云《い》うに過《す》ぎなかった。そのうちに

針仕事《はりしごと》　裁縫《さいほう》。ぬいもの。
きこえて　伝《つた》わって。
気《き》を痛《いた》めた　心《こころ》を痛《いた》めた。
半気《はんき》ちがい　正常《せいじょう》ではない精神状態《せいしんじょうたい》の人《ひと》。

半病人《はんびょうにん》　病人《びょうにん》のように衰弱《すいじゃく》している人《ひと》。
説諭《せつゆ》　説得《せっとく》してさとすこと。おこないを正《ただ》すように言《い》いきかせること。
気鬱病《きうつびょう》　気《き》のふさぐ病気《びょうき》。憂鬱症《ゆううつしょう》。

大野屋《おおのや》の惣領息子《そうりょうむすこ》*、すなわち要次郎《ようじろう》の兄《あに》が或人《あるひと》から下谷《したや》*に偉《えら》い行者《ぎょうじゃ》*があるということを聞《き》いて来《き》たが、要次郎《ようじろう》はそれを信《しん》じなかった。

「あれは狐使《きつねつか》い*だと云《い》うことだ。あんな奴《やつ》に祈禱《きとう》を頼《たの》むと、却《かえ》って狐《きつね》を憑《つ》けられる。」

「いや、その行者《ぎょうじゃ》はそんなのではない。大抵《たいてい》の気《き》ちがいでも一度御祈禱《いちどごきとう》をして貰《もら》えば癒《なお》るそうだ。」

兄弟《きょうだい》が頻《しき》りに*云《い》い争《あらそ》っているのが母《はは》の耳《みみ》にも這入《はい》ったので、兎《と》も角《かく》*もそれを近江屋《おうみや》の親《おや》たちに話《はな》して聞《き》かせると、迷《まよ》い悩《なや》んでいる弥助夫婦《やすけふうふ》は非常《ひじょう》によろこんだ。併《しか》しすぐに娘《むすめ》を連《つ》れて行《い》くと云《い》っても、きっと嫌《いや》がるに相違《そうい》ないと思《おも》ったので、夫婦《ふうふ》だけが先《ま》ずその行《ぎょう》者《じゃ》をたずねて、彼《かれ》の意見《いけん》を一応訊《いちおうき》いて来《く》ることにした。それは嘉永二年《かえいにねん》*六月《ろくがつ》のはじめで、今年《ことし》の梅雨《つゆ》のまだ明《あ》け切《き》らない暗《くら》い日《ひ》であった。

行者《ぎょうじゃ》の家《うち》は五条《ごじょう》の天神《てんじん》*の裏通《うらどお》りで、表構《おもてがま》え*は左《さ》ほど広《ひろ》*くもないが、奥行《おくゆき》のひどく深《ふか》い家《うち》であるので、この頃《ころ》は雨《あめ》*の日《ひ》には一層《いっそう》うす暗《ぐら》く感《かん》じられた。何《なん》の神《かみ》か知《し》らないが、それを祭《まつ》ってある奥《おく》の間《ま》には二本《にほん》の蠟燭《ろうそく》が点《とも》っていた。行者《ぎょうじゃ》は六十以上《ろくじゅういじょう》かとも見《み》える老人《ろうじん》で、弥助夫婦《やすけふうふ》からその娘《むすめ》のことを詳《くわ》しく聴《き》いた後《のち》に、かれはしばらく眼《め》をとじて考《かんが》えていた。

「自分《じぶん》で自分《じぶん》の影《かげ》を恐《おそ》れる——それは不思議《ふしぎ》のことでござる。では、兎《と》も角《かく》もこの蠟燭《ろうそく》をあげる。これを持《も》ってお帰《かえ》りなさるがよい。」

行者《ぎょうじゃ》は神前《しんぜん》にかがやいている蠟燭《ろうそく》の一本《いっぽん》を把《と》って出《だ》した。今夜《こんや》の子《ね》の刻《こく》（午後十二時《ごごじゅうにじ》）にその蠟燭《ろうそく》の火《ひ》を照《てら》して、壁《かべ》か又《また》は障子《しょうじ》にうつし出《だ》される娘《むすめ》の影《かげ》を見《み》とどけろと云《い》うのである。娘《むすめ》に何《なに》かの憑物《つきもの》がしている*ならば、その形《かたち》は見《み》えずとも其影《そのかげ》がありありと*映《うつ》る筈《はず》で

惣領息子《そうりょうむすこ》　跡取《あとと》り息子《むすこ》。長男《ちょうなん》。
下谷《したや》　東京《とうきょう》都台東区《とたいとうく》の北部地域《ほくぶちいき》。旧区名《きゅうくめい》でもあったが、浅草《あさくさ》区《く》と合併《がっぺい》して台東区《たいとうく》となった。上野公園《うえのこうえん》の北東部《ほくとうぶ》に位置《いち》し、中小工場《ちゅうしょうこうじょう》や各種《かくしゅ》の問屋《とんや》が集中《しゅうちゅう》している。
行者《ぎょうじゃ》　仏道《ぶつどう》や修験道《しゅげんどう》の修行者《しゅぎょうじゃ》。
狐使《きつねつか》い　狐《きつね》の霊《れい》を使役《しえき》して人《ひと》に取《と》り憑《つ》かせるなどの妖術《ようじゅつ》をあやつる人《ひと》。
頻《しき》りに　ここでは「ひどく」「やたらと」の意《い》。
兎《と》も角《かく》も　とにかく。なんにせよ。
嘉永二年《かえいにねん》　一八四九年《ねん》。
五条の天神《ごじょうてんじん》　上野公園内《うえのこうえんない》にある五條天神社《ごじょうてんじんしゃ》のこと。敷地内《しきちない》には花園稲荷神社《はなぞのいなりじんじゃ》があって、他《ほか》にも複数《ふくすう》の稲荷社《いなりしゃ》が集合《しゅうごう》されている。行者《ぎょうじゃ》に関《かん》する狐使《きつねつか》いの風聞《ふうぶん》を裏《うら》づけるかのようなロケーションではないか。
表構《おもてがま》え　家屋《かおく》の表側《おもてがわ》、正面《しょうめん》の造《つく》り。
左《さ》ほど　それほど。
この頃《ころ》は　梅雨時《つゆどき》の。
憑物《つきもの》がしている　動物《どうぶつ》などの霊《れい》が取《と》り憑《つ》いている。
ありありと　明《あき》らかに、はっきりと。

ある。その娘《むすめ》に狐《きつね》が憑《つ》いているならば、狐《きつね》の影《かげ》がうつるに相違《そうい》ない。鬼《おに》が憑《つ》いているならば鬼《おに》が映《うつ》る。それを見《み》とどけて報告《ほうこく》してくれれば、わたしの方《ほう》にも又相当《またそうとう》の考《かんが》え*があると云《い》うのであった。かれはその蠟燭《ろうそく》を小《ちい》さい白木《しらき》の箱《はこ》*に入《い》れて、なにか呪文《じゅもん》のようなことを唱《とな》えた上《うえ》で、うやうやしく*弥助《やすけ》にわたした。

「ありがとうございます。」

夫婦《ふうふ》は押頂《おしいただ》いて*帰《かえ》って来《き》た。その日《ひ》はゆう方《がた》から雨《あめ》が強《つよ》くなって、ときどきに雷《らい》の音《おと》がきこえた。これで梅雨《つゆ》も明《あ》けるのであろうと思ったが、今夜《こんや》の弥助夫婦《やすけふうふ》に取《と》っては、雨《あめ》の音《おと》、雷《らい》の音《おと》、それがなんとなく物《もの》すさまじいようにも感《かん》じられた。

前《まえ》から話《はな》して置《お》いては面倒《めんどう》だと思《おも》ったので、夫婦《ふうふ》は娘《むすめ》にむかって何事《なにごと》も洩《もら》さなかった。四《よっ》つ（午後《ご》十時《ごじゅうじ》）には店《みせ》を閉《し》めることになっているので、今夜《こんや》もいつもの通《とお》りにして家内《かない》の者《もの》を寝《ね》かせた。おせきは二階《にかい》の三畳《さんじょう》に寝《ね》た。胸《むね》に一物《いちもつ》ある*夫婦《ふうふ》は寐《ね》た振《ふり》をして夜《よ》のふけるのを待《ま》っていると、やがて子《ね》の刻《こく》の鐘《かね》がひびいた。それを合図《あいず》に夫婦《ふうふ》はそっと階子《はしご》をのぼった。弥助《やすけ》は彼《か》の蠟燭《ろうそく》を持《も》っていた。

二階《にかい》の三畳《さんじょう》の襖《ふすま》をあけて窺《うかが》うと、今夜《こんや》のおせきは疲《つか》れたようにすやすやと眠《ねむ》っていた。お由《よし》はしずかに揺《ゆ》り起《おこ》して、半分《はんぶん》は寐《ね》ぼけているような若《わか》い娘《むすめ》を寝床《ねどこ》の上《うえ》に起《お》き直《なお》らせると、かれの黒《くろ》い影《かげ》は一方《いっぽう》の鼠壁《ねずみかべ》*に細《ほそ》く揺《ゆ》れて映《うつ》った。蝋燭《ろうそく》を差出《さしだ》す父《ちち》の手《て》がすこしく*顫《ふる》えているからであった。

夫婦《ふうふ》は恐《おそ》るるように*壁《かべ》を見《み》つめると、それに映《うつ》っているのは確《たしか》に娘《むすめ》の影《かげ》であった。そこには角《つの》のある鬼《おに》や、口《くち》の尖《とが》っている狐《きつね》などの影《かげ》は決《けっ》して見《み》られなかった。

相当《そうとう》の考《かんが》え　適切《てきせつ》な対応策《たいおうさく》。

白木《しらき》の箱《はこ》　表皮《ひょうひ》を削《けず》っただけの何《なに》も塗《ぬ》っていない木材《もくざい》で作《つく》られた箱《はこ》。

うやうやしく　丁重《ていちょう》な物腰《ものごし》で。

押頂《おしいただ》いて　物品《ぶっぴん》をうやうやしく頭《あたま》の上《うえ》にささげるようにして。

胸《むね》に一物《いちもつ》ある　ある企《たくら》みを心《こころ》に秘《ひ》めている。

鼠壁《ねずみかべ》　鼠色《ねずみいろ》に塗《ぬ》られた壁《かべ》。漆喰《しっくい》（消石灰《しょうせっかい》などでできた壁塗《かべぬ》り材《ざい》）に灰炭《はいずみ》を混《ま》ぜた塗料《とりょう》で仕上《しあ》げる。

すこしく　少《すこ》し。

恐《おそ》るるように　恐《おそ》ろしそうに。こわごわ。

四

夫婦《ふうふ》は安心《あんしん》したように先《ま》ずほっとした。不思議《ふしぎ》そうにきょろきょろしている娘《むすめ》を再《ふた》び窃《そっ》と寝《ね》かせて、ふたりは抜《ぬ》き足《あし》*をして二階《にかい》を降《お》りて来《き》た。

あくる日《ひ》は弥助《やすけ》ひとりで再《ふた》び下谷《したや》の行者《ぎょうじゃ》をたずねると、老《お》いたる行者《ぎょうじゃ》は又《また》かんがえていた。

「それでは私《わたし》にも祈禱《きとう》の仕様《しよう》がない。」

突《つ》き放《はな》されて、弥助《やすけ》も途方《とほう》にくれた。

「では、どうしても御祈禱《ごきとう》は願《ねが》われますまいか。」と、かれは嘆《なげ》くように云《い》った。

「お気《き》の毒《どく》だが、わたしの力《ちから》には及《およ》ばない。*しかし、折角《せっかく》たびたびお出《い》でになったのであるから、もう一度《いちど》ためして御覧《ごらん》になるがよい。」と、行者《ぎょうじゃ》は更《さら》に一本《いっぽん》の蠟燭《ろうそく》を渡《わた》した。「今夜《こんや》すぐにこの火《ひ》を燃《もや》すのではない。今《いま》から数《かず》へて百日目《ひゃくにちめ》の夜《よる》、時刻《じこく》はやはり子《ね》の刻《こく》、お忘《わす》れなさるな。」

今《いま》から百日《ひゃくにち》というのでは、あまりに先《さき》が長《なが》いとも思《おも》ったが、弥助《やすけ》はこの行者《ぎょうじゃ》の前《まえ》で我儘《わがまま》をいうほどの勇気《ゆうき》はなかった。かれは教《おし》えられたままに一本《いっぽん》の蠟燭《ろうそく》をいただいて帰《かえ》った。

こういう事情《じじょう》であるから、おせきの婿《むこ》取《と》りも当然延期《とうぜんえんき》されることになった。あんな行者《ぎょうじゃ》などを信仰《しんこう》するのは間違《まちが》っていると、要次郎《ようじろう》は蔭《かげ》でしきりに憤慨《ふんがい》*していたが、周囲《しゅうい》の力《ちから》に圧《あっ》せられて*、彼《かれ》はおめおめ*それに服従《ふくじゅう》するのほかは無《な》かった*。

「夏《なつ》の中《うち》にどこかの滝《たき》にでも打《う》たせたら好《よ》かろう。」と、要次郎《ようじろう》は云《い》った。かれは近江屋《おうみや》の夫婦《ふうふ》を説《と》いて*王子《おうじ》か目黒《めぐろ》の滝《たき》へ*おせきを連《つ》れ出《だ》そうと企《くわだ》てたが、両親《りょうしん》は兎《と》も角《かく》も、本人《ほんにん》のおせきが外出《がいしゅつ》を堅《かた》く拒《こば》むので、それも結局実行《けっきょくじっこう》されなかった。

抜《ぬ》き足《あし》　音《おと》がしないように、足《あし》を抜《ぬ》きあげるようにして静《しず》かに歩《ある》くこと。

わたしの力《ちから》には及《およ》ばない　自分《じぶん》の力《ちから》ではどうにもできない。

憤慨《ふんがい》　不満《ふまん》に思《おも》って嘆《なげ》いたり腹《はら》を立《た》てること。

圧《あっ》せられて　押《お》されて。

おめおめ　恥《は》ずべき立場《たちば》に甘《あま》んじたり、不名誉《ふめいよ》にも平然《へいぜん》としているさま。

服従《ふくじゅう》するのほかは無《な》かった　服従《ふくじゅう》するしかなかった。

説《と》いて　説得《せっとく》して。

王子《おうじ》か目黒《めぐろ》の滝《たき》　王子《おうじ》の音無川《おとなしがわ》には「王子七滝《おうじななたき》」の名所《めいしょ》があり、目黒《めぐろ》の不動尊《ふどうそん》わきにも滝《たき》があり霊場《れいじょう》として知《し》られていた。

ことしの夏《なつ》の暑《あつ》さは格別《かくべつ》で、おせきの夏痩《なつや》せ*は著《いちじ》るしく眼《め》に立《た》った*。日《ひ》の目《め》を見《み》ない*ような奥《おく》の間《ま》にばかり閉籠《とじこも》っているために、運動不足《うんどうぶそく》、それに伴《ともな》う食慾不振《しょくよくふしん》がいよいよ彼女《かれ》を疲《つか》らせて、*さながら生《い》きている幽霊《ゆうれい》のようになり果《は》てた。訳《わけ》を知《し》らない人《ひと》は癆症《ろうしょう》*であろうなどとも噂《うわさ》していた。そのあいだに夏《なつ》も過《す》ぎ、秋《あき》も来《き》て、旧暦《きゅうれき》*では秋《あき》の終《おわ》りという九月《くがつ》になった。行者《ぎょうじゃ》に教《おし》えられた百日目《ひゃくにちめ》は九月十二日《くがつじゅうににち》に相当《そうとう》するのであった。

それは今初《いまはじ》めて知《し》ったわけではない。行者《ぎょうじゃ》に教《おし》えられた時《とき》、弥助夫婦《やすけふうふ》はすぐに其日《そのひ》を繰《く》ってみて、*それが十三夜《じゅうさんや》の前日《ぜんじつ》に当《あた》ることをあらかじめ知《し》っていたのである。おせきが初《はじ》めて影《かげ》を踏《ふ》まれたのは去年《きょねん》の十三夜《じゅうさんや》の前夜《ぜんや》で、行者《ぎょうじゃ》のいう百日目《ひゃくにちめ》が恰《あたか》も*満一年目《まんいちねんめ》の当日《とうじつ》であるということが、彼女《かれ》の父母《ちちはは》の胸《むね》に一種《いっしゅ》の暗《くら》い影《かげ》を投《な》げた。今度《こんど》こそはその蠟燭《ろうそく》のひかりが何《なに》かの不思議《ふしぎ》を照《て》らし出《だ》すのではないかとも危《あやぶ》まれて、夫婦《ふうふ》は一面《いちめん》に云《い》い知《し》れない不安《ふあん》をいだきながらも、いわゆる怖《こわ》いもの見《み》たさの好奇心《こうきしん》も手伝《てつだ》って、その日《ひ》の早《はや》く来《く》るのを待《ま》ちわびていた。

その九月十二日《くがつじゅうににち》がいよいよ来《き》た。その夜《よる》の月《つき》は去年《きょねん》と同《おな》じように明《あか》るかった。

あくる十三日《じゅうさんにち》、きょうも朝《あさ》から晴《は》れていた。午《ひる》*少《すこ》し前《まえ》に弱《よわ》い地震《じしん》があった。八《や》つ頃《ごろ》(午後二時《ごごにじ》)に大野屋《おおのや》の伯母《おば》が近所《きんじょ》まで来《き》たと云《い》って、近江屋《おうみや》の店《みせ》に立寄《たちよ》った。呼《よ》ばれて、おせきは奥《おく》から出《で》て来《き》て、伯母《おば》にも一通《ひととお》りの挨拶《あいさつ》をした。伯母《おば》が帰《かえ》るときに、お由《よし》は表《おもて》まで送《おく》って出《で》て、往来《おうらい》で小声《こごえ》でささやいた。

「おせきの百日目《ひゃくにちめ》というのは昨夜《ゆうべ》だったのですよ。」

「そう思《おも》ったからわたしも様子《ようす》を見《み》に来《き》たのさ。」と伯母《おば》も声《こえ》をひそめた。「そこで、何《なに》か変《かわ》ったことでもあって……。」

「それがね、姉《ねえ》さん。」と、お由《よし》はうしろを見《み》かえりながら摺寄《すりよ》った。「ゆうべも九《ここの》つ(午《ご》後十二時《ごじゅうにじ》)を合図《あいず》におせきの寝床《ねどこ》へ忍《しの》んで行《い》って、寐《ね》ぼけてぼんやりしているのを抱《だ》き起《おこ》

夏痩《なつや》せ　夏《なつ》の暑《あつ》さで身体《からだ》が衰弱《すいじゃく》して痩《や》せること。
眼《め》に立《た》った　めだった。
日《ひ》の目《め》を見《み》ない　陽《ひ》の光《ひかり》が入《はい》らない。
疲《つか》らせて　疲《つか》れさせて。
癆症《ろうしょう》　労咳《ろうがい》(肺結核《はいけっかく》の漢方名《かんぽうめい》)に同《おな》じ。
旧暦《きゅうれき》　明治五年《めいじねん》(一八七二)まで用《もち》いられていた太陰太陽暦《たいいんたいようれき》のこと。
繰《く》ってみて　順《じゅん》にかぞえてみて。
恰《あたか》も　ここでは「ちょうど」の意《い》。
午《ひる》　真昼《まひる》の十二時《じ》。午《うま》の刻《こく》は午前《ごぜん》十一時《じ》から午後《ごご》一時《じ》に相当《そうとう》。

して、内《うち》の人《ひと》*が蠟燭《ろうそく》をかざしてみると——壁《かべ》には骸骨《がいこつ》の影《かげ》が*映《うつ》って……。」

お由《よし》の声《こえ》は顫《ふる》えていた。伯母《おば》も顔《かお》の色《いろ》を変《か》えた。

「え、骸骨《がいこつ》の影《かげ》が……。見違《みちが》いじゃあるまいね。」

「あんまり不思議《ふしぎ》ですから好《よ》く見《み》つめていたんですけれど、確《たしか》にそれが骸骨《がいこつ》に相違《そうい》ないので、わたしはだんだんに怖《こわ》くなりました。わたしばかりでなく、内《うち》の人《ひと》の眼《め》にもそう見《み》えたというのですから、嘘《うそ》じゃありません。」

「まあ。」と、伯母《おば》は溜息《ためいき》をついた。「当人《とうにん》はそれを知《し》らないのかえ。*」

「ひどく眠《ねむ》がっていて、又《また》すぐに寐《ね》てしまいましたから、何《なん》にも知《し》らないらしいのです。それにしても、骸骨《がいこつ》が映《うつ》るなんて一体《いったい》どうしたんでしょう。」

「下谷《したや》へ行《い》って訊《き》いて見《み》たの。」と、伯母《おば》は訊《き》いた。

内《うち》の人《ひと》　夫《おっと》。弥助《やすけ》をさす。

壁《かべ》には骸骨《がいこつ》の影《かげ》が……　美《うつく》しい娘《むすめ》の影《かげ》だけが骸骨《がいこつ》のシルエットに見《み》えるという薄気味《うすきみ》の悪《わる》い怪異《かいい》。綺堂《きどう》が少年時代《しょうねんじだい》に寄席《よせ》で接《せっ》して感銘《かんめい》をうけたという（岡本綺堂《おかもときどう》「高坐《こうざ》の牡丹燈籠《ぼたんどうろう》」参《さん》照《しょう》）三遊亭圓朝《さんゆうていえんちょう》の『怪談牡丹燈籠《かいだんぼたんどうろう》』において、可憐《かれん》なお露《つゆ》の霊《れい》が、恋人以外《こいびといがい》の眼《め》には骸骨《がいこつ》に見《み》えるという趣向《しゅこう》を思《おも》わせるところがある。

知《し》らないのかえ　知《し》らないのかい？

「内《うち》の人《ひと》は今朝《けさ》早《はや》くに下谷《したや》へ行《い》って、その話《はなし》をしましたところが、行者様《ぎょうじゃさま》はただ黙《だま》って考《かんが》えていて、わたしにもよく判《わか》らないと云《い》ったそうです。」と、お由《よし》は声《こえ》を曇《くも》らせた。*「ほんとうに判《わか》らないのか、判《わか》っていても云《い》わないのか、どっちでしょうね。」

「さあ。」

判《わか》っていても云《い》わないのであろうと、伯母《おば》は想像《そうぞう》した。お由《よし》もそう思《おも》っているらしかった。もしそうならば、それは悪《わる》いことに相違《そうい》ない。善《い》いことであれば隠《かく》す筈《はず》がないとは、誰《だれ》でも考《かんが》えられることである。二人《ふたり》の女《おんな》は暗《くら》い顔《かお》をみあわせて、しばらく往来中《おうらいなか》*に突《つ》っ立《た》っていると、その頭《あたま》の上《うえ》の青空《あおぞら》には白《しろ》い雲《くも》が高《たか》く流《なが》れていた。

お由《よし》はやがて泣《な》き出《だ》した。

「おせきは死《し》ぬのでしょうか。」

伯母《おば》もなんと答《こた》えていいか判《わか》らなかった。かれも内心《ないしん》には十二分《じゅうにぶん》の恐《おそ》れをいだきながら、兎《と》も角《かく》も間《ま》にあわせの気休《きやす》め*を云《い》って置《お》くの外《ほか》はなかった。*

伯母《おば》は家《うち》へ帰《かえ》ってその話《はなし》をすると、要次郎《ようじろう》はまた怒《おこ》った。

「近江屋《おうみや》の叔父《おじ》さんや叔母《おば》さんにも困《こま》るな。いつまで狐《きつね》つかいの行者《ぎょうじゃ》なんかを信仰《しんこう》しているのだろう。そんなことをして此方《こっち》をさんざん嚇《おど》かして置《お》いて、お仕舞《しまい》に＊高《たか》い祈禱料《きとうりょう》をせしめようとする＊魂胆《こんたん》＊に相違《そうい》ないのだ。そのくらいの事《こと》が判《わか》らないのかな。」

「そんなことを云《い》っても、論《ろん》より証拠《しょうこ》で、丁度《ちょうど》百日目《ひゃくにちめ》の晩《ばん》に怪《あや》しい影《かげ》が映《うつ》ったというじゃないか。」と、兄《あに》は云《い》った。

「それは行者《ぎょうじゃ》が狐《きつね》を使《つか》うのだ。」

又《また》もや兄弟喧嘩《きょうだいげんか》がはじまったが、大野屋《おおのや》の両親《りょうしん》にもその裁判《さいばん》が付《つ》かなかった。＊行者《ぎょうじゃ》を信《しん》じる兄《あに》も、行者《ぎょうじゃ》を信《しん》じない弟《おとうと》も、所詮《しょせん》＊水《みず》かけ論《ろん》＊に過《す》ぎないので、ゆう飯《めし》を境《さかい》にしてその

声《こえ》を曇《くも》らせた　疑《うたが》いや不安《ふあん》のため暗《くら》い声《こえ》になるさま。
往来中《おうらいなか》　道《みち》ばた。路上《ろじょう》。
気休《きやす》め　とりあえず相手《あいて》を安心《あんしん》させるために言《い》う、あてのない言葉《ことば》。
云《い》って置《お》くの外《ほか》はなかった　云《い》っておくしかなかった。
お仕舞《しまい》に　最後《さいご》に。「お終《しま》いに」とも表記《ひょうき》。
せしめようとする　うまいこと立《た》ち回《まわ》って、我《わ》が物《もの》にしようとする。
魂胆《こんたん》　計略《けいりゃく》。企《たくら》み。
裁判《さいばん》が付《つ》かなかった　ここでは、どちらが正《ただ》しいとも決《き》められなかったの意《い》。
所詮《しょせん》　結局《けっきょく》。
水《みず》かけ論《ろん》　ひでりに際《さい》して農民《のうみん》が自家《じか》の田《た》に水《みず》を引《ひ》こうと相《あい》争《あらそ》うことから、果《は》てしなく続《つづ》く言《い》い争《あらそ》い、結論《けつろん》の出《で》ない論《ろん》争《そう》。

議論《ぎろん》も自然物別《しぜんものわか》れ*になってしまったが、要次郎《ようじろう》の胸《むね》はまだ納《おさ》まらなかった。ゆう飯《めし》を食《く》ってしまって、近所《きんじょ》の銭湯《せんとう》へ行《い》って帰《かえ》ってくると、今夜《こんや》の月《つき》はあざやかに昇《のぼ》っていた。

「好《い》い十三夜《じゅうさんや》だ。」と、近所《きんじょ》の人《ひと》たちも表《おもて》に出《で》た。中《なか》には手《て》をあわせて拝《おが》んでいるのもあった。

十三夜《じゅうさんや》――それを考《かんが》えると、要次郎《ようじろう》はなんだか家《うち》に落《おち》ついていられなかった。彼《かれ》はふらふらと店《みせ》を出《で》て、柴井町《しばいちょう》の近江屋《おうみや》をたずねた。

「おせきちゃん、居《い》ますか。」

「はあ。奥《おく》にいますよ。」と、母《はは》のお由《よし》は答《こた》えた。

「呼《よ》んで呉《く》れませんか。」と、要次郎《ようじろう》は云《い》った。

「おせきや。要《よう》ちゃんが来《き》ましたよ。」

母《はは》に呼《よ》ばれて、おせきは奥《おく》から出《で》て来《き》た。今夜《こんや》のおせきはいつもよりも綺麗《きれい》に化粧《けしょう》しているのが、月《つき》のひかりの前《まえ》に一層美《いっそううつく》しくみえた。

「月《つき》がいいから表《おもて》へ拝《おが》みに出《で》ませんか。」と、要次郎《ようじろう》は誘《さそ》った。

おそらく断《ことわ》るかと思《おも》いの外《ほか》、おせきは素直《すなお》に表《おもて》へ出《で》て来《き》たので、両親《りょうしん》も不思議《ふしぎ》に思《おも》った。要次郎《ようじろう》もすこし案外《あんがい》に*感《かん》じた。併《しか》し彼《かれ》はおせきを明《あか》るい月《つき》の前《まえ》にひき出《だ》して、その光《ひかり》を恐《おそ》れないような習慣《しゅうかん》を作《つく》らせようと決心《けっしん》して来《き》たのであるから、それを丁度幸《ちょうどさいわ》いにして、*ふたりは連《つ》れ立《だ》って歩《ある》き出《だ》した。両親《りょうしん》もよろこんで出《だ》して遣《や》った。

若《わか》い男《おとこ》と女《おんな》とは、金杉《かなすぎ》*の方角《ほうがく》にむかって歩《ある》いてゆくと、冷《つめた》い秋《あき》の夜風《よかぜ》がふたりの袂《たもと》をそよそよと吹《ふ》いた。月《つき》のひかりは昼《ひる》のように明《あか》るかった。

「おせきちゃん。こういう月夜《つきよ》の晩《ばん》にあるくのは、好《い》い心持《こころもち》だろう。」と、要次郎《ようじろう》は云《い》った。

おせきは黙《だま》っていた。

「いつかの晩《ばん》も云《い》った通《とお》り、詰《つま》らないことを気《き》にするからいけない。それだから気《き》が鬱《ふさ》いだり、*からだが悪《わる》くなったりして、お父《とっ》さんや阿母《おっか》さんも心配《しんぱい》するようになるのだ。そん

物別《ものわか》れ　合意《ごうい》できないままに別《わか》れること。
案外《あんがい》に　意外《いがい》に。
丁度幸《ちょうどさいわ》いにして　ナイス・タイミングだと思《おも》って。
金杉《かなすぎ》　東京《とうきょう》・芝《しば》の金杉町《かなすぎちょう》。金杉橋《かなすぎばし》がある。現在《げんざい》の港区芝《みなとくしば》一丁《ちょう》目《め》・二丁目《ちょうめ》付近《ふきん》。
気《き》が鬱《ふさ》いだり　心《こころ》が晴《は》れず憂鬱《ゆううつ》な状態《じょうたい》になること。

なことを忘《わす》れてしまうために、今夜《こんや》は遅《おそ》くなるまで歩《ある》こうじゃないか。」

「ええ。」と、おせきは低《ひく》い声《こえ》で答《こた》えた。

――影《かげ》や道陸神《どうろくじん》、十三夜《じゅうさんや》のぼた餅《もち》――

子《こ》どもの唄《うた》が又《また》きこえた。それは近江屋《おうみや》の店先《みせさき》を離《はな》れてから一町《いっちょう》*ほども歩《ある》き出《だ》した頃《ころ》であった。

「子供《こども》が来《き》ても構《かま》わない。平気《へいき》で思《おも》うさま*踏《ふ》ませて遣《や》る方《ほう》がいいよ。」と、要次郎《ようじろう》は励《はげ》ますように云《い》った。

子供《こども》の群《むれ》は十人《じゅうにん》ばかりが一組《ひとくみ》になって横町《よこちょう》から出《で》て来《き》た。かれらは声《こえ》をそろえて唄《うた》いながら二人《ふたり》のそばへ近寄《ちかよ》ったが、要次郎《ようじろう》は片手《かたて》でおせきの右《みぎ》の手《て》をしっかりと握《にぎ》りながら、わざと平気《へいき》で歩《ある》いていると、その影《かげ》を踏《ふ》もうとして近寄《ちかよ》ったらしい子供等《こどもら》は、なにを見《み》たのか、急《きゅう》にわっと云《い》って一度《いちど》に逃《に》げ散《ち》った。

「お化《ば》けだ、お化《ば》けだ。」

かれらは口々《くちぐち》に叫《さけ》びながら逃《に》げた。影《かげ》を踏《ふ》もうとして近寄《ちかよ》っても、こっちが平気《へいき》でいるらしいので、更《さら》にそんなことを云《い》って嚇《おど》したのであろうと思《おも》いながら、要次郎《ようじろう》は自分《じぶん》のうしろを見《み》かえると、今《いま》までは南《みなみ》に向《むか》って歩《ある》いていたので一向《いっこう》に気《き》が付《つ》かなかったが、斜《なな》めにうしろの地面《じめん》に落《お》ちている二《ふた》つの影《かげ》——その一《ひと》つは確《たし》かに自分《じぶん》の影《かげ》であったが、他《た》の一《ひと》つは骸骨《がいこつ》の影《かげ》であったので、要次郎《ようじろう》もあっと驚《おどろ》いた。行者《ぎょうじゃ》を狐《きつね》つかいなどと罵《ののし》っていながらも、今《いま》やその影《かげ》を実地《じっち》に＊見《み》せられて、かれは俄《にわか》に＊云《い》い知《し》れない恐怖《きょうふ》に襲《おそ》われた。子供等《こどもら》がお化《ば》けだと叫《さけ》んだのも嘘《うそ》ではなかった。

要次郎《ようじろう》は不意《ふい》の恐《おそ》れに前後《ぜんご》の考《かんが》えをうしなって、＊今《いま》までしっかりと握《にぎ》りしめていたおせきの手《て》を振放《ふりはな》して、半分《はんぶん》は夢中《むちゅう》で柴井町《しばいちょう》の方《ほう》へ引返《ひきかえ》して逃《に》げた。

その注進《ちゅうしん》＊におどろかされて、おせきの両親《りょうしん》は要次郎《ようじろう》と一緒《いっしょ》にそこへ駈《か》け着《つ》けてみると、おせきは右《みぎ》の肩《かた》から袈裟斬《けさぎり》＊に斬《き》られて往来《おうらい》のまん中《なか》に倒《たお》れていた。

一町《いっちょう》　約《やく》一〇九メートル。
思うさま《おも》　思《おも》うぞんぶん。好《す》きなだけ。
実地に《じっち》　実際《じっさい》に。
俄に《にわか》　急《きゅう》に。突然《とつぜん》。
前後の考えをうしなって《ぜんご》《かんが》　あとさきを考《かんが》えずに。無我夢中《むがむちゅう》で。
注進《ちゅうしん》　急《いそ》いで報告《ほうこく》すること。
袈裟斬《けさぎり》　片方《かたほう》の肩《かた》から斜《なな》め方向《ほうこう》に、もう片方《かたほう》の腋《わき》の下《した》へかけて刀《かたな》で斬《き》り下《お》ろすこと。

近所《きんじょ》の人《ひと》の話《はなし》によると、要次郎《ようじろう》が駈《か》け出《だ》したあとへ一人《ひとり》の侍《さむらい》が通《とお》りかかって、いきなりに刀《かたな》をぬいておせきを斬《き》り倒《たお》して立去《たちさ》ったというのであった。宵《よい》の口《くち》*といい、この月夜《つきよ》に辻斬《つじぎり》*でもあるまい。かの侍《さむらい》も地《ち》にうつる怪《あや》しい影《かげ》をみて、たちまちに斬《き》り倒《たお》してしまったのかも知《し》れない。

おせきが自分《じぶん》の影《かげ》を恐《おそ》れていたのは、こういうことになる前兆《ぜんちょう》*であったかと、近江屋《おうみや》の親《おや》たちは嘆《なげ》いた。行者《ぎょうじゃ》の奴《やつ》が狐《きつね》を憑《つ》けてこんな不思議《ふしぎ》を見《み》せたのだと、要次郎《ようじろう》は憤《いきどお》った。*しかし誰《だれ》にも確《たしか》な説明《せつめい》の出来《でき》る筈《はず》はなかった。唯《ただ》こんな奇怪《きかい》な出来事《できごと》があったとして、世《せ》間《けん》に伝《つた》えられたに過《す》ぎなかった。

（「講談倶楽部《こうだんくらぶ》」一九二六年《ねん》一月号掲載《がつごうけいさい》）

宵の口《よいのくち》　日《ひ》が暮《く》れてまもない時分《じぶん》。

辻斬《つじぎり》　武士《ぶし》が刀剣《とうけん》の切《き》れ味《あじ》をためしたり、剣術修行《けんじゅつしゅぎょう》の一環《いっかん》と称《しょう》して、夜間《やかん》に往来《おうらい》で、通《とお》りすがりの通行人《つうこうにん》を斬《き》り捨《す》てること。強盗目的《ごうとうもくてき》の場合《ばあい》もあった。

前兆《ぜんちょう》　何《なに》かが起《お》きる前《まえ》ぶれ。

憤《いきどお》**った**　恨《うら》み怒《おこ》ること。

影《かげ》

柳《やなぎ》田《た》國《くに》男《お》

松繁《まつしげ》き*大倉谷《おおくらだに》の奥《おく》に、名《な》も無《な》き野《の》のいと小《ちい》さきがありき。*月《つき》の明《あかる》き夜《よ》に、此野《このの》に来《き》て泣《な》く人《ひと》あれば、其人《そのひと》の影《かげ》忽《たちまち》に*主《あるじ》を*離《はな》れて、此野《このの》に留《とどま》りつゝ、いつまでも消《き》ゆることなきを、*里人《さとびと》すら多《おお》くは知《し》らざりき。*

ある若者《わかもの》に、女《おんな》いと無情《なさけな》かりしかば、*堪《た》へかねて、*人《ひと》なき山陰《やまかげ》をと求《もと》めつゝ、終《つい》に此野《このの》に来《き》て泣《な》きたりしに、*いつの間《ま》にか夕月《ゆうづき》は空《そら》に上《のぼ》りて、若者《わかもの》の影《かげ》は早《はや》この野《の》の物《もの》となりしを、知《し》らすして*彼《かれ》はかへりぬ。

年経《としへ》て後《のち》、*少女《しょうじょ》が*別《べつ》に深《ふか》く恋《こ》ひたりし男《おとこ》、*心更《こころさら》によからぬ人《ひと》にて、*漸《ようや》く少女《しょうじょ》を疎《うと》まんとす。*

松繁《まつしげ》き　松《まつ》が繁茂《はんも》している。ちなみに本篇《ほんぺん》と同《おな》じ号《ごう》に載《の》った「野《の》の家《いえ》」は「松男《まつお》」名義《めいぎ》であり、後《のち》には「野上松彦《のがみまつひこ》」の筆《ひつ》名《めい》も用《もち》いている。本名《ほんみょう》（松岡國男《まつおかくにお》）の一字《じ》ではあるが、松《まつ》という文字《もじ》への愛着《あいちゃく》を窺《うかが》わせるネーミングではあるまいか。

名《な》も無《な》き野《の》のいと小《ち》さきがありき　名前《なまえ》もない、とても小《ち》さな野原《のはら》があった。「野《の》」という言葉《ことば》も、作者《さくしゃ》の恋愛詩《れんあいし》のキイワードである。「空《そら》のゆふべになるごとに／きよきすがたを思《おも》ひかね／うれしき星《ほし》をまた見《み》んと／野道《のみち》を来《く》れば野《の》の末《すえ》に」（柳田國男《やなぎたくにお》「野《の》の家《いえ》」）

忽《たちまち》に　43頁《ぺーじ》を参照《さんしょう》。

主《あるじ》を　本体《ほんたい》を。

消《き》ゆることなきを　（影《かげ》が）消《き》えないでそこに留《とど》まっているのを。「Kの昇天《しょうてん》」にも言及《げんきゅう》されているハイネの詩《し》「ドッペルゲンゲル」（11頁参照《ぺーじさんしょう》）を想起《そうき》させるような幻想《げんそう》である。若《わか》き日《ひ》の國男《くにお》は「ハインリッヒ・ハイネを愛読《あいどく》し、その文才《ぶんさい》に心酔《しんすい》して居《い》た」（柳田國男《やなぎたくにお》「平凡《へいぼん》と非凡《ひぼん》」）というが、その影響《えいきょう》は一連《いちれん》の恋愛詩《れんあいし》にも躍如《やくじょ》としている。ちなみに國男《くにお》を外国《がいこく》文学《ぶんがく》の世界《せかい》へと導《みちび》いた文豪《ぶんごう》・森鷗外《もりおうがい》も、右《みぎ》のハイネの詩《し》を「分身《ぶんしん》」と題《だい》して翻訳《ほんやく》している（「藝文《げいぶん》」一九〇二年《ねん》八月発行《がっはっこう》の巻第《まきだい》二に掲載《けいさい》）。その第《だい》二連《れん》を引《ひ》く。「たぞやかなたのたかどのに／ふりさけみつつうちなきて／たちわづらへるひとこそあれ／くもまもりくるつきかげに／はつはつみればさながらに／むかしのわれのおもわなり」（誰《た》ぞや彼方《かなた》の高楼《たかどの》に／振《ふ》り放《さ》け見《み》つつ打《う》ち泣《な》きて／立《た》ち煩《わずら》える人《ひと》こそあれ／雲間《くもま》洩《も》りくる月影《つきかげ》に／端端《はしばし》見《み》ればさながらに／昔《むかし》の我《われ》の面輪《おもわ》なり）

知《し》らざりき　知《し》らなかった。

いと無情《なさけな》かりしかば　たいそうつれないので。國男《くにお》が一連《れん》の詩《し》篇《へん》で切々《せつせつ》と恋慕《れんぼ》の言葉《ことば》を捧《ささ》げてやまない女性《じょせい》には、現実《げんじつ》のモデルが存在《そんざい》したことが、近年《きんねん》の研究《けんきゅう》により明《あき》らかになってきた（岡谷公二《おかやこうじ》『殺《ころ》された詩人《しじん》』など参照《さんしょう》）。学生時代《がくせいじだい》の國《くに》男《お》が同居《どうきょ》していた兄《あに》・鼎《かなえ》の医院《いいん》の近所《きんじょ》に住《す》んでいた鮮魚商《せんぎょしょう》の娘《むすめ》・伊勢《いせ》いね子《こ》（一八八二～一九〇〇）である。國男《くにお》は交《こう》際《さい》を切望《せつぼう》するが周囲《しゅうい》に止《と》められ、数年後《すうねんご》に少女《しょうじょ》は十八歳《さい》の若《わか》さで結核《けっかく》のため夭折《ようせつ》する。その亡骸《なきがら》は川舟《かわぶね》に乗《の》せられ（オフェーリアのごとく!?）、療養先《りょうようさき》の取手《とりで》から布佐《ふさ》（千葉県《ちばけん》）の実家《じっか》へ運《はこ》ばれたという。それと前後《ぜんご》して國男《くにお》は恋愛詩《れんあいし》の筆《ふで》を折《お》る……この悲恋《ひれん》と死別《しべつ》の体験《たいけん》が、その後《ご》の國男《くにお》の人生《じんせい》に大《おお》きな影響《えいきょう》を及《およ》ぼすことになったと考《かんが》える研究者《けんきゅうしゃ》もある。

堪《た》へかねて　（その若者《わかもの》は女《おんな》の仕打《しう》ちが）堪《た》えられなくなって。

泣《な》きたりしに　泣《な》いたものだが。

知《し》らすして　知《し》らずして。知《し》らないで。作者《さくしゃ》には濁音《だくおん》の使用《しよう》を避《さ》ける書《か》き癖《ぐせ》（「ほど」を「ほと」と書《か》くなど）があって、ここでも「ず」を「す」と表記《ひょうき》している。

年経《としへ》て後《のち》　幾年《いくねん》かが過《す》ぎて。

少　女《しょうじょ》が　前段《ぜんだん》の「女《おんな》」をさす。

恋《こ》ひたりし男《おとこ》　恋《こい》に落《お》ちた相手《あいて》の男《おとこ》。

よからぬ人《ひと》にて　不実《ふじつ》な人間《にんげん》だったので。

漸《ようや》く少女《しょうじょ》を疎《うと》まんとす　次第《しだい》に少女《しょうじょ》を遠《とお》ざけるようになった。

少女《しょうじょ》うち侘《わ》びて過《すご》せしが、*人《ひと》に言《い》ふべき事《こと》にもあらねば、*終《つい》に亦此野《またこのの》に来《き》て、月夜《つきよ》を泣《な》き明《あか》しき、*奇《く》しき縁《えん》なるかな、*其影《そのかげ》も亦《また》*此野《このの》辺《べ》に留《とどま》りぬ。幾千年《いくせんねん》の昔《むかし》よりなれば、此処《ここ》に来《き》て泣《な》きし*人《ひと》の影《かげ》も数多《かずおお》きが、日中《にっちゅう》は物陰《ものかげ》に隠《かく》れゐて*見《み》えず、夕《ゆう》になれば出《い》でゝ*さまよひ歩《ある》くなり。若《もし》*来《き》て見《み》る人《ひと》もあらば、蜃気楼《しんきろう》*を見《み》るが如《ごと》き*心地《ここち》せしならむ。*

何時《いつ》の夕暮《ゆうぐれ》よりか、かの男《おとこ》の影《かげ》、此女《このおんな》の影《かげ》を見《み》そめて、*之《これ》も亦深《またふか》く恋《こい》をしき。されど*互《たがい》に其先《そのせん》の主《あるじ》*の身《み》の上《うえ》は知《し》らねば、心《こころ》いとよく合《あ》ひて、*此恋《このこい》は全《まった》く成《な》りぬ。*斯《か》くして*影《かげ》なる二人《ふたり》は、手《て》をとりかはして、*名《な》もなき小野《おの》を都《みやこ》とも*思ひつゝ、夕暮毎《ゆうぐれごと》に其《その》恋《こい》を楽《たのし》むことも、早幾十年《はやいくじゅうねん》かになりぬ。今《いま》より後《のち》の千年《せんねん》も、亦《また》かくして過《すぐ》るならむ。*唯憫《ただあわれ》むべきは*此影《このかげ》の主《あるじ》なり、彼等《かれら》は終《つい》にうち解《と》くる*日《ひ》もなくて、各其歎《おのおのそのなげき》を歎《なげ》きつゝ、*共《とも》

うち侘《わ》びて過《すご》せしが　つらく悲《かな》しい思《おも》いで過《す》ごしていたが。
人《ひと》に言《い》ふべき事《こと》にもあらねば　他人《たにん》に相談《そうだん》できるような事《こと》でもないので。

月夜《つきよ》を泣《な》き明《あか》しき　月夜《つきよ》の晩《ばん》を泣《な》き明《あ》かした。
奇《く》しき縁《えん》なるかな　なんと不思議《ふしぎ》な因縁《いんねん》だろうか。
亦《また》　「又《また》」とも表記《ひょうき》。同《おな》じく。

泣《な》きし　泣《な》いた。

隠《かく》れゐて　隠《かく》れていて。

夕《ゆう》になれば出《い》て丶……　「出《い》て丶」は「出《い》でて」。「夕《ゆう》」や「夕暮《ゆうぐ》れ」も國男《くにお》の詩《し》に頻出《ひんしゅつ》するキイワード。明治《めいじ》二十八年《ねん》（一八九五）十一月《がつ》、「文學界《ぶんがくかい》」第《だい》三十五号《ごう》に「なにがし」名義《めいぎ》で発表《はっぴょう》した最初《さいしょ》の新体詩作品《しんたいしさくひん》からして「夕《ゆう》ぐれに眠《ねむり》のさめたるとき」と題《だい》されていたし、「影《かげ》」と同年《どうねん》に「文學界《ぶんがくかい》」第《だい》五十号《ごう》に「松男《まつお》」名義《めいぎ》で発表《はっぴょう》された「夕《ゆう》づ丶」には「かのたそがれの国《くに》にこそ／こひしき皆《みな》はいますなれ／うしと此世《このよ》を見《み》るならば／我《われ》をいざなへゆふづ丶」と詠《うた》われていた。ここでの「たそがれの国《くに》」とは現実《げんじつ》を超《こ》えた憧憬《しょうけい》の世界《せかい》であり、本篇《ほんぺん》においても、現世《げんせ》で叶《かな》えられぬ恋《こい》が成就《じょうじゅ》する楽土《らくど》なのである。

ちなみに「影《かげ》」発表《はっぴょう》の前年《ぜんねん》、國男《くにお》は新進作家時代《しんしんさっかじだい》の泉鏡花《いずみきょうか》と知《し》り合《あ》い意気投合《いきとうごう》、終生《しゅうせい》にわたる「おばけずき」の友人《ゆうじん》となった（東雅夫《ひがしまさお》『遠野物語《とおのものがたり》と怪談《かいだん》の時代《じだい》』参照《さんしょう》）。鏡花《きょうか》もまた、若《わか》くして父母《ふぼ》を亡《な》くし、異界《いかい》に憧《あこが》れてやまない気質《きしつ》の持《も》ち主《ぬし》であり、後《のち》に「たそがれの味《あじ》」（一九〇八）と題《だい》するエッセイでは「たそがれ趣味《しゅみ》」を提唱《ていしょう》、「私《わたし》は、重《おも》にそう云《い》うたそがれ的《てき》な世界《せかい》を主《しゅ》に描《えが》きたい、写《うつ》したいと思《おも》って居《お》ります」と記《しる》していることを付言《ふげん》しておきたい。

若《もし》　もしも。

蜃気楼《しんきろう》　「蜃《しん》」は大蛤《おおはまぐり》の意《い》。巨大《きょだい》な蛤《はまぐり》が吐《は》き出《だ》す気《き》によって、海上《かいじょう》に楼閣《ろうかく》が出没《しゅつぼつ》する現象《げんしょう》と考《かんが》えられたことによる命名《めいめい》。海面《かいめん》や砂漠《さばく》など場所《ばしょ》ごとに気温《きおん》が大《おお》きく異《こと》なることで光線《こうせん》が屈折《くっせつ》し、遠方《えんぼう》の景色《けしき》が間近《まぢか》に見《み》えたり、地上《ちじょう》の建物《たてもの》などが宙《ちゅう》に浮《う》いて見《み》えたりする自然現象《しぜんげんしょう》である。海市《かいし》、かいやぐらなどとも。春《はる》の季語《きご》。ちなみに蜃気楼《しんきろう》をモチーフとする作品《さくひん》には、江戸川乱歩《えどがわらんぽ》「押絵《おしえ》と旅《たび》する男《おとこ》」（『恋《こい》』所収《しょしゅう》）、芥川龍之介《あくたがわりゅうのすけ》「蜃気楼《しんきろう》」（一九二七）や横溝正史《よこみぞせいし》「かひやぐら物語《ものがたり》」（一九三六）などがある。

見《み》るが如《ごと》き　見《み》るかのような。

心地《ここち》せしならむ　心地《ここち》がしたことだろう。

見《み》そめて　ひとめ見《み》て恋心《こいごころ》を抱《いだ》き。

されど　けれども。

先《せん》の主《あるじ》　影《かげ》の本体《ほんたい》だった人間《にんげん》。

いとよく合《あ》ひて　とてもよく合《あ》って。意気投合《いきとうごう》して。

全《まった》く成《な》りぬ　見事《みごと》に（恋《こい》が）成就《じょうじゅ》した。

斯《か》くして　こうして。

手《て》をとりかはして　手《て》に手《て》を取《と》って。

小野《おの》を都《みやこ》とも　小《ちい》さな野原《のはら》を自分《じぶん》たちの王国《おうこく》とも。

過《す》ぐるならむ　過《す》ぎることだろう。

憫《あわれ》むべきは　可哀想《かわいそう》なのは。

うち解《と》くる　打《う》ち解《と》ける。仲良《なかよ》くなる。

各《おのおの》其歎《そのなげき》を歎《なげ》きつ丶　それぞれ自分《じぶん》の悲恋《ひれん》を嘆《なげ》き哀《かな》しみながら。

柳田國男

に苔《こけ》の下《した》に入《い》りき、*其墓所《そのぼしょ》さへもたち隔《へだた》りつゝ。*

（「文學界《ぶんがくかい》」一八九七年《ねん》一月発行《がつはっこう》の第《だい》四十九号《ごう》に「夢《ゆめ》がたり」の総題《そうだい》で、他《ほか》の散文詩《さんぶんし》五篇《へん》と共《とも》に「大峰古日《おおみねふるひ》」名義《めいぎ》で掲載《けいさい》）

苔《こけ》の下《した》に入《い》りき　死《し》んで墓所《ぼしょ》に葬《ほうむ》られた。

たち隔《へだた》りつゝ　（墓所《ぼしょ》さえもが）遠《とお》く離《はな》れた場所《ばしょ》にあった。その後《ご》の國男《くにお》といね子《こ》の運命《うんめい》に想《おも》いを馳《は》せるとき、何《なん》とも残酷《ざんこく》な予言《よげん》めいたくだりというほかはあるまい。

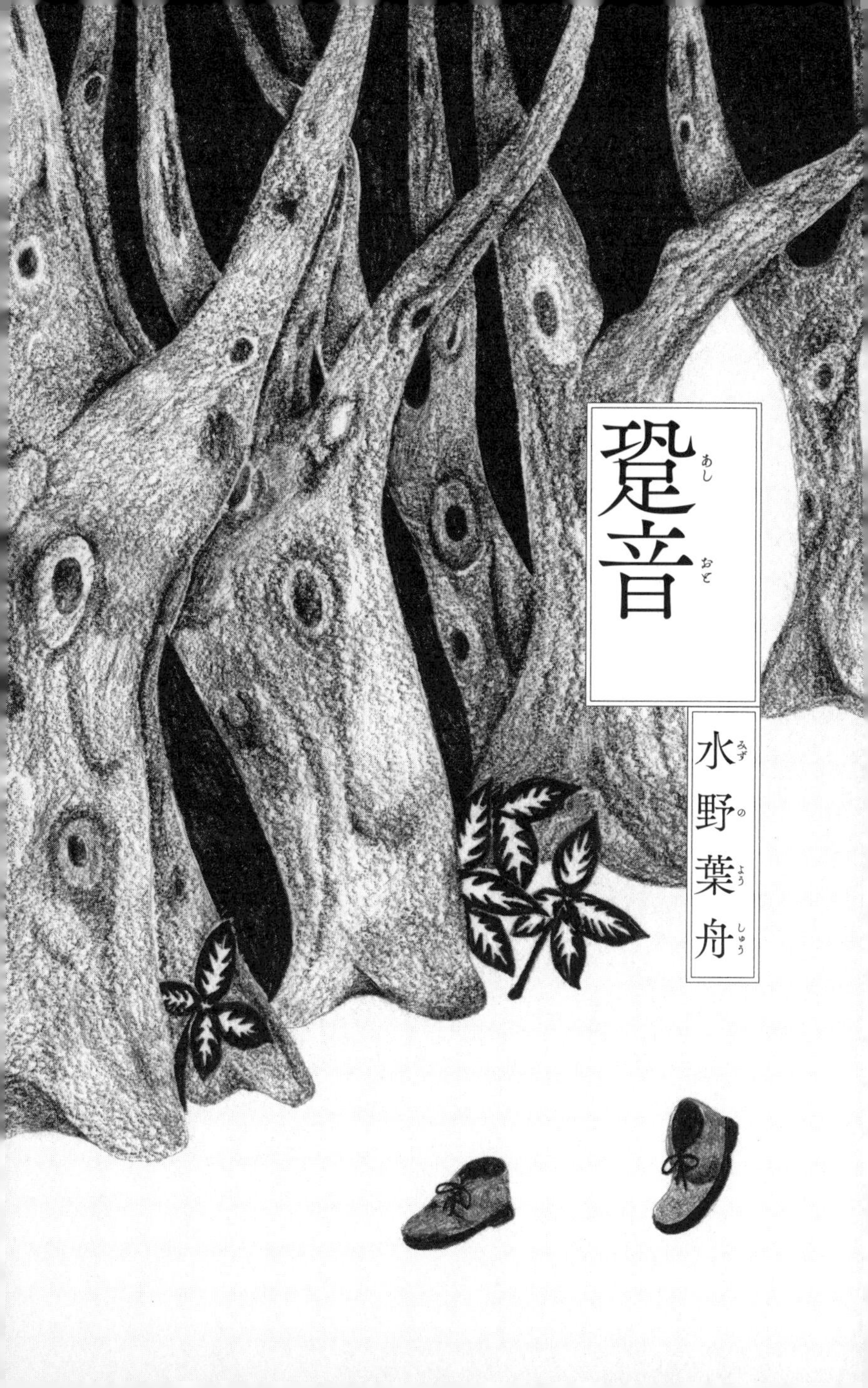

跫《あし》音《おと》

水《みず》野《の》葉《よう》舟《しゅう》

私《わたし》は三年《さんねん》ばかり前《まえ》に、或《あ》る丘《おか》の森《もり》の中《なか》に住《す》んでいた事《こと》がある。その森《もり》と云《い》うのは槻《けやき》*の大木《たいぼく》が疎《まば》ら立《だ》ちに*立《た》っていて、落葉時《おちばどき》*になると、その中《なか》の家《いえ》が残《のこ》らず露《あら》われて見《み》える。家《いえ》は丁度五軒《ちょうどごけん》あった。入口《いりぐち》の二軒《にけん》は百姓家《ひゃくしょうや》*で、次《つぎ》の家《いえ》は駄菓子《だがし》を売《う》る小《ちい》さい店《みせ》、その次《つぎ》が私《わたし》の居《い》た家《いえ》で、地主《じぬし》だ。主人夫婦《しゅじんふうふ》はもう六十近《ろくじゅうちか》い老人《ろうじん》で子《こ》は一人《ひとり》もない。主人《しゅじん》は終日《しゅうじつ》ぶらぶらしていたが、女房《かみさん》が朝《あさ》から晩《ばん》まで、家《いえ》の周囲《まわり》で働《はたら》いていた。そこに私《わたし》が下宿《げしゅく》することになったのである。

私《わたし》の室《へや》は四畳半《よじょうはん》で中二階《ちゅうにかい》*になっていた。南向《みなみむき》の日《ひ》あたりの良《よ》い、窓《まど》をあけると、森《もり》の大木《たいぼく》の幹《みき》が、何《なん》とも云《い》えぬ古《ふる》びた色《いろ》をしてその皺《しわ》までが見《み》える。大《おお》きい枝《えだ》がずっと庭《にわ》の方《ほう》にさしかかっているのが、何時《いつ》も何時《いつ》も同《おな》じ様《よう》に目《め》に入《はい》いる。

春《はる》の事《こと》であった。暖《あたた》かい日《ひ》が丘一体《おかいったい》*を照《て》らすと、その森《もり》の大《おお》きい樹《き》は一斉《いっせい》に芽《め》をふいて、若葉《わかば》の香《かおり》がする。やさしい日《ひ》の光《ひかり》は、その上《うえ》をてらして、この森《もり》から、丘一体《おかいったい》にかけて何《なに》もかも凋《しお》れているもの*は一《ひと》つもない様《よう》になった。

或《あ》る晩《ばん》の事《こと》、私《わたし》はランプの蔭《かげ》で、あてもない考《かんが》え*をしていた。外《そと》は闇《やみ》だ。じっと静《しず》まり返《かえ》っていて、*暖《あたた》かくなつかしくはあるが、何《なに》かが迫《せま》って来《く》る様《よう》である。このあてもない考《かんが》えをしている中《うち》、私《わたし》は何《なん》となく、如何《どう》しても微笑《えみ》をもらさずにはいられなくなって来《き》た。火《ひ》を見《み》つめていると、独《ひとり》*で心《こころ》が融《と》けて、なつかしい思《おも》いが浮《うか》んで来《く》る様《よう》で、私《わたし》は、何故《なぜ》か自分《じぶん》の側《そば》に誰《た》れかが坐《すわ》っていて、私《わたし》を後《うしろ》から見《み》まもっていてくれる様《よう》な心《こころ》がする。

こんな感《かん》じがしながら、坐《すわ》っていると、私《わたし》は窓《まど》の下《した》に歩《あゆ》みよる足音《あしおと》がする様《よう》に思《おも》えた。

槻《けやき》　「欅《けやき》」とも表記《ひょうき》。ニレ科《か》の落葉高木《らくようこうぼく》。山野《さんや》に自生《じせい》するほか人家《じんか》の防風林《ぼうふうりん》などとしても植《う》えられる。高《たか》さは二〜三〇メートルに達《たっ》する。

疎《まば》ら立《だ》ちに　飛《と》び飛《と》びに、間《ま》を置《お》いて樹木《じゅもく》が生《は》えていること。

落葉時《おちばどき》　晩秋《ばんしゅう》から冬《ふゆ》にかけての落葉《らくよう》する時期《じき》。

百姓家《ひゃくしょうや》　農家《のうか》。

中二階《ちゅうにかい》　一階《かい》と二階《かい》の中間《ちゅうかん》の高《たか》さに造《つく》られた階層《フロア》。

丘一体《おかいったい》　通常《つうじょう》は「丘一帯《おかいったい》」と表記《ひょうき》。丘《おか》の全域《ぜんいき》。

凋《しお》れている　「萎《しお》れている」とも表記《ひょうき》。草木《くさき》が生気《せいき》を失《うしな》い、しぼんでいる状態《じょうたい》。

あてもない考《かんが》え　とりとめない物思《ものおも》い。妄想《もうそう》。

じっと静《しず》まり返《かえ》っていて……　「じっと」という生物《せいぶつ》の動《うご》きを形容《けいよう》する言葉《ことば》を、戸外《こがい》の闇《やみ》の描写《びょうしゃ》にあえて用《もち》いることで、闇《やみ》の奥《おく》に息《いき》づく何物《なにもの》かの存在《そんざい》を浮《う》かび上《あ》がらせている。

独《ひとり》**で**　おのずから。

首《くび》をあげては耳《みみ》をすまして、じっと聞《き》くと、庭《にわ》の方《ほう》から忍《しの》び足《あし》に*近《ちか》よって来《く》るものがある様《よう》に思《おも》える。庭《にわ》の木《き》の間《あいだ》を縫《ぬ》って、湿気《しっけ》のある土《つち》をしとしとと、音《おと》をさせながら、歩《あ》るいて来《く》る様《よう》で、その音《おと》が胸《むね》にひしひしと*迫《せま》って来《く》る。私《わたし》は心《こころ》を一《ひと》つに集《あつ》めて、きき耳《みみ》をたてた*。

足音《あしおと》は窓《まど》の下《した》に来《き》て、はたと*止《とま》った。すると同時《どうじ》に人《ひと》の気《け》はいがして、その呼吸《いき》が戸《と》にかかる様《よう》に思《おも》えた。私《わたし》もそれにつれて呼吸《いき》をひそめて、*その外《そと》の人《ひと》を伺《うかが》う*様《よう》にした。そうすると、胸《むね》は大波《おおなみ》をうって、血《ち》が頭《あたま》に集《あつ》って来《く》る様《よう》だ。何《なん》とも云《い》えない心持《こころもち》になって、外《そと》で第二《だいに》の音《おと》をさせるのを待《ま》っていると、外《そと》の方《ほう》でも身《み》じろぎもせぬ*様《よう》である。

私《わたし》の心《こころ》は益々《ますます》一《ひと》つに集《あつ》められて、この戸《と》を透《すか》して外《そと》が見《み》える*様《よう》である。私《わたし》は心《こころ》に明《あきら》かに外《そと》の景色《けしき》を画《えが》き得《う》る様《よう》に思《おも》えた。外《そと》の人《ひと》は、黒《くろ》い影《かげ》の様《よう》な人《ひと》だ。*その身体《からだ》をひたと*戸《と》によせて私《わたし》を伺《うかが》っている。何《なに》か私《わたし》の考《かんが》えているものを、盗《ぬす》み見《み》し様《よう》としている様《よう》である。

その時《とき》、下《した》で時計《とけい》が十一時《じゅういちじ》を打《う》った。それがまるで葬式《そうしき》の鐘《かね》の様《よう》に聞《きこ》えた。私《わたし》は急《きゅう》に火《ひ》をけして床《とこ》の中《なか》に入《はい》った。すると外《そと》の人《ひと》は立《た》ち去《さ》って行《い》った様《よう》である。

誰《た》れが何《なに》しに来《き》たのであろう? 私《わたし》はいくら考《かんが》えても、わからぬ。又《また》思《おも》い出《だ》す人《ひと》もない。

忍《しの》び足《あし》　足音《あしおと》をたてぬように、こっそり歩《ある》くこと。

ひしひしと　ここでは、強《つよ》く心身《しんしん》に迫《せま》って感《かん》じられるさま。

きき耳《みみ》をたてた　注意《ちゅうい》して聞《き》こうと耳《みみ》をすますこと。

はたと　様子《ようす》が急《きゅう》に変《か》わるさま。

呼吸《いき》をひそめて　気《き》づかれないように、呼吸《こきゅう》を抑《おさ》えてじっとしているさま。

伺《うかが》う　通常《つうじょう》は「窺《うかが》う」と表記《ひょうき》。こっそり様子《ようす》をさぐる。

身《み》じろぎもせぬ　まったく身動《みうご》きしない。

この戸《と》を透《す》かして外《そと》が見《み》える……　次《つぎ》の文《ぶん》の「明《あきら》かに外《そと》の景色《けしき》を画《えが》き得《う》る」ともども、いわゆる超心理学《ちょうしんりがく》における「透視《とうし》」(千里眼《せんりがん》とも)を連想《れんそう》させる描写《びょうしゃ》である。葉舟《ようしゅう》は明治《めいじ》三十九年《ねん》(本篇所収《ほんぺんしょしゅう》の『あららぎ』刊行《かんこう》と同《おな》じ年《とし》である)十月《がつ》、岩《いわ》手県遠野郷《てけんとおのごう》出身《しゅっしん》で泉鏡花《いずみきょうか》に傾倒《けいとう》する文学青年《ぶんがくせいねん》・佐々木喜《ささきき》善《ぜん》と知《し》り合《あ》い、怪談《かいだん》の話題《わだい》で意気投合《いきとうごう》、文士仲間《ぶんしなかま》を集《あつ》めては怪談会《かいだんかい》に興《きょう》じるようになる。実《じつ》は葉舟《ようしゅう》はこの時期《じき》、舶来《はくらい》のスピリチュアリズム(心霊学《しんれいがく》)に関心《かんしん》をつのらせ、アンドリュー・ラングの『夢《ゆめ》と幽霊《ゆうれい》の書《しょ》』をはじめとする欧米《おうべい》の文《ぶん》献《けん》を研究《けんきゅう》していたのだった(後年《こうねん》、それらの翻訳《ほんやく》も手《て》がけている)。喜善《きぜん》と出逢《であ》ったことで、葉舟《ようしゅう》は堰《せき》を切《き》ったように怪《かい》談《だん》・心霊関係《しんれいかんけい》の聞《き》き書《が》きや論考《ろんこう》を、明治《めいじ》四十年代《ねんだい》から大正《たいしょう》はじめにかけて発表《はっぴょう》してゆく(その大半《たいはん》は横山茂雄編《よこやましげおへん》『遠野《とおの》物語《ものがたり》の周辺《しゅうへん》』に所収《しょしゅう》。葉舟《ようしゅう》と喜善《きぜん》の関《かか》わりについては拙著《せっちょ》『遠野物語《とおのものがたり》と怪談《かいだん》の時代《じだい》』参照《さんしょう》)。本篇《ほんぺん》はその先《さき》ぶれをなす文《ぶん》芸作品《げいさくひん》としても重要《じゅうよう》な意味《いみ》を有《ゆう》しているのだ。

ちなみに、史上有名《しじょうゆうめい》な福来友吉博士《ふくらいともきちはかせ》らの千里眼事件《せんりがんじけん》が起《お》きるのは、明治《めいじ》四十三年《ねん》(一九一〇)から大正《たいしょう》はじめにかけてで、葉舟《ようしゅう》の心霊研究《しんれいけんきゅう》と時期《じき》を同《おな》じくしているのは興味深《きょうみぶか》い。また同《おな》じく四十三年《ねん》に上梓《じょうし》された柳田國男《やなぎたくにお》の『遠野物《とおのもの》語《がたり》』(『呪《のろい》』参照《さんしょう》)は、葉舟《ようしゅう》が喜善《きぜん》を柳田邸《やなぎたてい》に連《つ》れて行《い》ったことがきっかけで定期的《ていきてき》に催《もよお》された「お化会《ばけかい》」(=怪談会《かいだんかい》)で、喜善《きぜん》が語《かた》った遠野《とおの》の怪談奇聞《かいだんきぶん》を、柳田《やなぎた》が再話《さいわ》して成《な》った作品《さくひん》である。葉舟《ようしゅう》と喜善《きぜん》の「おばけずき」な交友《こうゆう》は、日本《にほん》の怪談《かいだん》文学史《ぶんがくし》に大《おお》きな波紋《はもん》を投《と》じたのだった。

黒《くろ》い影《かげ》の様《よう》な人《ひと》だ　不審者《ふしんしゃ》が夜陰《やいん》にまぎれているのではなく、存在《そんざい》そのものを「黒《くろ》い影《かげ》」と形容《けいよう》している点《てん》に留意《りゅうい》。物語《ものがたり》はにわかに超自然味《ちょうしぜんみ》を帯《お》びてゆく。

ひたと　ぴたりと。隔《へだ》てなく直接《ちょくせつ》に。

そのまま考《かんが》え疲《つか》れてその夜《よ》は眠《ねむ》った。

次《つぎ》の晩《ばん》になると、又《また》その足音《あしおと》がする。やはり同《おな》じ時間《じかん》に、柔《やわ》らかに湿《しめ》っている土《つち》の上《うえ》を踏《ふ》んで来《く》る忍《しの》び足《あし》の音《おと》がしずかに忍《しの》びよって来《き》て、戸《と》の処《ところ》ではたと止《と》まる。

その次《つぎ》の晩《ばん》も、次《つぎ》の晩《ばん》も、その足音《あしおと》が来《く》る。私《わたし》はしまいには心《こころ》が始終《しじゅう》ものに襲《おそ》われてい*る様《よう》に思《おも》えて、不安《ふあん》でたまらなくなった。

それから幾晩《いくばん》かして、私《わたし》は珍《めずら》しく若《わか》い妹《いもうと》のある友達《ともだち》の処《ところ》で、夜《よ》を更《ふ》かして*帰《かえ》って来《き》た。その時《とき》はもう薄月《うすづき》*がさしていて、道《みち》を歩《ある》いていると何処《どこ》となく、水《みず》の流《なが》れる響《ひびき》が聞《きこ》える。何《なん》とも云《い》えない楽《たの》しい思《おも》いがする。私《わたし》は、その友達《ともだち》の妹《いもうと》、幹《みき》さんと云《い》う、その幹《みき》さんの、薄絹《うすぎぬ》で花《はな》を包《つつ》んだ様《よう》な*頰《ほお》の色《いろ》をして、快活《かいかつ》そうに話《はな》す姿《すがた》を思《おも》い出《だ》しながら、久《ひさ》しぶりで、若々《わかわか》しい夢《ゆめ》の様《よう》な思《おも》いにまぎらされて、*にこにこしながら、歩《ある》いて来《く》ると、森《もり》の道《みち》に入《はい》った。

百姓家《ひゃくしょうや》の灯火《ともしび》が小《ちい》さく、その台所《だいどころ》からさして来《く》るわきを通《とお》ると、菓子屋《かしや》の店《みせ》に障子《しょうじ》が閉《し》めてあった。それについて右《みぎ》に曲《まが》って行《い》くと、私《わたし》の家《いえ》が見《み》える。私《わたし》の室《へや》も見《み》える。そこまで来《く》ると私《わたし》は立《た》ち止《ど》まった。私《わたし》は、窓《まど》の下《した》に例《れい》の人《ひと》が立《た》っていはしまいかと思《おも》えて、そっとすかして*見《み》た。其処《そこ》には何《なに》も見《み》えぬ。黒《くろ》い影《かげ》もない。しかし私《わたし》は何故《なぜ》か、毎晩《まいばん》する足《あし》音《おと》の主《ぬし》はこうするのであろうと思《おも》って、庭《にわ》の木戸《きど》*を開《あ》けて、足音《あしおと》を盗《ぬす》んで*その窓《まど》の下《した》に忍《しの》びよった。私《わたし》の室《へや》にすでに人《ひと》が住《す》んでいて、その人《ひと》が胸《むね》の奥《おく》に画《え》がいている*美《うつく》しい画《え》を、盗《ぬす》み見《み》したい様《よう》に思《おも》えたからである。

ものに襲《おそ》われて　「もの」は「物怪《もののけ》」のもの。死霊《しりょう》・生霊《いきりょう》の祟《たた》りや邪気《じゃき》を指《さ》す。

夜《よ》を更《ふ》かして　夜更《よふ》かし。夜《よる》おそくまで起《お》きていること。

薄月《うすづき》　ほのかな月明《つきあ》かり。

薄絹《うすぎぬ》で花《はな》を包《つつ》んだ様《よう》な　当初《とうしょ》、水野《みずの》蝶郎《ちょうろう》の筆名《ひつめい》で明星《みょうじょう》派《は》の歌人《かじん》として文壇《ぶんだん》に出《で》た葉舟《ようしゅう》らしい星菫《せいきん》派《は》風《ふう》の表現《ひょうげん》。ちなみに後年《こうねん》、新体詩《しんたいし》のアンソロジー『心《こころ》の響《ひびき》　列伝体代表的新体詩集《れつでんたいだいひょうてきしんたいししゅう》』（一九一六）を編纂《へんさん》した葉舟《ようしゅう》は、恋愛詩人時代《れんあいしじんじだい》の柳田《やなぎた》（松岡《まつおか》）國男《くにお》の作品《さくひん》をとりわけ大量《たいりょう》に採録《さいろく》して、並々《なみなみ》ならぬ傾倒《けいとう》ぶりを示《しめ》している。「影《かげ》」と「跫音《あしおと》」に共通《きょうつう》して闇《やみ》や黄昏《たそがれ》への偏愛《へんあい》が認《みと》められるのは偶然《ぐうぜん》ではないのだ。

なお葉舟《ようしゅう》は、与謝野晶子《よさのあきこ》（『獣《けもの》』に「お化《ば》うさぎ」を収録《しゅうろく》）との仲《なか》を疑《うたが》われて明星派《みょうじょうは》を逐《お》われた後《のち》、本篇《ほんぺん》をはじめとする小品文《しょうひんぶん》の名手《めいしゅ》として頭角《とうかく》をあらわすことになる。葉舟《ようしゅう》は、現在《げんざい》のショートショートや「てのひら怪談《かいだん》」の遥《はる》かな先覚者《せんかくしゃ》だった（葉舟《ようしゅう》の怪奇幻想小品《かいきげんそうしょうひん》の代表作《だいひょうさく》は『文豪怪談傑作《ぶんごうかいだんけっさく》選《せん》・明治篇《めいじへん》　夢魔《むま》は蠢《うごめ》く』で読《よ》める）。

まぎらされて　悩《なや》みなどを忘《わす》れて。

すかして　さえぎる物越《ものご》しに向《む》こうを見《み》ること。

木戸《きど》　庭《にわ》や通路《つうろ》の入口《いりぐち》に設《もう》けられた開《ひら》き戸《ど》の門《もん》。

足音《あしおと》を盗《ぬす》んで　足音《あしおと》をしのばせて。

画《え》がいている　通常《つうじょう》は「描《えが》いている」と表記《ひょうき》。

水野葉舟

窓《まど》の下《した》に立《た》って、ひたと戸《と》に身体《からだ》をよせてそっと伺《うかが》うと、私《わたし》は心臓《しんぞう》のひびき*が盛《さかん》になって、呼吸《いき》がはずむ。その呼吸《いき》を殺《ころ》して、戸《と》をすかして中《なか》を見《み》ると、不思議《ふしぎ》ではないか、その時《とき》、私《わたし》は、室《へや》の中《なか》に灯火《あかり》がついていることに気《き》が付《つ》いた。はっと思《おも》うと益々《ますます》胸《むね》がおどるのであったが、私《わたし》の室《へや》の中《なか》に、私《わたし》の机《つくえ》の前《まえ》に、たしかに誰《た》れともしれぬ人《ひと》が*坐《すわ》っているのであった。

（一九〇六年刊《ねんかん》の詩文集《しぶんしゅう》『あららぎ』所収《しょしゅう》）

心臓《しんぞう》のひびき　心臓《しんぞう》の鼓動《こどう》。

誰《た》れともしれぬ人《ひと》が……　「星《ほし》あかり」や「影《かげ》の病《やまひ》」と相通《あいつう》ずる趣向《しゅこう》である。

泉《いずみ》鏡《きょう》花《か》

星《ほし》あかり

もとより何故《なにゆえ》という理《わけ》はないので、*墓石《はかいし》の倒《たお》れたのを引摺寄《ひきずりよ》せて、二《ふた》ツばかり重《かさ》ねて台《だい》にした。

その上《うえ》に乗《の》って、雨戸《あまど》の引合《ひきあわ》せ*の上《うえ》の方《ほう》を、ガタガタ動《うご》かして見《み》たが、開《あ》きそうにもない。雨戸《あまど》の中《うち》は、相州《そうしゅう》*西鎌倉乱橋《にしかまくらみだればし》*の妙長寺《みょうちょうじ》*という、法華宗《ほっけしゅう》*の寺《てら》の、本堂《ほんどう》に隣《とな》った*八《はち》畳《じょう》の、横《よこ》に長《なが》い置床《おきどこ》*の附《つ》いた座敷《ざしき》で、向《むか》って左手《ゆんで》に、葛籠《つづら》*、革鞄《かばん》などを置《お》いた際《きわ》に、山科《やましな》という医学生《いがくせい》が、四六《しろく》の借蚊帳《かりかや》*を釣《つ》って寝《ね》て居《い》るのである。

もとより何故《なにゆえ》という理《わけ》はないので　そもそもが、これといった理由《りゆう》もなく。これに続《つづ》いて明《あ》かされる語《かた》り手《て》の当惑《とうわく》ぶりや、ひいては作者自身《さくしゃじしん》の所在《しょざい》のなさを暗示《あんじ》するような書《か》きだし。

引合《ひきあわ》せ　合《あ》わせ目《め》。雨戸《あまど》を閉《し》める際《さい》、戸《と》と戸《と》を合《あ》わせる所《ところ》。

相州《そうしゅう》　相模国《さがみのくに》（現在《げんざい》の神奈川県《かながわけん》の大部分《だいぶぶん》）の別称《べっしょう》。

乱橋《みだればし》　現在《げんざい》の鎌倉市材木座《かまくらしざいもくざ》二丁目《ちょうめ》、小町大路《こまちおおじ》沿《ぞ》いにある史跡《しせき》。鎌倉十橋《かまくらじっきょう》（江戸期《えどき》の地誌《ちし》『新編鎌倉志《しんぺんかまくらし》』が選定《せんてい》した十の名橋《めいきょう》）のひとつで、『吾妻鏡《あづまかがみ》』には「濫橋《みだればし》」と表記《ひょうき》。現在《げんざい》は川《かわ》は暗渠《あんきょ》となり橋《はし》の一部《ぶ》と石碑《せきひ》のみが残《のこ》る。新田義貞《にったよしさだ》の鎌倉侵《かまくらしん》攻《こう》（一三三三）に際《さい》して、稲村ヶ崎方面《いなむらがさきほうめん》から攻め寄《せよ》せる義貞《よしさだ》の軍勢《ぐんぜい》を迎《むか》え撃《う》った幕府軍《ばくふぐん》が、この橋《はし》の辺《あた》りから乱《みだ》れ始《はじ》め敗《はい》退《たい》したことから命名《めいめい》されたと伝《つた》わる。なお、「星《ほし》あかり」の初出《しょしゅつ》タイトルは「みだれ橋《ばし》」である。

ちなみに近《ちか》くの材木座遺跡《ざいもくざいせき》では一九五三年《ねん》に約《やく》六五〇体《たい》の人骨《じんこつ》と大量《たいりょう》の馬《うま》および犬《いぬ》の骨《ほね》が出土《しゅつど》している。人骨《じんこつ》には殺《さっ》傷痕《しょうこん》が認《みと》められ、鎌倉《かまくら》攻めの戦死者《せんししゃ》と軍馬《ぐんば》、その遺骸《いがい》を喰《く》らいにきて撲殺《ぼくさつ》された野犬《やけん》の骨《ほね》と推定《すいてい》されている。

妙長寺《みょうちょうじ》　正安元年《しょうあんがんねん》（一二九九）創建《そうけん》と伝《つた》わる日蓮宗《にちれんしゅう》の古刹《こさつ》。開基《かいき》の日実《にちじつ》は、日蓮聖人《にちれんしょうにん》の伊豆《いず》法難《ほうなん》（一二六一）に際《さい》して、日蓮《にちれん》の命《いのち》を救《すく》った漁師《りょうし》・舟守彌三郎《ふなもりやさぶろう》の息子《むすこ》とされる。当初《とうしょ》は材木座海岸《ざいもくざかいがん》に近《ちか》い沼ヶ浦《ぬまがうら》（日蓮《にちれん》が伊豆《いず》へ船出《ふなで》した地《ち》）にあったが、天和元年《てんながんねん》（一六八一）の津波《つなみ》で倒壊《とうかい》したため、現在地《げんざいち》（鎌倉市材木座《かまくらしざいもくざ》二丁目《ちょうめ》）に移転《いてん》した。

明治《めいじ》二十三年《ねん》（一八九〇）秋《あき》、文豪《ぶんごう》・尾崎紅葉《おざきこうよう》に入門《にゅうもん》するため郷里《きょうり》・金沢《かなざわ》から上京《じょうきょう》した泉鏡太郎《いずみきょうたろう》（後《のち》の鏡花《きょうか》）は、翌《よく》年《ねん》十月《がつ》に入門《にゅうもん》を果《は》たすまでの約《やく》一年間《ねんかん》、身寄《みよ》りのない首都圏《しゅとけん》で収入《しゅうにゅう》もないまま寄宿《きしゅく》と放浪《ほうろう》の日々《ひび》を過《す》ごすことになる。自《じ》筆年譜《ひつねんぷ》によれば、「巷《ちまた》に迷《まよ》い、下宿《げしゅく》を追《お》われ、半歳《はんとし》に居《きょ》を移《うつ》すこと十三四次《じゅうさんよじ》。盛夏鎌倉《せいかかまくら》にさすらいし事《こと》あり、彼処《あそこ》も今《いま》は都《みやこ》となりぬ」。本篇《ほんぺん》は右記《うき》に見《み》える明治《めいじ》二十四年《ねん》（一八九一）夏《なつ》の体験《たいけん》にもとづく作品《さくひん》である。春陽堂版《しゅんようどうばん》『鏡花全集《きょうかぜんしゅう》』第《だい》一巻所収《かんしょしゅう》の「年譜《ねんぷ》」は、鏡花《きょうか》の談話《だんわ》を全集《ぜんしゅう》の編者《へんじゃ》がまとめたものとおぼしいが、そこには次《つぎ》のように、妙長寺《みょうちょうじ》での滞在《たいざい》の模様《もよう》が活《い》き活《い》きと語《かた》られている。

「（略《りゃく》）医学生某《いがくせいなにがし》、鎌倉《かまくら》に赴《おもむ》くに伴《ともな》われ、同行《どうこう》、みだれ橋《ばし》（今《いま》もありや）妙長寺《みょうちょうじ》の一室《いっしつ》を借《か》り、七八両月《しちはちりょうげつ》を過《すご》す。医《い》学生《がくせい》と住職《じゅうしょく》に誘《さそ》われて附近《ふきん》の小料理屋《こりょうりや》にて酒《さけ》を味《あじわ》う。生来《せいらい》初《はじ》めての経験《けいけん》なり。酒《さけ》にがかりきとか。

妙長寺《みょうちょうじ》の支払《しはらい》に窮《きゅう》し、医学生又《いがくせいまた》もや逃亡《とうぼう》、再《ふたた》び居《い》のこりの形《かたち》となる。散歩《さんぽ》に出《で》る時《とき》も、寺僧《じそう》遁《の》がすまじき為《ため》に後《あと》よりしたがい来《く》る。嚢中一銭《のうちゅういっせん》も無《な》く、枯葉《かれは》を火《ひ》にくべて煙《けむり》を嗅《か》ぎ、煙草《たばこ》の代用《だいよう》とす。餓《うえ》は忍《しの》ぶべし、喫煙《きつえん》は堪《こら》うべからざるなり」

法華宗《ほっけしゅう》　日蓮宗《にちれんしゅう》の別称《べっしょう》。鎌倉時代《かまくらじだい》の名僧《めいそう》・日蓮《にちれん》（一二二二～八二）を開祖《かいそ》とし、法華経《ほけきょう》を所依《しょえ》（教義《きょうぎ》の根拠《こんきょ》）として、誰《だれ》もが「南無妙法蓮華経《なむみょうほうれんげきょう》」を唱《とな》えることで成仏《じょうぶつ》すると説《と》く。

隣《とな》った　隣接《りんせつ》した。

置床《おきどこ》　床《とこ》の間《ま》に似《に》た造《つく》りの、どこにでも移動《いどう》させて設置可能《せっちかのう》な家具《かぐ》。

葛籠《つづら》　「つづらこ」とも。ツヅラフジの丈夫《じょうぶ》な蔓《つる》で編《あ》みあげた、衣服《いふく》などを入《い》れる蓋付《ふたつ》きのかご。

四六《しろく》の借蚊帳《かりかや》　縦横《たてよこ》が四幅《ふく》と六幅《ふく》のサイズの借《か》り物《もの》の蚊帳《かや》。

声《こえ》を懸《か》けて、戸《と》を敲《たた》いて*、開《あ》けておくれと言《い》えば、何《なん》の造作《ぞうさ》はないの*だけれども、止《よ》せ、と留《と》めるのを肯《き》かないで、墓原《はかはら》*を夜中《よなか》に徘徊《はいかい》するのは好心持《いいこころもち》*のものだと、二《ふた》ツ三《み》ツ言争《いいあらそ》って出《で》た、いまのさき*、内《うち》で心張棒《しんばりぼう》*を構《かま》えたのは、自分《じぶん》を閉出《しめだ》したのだと思《おも》うから、我慢《がまん》にも恃《たの》むまい。*……

冷《つめた》い石塔《せきとう》に手《て》を載《の》せたり、湿臭《しめりくさ》い塔婆《とうば》*を摑《つか》んだり、花筒《はなづつ》*の腐水《くされみず》*に星《ほし》の映《うつ》るのを覗《のぞ》いたり、漫歩《そぞろあるき》*をして居《い》たが、藪《やぶ》が近《ちか》く、蚊《か》が酷《ひど》いから、座敷《ざしき》の蚊帳《かや》が懐《なつか》しくなって、内《うち》へ入《はい》ろうと思《おも》ったので、戸《と》を開《あ》けようとすると閉出《しめだ》されたことに気《き》がついた。

それから墓石《はかいし》に乗《の》って推《お》して*見《み》たが、原《もと》より然《そ》うすれば開《あ》くであろうという望《のぞみ》があったのではなく、唯居《ただい》るよりもと*、徒《いたず》らに*試《こころ》みたばかりなのであった。

何《なん》にもならないで、ばたりと力《ちから》なく墓石《はかいし》から下《お》りて、腕《うで》を拱《こまぬ》き*、差俯向《さしうつむ》いて*、じっとして立《た》って居《い》ると、しっきりなし*に蚊《か》が集《たか》る。毒虫《どくむし》*が苦《くる》しいから、もっと樹立《こだち》の少《すく》い、広々《ひろびろ》とした、うるさくない処《ところ》をと、寺《てら》の境内《けいだい》に気《き》がついたから、歩《ある》き出《だ》して、卵塔場《らんとうば》*の開戸《ひらきど》*から出《で》て、本堂《ほんどう》の前《まえ》に行《い》った。

然《さ》まで*大《おお》きくもない寺《てら》で、和尚《おしょう》と婆《ばあ》さんと二人《ふたり》で住《す》む。門《もん》まで僅《わず》か三四間《さんよんけん》*、左手《ゆんで》は祠《ほこら》の前《まえ》を一坪《ひとつぼ》*ばかり花壇《かだん》にして、松葉牡丹《まつばぼたん》、鬼百合《おにゆり》、夏菊《なつぎく》など雑植《まぜうえ》*の繁《しげ》った中《なか》に、向日葵《ひまわり》の花《はな》

敲《たた》いて　「叩《たた》いて」に同《おな》じ。
造作《ぞうさ》はない　わけはない、たやすい。
墓原《はかはら》　墓地《ぼち》。
好心持《いいこころもち》　気持《きも》ちが好《い》い。快適《かいてき》。十八世紀英国《せいきえいこく》ロマン派《は》の墓畔《ぼはん》詩人《しじん》さながら、鏡花《きょうか》も仄暗《ほのぐら》い墓地《ぼち》のたたずまいを愛《あい》してやまなかったようで、初期《しょき》の「一之巻《いちのまき》」（一八九六）から最後《さいご》の完成作品《かんせいさくひん》となった「縷紅新草《るこうしんそう》」（一九三九）まで、多《おお》くの「墓参小説《ぼさんしょうせつ》」を手《て》がけている。
いまのさき　つい先《さき》ほど。
心張棒《しんばりぼう》　戸口《とぐち》などが開《ひら》かないように押《お》さえるためのつっかい棒《ぼう》。
我慢《がまん》にも恃《たの》むまい　意地《いじ》でも、開《あ》けて入《い》れてくれと頼《たの》みたくはない。
塔婆《とうば》　「卒塔婆《そとば》」に同《おな》じ。追善供養《ついぜんくよう》のために墓所《ぼしょ》に立《た》てる細長《ほそなが》い塔状《とうじょう》の板《いた》。梵字《ぼんじ》・経文《きょうもん》・戒名《かいみょう》などが墨書《ぼくしょ》されている。
花筒《はなづつ》　花《はな》を活《い》けるための筒《つつ》。
腐水《くされみず》　古《ふる》くなって淀《よど》んだ水《みず》。

漫歩《そぞろあるき》　目的《もくてき》もなくぶらぶら歩《ある》きまわること。
推《お》して　通常《つうじょう》は「押《お》して」と表記《ひょうき》。
唯居《ただい》るよりも　何《なに》もしないでいるよりは。
徒《いたず》らに　むだに。無意味《むいみ》に。
拱《こまぬ》き　両腕《りょううで》を胸《むね》の前《まえ》で組《く》み合《あ》わせること。腕《うで》を組《く》むこと。
差俯向《さしうつむ》いて　うつむいて。顔《かお》を下《した》に向《む》けて。「差《さし》」は動詞《どうし》に冠《かん》して語勢《ごせい》を整《ととの》えたり強《つよ》める接頭辞《せっとうじ》。
しっきりなし　「ひっきりなし」の転訛《てんか》。本来《ほんらい》は「引《ひ》き切《き》りなし」で、絶《た》え間《ま》のないさま。立《た》て続《つづ》け。
毒虫《どくむし》　触《ふ》れたり刺《さ》されると皮膚《ひふ》が腫《は》れたりする虫《むし》。
卵塔場《らんとうば》　墓場《はかば》の別称《べっしょう》。鏡花《きょうか》には「卵塔場《らんとうば》の天女《てんにょ》」（一九二七）という短篇《たんぺん》もある。
開戸《ひらきど》　枢《くるる》や蝶番《ちょうつがい》などの装置《そうち》によって開閉《かいへい》する戸《と》。
然《さ》まで　それほど。さほど。
三四間《さんよんけん》　約《やく》五・五〜七・三メートル。
一坪《ひとつぼ》　約《やく》三・三平方《へいほう》メートル。
雑植《まぜうえ》　種類《しゅるい》の異《こと》なる植物《しょくぶつ》を混《ま》ぜて植《う》えること。

は高《たか》く蓮《はす》の葉《は》の如《ごと》く押被《おっかぶ》さって、*何時《いつ》の間《ま》にか星《ほし》は隠《かく》れた。鼠色《ねずみいろ》の空《そら》はどんよりとして、流《なが》るる雲《くも》も何《なん》にもない。なかなか気《き》が晴々《せいせい》しない*から、一層《いっそ》*海端《うみばた》*へ行《い》って見《み》ようと思《おも》って、

さて、ぶらぶら。

門《もん》の左側《ひだりがわ》に、井戸《いど》が一個《ひとつ》。飲水《のみみず》ではないので、極《きわ》めて塩《しお》ッ辛《から》いが、底《そこ》は浅《あさ》い、屈《かが》んでざぶざぶ、さるぼうで*汲《く》み得《え》らるる。*石畳《いしだたみ》で穿下《ほりおろ》した*合目《あわせめ》には、このあたりに産《さん》する何《なん》とかいう蟹《かに》、甲良《こうら》が黄色《きいろ》で、足《あし》の赤《あか》い、小《ちい》さなのが数限《かずかぎ》りなく群《むらが》って動《うご》いて居《い》る。毎朝《まいあさ》この水《みず》で顔《かお》を洗《あら》う、一杯《いっぱい》頭《あたま》から浴《あ》びようとしたけれども、あんな蟹《かに》は、夜中《よなか》に何《なに》をするか分《わか》らぬ*と思《おも》ってやめた。

門《もん》を出《で》ると、右左《みぎひだり》、二畝《ふたうね》*ばかり慰《なぐさ》みに*植《う》えた青田《あおた》*があって、向《むこ》う正面《しょうめん》の畦中《あぜなか》*に、琴弾《ことひき》松《まつ》*というのがある。一昨日《おとつい》の晩宵《ばんよい》の口《くち》*に、その松《まつ》のうらおもてに、ちらちら灯《ともしび》が見《み》えたのを、海浜《かいひん》の別荘《べっそう》*で花火《はなび》を焚《た》くのだといい、否《いや》、狐火《きつねび》*だともいった。その時《とき》は濡《ぬ》れたような真黒《まっくろ》な暗夜《やみよ》だったから、その灯《ひ》で松《まつ》の葉《は》もすらすらと透通《すきとお》るように青《あお》く見《み》えたが、今《いま》は、恰《あたか》も*曇《くも》った一面《いちめん》の銀泥《ぎんでい》*に描《えが》いた墨絵《すみえ》*のようだと、熟《じっ》と見《み》ながら、敷石《しきいし》を蹈《ふ》んだが、*カラリ

押被《おっかぶ》さって　「かぶさって」を強《つよ》めていう言葉《ことば》。

晴々《せいせい》しない　通常《つうじょう》は「清々《せいせい》」と表記《ひょうき》。気《き》が晴《は》れない、すっきりしない。

一層《いっそ》　通常《つうじょう》は「いっそ」と表記《ひょうき》。思《おも》い切《き》って。この際《さい》だから。

海端《うみばた》　海辺《うみべ》。海岸《かいがん》。乱橋《みだればし》から南《みなみ》へくだると材木座《ざいもくざ》の浜辺《はまべ》に出《で》る。

さるぼう　「猿頰《さるぼお》」とも表記《ひょうき》。江戸《えど》方言《ほうげん》では、水《みず》などを汲《く》む片手桶《かたておけ》のこと。

汲《く》み得《え》らるる　汲《く》むことができる。

穿下《ほりおろ》した　通常《つうじょう》は「掘《ほ》り下《お》ろした」と表記《ひょうき》。

夜中《よなか》に何《なに》をするか分《わか》らぬと……　堂々《どうどう》と「迷信家《めいしんか》」を公言《こうげん》し、万物《ばんぶつ》に鬼神力《きじんりき》と観音力《かんのんりき》の顕現《けんげん》を視《み》る（泉鏡花《いずみきょうか》「おばけずきの謂《いわ》れ少々《しょうしょう》と処女作《しょじょさく》」参照《さんしょう》）作者《さくしゃ》らしい妄想力《もうそうりょく》の発露《はつろ》といえよう。このあたりから本篇《ほんぺん》は、現実《げんじつ》か妄想《もうそう》か定《さだ》かならぬ妖《あや》しい相貌《そうぼう》を刻々《こくこく》と帯《お》びてゆく。

二畝《ふたうね》　「畝《うね》」は田畑《たはた》に作物《さくもつ》を植《う》えつけるため、間《ま》を空《あ》けて土《つち》を筋状《すじじょう》に盛《も》り上《あ》げた所《ところ》。それが二列《にれつ》。

慰《なぐさ》みに　趣味《しゅみ》で。

青田《あおた》　稲《いね》が青々《あおあお》と生育《せいいく》した田《た》。夏《なつ》の季語《きご》。

畦中《あぜなか》　「畦《あぜ》」は田《た》と田《た》の間《あいだ》に土《つち》を盛《も》り上《あ》げ境界《きょうかい》としたもの。畦《あぜ》の辺《あたり》に。

琴弾松《ことひきまつ》　滑川《なめりがわ》（87頁参照《ページさんしょう》）の上流《じょうりゅう》に架《か》かる琴弾橋《ことひきばし》近《ちか》くの小御所山《こごしょやま》には、風《かぜ》が吹《ふ》くと琴《こと》に似《に》た音色《ねいろ》をたてる「琴弾《ことひき》の松《まつ》」があったというが、本篇《ほんぺん》のそれとは位置関係《いちかんけい》が合《あ》わない。ただし、材木座《ざいもくざ》に現存《げんぞん》する音松稲荷神社《おとまついなりじんじゃ》の近《ちか》くにも「音松《おとまつ》」と呼《よ》ばれる霊木《れいぼく》があったといい、琴弾松《ことひきまつ》と音松《おとまつ》、それに二《ふた》ツ橋《ばし》（明王院門前《みょうおういんもんぜん》）の「ゆるぎの松《まつ》」は、一直線上《いっちょくせんじょう》に位置《いち》していたという言《い》い伝《つた》えも知《し》られている。

宵《よい》の口《くち》　64頁参照《ページさんしょう》。

海浜《かいひん》の別荘《べっそう》　かつて鎌倉幕府《かまくらばくふ》が置《お》かれた鎌倉市《かまくらし》は、江戸時代《えどじだい》には観光地《かんこうち》となり、明治以後《めいじいご》は高級別荘地《こうきゅうべっそうち》として知《し》られていた。

狐火《きつねび》　夜《よる》、山野《さんや》で正体不明《しょうたいふめい》の火《ひ》が目撃《もくげき》される現象《げんしょう》。狐《きつね》が火《ひ》を燃《も》やすという俗信《ぞくしん》から、この名《な》で呼《よ》ばれる。他《ほか》に「狐松明《きつねたいまつ》」「陰火《いんか》」「鬼火《おにび》」などの呼称《こしょう》も。本篇《ほんぺん》での大樹《たいじゅ》と狐火《きつねび》の取《と》り合《あ》わせは、歌川広重《うたがわひろしげ》えがく名画《めいが》「王子《おうじ》装束《しょうぞく》ゑの木《き》　大晦日《おおみそか》の狐火《きつねひ》」の光景《こうけい》を想起《そうき》させるものがある。

恰《あたか》も　まるで。さながら。

銀泥《ぎんでい》　膠《にかわ》を溶《と》いた水《みず》に銀粉《ぎんぷん》をまぜた顔料《がんりょう》。画材《がざい》として用《もち》いられる。白泥《はくでい》とも。

墨絵《すみえ》　水墨画《すいぼくが》。墨一色《すみいっしょく》で描《えが》かれたモノクロームの絵《え》。

蹈《ふ》んだ　「蹈《とう》」は「踏《とう》」の類義語《るいぎご》。蹈《とう》はとんとん、踏《とう》はぺたぺた、足踏《あしぶ》みをすること。現在《げんざい》は「踏《ふ》んだ」と表記《ひょうき》されることが多《おお》い。

カラリと日和下駄《ひよりげた》*の音《ね》の冴《さ》えるのが耳《みみ》に入《はい》って、フと立留《たちとま》った。

門外《おもて》の道《みち》は、弓形《ゆみなり》*に一条《ひとすじ》、ほのぼのと白《しろ》く、比企ヶ谷《ひきがやつ》*の山《やま》から由井ヶ浜《ゆいがはま》*の磯際《いそぎわ》まで、斜《ななめ》に鵲《かささぎ》の橋《はし》*を渡《わた》したよう也《なり》。

ハヤ*浪《なみ》の音《おと》が聞《きこ》えて来《き》た。

浜《はま》の方《ほう》へ五六間《ごろっけん》*進《すす》むと、土橋《どばし》*が一架《ひとつ》、並《なみ》の小《ちい》さなのだけれども、滑川《なめりがわ》*に架《かか》ったのだの、長谷《はせ》の行合橋《ゆきあいばし》*だのと、おなじ名《な》に聞《きこ》えた乱橋《みだればし》というのである。

この上《うえ》で又《ま》た立停《たちとま》って前途《ゆくて》を見《み》ながら、由井ヶ浜《ゆいはま》までは、未《ま》だ三町《さんちょう》*ばかりあると、つくづく*然《そ》う考《かんが》えた。三町《さんちょう》は蓋《けだ》し*遠《とお》い道《みち》ではないが、身体《からだ》も精神《せいしん》も共《とも》に太《いた》く*疲《つか》れて居《い》たからで。

しかしそのまま素直《まっすぐ》に立《た》ってるのが、余《あま》り辛《つら》かったから又《ま》た歩《ある》いた。

路《みち》の両側《りょうがわ》しばらくのあいだ、人家《じんか》が断《た》えては続《つづ》いたが、いずれも寝静《ねしず》まって、白《しら》けた藁《わら》屋《や》*の中《なか》に、何家《どこ》も何家《どこ》も人《ひと》の気勢《けはい》がせぬ。

その寂寞《せきばく》*を破《やぶ》る、跫音《あしおと》*が高《たか》いので、夜更《よふけ》に里人《さとびと》*の懐疑《うたがい》を受《う》けはしないかという懸念《けねん》*から、

日和下駄《ひよりげた》　晴《は》れて道《みち》が乾《かわ》いているときに履《は》く、歯《は》の低《ひく》い下駄《げた》。

弓形《ゆみなり》　弦《げん》を張《は》った弓《ゆみ》のような形状《けいじょう》。

比企ヶ谷《ひきがやつ》　鎌倉幕府《かまくらばくふ》の実権《じっけん》を北条氏《ほうじょうし》と争《あらそ》い敗《やぶ》れた比企一族《ひきいちぞく》の屋敷《やしき》があった谷戸《やと》で、妙本寺《みょうほんじ》（鎌倉市大町《かまくらしおおまち》）がある。前出《ぜんしゅつ》の小御所山《こごしょやま》と琴弾松《ことびきまつ》の所在地《しょざいち》。

由井ヶ浜《ゆいがはま》　現在《げんざい》は「由比ヶ浜《ゆいがはま》」と表記《ひょうき》。鎌倉市南部《かまくらしなんぶ》、相模湾《さがみわん》に面《めん》した海岸《かいがん》で海水浴場《かいすいよくじょう》として知《し》られる。滑川《なめりがわ》（65頁参照《ぺーじさんしょう》）の河口《かこう》の西側《にしがわ》を由比ヶ浜《ゆいがはま》、東側《ひがしがわ》を材木座海岸《ざいもくざかいがん》と呼《よ》ぶ。

鵲の橋《かささぎのはし》　カササギはスズメ目カラス科《か》の鳥《とり》。陰暦《いんれき》七月《がつ》七日《か》の夜《よる》、牽牛星《けんぎゅうせい》と織女星《しょくじょせい》が逢《あ》う際《さい》、鵲《かささぎ》が翼《つばさ》を並《なら》べて天《あま》の河《がわ》に架《か》けるという伝説上《でんせつじょう》の橋《はし》。「烏鵲橋《うじゃくきょう》」とも。

ハヤ　早《はや》くも。

五六間《ごろっけん》　約《やく》九〜一一メートル。

土橋《どばし》　木材《もくざい》などを組《く》んで造《つく》られた上《うえ》を、土《つち》で覆《おお》った橋《はし》。「つちばし」とも。

滑川《なめりがわ》　鎌倉市十二所《かまくらしじゅうにしょ》の朝比奈峠付近《あさひなとうげふきん》を源流《げんりゅう》とし、鎌倉市《かまくらし》の中心部《ちゅうしんぶ》を南下《なんか》して、由比ヶ浜《ゆいがはま》と材木座海岸《ざいもくざかいがん》の間《あいだ》で相模湾《さがみわん》にそそぐ二級河川《きゅうかせん》。上流《じょうりゅう》から下流《かりゅう》にかけて胡桃川《くるみがわ》・滑川《なめりがわ》・座禅川《ざぜんがわ》・夷堂川《えびすどうがわ》・炭売川《すみうりがわ》などの別名《べつめい》があり、河口付近《かこうふきん》では閻魔堂《えんまどう》にちなんで閻魔川《えんまがわ》と呼《よ》ばれていた。同地《どうち》が合戦場《かっせんじょう》にして刑場《けいじょう》でもあり、かつて膨大《ぼうだい》な人骨《じんこつ》が出土《しゅつど》したことを窺《うかが》わせるような名称《めいしょう》ともいえよう。ちなみに本巻《はんかん》に「鏡《かがみ》と影《かげ》について」を収《おさ》めた澁澤龍彦《しぶさわたつひこ》は、滑川《なめりがわ》に架《か》かる東勝寺橋《とうしょうじばし》のたもとの借家《しゃくや》に戦後《せんご》長《なが》らく居住《きょじゅう》し、三島由紀夫《みしまゆきお》や横尾忠則《よこおただのり》、唐十郎《からじゅうろう》らが来《らい》訪《ほう》し酒宴《しゅえん》に興《きょう》じた逸話《いつわ》は有名《ゆうめい》である（澁澤龍彦《しぶさわたつひこ》「東勝寺橋《とうしょうじばし》」参照《さんしょう》）。

長谷《はせ》の行合橋《ゆきあいばし》　行合橋《ゆきあいばし》（鎌倉市七里ヶ浜東《かまくらししちりがはまひがし》二丁目《ちょうめ》）は、七《しち》里ヶ浜《りがはま》にそそぐ行合川《ゆきあいがわ》に架《か》かる橋《はし》。日蓮《にちれん》の処刑《しょけい》が怪光《かいこう》の飛来《ひらい》により中止《ちゅうし》されたことを知《し》らせる使者《ししゃ》と、日蓮《にちれん》の赦免《しゃめん》を伝《つた》える幕府《ばくふ》の使者《ししゃ》が、この橋《はし》で行《い》き合《あ》ったことから命名《めいめい》されたという。ちなみに桑田佳祐《くわたけいすけ》のソロ楽曲《がっきょく》「黄昏《たそがれ》のサマー・ホリデイ」は「午前《ごぜん》八時《じ》の行合橋《ゆきあいばし》で／死《し》んだ蜥蜴《とかげ》を見《み》ました」と始《はじ》まるトワイライト・ソングだが、そこに濃密《のうみつ》に湛《たた》えられた真《ま》夏《なつ》の倦怠《けんたい》と孤愁《こしゅう》には、「星《ほし》あかり」の世界《せかい》とはるかに響《ひび》き交《か》わすものがあるように思《おも》う。

三町《さんちょう》　約《やく》三三〇メートル。

つくづく　よくよく、じっと、つくねんと、心《こころ》から等々《とうとう》いろいろな意味《いみ》のある言葉《ことば》だが、ここにはそれら様々《さまざま》な感情《かんじょう》が込《こ》められているかのようだ。

蓋し《けだし》　まさしく。たしかに。実際《じっさい》。

太く《いたく》　とても。非常《ひじょう》に。

藁屋《わらや》　藁《わら》ぶき屋根《やね》の家《いえ》。粗末《そまつ》な民家《みんか》。

寂寞《せきばく》　ひっそりと物寂《ものさび》しい様子《ようす》。

跫音《あしおと》　「足音《あしおと》」とも表記《ひょうき》。水野葉舟《みずのようしゅう》「跫音《あしおと》」参照《さんしょう》。

里人《さとびと》　地元《じもと》の住民《じゅうみん》。

懸念《けねん》　不安《ふあん》、心配《しんぱい》。おそれ。

誰《たれ》も咎《とが》めはせぬのに、*抜足《ぬきあし》、差足《さしあし》、*音《おと》は立《た》てまいと思《おも》うほど、なお下駄《げた》の響《ひびき》が胸《むね》を打《う》って、耳《みみ》を貫《つらぬ》く。*

何《なに》か、自分《じぶん》は世《よ》の中《なか》の一切《すべて》のものに、現在《いま》、恁《か》く、*悄然《しょんぼり》、*夜露《よつゆ》で重《おも》ッくるしい、白地《しろじ》の浴衣《ゆかた》の、しおたれた、*細《ほそ》い姿《すがた》*で、首《こうべ》を垂《た》れて、唯一人《ただひとり》、由井《ゆい》ヶ浜《がはま》へ通《つう》ずる砂道《すなみち》を辿《たど》ることを、見《み》られてはならぬ、*知《し》られてはならぬ、気取《けど》られてはならぬというような思《おもい》であるのに、まあ！　廂《ひさし》*も、屋根《やね》も、居酒屋《いざかや》*の軒《のき》にかかった杉《すぎ》の葉《は》*も、百姓屋《ひゃくしょうや》*の土間《どま》に据《す》えてある粉挽臼《こなひきうす》*も、皆目《みなめ》を以《もっ》て、じろじろ睨《ね》*めるようで、*身《み》の置処《おきどころ》ないまでに、右《みぎ》から、左《ひだり》から、路《みち》をせばめられて、*しめつけられて、小《ちい》さく、堅《かた》くなって、おどおどして、*その癖《くせ》、駆《か》け出《だ》そうとする勇気《ゆうき》はなく、凡《およ》そ*人間《にんげん》の歩行《ほこう》に、ありッたけの遅《おそ》さで、汗《あせ》になりながら、人家《じんか》のある処《ところ》をすり抜《ぬ》けて、ようよう*石地蔵《いしじぞう》の立《た》つ処《ところ》。

ほッと息《いき》をすると、びょうびょうと、*頻《しきり》に犬《いぬ》の吠《ほ》えるのが聞《きこ》えた。

咎《とが》めはせぬのに　非難《ひなん》したり文句《もんく》を言《い》ったりしないのに。

抜足《ぬきあし》、差足《さしあし》　「抜足《ぬきあし》」は53頁《ぺーじ》参照《さんしょう》。「差足《さしあし》」は音《おと》を立《た》てないように爪先《つまさき》を立《た》てて歩《ある》くこと。

胸《むね》を打《う》って、耳《みみ》を貫《つらぬ》く　自分《じぶん》の跫音《あしおと》に自分自身《じぶんじしん》がびくびくしているのである。

佶《か》く　このように。

悄然《しょんぼり》　通常《つうじょう》は「しょうぜん」と発音《はつおん》。元気《げんき》がなく、しおれて憂《うれ》えているさま。

しおたれた　貧相《ひんそう》で元気《げんき》のないさま。

細《ほそ》い姿《すがた》　鏡花《きょうか》は小柄《こがら》で、ほっそりした体形《たいけい》だった。

見《み》られてはならぬ……　鏡花《きょうか》特有《とくゆう》の強迫観念《きょうはくかんねん》を感《かん》じさせるくだりである。

気取《けど》られ　気《き》づかれる。

廂《ひさし》　建物《たてもの》の窓《まど》や出入口《でいりぐち》の上《うえ》に設《もう》けて、雨《あめ》や陽射《ひざ》しをふせぐ小屋《こや》根《ね》。

居酒屋《いざかや》　鏡花《きょうか》が妙長寺《みょうちょうじ》の住職《じゅうしょく》や同宿《どうしゅく》の医学生《いがくせい》に連《つ》れられて初《はじ》めて酒《さけ》を飲《の》んだ店《みせ》だろうか。

杉《すぎ》の葉《は》　酒屋《さかや》の軒先《のきさき》に吊《つ》るされる杉玉《すぎだま》（杉《すぎ》の葉《は》を集《あつ》めて球状《きゅうじょう》にしたもの）のこと。新酒《しんしゅ》ができたことを知《し》らせる目印《めじるし》となる。

百姓屋《ひゃくしょうや》　農家《のうか》。百姓家《ひゃくしょうや》（73頁《ぺーじ》参照《さんしょう》）に同《おな》じ。

粉挽臼《こなひきうす》　穀物《こくもつ》や豆類《まめるい》を細《こま》かく砕《くだ》いて粉《こな》にする器具《きぐ》。扁平《へんぺい》な石臼《いしうす》二個《にこ》を上下《じょうげ》に重《かさ》ねて、上臼《うわうす》の穴《あな》から穀粒《こくつぶ》を入《い》れ、取《と》っ手《て》を回《まわ》して粉砕《ふんさい》する。

皆目《みなめ》を以《もっ》て、じろじろ……　万物《ばんぶつ》に霊《れい》の息《いき》づきを幻視《げんし》する鏡花《きょうか》らしい描写《びょうしゃ》。付喪神《つくもがみ》（百年《ひゃくねん》を経《へ》た器物《きぶつ》が精霊《せいれい》を得《え》て変化《へんげ》となること）幻想《げんそう》というべきか。関東大震災《かんとうだいしんさい》の被災記《ひさいき》である「露宿《ろしゅく》」（一九二三）にも、被災者《ひさいしゃ》が積《つ》み上《あ》げた家財道具《かざいどうぐ》に目鼻《めはな》がつく怪異《かいい》の描写《びょうしゃ》がある。

睨《ね》める　にらみつける。

路《みち》をせばめられて……　「〜して」とか「〜ような」を何度《なんど》も繰《く》りかえし畳《たた》みかける筆法《ひっぽう》は、鏡花《きょうか》の得意《とくい》とするところで、ここぞという場面《ばめん》に多用《たよう》される。鎌倉《かまくら》に隣接《りんせつ》する逗子《ずし》を舞台《ぶたい》とした傑作《けっさく》「春昼後刻《しゅんちゅうごこく》」（一九〇六）における「私《わたし》はずたずたに切《き》られるようで、胸《むね》を掻《か》きむしられるようで、そしてそれが痛《いた》くも痒《かゆ》くもなく、日当《ひあた》りへ桃《もも》の花《はな》が、はらはらとこぼれるようで、長閑《のどか》で、麗《うららか》で、美《うつく》しくって、それでいて寂《さび》しくって、雲《くも》のない空《そら》が頼《たよ》りのないようで、緑《みどり》の野《の》が砂原《すなはら》のようで、前生《ぜんせ》の事《こと》のようで、目《め》の前《まえ》の事《こと》のようで、心《こころ》の内《うち》が言《い》いたくッて、言《い》われなくッて、焦《じれ》ッたくッて、口惜《くやし》くッて、いらいらして、じりじりして、そのくせぼッとして、うっとり地《ち》の底《そこ》へ引込《ひきこ》まれると申《もう》しますより、空《そら》へ抱《だ》き上《あ》げられる塩梅《あんばい》の、何《な》んとも言《い》えない心持《こころもち》がして」というくだりなど、その極《きわ》みといえるだろう。日本語表現《にほんごひょうげん》の一極北《いちきょくほく》。

おどおどして　不安《ふあん》や恐怖《きょうふ》のあまり、挙動《きょどう》におちつきのないさま。

凡《およ》そ　おしなべて。

ようよう　ようやく。

びょうびょう　犬《いぬ》が遠吠《とおぼ》えをする声《こえ》の擬音語《ぎおんご》。旧仮名遣《きゅうかなづか》いでは「べうべう」とも表記《ひょうき》される。

一《ひと》つでない、二《ふた》つでもない。三頭《みつ》も四頭《よつ》も一斉《いっせい》に吠《ほ》え立《た》てるのは、丁《ちょう》ど前途《ゆくて》の浜際《はまぎわ》に、また人家《じんか》が七八軒《しちはっけん》、浴場《よくじょう》、荒物屋《あらものや》*など一廓《ひとくるわ》*になって居《い》るそのあたり。彼処《あすこ》を通抜《とおりぬ》けねばならないと思《おも》うと、今度《こんど》は寒気《さむけ》がした。我《われ》ながら、自分《じぶん》を怪《あやし》むほど*であるから、恐《おそ》ろしく犬《いぬ》を憚《はばか》った*ものである。進《すす》まれもせず、引返《ひきかえ》せば再《ふたた》び石臼《いしうす》だの、松《まつ》の葉《は》*だの、屋根《やね》にも廂《ひさし》にも睨《にら》まれる、あの、この上《うえ》もない厭《いや》な思《おもい》をしなければならぬの歟《か》*と、それもならず。*静《じっ》と立《た》ってると、*天窓《あたま》*がふらふら、おしつけられるような、しめつけられるような、犇々《ひしひし》と*重《おも》いものでおされるような、切《せつ》ない、堪《たま》らない気《き》がして、もはや！　横《よこ》に倒《たお》れようかと思《おも》った。

処《ところ》へ、荷車《にぐるま》*が一台《いちだい》、前方《むこう》から押寄《おしよ》せるが如《ごと》くに動《うご》いて、来《き》たのは頬被《ほおかぶり》*をした百姓《ひゃくしょう》である。

これに夢《ゆめ》を覚《さ》めたようになって、*少《すこ》し元気《げんき》がつく。

曳《ひ》いて来《き》たは空車《からぐるま》*で、青菜《あおな》*も、藁《わら》も乗《の》って居《い》はしなかったが*、何故《なぜ》か、雪《ゆき》の下《した》*の朝市《あさいち》*に行《い》くのであろうと見《み》て取《と》ったので、なるほど、星《ほし》の消《き》えたのも、空《そら》が淀《よど》んで居《い》るのも、夜明《よあけ》に間《ま》のない所為《せい》であろう。墓原《はかはら》へ出《で》たのは十二時過《じゅうにじすぎ》、それから、ああして、ああして、と此処《ここ》まで来《き》た間《あいだ》のことを心《こころ》に繰返《くりかえ》して、大分《だいぶん》の*時間《じかん》が経《た》ったから。

と思《おも》う内《うち》に、車《くるま》は自分《じぶん》の前《まえ》、ものの*二三間《にさんげん》*隔《へだ》たる処《ところ》から、左《ひだり》の山道《やまみち》の方《ほう》へ曲《まが》った。雪《ゆき》の下《した》へ行《い》くには、来《き》て、自分《じぶん》と摺《す》れ違《ちが》って後方《うしろ》へ通《とお》り抜《ぬ》けねばならないのに、と怪《あやし》みなが

荒物屋《あらものや》　笊《ざる》・箒《ほうき》・塵取《ちりとり》などの雑貨類《ざっかるい》を主《おも》に商《あきな》う店《みせ》。
一廓《ひとくるわ》　ここでは一区画《いちくかく》。
自分《じぶん》を怪《あやし》むほど　自分《じぶん》でも信《しん》じられないくらい。
恐《おそ》ろしく犬《いぬ》を憚《はばか》った　「憚《はばか》る」は敬遠《けいえん》する。鏡花《きょうか》の犬嫌《いぬぎら》いは有《ゆう》名《めい》で、黴菌《ばいきん》や雷《かみなり》と並《なら》んで苦手《にがて》なもののひとつだった。
松《まつ》の葉《は》　「杉《すぎ》の葉《は》」の誤植《ごしょく》か。
歟《か》　文末《ぶんまつ》に付けて疑問《ぎもん》や反問《はんもん》の語気《ごき》をあらわす、漢文《かんぶん》の助辞《じょじ》。
それもならず　そうすることもできず。
静《じっ》と立《た》ってると……　この自在《じざい》な書《か》きぶりの一文《いちぶん》を読《よ》めば、鏡《きょう》花《か》の文体《ぶんたい》が古《ふる》めかしくて難解《なんかい》であるなどというのが、作家《さっか》の一面《いちめん》のみを捉《とら》えた浅見《せんけん》であることが分《わ》かるだろう。
天窓《あたま》　通常《つうじょう》は「頭《あたま》」と表記《ひょうき》。
犇々《ひしひし》と　強烈《きょうれつ》に身《み》に迫《せま》って感《かん》じられるさま。
荷車《にぐるま》　牛馬《ぎゅうば》や人力《じんりき》によって、荷物《にもつ》を載《の》せて運搬《うんぱん》する車《くるま》。
頬被《ほおかむり》　頭《あたま》から頬《ほお》へかけて、手《て》ぬぐいや衣服《いふく》をかぶること。
夢《ゆめ》を覚《さ》めたようになって　正気《しょうき》づいて。すでに語《かた》り手《て》が夢《ゆめ》と現《うつつ》のあわいに入《はい》りかけている状態《じょうたい》を暗示《あんじ》。
空車《からぐるま》　人《ひと》や荷物《にもつ》を載《の》せていない状態《じょうたい》の車《くるま》。
青菜《あおな》　葉《は》の色《いろ》が青々《あおあお》として濃緑《のうりょく》な生鮮野菜《せいせんやさい》の総称《そうしょう》。
雪《ゆき》の下《した》　鎌倉市《かまくらし》の鶴岡八幡宮《つるがおかはちまんぐう》周辺《しゅうへん》の地名《ちめい》。現在《げんざい》は「雪ノ下《ゆきのした》」と表記《ひょうき》することが多《おお》い。JR鎌倉駅《かまくらえき》から八幡宮《はちまんぐう》に至《いた》る商店街《しょうてんがい》は、多《おお》くの観光客《かんこうきゃく》で常《つね》ににぎわっている。
朝市《あさいち》　早朝《そうちょう》の時間帯《じかんたい》に露天《ろてん》で食品《しょくひん》などを販売《はんばい》する市《いち》。
大分《だいぶん》の　かなりの。
ものの　せいぜい。ほんの。
二三間《にさんげん》　11頁《ページ》参照《さんしょう》。

ら見《み》ると、ぼやけた色《いろ》で、夜《よる》の色《いろ》よりも少《すこ》し白《しろ》く見《み》えた、車《くるま》も、人《ひと》も、山道《やまみち》の半《なかば》あたりでツイ*目《め》のさきにあるような、大《おお》きな、鮮《あざやか》な形《かたち》で、ありのまま衝《つ》と*消《き》えた。

今《いま》は最《も》う、さっきから荷車《にぐるま》が唯辷《ただすべ》ってあるいて、*少《すこ》しも轣轆《れきろく》*の音《おと》の聞《きこ》えなかったことも念頭《ねんとう》に置《お》かないで、*早《はや》くこの懊悩《おうのう》*を洗《あら》い流《なが》そうと、一直線《いっちょくせん》に、夜明《よあけ》に間《ま》もないと考《かんが》えたから、人憚《ひとはばか》らず*足早《あしばや》に進《すす》んだ。荒物屋《あらものや》の軒下《のきした》の薄暗《うすくら》い処《ところ》に、斑犬《ぶちいぬ》*が一頭《いっとう》、うしろ向《むき》に、長《なが》く伸《の》びて寝《ね》て居《い》たばかり、事《こと》なく*着《つ》いたのは由井《ゆい》ヶ浜《がはま》である。

碧水金砂《へきすいきんさ》*、昼《ひる》の趣《おもむき》*とは違《ちが》って、霊山《りょうぜん》ヶ崎《さき》*の突端《とっぱな》と小坪《こつぼ》の浜《はま》*でおしまわした*遠浅《とおあさ》*は、暗《あん》黒《こく》の色《いろ》を帯《お》び、伊豆《いず》の七島《しちとう》*も見《み》ゆるという蒼海原《あおうなばら》は、ささ濁《にごり》*に濁《にご》って、果《はて》なくおっかぶさったように堆《うずだか》い*水面《すいめん》は、おなじ色《いろ》に空《そら》に連《つらな》って居《い》る。浪打際《なみうちぎわ》は綿《わた》をば束《つか》ねたような*白《しろ》い波《なみ》、波頭《なみがしら》に泡《あわ》を立《た》てて、どうと寄《よ》せては、ざっと、おうように、*重々《おもおも》しゅう、*飜《ひるがえ》ると、ひたひたと押寄《おしよ》せるが如《ごと》くに来《く》る。これは、一秒《いちびょう》に砂一粒《すないちりゅう》、幾億万年《いくおくまんねん》の後《のち》には、この大陸《たいりく》を浸《ひた》し

ツイ　すぐ。

衝《つ》と　さっと。突然《とつぜん》。

荷車《にぐるま》が唯辷《ただすべ》ってあるいて……　音《おと》がしないという異常《いじょう》な事実《じじつ》を記《しる》すことで、ここまでの細密描写《さいみつびょうしゃ》が恐怖《きょうふ》を増幅《ぞうふく》する卓抜《たくばつ》な

趣向《しゅこう》。深夜《しんや》の街路《がいろ》に出没《しゅつぼつ》する荷車《にぐるま》の怪異《かいい》は、後《のち》の短篇《たんぺん》「黒《くろ》髪《かみ》」（一九一八）にも登場《とうじょう》する。

轣轆《れきろく》　車《くるま》などがきしる音《おと》。

念頭《ねんとう》に置《お》かないで　気《き》にしないようにして。

懊悩《おうのう》　悩《なや》みもだえること。

人憚《ひとはばか》らず　人《ひと》の目《め》を気《き》にしないで。

斑犬《ぶちいぬ》　まだら模様《もよう》の毛並《けなみ》をした犬《いぬ》。

事《こと》なく　難《なん》なく。たやすく。

碧水金砂《へきすいきんさ》　碧《あお》く澄《す》んだ水《みず》と金色《こんじき》にきらめく砂《すな》。海辺《うみべ》の景勝《けいしょう》をいう。

昼《ひる》の趣《おもむき》　昼間《ひるま》に見《み》える光景《こうけい》。

霊《りょう》 山《ぜん》ヶ《が》崎《さき》　稲村《いなむら》ヶ《が》崎《さき》の東側斜面《ひがしがわしゃめん》を霊山《りょうぜん》ヶ《が》崎《さき》といい、西斜面《にししゃめん》を稲村《いなむら》ヶ《が》崎《さき》という（『新編相模風土記稿《しんぺんさがみふどきこう》』）など、諸説《しょせつ》がある。

小坪《こつぼ》の浜《はま》　逗子市《ずしし》の西端《せいたん》に位置《いち》する地区《ちく》で、現在《げんざい》も小坪漁港《こつぼぎょこう》や逗子《ずし》マリーナを擁《よう》する。鎌倉市《かまくらし》の材木座《ざいもくざ》に隣接《りんせつ》。鎌倉《かまくら》と逗子《ずし》を結《むす》ぶ小坪隧道《こつぼずいどう》は、心霊《しんれい》スポットとして有名《ゆうめい》で、川端康成《かわばたやすなり》も短篇《たんぺん》「無言《むごん》」（一九五三）で言及《げんきゅう》している（川端《かわばた》は逗子《ずし》マリーナの一室《いっしつ》で自裁《じさい》した）。また、名越切通《なごえきりどおし》の山上《さんじょう》には史跡《しせき》「まんだら堂《どう》やぐら群《ぐん》」があり、鏡花《きょうか》も「春昼《しんちゅう》」で妖《あや》しい野芝居《のしばい》の舞台《ぶたい》として登場《とうじょう》させている。ちなみに同篇《どうへん》の作中人物《さくちゅうじんぶつ》である「客人《きゃくじん》」もまた、「星《ほし》あかり」の語《かた》り手《て》と同《おな》じく、湘南《しょうなん》の野辺《のべ》を徘徊《はいかい》したあげく、まんだら堂《どう》の舞台上《ぶたいじょう》に、みずからの分身《ぶんしん》を目撃《もくげき》するのだった。

「釘《くぎ》づけのようになって立竦《たちすく》んだ客人《きゃくじん》の背後《うしろ》から、背中《せなか》を摺《す》って、ずッと出《で》たものがある。黒《くろ》い影《かげ》で。見物《けんぶつ》が他《ほか》にも居《い》たかと思《おも》う、とそうではない。その影《かげ》が、よろよろと舞台《ぶたい》へ出《で》て、御新姐《ごしんぞ》と背中合《せなかあ》わせにぴったり坐《すわ》った処《ところ》で、こちらを向《む》いたでございましょう、顔《かお》を見《み》ると自分《じぶん》です。」（「春昼《しゅんちゅう》」より）

おしまわした　周囲《しゅうい》をぐるりと取《と》り巻《ま》いた。

遠浅《とおあさ》　岸辺《きしべ》から遠《とお》く沖《おき》の方《ほう》まで、水深《すいしん》が浅《あさ》い海《うみ》。ちなみに鎌倉《かまくら》幕府《ばくふ》の三代将軍《さんだいしょうぐん》・源実朝《みなもとのさねとも》は、建保《けんぽう》四年《ねん》（一二一六）十一月《がつ》、渡宋《とそう》を企《くわだ》て、由比《ゆい》ヶ《が》浜《はま》で巨大《きょだい》な唐船《とうせん》の建造《けんぞう》を進《すす》めさせた。しかし翌年春《よくねんはる》に完成《かんせい》した船《ふね》は、遠浅《とおあさ》に阻《はば》まれて浮《う》かばず、そのまま浜辺《はまべ》で朽《く》ち果《は》てたと伝《つた》わる。この史実《しじつ》に想《そう》を得《え》て書《か》かれた小説《しょうせつ》に、澁澤龍彦《しぶさわたつひこ》の短篇《たんぺん》「ダイダロス」（一九八三）がある。

伊豆《いず》の七島《しちとう》　伊豆半島《いずはんとう》の南東方《みなみとうほう》にある伊豆大島《いずおおしま》、利島《としま》、新島《にいじま》、神津島《こうづしま》、三宅島《みやけじま》、御蔵島《みくらじま》、八丈島《はちじょうじま》の七島《しちとう》。いずれも現在《げんざい》は東京都《とうきょうと》に属《ぞく》する。

ささ濁《にごり》　「小濁《ささにごり》」などとも表記《ひょうき》。水《みず》などがすこし濁《にご》ること。

堆《うずだか》い　「うずたかい」とも発音《はつおん》。盛《も》り上《あ》がって高《たか》いさま。

綿《わた》をば束《つか》ねたような　綿《わた》をたばねたような。

おうように　ゆったり落《お》ちついているさま。

重々《おもおも》しゅう　堂々《どうどう》として厳《おごそ》かなさま。

尽《つく》そうとする処《ところ》の水《みず》で、いまも、瞬間《しゅんかん》の後《のち》*も、咄嗟《とっさ》のさきも、*正《まさ》に然《しか》なすべく*働《はたら》いて居《い》るのであるが、自分《じぶん》は余《あま》り大陸《たいりく》の一端《いったん》が浪《なみ》のために喰欠《くいか》かれることの疾《はや》いのを、心細《こころぼそ》く感《かん》ずるばかりであった。

妙長寺《みょうちょうじ》に寄宿《きしゅく》*してから三十日《さんじゅうにち》ばかりになるが、先《さき》に来《き》た時分《じぶん》とは浜《はま》が著《いちじる》しく縮《ちぢ》まって居《い》る。町《まち》を離《はな》れてから浪打際《なみうちぎわ》まで、凡《およ》そ二百歩《にひゃっぽ》もあった筈《はず》なのが、白砂《しらすな》に足《あし》を踏掛《ふみか》けたと思《おも》うと、早《は》や爪先《つまさき》が冷《つめた》く浪《なみ》のさきに触《ふ》れたので、昼間《ひるま》は鉄《てつ》の鍋《なべ》で煮上《にあ》げたような砂《すな》が、皆《みな》ずぶずぶに濡《ぬ》れて、冷《ひやっ》こく、*宛然《さながら》*網《あみ》の下《した》を、水《みず》が潜《くぐ》って寄《よ》せ来《く》るよう、砂地《すなじ》に立《た》ってても身体《からだ》が揺《ゆら》ぎそうに思《おも》われて、不安心《ふあんしん》*でならぬから、浪《なみ》が襲《おそ》うとすたすたと*後《あと》へ退《の》き、浪《なみ》が返《かえ》るとすたすたと前《まえ》へ進《すす》んで、砂《すな》の上《うえ》に唯一人《ただひとり》やがて星《ほし》一《ひと》つない下《した》に、果《はて》のない蒼海《あおうみ》の浪《なみ》に、あわれ果敢《はかな》い*、弱《よわ》い、力《ちから》のない、身体単個《からだひとつ》弄《もてあそ》ばれて、*刎返《はねかえ》されて居《い》るのだ、と心《こころ》着《づ》いて*悚然《ぞっ》とした。

時《とき》に大浪《おおなみ》が、一《ひと》あて*推寄《おしよ》せたのに足《あし》を打《う》たれて、気《き》も上《うわ》ずって*蹌踉《よろ》*けかかった。手《て》が、砂地《すなじ》に引上《ひきあ》げてある難破船《なんぱせん》*の、纔《わず》かにその形《かたち》を留《とど》めて居《い》る、三十石積《さんじゅっこくづみ》*と見覚《みおぼ》えのある、その舷《ふなばた》*にかかって、五寸釘《ごすんくぎ》*をヒヤヒヤと掴《つか》んで、また身震《みぶるい》をした。下駄《げた》はさっきから砂《すな》地《じ》を駆《か》ける内《うち》に、いつの間《ま》にか脱《ぬ》いでしまって、跣足《はだし》である。

何故《なぜ》かは知《し》らぬが、この船《ふね》にでも乗《の》って助《たす》かろうと、片手《かたて》を舷《ふなばた》に添《そ》えて、あわただしく擦上《すりあが》ろうとする*、足《あし》が砂《すな》を離《はな》れて空《くう》にかかり*、胸《むね》が前屈《まえかが》みになって、がっくり俯向《うつむ》いた*目《め》に、船底《ふなぞこ》に銀《ぎん》のような水《みず》が溜《たま》って居《い》るのを見《み》た。

瞬間《しゅんかん》の後《のち》　わずかにまたたく間《ま》の後《のち》。
咄嗟《とっさ》のさき　ちょっとの間《あいだ》の先《さき》。
然《しか》なすべく　そのように（水《みず》が大陸《たいりく》を浸《ひた》すこと）しようと。
寄宿《きしゅく》　他人《たにん》の家《いえ》に身《み》を寄《よ》せること。
冷《ひや》っこく　「冷《つめ》たく」の口語《こうご》表現《ひょうげん》。
宛然《さながら》　まるで。あたかも。
不安心《ふあんしん》　「不安《ふあん》」に同《おな》じ。
浪《なみ》が襲《おそ》うとすたすたと……　「Kの昇天《しょうてん》」におけるK君《くん》の海辺《うみべ》での挙動《きょどう》に通《つう》ずる描写《びょうしゃ》。
果敢《はかな》い　「儚《はかな》い」とも表記《ひょうき》。頼《たよ》りにならない。あっけなく空《むな》しい。
弄《もてあそ》ばれて　手玉《てだま》にとられて。なぶられて。
心着《こころづ》いて　気《き》がついて。
一《ひと》あて　一度《いちど》、当《あ》たること。
気《き》も上《うわ》ずって　あわてて。昂奮《こうふん》し取《と》り乱《みだ》して。
蹌踉《よろ》け　足《あし》もとがふらつくさま。
難破船《なんぱせん》　嵐《あらし》などで破損《はそん》したり座礁《ざしょう》した船《ふね》。
三十石積《さんじゅっこくづみ》　米《こめ》を三十石分《さんじゅっこくぶん》（約《やく》四・五トン）積載《せきさい》することのできる和船《わせん》の総称《そうしょう》。「三十石船《さんじゅっこくぶね》」とも。
舷《ふなばた》　船《ふね》のへりの部分《ぶぶん》。船《ふね》の側面《そくめん》。「ふなべり」とも。
五寸釘《ごすんくぎ》　長《なが》さ五寸《ごすん》（約《やく》一五センチメートル）の大《おお》ぶりな釘《くぎ》。
擦上《すりあが》ろうと　はいあがろうと。よじ登《のぼ》ろうと。
空《くう》にかかり　足《あし》が宙《ちゅう》に浮《う》いた状態《じょうたい》。
俯向《うつむ》いた　顔《かお》を下《した》に向《む》けること。

思《おも》わずあッといって失望《しつぼう》した時《とき》＊、轟々轟《ごうごうごう》という波《なみ》の音《おと》。山《やま》を覆《くつがえ》したように大畝《おおうねり》＊が来《き》たとばかりで、――跣足《はだし》で一文字《いちもんじ》に＊引返《ひきかえ》したが、吐息《といき》もならず＊――寺《てら》の門《もん》を入《はい》ると、其処《そこ》まで隙間《すきま》もなく追縋《おいすが》った、灰汁《あく》＊を覆《かえ》したような海《うみ》は、自分《じぶん》の背《せなか》から放《はな》れて去《い》った。

引《ひ》き息《いき》＊で飛着《とびつ》いた、本堂《ほんどう》の戸《と》を、力《ちから》まかせにがたひし＊と開《あ》ける、屋根《やね》の上《うえ》で、＊ガラガラという響《ひびき》、瓦《かわら》が残《のこ》らず飛上《とびあが》って、舞立《まいた》って、乱合《みだれあ》って、打破《うちやぶ》れた音《おと》がしたので、はッと思《おも》うと、目《め》が眩《くら》んで、耳《みみ》が聞《きこ》えなくなった。が、うッかりした、疲《つか》れ果《は》てた、倒《たお》れそうな自《じ》分《ぶん》の体《からだ》は、……夢中《むちゅう》で、色《いろ》の褪《あ》せた、天井《てんじょう》の低《ひく》い、皺《しわ》だらけな蚊帳《かや》の片隅《かたすみ》を掴《つか》んで、暗《くら》くなった灯《ひ》の影《かげ》に、透《す》かして蚊帳《かや》の裡《うち》を覗《のぞ》いた。

医学生《いがくせい》＊は肌脱《はだぬぎ》＊で、うつむけに寝《ね》て、踏返《ふみかえ》した＊夜具《やぐ》＊の上《うえ》へ、両足《りょうあし》を投懸《なげか》けて眠《ねむ》って居《い》る。

＊ト枕《まくら》を並《なら》べ、仰向《あおむけ》になり、胸《むね》の上《うえ》に片手《かたて》を力《ちから》なく、片手《かたて》を投出《なげだ》し、足《あし》をのばして、口《くち》を結《むす》んだ顔《かお》は、灯《ひ》の片影《かたかげ》＊になって、一人《ひとり》すやすやと寝《ね》て居《い》るのを、……一目見《ひとめみ》ると、＊それは自分《じぶん》であったので、天窓《あたま》から氷《こおり》を浴《あ》びたように筋《すじ》がしまった。＊

ひたと＊冷《つめた》い汗《あせ》になって、眼《め》を瞬《みひら》き、殺《ころ》されるのであろうと＊思《おも》いながら、すかして蚊帳《かや》の

外《そと》を見《み》たが、墓原《はかはら》をさまよって、乱橋《みだればし》から由井ヶ浜《ゆいがはま》をうろついて死《し》にそうになって帰《かえ》って

失望《しつぼう》した時《とき》　押《お》し寄《よ》せる浪《なみ》から逃《に》げようとした先《さき》が、役《やく》に立《た》たぬ破船《はせん》だと気《き》づいて失望《しつぼう》したのである。

大畝《おおうねり》　大《おお》きな波《なみ》。津波《つなみ》を思《おも》わせるような幻視《げんし》の描写《びょうしゃ》だが、鎌倉《かまくら》は明応《めいおう》七年《ねん》（一四九八）九月《がつ》二十日《か》の明応地震《めいおうじしん》の際《さい》、大仏殿《だいぶつでん》まで達《たっ》する大津波《おおつなみ》に見舞《みま》われている。また、関東大震災《かんとうだいしんさい》でも沿岸部《えんがんぶ》に津波《つなみ》が押《お》し寄《よ》せ、別荘《べっそう》に滞在中《たいざいちゅう》の英文学者《えいぶんがくしゃ》・厨川白村《くりやがわはくそん》が巻《ま》きこまれて死去《しきょ》している。

一文字《いちもんじ》に　まっすぐに。

吐息《といき》もならず　息《いき》つく余裕《よゆう》もなく。

灰汁《あく》　煮汁《にじる》などの表面《ひょうめん》に浮《う》かぶ白《しろ》い泡状《あわじょう》のもの。

引《ひ》き息《いき》　息《いき》を大《おお》きく吸《す》いこむこと。

がたひし　通常《つうじょう》は「がたぴし」と表記《ひょうき》。戸《と》などの建《た》て付《つ》けが悪《わる》く、開閉《かいへい》の際《さい》にうるさく音《おと》を立《た》てるさま。

屋根《やね》の上《うえ》で……　以下《いか》、不意《ふい》打《う》ちのように襲来《しゅうらい》する幻視《げんし》の描写《びょうしゃ》が続《つづ》く。突然《とつぜん》に襲来《しゅうらい》するカタストロフィ、とりわけ水《みず》にまつわる天変地異《てんぺんちい》もまた、戯曲《ぎきょく》「夜叉《やしゃ》ケ池《いけ》」（一九一三）をはじめとして鏡花作品《きょうかさくひん》に頻出《ひんしゅつ》するモチーフである。

医学生《いがくせい》　身元《みもと》の引受先《ひきうけさき》もないまま上京《じょうきょう》した鏡花《きょうか》の面倒《めんどう》を見《み》たのは、開業医《かいぎょうい》をめざして済生学舎《さいせいがくしゃ》に通《かよ》う医学生《いがくせい》・福山《ふくやま》と友人《ゆうじん》たちだった。福山《ふくやま》は金沢《かなざわ》で泉家《いずみけ》の人《ひと》たちと懇意《こんい》にしていた縁《えん》で、鏡花《きょうか》を自分《じぶん》の下宿《げしゅく》に泊《と》め、東京《とうきょう》暮《ぐ》らしの手《て》ほどきをしたのだ。落第《らくだい》を繰《く》りかえし貧窮《ひんきゅう》にあえぐ医学生《いがくせい》たちだが、鏡《きょう》花《か》の回想《かいそう》からは親愛《しんあい》の念《ねん》が感《かん》じられる。紅葉《こうよう》と面会《めんかい》を果《は》たせたのも医学生《いがくせい》つながりの縁《えん》によるものだった。

肌脱《はだぬぎ》　帯《おび》から上《うえ》の衣服《いふく》をぬいで、肌《はだ》をさらすこと。

踏返《ふみかえ》した　足《あし》で蹴《け》って引《ひ》っくりかえした。

夜具《やぐ》　寝具《しんぐ》。ふとん。

ト　前《まえ》の文《ぶん》に続《つづ》けて、役者《やくしゃ》の所作《しょさ》などを説明《せつめい》する、芝居《しばい》のト書《が》き的《てき》な用法《ようほう》。

片影《かたかげ》　片方《かたほう》が物《もの》の陰《かげ》になっている所《ところ》。灯《ひ》の当《あ》たらない暗《くら》がり。

一目見《ひとめみ》ると……　水野葉舟《みずのようしゅう》「跫音《あしおと》」と通《つう》ずる趣向《しゅこう》だが、ここに至《いた》るまでの手《て》の込《こ》んだ運《はこ》びは、鏡花《きょうか》の面目躍如《めんもくやくじょ》たるものがあろう。

筋《すじ》がしまった　恐怖《きょうふ》のあまり全身《ぜんしん》が硬直《こうちょく》した。

ひたと　突然《とつぜん》。にわかに。

殺《ころ》されるのであろう……　自分《じぶん》の分身《ぶんしん》を目撃《もくげき》することを、死《し》の前兆《ぜんちょう》とする伝承《でんしょう》は古《ふる》くから存在《そんざい》する（「影《かげ》の病《やまい》」参照《さんしょう》）。

来《き》た自分《じぶん》の姿《すがた》は、立《た》って、蚊帳《かや》に縋《すが》っては居《い》なかった。もののけはい*を、夜毎《よごと》の心持《こころもち》で考《かんが》えると、まだ三時《さんじ》には間《ま》があったので、最《も》う最《も》うあたまがおもいから、そのまま黙《だま》って、母上《ははうえ》の御名《おんな》を念《ねん》じた。*——人《ひと》は恁《こ》ういうことから気《き》が違《ちが》うのであろう。

（「太陽《たいよう》」一八九八年《ねん》八月《がつ》・第《だい》四巻《かん》第《だい》十七号《ごう》に「みだれ橋《ばし》」として掲載《けいさい》）

もののけはい　何《なん》となく感《かん》じられる周囲《しゅうい》の様子《ようす》。

母上《ははうえ》の御名《おんな》を念《ねん》じた　鏡花《きょうか》にとって、満《まん》九歳《さい》のときに、二十八歳《さい》の若《わか》さで病没《びょうぼつ》した母《はは》すずは、慕《した》わしく懐《なつ》かしい崇敬《すうけい》の対象《たいしょう》であり、創作《そうさく》の源泉《げんせん》でもある永遠《えいえん》の女性像《じょせいぞう》となった。母《はは》との想《おも》い出《で》の地《ち》である金沢《かなざわ》の卯辰山《うたつやま》には、「はゝこひし　夕山《ゆうやま》桜《ざくら》　峰《みね》の松《まつ》」という鏡花《きょうか》の句碑《くひ》が建《た》てられている。

影《かげ》

北《きた》原《はら》白《はく》秋《しゅう》

夜《よ》は闌《た》けつつ*あった。

谷中《やなか》*は天王寺墓地《てんのうじぼち》*を前《まえ》にしたこの家《いえ》の門柱《もんちゅう》*には、御祭礼《ごさいれい》と印《しる》した新調《しんちょう》*の提燈《ちょうちん》がまだ、右《みぎ》と左《ひだり》とに明《とも》っていた*。それらはどちらかと云《い》えば、内部《ないぶ》の橙色《だいだいいろ》の灯《ひ》の色《いろ》よりも、外部《がいぶ》の張《は》りきった円《まる》い紙面《しめん》の光沢《こうたく》の方《ほう》がより強《つよ》く白《しろ》く反射《はんしゃ》していた。それのみか*、上斜《うえななめ》に差《さ》し出《だ》した一対《いっつい》の花飾《はなかざ》りさえが、何《なに》かちらちらとして目《め》に沁《し》み入《い》るような光《ひかり》であった。

ちょうど、夏祭《なつまつり》は最終《さいしゅう》の晩《ばん》のことである。季節《きせつ》はもう秋《あき》にかかって、霧《きり》が立《た》ち、ひろびろとした高台《たかだい》の墓地《ぼち》の木立《こだち》にも、いつとなく八月《はちがつ》すえの涼風《りょうふう》が立《た》ち始《はじ》めていた。宵《よい》の程《ほど》*は門前《もんぜん》の人通《ひとどお》りも繁《しげ》かったし*、揉《も》みに揉《も》んで*来《き》た神輿《みこし》のお練《ね》り*も見物《みもの》であったが、今《いま》はもう余程《よほど》の時《とき》が過《す》ぎた。

それでも門《もん》の扉《とびら》は両方《りょうほう》に直角《ちょっかく》に内《うち》へ開《ひら》かれてあり、その空《そら》の球燈《きゅうとう》*は祭《まつり》の為《ため》に殊《こと》に強度《きょうど》の

闌《た》けつつ　たけなわになりつつ。盛《さか》りとなりつつ。「長《た》けつつ」とも表記《ひょうき》。

谷中《やなか》　東京《とうきょう》都《と》台東区《たいとうく》の北西端《ほくせいたん》に位置《いち》する地区《ちく》。上野台地《うえのだいち》と本郷台地《ほんごうだいち》にはさまれた谷間《たにま》に由来《ゆらい》する地名《ちめい》。近世《きんせい》から寺町《てらまち》として名高《なだか》く、多《おお》くの寺院《じいん》や墓地《ぼち》が点在《てんざい》する。明治《めいじ》七年《ねん》（一八七四）には、かつての天王寺《てんのうじ》（感応寺《かんのうじ》）の寺域《じいき》に公立《こうりつ》の谷中霊園《やなかれいえん》が造営《ぞうえい》された。

天王寺墓地《てんのうじぼち》　天王寺《てんのうじ》は、谷中《やなか》の古刹《こさつ》（現在《げんざい》の台東区《たいとうく》谷中《やなか》七丁目《ちょうめ》）。日蓮宗《にちれんしゅう》の寺院《じいん》・長耀山《ちょうようさん》感応寺《かんのうじ》として文永《ぶんえい》十一年《ねん》（一二七四）に開山《かいざん》。その後《ご》、天台宗《てんだいしゅう》に改宗《かいしゅう》、天保《てんぽう》四年《ねん》（一八三三）に護国山天王寺《ごこくさんてんのうじ》と改称《かいしょう》された。天王寺墓地《てんのうじぼち》は、現在《げんざい》の本堂《ほんどう》がある西側《にしがわ》に広《ひろ》がっており、本篇《ほんぺん》に描《えが》かれた白秋《はくしゅう》の居宅《きょたく》（一九二六年《ねん》五月《がつ》から翌年《よくねん》三月《がつ》まで居住《きょじゅう》）は、墓地《ぼち》の西端《せいたん》と接《せっ》する地点《ちてん》（下谷区《したやく》谷中天王寺町《やなかてんのうじちょう》十八番地《ばんち》、現在《げんざい》の台東区《たいとうく》谷中《やなか》七丁目《ちょうめ》十八番地《ばんち》）にあった。歌集《かしゅう》『白南風《しらはえ》』（一九三四）所収《しょしゅう》の「天王寺墓畔吟《てんのうじぼはんぎん》」二百五十余首《よしゅ》は、このときに生《う》まれた歌群《かぐん》である。その序詞《じょし》にいわく――「墓畔吟《ぼはんぎん》なれども必《かなら》ずしも哀傷《あいしょう》せず、世《よ》は楽《たの》しければなり」。なお、大木惇夫《おおきあつお》『天馬《てんま》のなげき――北原白秋伝《きたはらはくしゅうでん》』（一九五一）によれば「実《じつ》をいうと、白秋《はくしゅう》は、五月《がつ》に引《ひ》っ越《こ》して来《き》てからこの方《かた》、この家《いえ》にしっくりとは住《す》みつかないのであった。廂《ひさし》のふかい、古風《こふう》で幽雅《ゆうが》な趣《おもむ》きのある家《いえ》ではあったが、日《ひ》あたりがわるいし、陰気《いんき》で湿《し》けもする。なにか圧迫《あっぱく》されるような気《き》がして、どの部屋《へや》に机《つくえ》をすえても落《お》ちつけない。あっちへ坐《すわ》ってみたり、こっちへ腰《こし》かけてみたりするばかりで、仕事《しごと》に手《て》がつきにくかった」という。そうした居心地《いごこち》の悪《わる》さや不安感《ふあんかん》は、本篇《ほんぺん》にも微妙《びみょう》に反映《はんえい》されているように感《かん》じられる。

門柱《もんちゅう》　家《いえ》の門《もん》とする柱《はしら》。

新調《しんちょう》　新《あたら》しく調《ととの》えること。新品《しんぴん》。

明《とも》って　通常《つうじょう》は「灯《とも》って」と表記《ひょうき》。

それのみか　それればかりか。

宵《よい》の程《ほど》　日《ひ》が暮《く》れてまもない頃《ころ》。

繁《しげ》かった　頻繁《ひんぱん》だった。

揉《も》みに揉《も》んで　神輿《みこし》の担《かつ》ぎ手《て》たちが、入《い》り乱《みだ》れて激《はげ》しく押《お》し合《あ》うさま。

お練《ね》り　祭礼《さいれい》の行列《ぎょうれつ》。

空《そら》の球燈《きゅうとう》　「空《そら》」は、ここでは「上《うえ》」「てっぺん」の意《い》。門柱《もんちゅう》の上部《じょうぶ》の丸《まる》いランプ。

燭光《しょっこう》*に取換《とりか》えられたので、其処《そこ》らは際立《きわだ》って鮮《あざや》かに見《み》えた。前《まえ》の甃石《いしだたみ》には接待《せったい》*のテエブルがまだ出《だ》しっぱなしになっていて、上《うえ》には氷水《こおりみず》を入《い》れた大《おお》きな藍色《あいいろ》の瀬戸引《せとびき》*の薬鑵《やかん》と、茶碗《ちゃわん》が五《いつ》つ六《むっ》つ伏《ふ》せてあった。たまたまその明《あか》るい門前《もんぜん》を憚《はばか》りがちに*一旦《いったん》*行《い》き過《す》ぎたのを、また引《ひ》き返《かえ》して来《き》て、ひそひそと*口《くち》につけていた*三味線《しゃみせん》を小腋《こわき》の、*新内流《しんないなが》し*の女連《おんなづ》れもあった。だがもうそうした通《とお》りがかりの人影《ひとかげ》もよほど疎《まば》らに*薄《うす》れて来《き》た。

門内《もんない》から見《み》とおしの*道《みち》の小砂利《こじゃり》、つい*向《むこ》うの墓地《ぼち》の伸《の》び過《す》ぎた扇骨木垣《かなめがき》*、その垣根《かきね》の目《め》のさめるような緑《みどり》の雑草《ざっそう》にもおびただしく露《つゆ》が置《お》きまさった。*そうして南無阿《なむあ》とだけ見《み》える*中古《ちゅうぶ》るの墓石《はかいし》の面《おもて》にも薄鼠《うすねず》いろのわびしい湿《しめ》りがひろがって来《き》た。あまりに常《つね》よりは燭光《しょっこう》が明《あか》るく、あまりに四辺《あたり》の青《あお》み*が冷《ひ》え過《す》ぎて見《み》えた。

だが、夜《よ》は闌《た》けかかったとはいっても、家人《かじん》*は挙《こぞ》って*夜宮《よみや》*へ参《まい》ったきり、まだ戻《もど》っては

燭光《しょっこう》　電灯《でんとう》などの光度《こうど》を示《しめ》す旧単位《きゅうたんい》。
接待《せったい》　祭礼《さいれい》の参加者《さんかしゃ》のために、飲《の》み物《もの》などを家々《いえいえ》で用意《ようい》すること。「水《みず》うちて月《つき》の門辺《かどべ》となりにけり泡盛《あわもり》の甕《かめ》に柄杓《ひしゃく》添《そ》へ置《お》く」（北原白秋《きたはらはくしゅう》『白南風《しらはえ》』所収《しょしゅう》「天王寺墓畔吟《てんのうじぼはんぎん》」より）
瀬戸引《せとびき》　鉄製《てっせい》の鍋《なべ》や薬罐《やかん》などの表面《ひょうめん》に琺瑯《ほうろう》（エナメル）を引《ひ》くこと。それ自体《じたい》も指《さ》す。「琺瑯引《ほうろうびき》」とも。
憚りがちに《はばか》　遠慮《えんりょ》がちに。

一旦《いったん》　一度《いちど》。

ひそひそと　こっそりと。

口《くち》**につけていた**　接待《せったい》の氷水《こおりみず》を飲《の》んでいたのである。

三味線《しゃみせん》**を小腋**《こわき》**の**　小脇《こわき》に三味線《みせん》を抱《かか》えた。

新内流《しんないなが》**し**　新内節《しんないぶし》（浄瑠璃《じょうるり》の流派《りゅうは》のひとつで、心中道行物《しんじゅうみちゆきもの》などを美声《びせい》でしめやかに弾《ひ》き語《がた》る）を演奏《えんそう》しながら、盛《さか》り場《ば》などを流《なが》して歩《ある》くこと。また、その人《ひと》。夏《なつ》の季語《きご》。

疎《まば》**らに**　ときおり。たまに。

見《み》**とおし**　先《さき》のほうまで、ひと目《め》で見《み》えること。

つい　すぐ。

扇骨木垣《かなめがき》　「要垣《かなめがき》」とも表記《ひょうき》。カナメモチ（バラ科《か》の常緑小《じょうりょくしょう》高木《こうぼく》。扇《おうぎ》の骨《ほね》に使《つか》われたことからの命名《めいめい》ともいう）の木《き》を植《う》えた生垣《いけがき》。「角吹《かくふ》きてうつら添《そ》ひ来《く》る荷《に》かつぎの夕《ゆう》ごゑながし扇骨木垣《かなめがき》」（北原白秋《きたはらはくしゅう》『白南風《しらはえ》』所収《しょしゅう》「天王寺墓畔吟《てんのうじぼはんぎん》」より）

露《つゆ》**が置**《お》**きまさった**　一面《いちめん》に夜露《よつゆ》がおりたさま。

南無阿《なむあ》**とだけ見**《み》**える**　墓石《はかいし》に刻《きざ》まれた「南無阿弥陀仏《なむあみだぶつ》」の名号《みょうごう》が摩滅《まめつ》して、上《うえ》の三文字《さんもじ》のみ判読《はんどく》できるのである。ちなみに白秋《はくしゅう》はこの頃《ころ》、自宅近《じたくちか》くの墓地《ぼち》で、もう一人《ひとり》の「白秋《はくしゅう》」の墓《はか》を発見《はっけん》している。墓石《はかいし》には「白秋若目田君／同孺人菊地氏／之墓」（「孺人《じゅじん》」は妻《つま》の意《い》）と彫《ほ》られていたという。「我《われ》と同《おな》じ名《な》の白秋《はくしゅう》といふ人《ひと》の墓《はか》あり。若目田氏《わかめだし》たり。明治《めいじ》十九年《ねん》没《ぼつ》、勤王《きんのう》の志士《しし》なり。容貌性格我《ようぼうせいかくわれ》によく似《に》たるものあるが如《ごと》し。その孺人菊地氏《じゅじんきくちし》、吾《わ》が妻《つま》はまた菊子《きくこ》なり。因縁浅《いんねんあさ》からず、ひとごとならず思《おも》へば、時《とき》をりに行《い》きては墓《はか》を清《きよ》め、花《はな》などをささげて、我《われ》と亦自《またみずか》ら慰《なぐさ》む」（北原白秋《きたはらはくしゅう》『白南風《しらはえ》』所収《しょしゅう》「天王寺墓畔吟《てんのうじぼはんぎん》」より）

一九二六年《ねん》十月《がつ》「都新聞《みやこしんぶん》」に掲載《けいさい》（「影《かげ》」発表《はっぴょう》と前後《ぜんご》する時期《じき》であることに留意《りゅうい》）された「白秋若目田氏《はくしゅうわかめだし》」（後《のち》に「白秋《はくしゅう》の墓《はか》」と改題《かいだい》）より引用《いんよう》する。

「わたくしは驚《おどろ》いた。わたくしの前《まえ》に第一世《だいいっせい》の白秋《はくしゅう》があろうとは。何《なん》だか他人《たにん》でもないような気《き》もした。（略《りゃく》）それから、わたくしは散歩《さんぽ》する度《たび》に白秋《はくしゅう》の墓《はか》の前《まえ》を通《とお》る。一度《いちど》は通《とお》らねば気《き》が済《す》まなくなった。何《なに》かあってどんなにむしゃくしゃする時《とき》でもその墓《はか》へさえ遊《あそ》びに行《い》けば、じつに心《こころ》が安《やす》らかになる。閑雅《かんが》ないい木《こ》かげである。自分《じぶん》の死後《しご》の静《しず》けさをもわたくしは其処《そこ》に感《かん》ずるのである。いいものだなと思《おも》う」

作品発表時期《さくひんはっぴょうじき》から見《み》ても、死者《ししゃ》である「もう一人《ひとり》の自分《じぶん》」との遭遇《そうぐう》が、「影《かげ》」の成《な》り立《た》ちに微妙《びみょう》な影《かげ》を投《とう》じているように思《おも》われてならない。

四辺《あたり》**の青**《あお》**み**　家《いえ》の周囲《しゅうい》に垂《た》れこめる、深《ふか》まる夜《よる》の色《いろ》を指《さ》す。

家人《かじん》　家族《かぞく》。一家《いっか》の者《もの》。

挙《こぞ》**って**　ことごとく。揃《そろ》って。残《のこ》らず。

夜宮《よみや》　「宵宮《よいみや》」とも。神社《じんじゃ》の祭日《さいじつ》の前夜《ぜんや》に執《と》り行《おこ》なわれる祭礼《さいれい》。前夜祭《ぜんやさい》。

見《み》えないのだ。それにまだまだ、テテンテンと鼓《う》つ神楽《かぐら》*の小太鼓《こだいこ》の囃子《はやし》も間《ま》を隔《お》いてきこえていた。そうしてこうした雲《くも》の断《わ》れ間《ま》の星月夜《ほしづきよ》*に、わっしょいわっしょいわっしょいわっしょいとやってゆくあの江戸《えど》ぶり*の勇《いさ》み声《ごえ》*まで、町方《まちかた》*の遠《とお》くの何処《どこ》かにぼかされていた。

鋳金家《ちゅうきんか》*であるこの家《いえ》の主人《しゅじん》は、ちょうどこの時《とき》、泊《とま》り客《きゃく》の洋画家《ようがか》の一人《ひとり》と、中木戸《なかきど》*の前《まえ》は大《おお》きな花《はな》の白《しろ》く僅《わず》かに残《のこ》っている泰山木《たいさんぼく》*の下《した》の、沈丁《じんちょう》*や山吹《やまぶき》や円刈《まるがり》の躑躅《つつじ》の間《あいだ》に籐椅子《とういす》*を持《も》ち出《だ》したままの、対《むか》い合《あわ》せに、宵《よい》からの酒興《しゅきょう》*をいつまでもいつまでも続《つづ》けていた。コップの麦酒《ビール》は、そうした微光《びこう》*の中《なか》にも幾度《いくど》となく新《あた》らしい泡《あわ》しぶきを盛《も》りあげたが、時《とき》とするとまたひどく気《き》が抜《ぬ》けて了《しま》*って来《き》た。墓地名物《ぼちめいぶつ》の縞蚊《しまか》*の唸《うな》りもしていた。性急《せいきゅう》*にはたはたとうつ団扇《うちわ》の音《おと》もきこえていた。

主人《しゅじん》の話題《わだい》は一転《いってん》した。

*

『じつはね、その晩《ばん》には、君《きみ》も知《し》っている細見《ほそみ》*と僕《ぼく》らの羊《よう》ちゃん*と云《い》っている若《わか》い可憐《かれん》な

神楽《かぐら》　神社《じんじゃ》の祭祀《さいし》に際《さい》して奏《そう》する歌舞《かぶ》。笛《ふえ》や太鼓《たいこ》に合《あ》わせて歌《うた》や踊《おど》りが神前《しんぜん》に奉納《ほうのう》される。

星月夜《ほしづきよ》　「ほしづくよ」とも発音《はつおん》。月夜《つきよ》のように星《ほし》が明《あか》るく見《み》える晩《ばん》。星夜《せいや》。秋《あき》の季語《きご》。

江戸《えど》ぶり　江戸風《えどふう》の。江戸前《えどまえ》の。

勇《いさ》み声《ごえ》　威勢《いせい》のよい掛《か》け声《ごえ》。

町方《まちかた》　町《まち》のほう。市街地《しがいち》。

鋳金家《ちゅうきんか》　溶《と》かした金属《きんぞく》を型《かた》に入《い》れて器物《きぶつ》を造《つく》る工芸家《こうげいか》。ちなみに白秋《はくしゅう》の居宅《きょたく》の右隣《みぎどなり》には彫刻家《ちょうこくか》・朝倉文夫《あさくらふみお》が、左隣《ひだりどなり》には数珠職人《じゅずしょくにん》が、それぞれ居住《きょじゅう》していた。

中木戸《なかきど》　庭《にわ》や露地《ろじ》などに設《もう》ける簡素《かんそ》な開《ひら》き戸《ど》の門《もん》。玄関《げんかん》などの内側《うちがわ》に設《もう》ける小《ち》さな木戸《きど》。

泰山木《たいさんぼく》　マグノリア（Magnolia）。モクレン科《か》の常緑高木《じょうりょくこうぼく》。北米原産《ほくべいげんさん》。初夏《しょか》に白色《はくしょく》で強《つよ》い芳香《ほうこう》のある大輪《たいりん》の花《はな》をつける。夏《なつ》の季語《きご》。『恋《こい》』所収《しょしゅう》の川端康成《かわばたやすなり》「片腕《かたうで》」にも登場《とうじょう》。

沈丁《じんちょう》　沈丁花《じんちょうげ》。ジンチョウゲ科《か》の常緑低木《じょうりょくていぼく》。中国原産《ちゅうごくげんさん》。庭木《にわき》として観賞用《かんしょうよう》に植《う》えられる。香気《こうき》が強《つよ》く、沈香《じんこう》と丁字《ちょうじ》の香《かお》りに似《に》るため、この名《な》がある。「そがなかに埋《う》もれたる素馨《そけい》の香《か》のなげき／蒸《む》し甘《あま》き沈丁《じんちょう》のあるは刺《さ》せども／なにほどの香《か》の痛《いた》み身《み》にしおぼえむ」（北原白秋《きたはらはくしゅう》『邪宗門《じゃしゅうもん》』所収《しょしゅう》「夢《ゆめ》の奥《おく》」）

籐椅子《とういす》　籐《とう》の茎《くき》などを編《あ》んでつくった安楽椅子《あんらくいす》。「といす」とも。

酒興《しゅきょう》　酒《さけ》に酔《よ》って愉快《ゆかい》に過《す》ごすこと。

微光《びこう》　かすかな明《あ》かり。

気《き》が抜《ぬ》けて　アルコールや炭酸飲料《たんさんいんりょう》が開栓《かいせん》されて、本来《ほんらい》の味《あじ》や香《かお》りが失《うしな》われること。

縞蚊《しまか》　「藪蚊《やぶか》」とも。ヤブカ属《ぞく》の蚊《か》の総称《そうしょう》。藪《やぶ》や木立《こだち》に棲息《せいそく》し、体表《たいひょう》の白斑《はくはん》が縞《しま》に見《み》える。人《ひと》にたかって血《ち》を吸《す》う。

性急《せいきゅう》に　短気《たんき》で落《お》ちつきなく。せっかちに。

細見《ほそみ》　未詳《みしょう》。

羊《よう》ちゃん　当時《とうじ》、白秋《はくしゅう》のもとに親《した》しく出入《でい》りしていた「野《の》の羊《ひつじ》」の詩人《しじん》・大木篤夫《おおきあつお》（後《のち》に惇夫《あつお》　一八九五～一九七七）がモデルか。白秋《はくしゅう》は、大木《おおき》の第一《だいいち》詩集《ししゅう》『風《かぜ》・光《ひかり》・木《こ》の葉《は》』（一九二五）に寄《よ》せた長文《ちょうぶん》の序《じょ》で、その詩才《しさい》を激賞《げきしょう》している。「野《の》っぱらはいいな、／いつ来《き》てみてもいいな。／おや、羊《ひつじ》がゐるな、／放《はな》ち飼《が》いだな、／だが独《ひと》りだな。／（略《りゃく》）／俺《おれ》も未《ひつじ》のうまれだな。／おや、羊《ひつじ》の背《せな》に紫《むらさき》の斑《まだら》が揺《ゆ》れたな、／ああ、辛夷《こぶし》の花《はな》の影《かげ》だな。／野《の》っぱらはいいな、／さびしくていいな。」（大木篤夫《おおきあつお》『風《かぜ》・光《ひかり》・木《こ》の葉《は》』所収《しょしゅう》「野《の》の羊《ひつじ》」より）

学生《がくせい》と二人《ふたり》が来《き》ていたのだ。どちらも詩人《しじん》さ。もう遅《おそ》いからおいとまします*と云《い》うやつを、僕《ぼく》もじゃあそこまで送《おく》ってあげようと、ふらりと出《で》て見《み》た。酒《さけ》と煙草《たばこ》と例《れい》の感激《かんげき》とですっかり疲《つか》れたしね。ところで、君《きみ》は上野公園《うえのこうえん》*から桜木町《さくらぎちょう》*を抜《ぬ》けて来《き》たので、此処《ここ》から日暮里《にっぽり》駅《えき》*へ行《い》く近道《ちかみち》はまだ不安《ふあん》だろうと思《おも》うが、ほら、このつい斜《なな》め前《まえ》に生垣《いけがき》の断《わ》れ間《ま》が見《み》えるだろう。あれに真《ま》っ直《すぐ》に東《ひがし》へ二《ふた》かわ*ばかりの甃石《いしだたみ》がついているのだ。あれを私《わたし》たちはいつも通《とお》っている。出《で》て見《み》ると、反《そ》りの細《ほそ》い下弦《かげん》の月《つき》*が木《き》の半《なか》ば程《ほど》に光《ひか》っていてね、覆輪《ふくりん》*だけが金《きん》いろに染《そ》まった黒牡丹色《くろぼたんいろ》*の雲《くも》の塊《かたま》りが幾《いく》つもそのまわりには簇《むらが》って*いた。いやにむしむしする晩《ばん》でね。それにあの樫《かし》*の花《はな》の臭《にお》いだ。あの木《き》の芽立《めだち》*の刺戟《しげき》も強《つよ》い、じつに動物的《どうぶつてき》な臭《にお》いだからね。それに妙《みょう》に空気《くうき》までが腥《なまぐさ》いのだ。坊間《ぼうかん》*によく読《よ》まれている弘法大師《こうぼうだいし》××伝授《でんじゅ》*という本《ほん》には新鮮《しんせん》な栗《くり》の花《はな》と稚子《ちご》*との関係《かんけい》を讃《たた》えてある、あの感覚《かんかく》だけには僕《ぼく》も感心《かんしん》したのだが、樫《かし》や樟《くすのき》のそれらはもっと複雑《ふくざつ》していて*近代的《きんだいてき》だよ。あの花《はな》の季節《きせつ》が来《く》ると僕《ぼく》は却《かえ》って陰鬱《いんうつ》になる。悩気《のうき》*で頭《あたま》がくらくらするのだ。あ、そうだ、ビアズレー*に、何《なん》だか

おいとまします　帰《かえ》ります。

上野公園《うえのこうえん》　東京都台東区《とうきょうとたいとうく》にある都立公園《とりつこうえん》。寛永寺《かんえいじ》の旧境内《きゅうけいだい》で、桜《さくら》の名所《めいしょ》として知《し》られる。博物館《はくぶつかん》、美術館《びじゅつかん》、動物園《どうぶつえん》、不忍《しのばずの》池《いけ》などがある。正式《せいしき》には上野恩賜公園《うえのおんしこうえん》といい、かつては忍ケ《しのぶが》岡《おか》と呼《よ》ばれていた。

桜木町《さくらぎちょう》　現在《げんざい》の上野桜木《うえのさくらぎ》一丁目《ちょうめ》と二丁目《ちょうめ》。台東区《たいとうく》の北西《ほくせい》に位《い》置《ち》し、南部《なんぶ》は上野公園《うえのこうえん》に、西北部《せいほくぶ》は谷中《やなか》に接《せっ》する。

日暮里駅《にっぽりえき》　東京都荒川区西日暮里《とうきょうとあらかわくにしにっぽり》にある鉄道駅《てつどうえき》。日暮里《にっぽり》は台《だい》地上《ちじょう》の寺町《てらまち》で、江戸《えど》から明治《めいじ》にかけては文人墨客《ぶんじんぼっかく》の散策地《さんさくち》として知《し》られた。

二《ふた》かわ　二列《れつ》。

下弦《かげん》の月《つき》　陰暦《いんれき》二十二日《にち》〜二十三日頃《にちごろ》、満月《まんげつ》から次《つぎ》の新月《しんげつ》に至《いた》る半《なか》ば頃《ごろ》の左半分《ひだりはんぶん》が輝《かがや》く月《つき》。月《つき》の入《い》りに際《さい》して、弦《げん》が下向《したむ》きとなる。

覆輪《ふくりん》　刀剣《とうけん》や馬具《ばぐ》、茶碗《ちゃわん》や笛《ふえ》などの器物《きぶつ》の縁部分《ふちぶぶん》を覆《おお》う金属《きんぞく》や皮革《ひかく》。「伏輪《ふくりん》」とも。

黒牡丹色《くろぼたんいろ》　紫黒色《しこくしょく》をした牡丹《ぼたん》の花《はな》の色《いろ》。

簇《むらが》って　通常《つうじょう》は「群《むら》がって」と表記《ひょうき》。

樫《かし》　ブナ科《か》コナラ属《ぞく》の常緑高木《じょうりょくこうぼく》の総称《そうしょう》。晩春《ばんしゅん》から初夏《しょか》にかけて、小花《こばな》の密生《みっせい》した穂《ほ》をつけ、雌花《めばな》と雄花《おばな》がある。果実《かじつ》はどんぐりと呼《よ》ばれる。「花季《はなどき》は樫《かし》の木《こ》ぐれを行《い》きありく餓鬼《がき》もこそをれ真夜《まよ》ふけにけり」「樫《かし》いとどにほふ真闇《まやみ》となりにけり夜《よ》ふけくるひたつ鳥獣《ちょうじゅう》のこゑ」（北原白秋《きたはらはくしゅう》『白南風《しらはえ》』所収《しょしゅう》「天王寺墓畔吟《てんのうじぼはんぎん》」より）

木《き》の芽立《めだち》　春《はる》、樹木《じゅもく》が芽《め》を出《だ》す頃《ころ》。

坊間《ぼうかん》に　世間《せけん》で。世間《せけん》一般《ぱん》で読《よ》まれている通俗本《つうぞくぼん》のことを「坊《ぼう》間《かん》の書《しょ》」という。

弘法大師《こうぼうだいし》××伝授《でんじゅ》　薩摩《さつま》の人《ひと》・満尾貞友《みつおさだとも》が夢《ゆめ》で弘法大師《こうぼうだいし》から伝《でん》授《じゅ》されたと称《しょう》する艶本《えんぽん》『弘法大師一巻之書《こうぼうだいしいっかんのしょ》』を指《さ》す。同書《どうしょ》については民俗学者《みんぞくがくしゃ》・南方熊楠《みなかたくまぐす》が、同性愛研究《どうせいあいけんきゅう》の観点《かんてん》から何度《なんど》か言及《げんきゅう》している。

稚子《ちご》　通常《つうじょう》は「稚児《ちご》」と表記《ひょうき》。公家《くげ》、武家《ぶけ》、寺院《じいん》などで召《め》し使《つか》われた少年《しょうねん》。稚児小姓《ちごこしょう》。

複雑《ふくざつ》していて　複雑《ふくざつ》で。入《い》り組《く》んでいて。錯綜《さくそう》していて。

悩気《のうき》　悩《なや》ましい気分《きぶん》。

ビアズレー　オーブリー・ビアズレー（Aubrey Vincent Beardsley　一八七二〜九八）「ビアズリー」とも。イギリス十九世紀末《せいきまつ》の挿絵画家《さしえがか》、詩人《しじん》。鋭《するど》く繊細《せんさい》なペン画《が》で耽美幻想《たんびげんそう》の挿絵《さしえ》を描《えが》き、同時代《どうじだい》の美術界《びじゅつかい》に大《おお》きな影響《えいきょう》を与《あた》えたが、五年《ねん》ほどの活動期間《かつどうきかん》で夭折《ようせつ》した。代表作《だいひょうさく》に雑誌《ざっし》「イエロー・ブック」や「サヴォイ」の装画《そうが》・挿絵《さしえ》のほか、オスカー・ワイルドの戯曲《ぎきょく》『サロメ』の挿絵《さしえ》、小説《しょうせつ》『丘《おか》の麓《ふもと》で』（澁澤龍彦《しぶさわたつひこ》による邦題《ほうだい》は『美神《びしん》の館《やかた》』）などがある。

そうした五六月《ごろくがつ》の木《き》の花《はな》どきの*夜《よる》を三人《さんにん》の男《おとこ》が逍遥《しょうよう》すると云《い》う詩《し》*があったと思《おも》うね。僕《ぼく》らも肩《かた》と肩《かた》とを摩《す》り合《あわ》せるようにして、その暗《くら》い墓地《ぼち》の近道《ちかみち》を歩《ある》いて行《い》った。墓《はか》と墓《はか》との生《いけ》垣《がき》の樒《しきみ》*や扇骨木《かなめ》やそれも幽《かす》かな、目《め》にも見《み》えぬほどの房花《ふさばな》*をつけかけていた時分《じぶん》だ。その生垣《いけがき》の間《あいだ》を甃石《いしだたみ》伝《づた》いに、つい少《すこ》し行《い》くと電信柱《でんしんばしら》がカッキリと一本《いっぽん》突《つ》っ立《た》っている。それがその晩《ばん》は最初《さいしょ》から変《へん》に白《しろ》っぽく薄光《うすびか》りして私《わたし》たちを脅《おど》かした。碍子《がいし》*は紫金《しきん》*だね。それから新墓《にいはか》*だ。これもぼうとした靄《もや》*にてらてらと滑《な》めっこくて*生白《なまじろ》い*のだ、どうかした拍子《ひょうし》にそれが人《ひと》かげでもさしているように*見《み》えることがある。いや、僕《ぼく》はそう臆病《おくびょう》じゃないが、羊《よう》ちゃんときたら、それは気《き》が弱《よわ》いからね。おずおずと*後《うし》ろから蹤《つ》いて来《く》るばかしだ*。何《なに》か、ぱささと音《おと》がするのでふっと足《あし》を留《と》めると、梢《こずえ》から降《ふ》るように音《おと》をさせるのだ。それが葉《は》から葉《は》へ引《ひ》き続《つづ》き引《ひ》き続《つづ》き落《お》ちて来《く》る。音《おと》が下《した》ほど大《おお》きくなる。木蔭《こかげ》は暗《くら》いし、しんしんとは*しているし、一寸誰《ちょっとだれ》でも驚《おどろ》くよ。足元《あしもと》を透《す》かして見《み》ると墓石《はかいし》や地《じ》べたの上《うえ》には褐《かっ》色《しょく》の厚《あつ》ぼったい花房《はなぶさ》が燈蛾《ひとりむし》*のように無数《むすう》に落《お》ちていた。梧桐《あおぎり》*の花《はな》だったんだ。そうした時《とき》、

木《き》の花《はな》どき　樹木《じゅもく》がいっせいに花《はな》をつける春《はる》から初夏《しょか》の季節《きせつ》。

三人《さんにん》の男《おとこ》が逍遙《しょうよう》すると云《い》う詩《し》　ビアズレーが「サヴォイ」創刊《そうかん》号《ごう》（一八九六年《ねん》一月発行《がっはっこう》）に寄《よ》せた詩《し》「三人《さんにん》の音楽家《おんがくか》 The Three Musicians」を指《さ》す。豊満《ほうまん》なソプラノ歌手《かしゅ》と華奢《きゃしゃ》な美《び》少年《しょうねん》とポーランドの天才《てんさい》ピアニストが、森《もり》の裾《すそ》の小径《こみち》をそぞろ歩《ある》くという内容《ないよう》。白秋《はくしゅう》は「三人《さんにん》の男《おとこ》」と記《しる》しているが、実際《じっさい》は一人《ひとり》の女性《じょせい》と二人《ふたり》の男性《だんせい》である。「森《もり》の裳《すそ》に添《そ》つてゐる道《みち》を、／三人《さんにん》の音楽家《おんがくか》が歩《ある》いてゐる、／心怡《こころたの》しくおのもの想《おもい》　おし測《はか》る互《たが》ひの気持《きもち》、／最近作《さいきんさく》フランツ・ヒンメルの円舞曲《えんぶきょく》、／朝食前《ちょうしょくまえ》の仕事《しごと》、新着想《しんちゃくそう》の主《しゅ》題《だい》、朝食《ちょうしょく》、また真夏《まなつ》の一日《いちにち》。」（関川佐木夫訳《せきかわさきおやく》）

樒《しきみ》　シキミ科《か》の常緑小高木《じょうりょくしょうこうぼく》。墓地《ぼち》に植《う》えたり、仏前《ぶつぜん》に供《そな》える木《き》として知《し》られる。全体《ぜんたい》に香気《こうき》があり、葉《は》と樹皮《じゅひ》を乾《かわ》かした粉末《ふんまつ》で抹香《まっこう》や線香《せんこう》を作《つく》る。果実《かじつ》は有毒《ゆうどく》。コウノキ、仏前草《ぶつぜんそう》などとも。

房花《ふさばな》　房《ふさ》のように咲《さ》く花《はな》。

碍子《がいし》　電線《でんせん》を支《ささ》えるため鉄塔《てっとう》や電柱《でんちゅう》などに取《と》り付《つ》ける絶縁器《ぜつえんき》具《ぐ》。陶磁器製《とうじきせい》もしくはプラスチック製《せい》の絶縁体《ぜつえんたい》と鉄製《てっせい》の金具《かなぐ》から成《な》る。

紫金《しきん》　「赤銅《しゃくどう》」の異称《いしょう》。赤銅《しゃくどう》は、銅《どう》に少量《しょうりょう》の金《きん》や銀《ぎん》を加《くわ》えた合《ごう》金《きん》。烏金《うきん》などとも。

新墓《にいはか》　新《あたら》しく築《きず》かれた墓《はか》。「我《われ》は誰《た》ぞ筇《つゑ》は曳《ひ》きつつ新墓《にいはか》の日《ひ》に殖《ふ》ゆるすら朝眼楽《あさめたの》しむ」（北原白秋《きたはらはくしゅう》『白南風《しらはえ》』所収《しょしゅう》「天王寺《てんのうじ》墓畔吟《ぼはんぎん》」より）

靄《もや》　微細《びさい》な水滴《すいてき》が大気中《たいきちゅう》に低《ひく》くたちこめたもの。水平方向《すいへいほうこう》の視《し》程《てい》（見透《みとお》し）が一キロメートル以上《いじょう》を「靄《もや》」、それ未満《みまん》の場《ば》合《あい》を「霧《きり》」と呼《よ》んでいる。たちこめる靄《もや》の妖気《ようき》を描《えが》いたこのくだりには、川端康成《かわばたやすなり》「片腕《かたうで》」（『恋《こい》』所収《しょしゅう》）のそれを想起《そうき》させるところがある。

滑《な》めっこくて　ぬるぬるしていて。なめらかで。

生白《なまじろ》い　妙《みょう》に白《しろ》い。なまっちろい。

人《ひと》かげでもさしているように　誰《だれ》か人《ひと》がそこにいるように。

おずおずと　こわごわ。おそるおそる。

ばかし　ばかり。

しんしんと　漢字《かんじ》では「深々《しんしん》と」「沈々《しんしん》と」と表記《ひょうき》。ひっそり静《しず》まりかえっているさま。深《ふか》い静寂《せいじゃく》につつまれているさま。

燈蛾《ひとりむし》　火《ひ》や明《あ》かりにあつまる昆虫《こんちゅう》。夏《なつ》の季語《きご》。

梧桐《あおぎり》　「青桐《あおぎり》」とも表記《ひょうき》。アオギリ科《か》の落葉高木《らくようこうぼく》。樹皮《じゅひ》は緑色《みどりいろ》で大《おお》きな掌状《てのひらじょう》の葉《は》をつける。庭木《にわき》や街路樹《がいろじゅ》として植《う》えられ、材《ざい》は家具《かぐ》や楽器《がっき》、下駄《げた》などに用《もち》いられる。「真夜中《まよなか》といよよしづもる夜《よ》の空《そら》の梧桐《あをぎり》のはなちりそめにけり」（北原白秋《きたはらはくしゅう》『白南風《しらはえ》』所収《しょしゅう》「天王寺墓畔吟《てんのうじぼはんぎん》」より）

箒《ほうき》やフライパンや火《ひ》掻《かき》*の柄《え》に跨《またが》ってサバト*の集会《しゅうかい》に向《むか》う道士《どうし》*や魔女《まじょ》たちが、月《つき》を掠《かす》め、*雲《くも》間《ま》を簇《むらが》って、飛《と》び翔《か》けって行《い》くような、妙《みょう》に神秘的《しんぴてき》な空合《そらあい》*が感《かん》じられたね。や、待《ま》ちたまえ、それから十字路《じゅうじろ》に出《で》て、僕《ぼく》たちは左《ひだり》へ曲《まが》った。と、やや広《ひろ》くなって甃石《いしだたみ》は三《み》かわ*になっている。それが真《ま》っ直《すぐ》に二丁《にちょう》*あまり通《とお》っているのだ。少《すこ》し行《い》ったところで出羽《でわ》の海《うみ》*の墓《はか》がある。それを通《とお》り越《こ》すとすばらしい老樹《ろうじゅ》の樫《かし》がある。これが恐《おそ》ろしく蔭《かげ》が深《ふか》いのだ。たいがいの人《ひと》は此処《ここ》らで闇夜《やみよ》なら竦《すく》んで了《しま》う*。樹《き》なども何百年《なんびゃくねん》と歳経《としへ》た*ものになると威圧《いあつ》力《りょく》が凄《すご》くなる。精《せい》*と云《い》うんだね。一種《いっしゅ》の、こう、植物性《しょくぶつせい》の全生命《ぜんせいめい》で肉迫《にくはく》する*ような樹木《じゅもく》の精気《せいき》はとても森厳《しんげん》*なものだな。いつかこの下《した》を闇夜《やみよ》に通《とお》りながら、誰《だれ》かに首《くび》くり*の話《はなし》をきかされた時《とき》には流石《さすが》に身《み》の毛《け》がよだったね*。え、そうじゃないんだ*、本題《ほんだい》は別《べつ》にあるのだ。まあ、三人《さんにん》はその樫《かし》の木《き》の蔭《かげ》の真《ま》っ暗闇《くらやみ》をどうにか通《とお》り過《す》ぎたね。すると、右手《みぎて》の梧《あお》桐《ぎり》の繁《しげ》みの隙間《すきま》から、くわっとした*、それは強烈《きょうれつ》な燭光《しょっこう》が、や、その球燈《きゅうとう》も見《み》えたよ、向《むこ》

火掻《ひかき》　竈《かまど》などの火《ひ》を掻《か》き出《だ》す道具《どうぐ》。十能《じゅうのう》（炭火《すみび》を運《はこ》んだり、掻《か》き落《お》としたりするスコップ状《じょう》の道具《どうぐ》）の異称《いしょう》。ここでは後者《こうしゃ》の意《い》か。

サバト　（sabbat）本来《ほんらい》はユダヤ教《きょう》とキリスト教《きょう》における安息日《あんそくにち》のことだが、転《てん》じて、魔女《まじょ》や魔法使《まほうつか》いが集《つど》う夜宴《やえん》を指《さ》す言葉《ことば》となった。魔女《まじょ》たちは裸身《らしん》となって箒《ほうき》などの柄《え》にまたがり、空中《くうちゅう》を飛翔《ひしょう》して人里《ひとざと》はなれた山野《さんや》にあつまり、悪魔崇拝《あくますうはい》の集会《しゅうかい》を開《ひら》くと中世《ちゅうせい》ヨーロッパでは信《しん》じられていた。ちなみに日夏耿之介《ひなつこうのすけ》（『呪《のろい》』に「咒文乃周囲《じゅもんのしゅうい》」を収録《しゅうろく》）一門《もん》の文芸《ぶんげい》同人誌《どうじんし》「奢灞都《さばと》」の創刊《そうかん》（正確《せいかく》には前年《ぜんねん》八月創刊《がっそうかん》の「東邦芸術《とうほうげいじゅつ》」を改題《かいだい》）は大正《たいしょう》十四年《ねん》（一九二五）二月《がつ》で、白秋《はくしゅう》は直接《ちょくせつ》の関《かか》わりこそなかったものの、日夏《ひなつ》をはじめ共通《きょうつう》する知己《ちき》も多《おお》く、やや唐突感《とうとつかん》もあるここでのサバト言及《げんきゅう》の誘《さそ》い水《みず》になった可能性《かのうせい》があろう。

道士《どうし》　もとは中国《ちゅうごく》で神仙《しんせん》の術《じゅつ》を修《おさ》めた人《ひと》を指《さ》すが、ここでは西洋《せいよう》の魔法使《まほうつか》いのこと。今《いま》でいう魔道士《まどうし》。

月《つき》を掠《かす》め……　英国童謡《えいこくどうよう》マザー・グースの翻訳《ほんやく》『まざあ・ぐうす』（一九二一）も手《て》がけている白秋《はくしゅう》らしい表現《ひょうげん》。

空合《そらあい》　空模様《そらもよう》。

三《み》かわ　三列《れつ》。

二丁《にちょう》　約《やく》二二〇メートル。

出羽《でわ》の海《うみ》　第《だい》十九代横綱《だいよこづな》・常陸山谷右衛門《ひたちやまたにえもん》（一八七四～一九二二）を指《さ》す。本名《ほんみょう》は市毛紀行《いちげのりゆき》。茨城県水戸市出身《いばらきけんみとししゅっしん》。引退後《いんたいご》に出羽海谷右衛門《でわのうみたにえもん》を襲名《しゅうめい》し、出羽海部屋《でわのうみべや》を創設《そうせつ》した。怪力《かいりき》を活《い》かした横綱相撲《よこづなずもう》で知《し》られ、現役引退後《げんえきいんたいご》も力士《りきし》の地位《ちい》向上《こうじょう》に努《つと》めたことから「角聖《かくせい》」と呼《よ》ばれる。墓《はか》は谷中霊園《やなかれいえん》甲《こう》13号《ごう》2側《がわ》にある。

竦《すく》んで了《しま》う　恐怖《きょうふ》で身《み》がちぢんで動《うご》けなくなる。

歳経《としへ》た　樹齢《じゅれい》をかさねた。

精《せい》　たましい。不思議《ふしぎ》な力《ちから》をもつもの。精霊《せいれい》や妖精《ようせい》の「精《せい》」である。

肉迫《にくはく》する　身《み》をもって間近《まぢか》に迫《せま》る。接近《せっきん》する。

森厳《しんげん》　非常《ひじょう》に厳粛《げんしゅく》で、おごそかなさま。

首《くび》くくり　首《くび》を吊《つ》って死《し》ぬこと、その人《ひと》。縊死《いし》。

身《み》の毛《け》がよだった　恐怖《きょうふ》や寒気《さむけ》のせいで、全身《ぜんしん》の毛《け》がさかだつこと。ぞっとすること。

え、そうじゃないんだ……　本篇《ほんぺん》では時折《ときおり》こうした、特定《とくてい》の聴《き》き手《て》に向《む》けて語《かた》っていることを前提《ぜんてい》にした台詞《せりふ》がさしはさまれて、怪談会風《かいだんかいふう》の臨場感《りんじょうかん》を高《たか》めている。

くわっとした　光《ひかり》が急《きゅう》に輝《かがや》きを増《ま》すさま。かっとした。

うの通《とお》りのだね、まるで大《おお》きな一《ひと》つ眼《め》みたいに*輝《かがや》いて見《み》えた。その燭光《しょっこう》の放射《ほうしゃ》に照《て》り出《だ》された鮮緑《せんりょく》*の広葉《こうよう》*や黒《くろ》い椎《しい》の細葉《ほそば》の金流《きんなが》し*が素敵《すてき》なものだった。葉《は》は一《ひと》つ一《ひと》つ揺《ゆ》れ返《かえ》っているのだ、そこで三人《さんにん》が云《い》い合《あ》わせたように道端《みちばた》へ寄《よ》って、向《む》き向《む》きになると*小腰《こごし》をかがめた。*小用《こよう》がつまっていたので*、だが一人《ひとり》が止《や》めたらあとの二人《ふたり》とも止《や》めて了《しま》った。生垣《いけがき》のつづきではあるがどうにも墓石《はかいし》が立《た》ち込《こ》んでいるので恐縮《きょうしゅく》したのだ。それに、ふいと*後《うし》ろの方《ほう》で人《ひと》の歩《ある》いて来《く》るけはいがしたのだ。その靴《くつ》の音《おと》は幽《かす》かではあったが、歩調《ほちょう》は正《ただ》しく、一歩一歩《いっぽいっぽ》に迫《せま》って来《き》た。ステッキ*を振《ふ》って真《ま》っ直《すぐ》に甃石《いしだたみ》の真《ま》ん中《なか》をやって来《き》た。それがね、私《わたし》たちにはまるで無関心《むかんしん》にふうらりと通《とお》り過《す》ぎて行《い》った。これが問題《もんだい》なのだ。*その男《おとこ》は黒《くろ》いソフト*に茶《ちゃ》っぽい脊広《せびろ》を著《き》ていたかと思《おも》うね。それも、はっきりとはどうせわかりはしなかったさ。瘦形《やせがた》の脊《せ》は高《たか》い方《ほう》だった。あたりまえのよくザラに*見《み》る洋服男《ようふくおとこ》*だがね。ただ、おやと思《おも》ったのは真《ま》っ紅《か》な火《ひ》のようなネクタイがその咽喉笛《のどぶえ》*の下《した》に大《おお》きく燃《も》えていたことだ。いや、顔《かお》はよく見《み》なかったよ。後《あと》で考《かんが》え合《あわ》せたことだが、何《なん》でも瞳孔《どうこう》*がぼんやりと二《ふた》つとも開《ひら》いていたのかも知《し》れないて。*その時《とき》は、僕《ぼく》たちは別《べつ》に気《き》がつかなかったので、そのまま話《はな》し話《はな》し＊歩《ある》いて墓地《ぼち》のはずれまで来《き》た。昼間《ひるま》は時《とき》とすると八掛屋《はっけや》＊の白髯《はくぜん》＊の先生《せんせい》がよく店《みせ》を出《だ》しているところだ。其処《そこ》に石段《いしだん》があって、つい下《した》＊は日暮里駅《にっぽりえき》なんだ。この石段《いしだん》にもよく人相《にんそう》の悪《わる》い乞食《こじき》＊の爺《じじい》が張《は》り込《こ》んでいる。竹《たけ》の杖《つえ》と風呂敷包《ふろしきづつみ》を首《くび》にかけてだ。たぶん田舎出《いなかで》＊の小娘《こむすめ》でも誘拐《ゆうかい》しようとかかっているらしい。どうにもこの谷中《やなか》の墓地《ぼち》と云《い》うとこ

一《ひと》つ眼《め》みたいに　一《ひと》つ目小僧《めこぞう》のような妖怪《ようかい》を連想《れんそう》させる形容《けいよう》。広島県三次市《ひろしまけんみよしし》に伝《つた》わる妖怪譚《ようかいたん》『稲生物怪録《いのうもののけろく》』に登場《とうじょう》する単眼《たんがん》の巨人《きょじん》が、まばたきするたびに周囲《しゅうい》が明《あか》るくなったり暗《くら》くなったりする描写《びょうしゃ》を思《おも》わせる。

鮮緑《せんりょく》の　鮮《あざ》やかな緑色《みどりいろ》の。

広葉《こうよう》　広《ひろ》くて平《ひら》たい葉《は》。

金流《きんなが》し　アベンチュリン（砂金石《さきんせき》）などの釉薬《ゆうやく》を用《もち》いて金色《こんじき》の模様《もよう》をつけた陶磁器《とうじき》。

向《む》き向《む》きになると　別々《べつべつ》の方《ほう》を向《む》いて。

小腰《こごし》をかがめた　腰《こし》を少《すこ》しかがめた。

小用《こよう》がつまっていた　尿意《にょうい》をもよおした。

ふいと　ふと。急《きゅう》に。

ステッキ　（stick）洋風《ようふう》の杖《つえ》。

これが問題《もんだい》なのだ　これ以後《いご》の話《はなし》の焦点《しょうてん》が、この男《おとこ》に関《かん》するものであることを示唆《しさ》。

ソフト　ソフト帽《ぼう》の略《りゃく》。フェルトなどを用《もち》いて柔《やわ》らかい感《かん》じに作《つく》られた中折《なかお》れ帽子《ぼうし》。

ザラに　よくある。ありふれている。

洋服男《ようふくおとこ》　洋服姿《ようふくすがた》の男性《だんせい》。

咽喉笛《のどぶえ》　ここでは、のどぼとけのこと。

瞳孔《どうこう》　眼球中央《がんきゅうちゅうおう》の虹彩《こうさい》で囲《かこ》まれた黒《くろ》い部分《ぶぶん》。ひとみ。

知《し》れないて　知《し》れないね。やや時代《じだい》がかった表現《ひょうげん》。「て」は終《しゅう》助詞《じょし》で、相手《あいて》からも納得《なっとく》されるものとして自分《じぶん》の考《かんが》えを述《の》べる際《さい》に用《もち》いる。

話《はな》し話《はな》し　ずっと話《はなし》をしながら。

八掛屋《はっけや》　易者《えきしゃ》。占《うらな》い師《し》。「八卦見《はっけみ》」とも。

白髯《はくぜん》　白《しろ》いほおひげ。

つい下《した》　すぐ下《した》。

乞食《こじき》　物乞《ものご》い。ホームレス。

田舎出《いなかで》　地方《ちほう》から上京《じょうきょう》してきた。

ろは物騒《ぶっそう》*らしいよ。や、また話《はなし》が逸《そ》れかかったが、その石段《いしだん》の横手《よこて》のからたち*垣根《かきね》まで来《き》たところで、僕《ぼく》たちは始《はじ》めてのびのびと用《よう》を済《す》ました。*ああよかったな。下《した》は根岸《ねぎし》*から三《み》の輪《わ》*、三河島《みかわしま》*、浅草《あさくさ》、向島《むこうじま》*、千住《せんじゅ》*、田端《たばた》*へかけて、まるでイルミネエション*の海《うみ》だね。霧《きり》がしろじろと屋並《やなみ》*の上《うえ》に引《ひ》いて夜気《やき》*は底《そこ》に黒《くろ》く沈《しず》んでいたが、煙突《えんとつ》、煙突《えんとつ》、煙突《えんとつ》だ。空《そら》にはその灯《ひ》の明《あか》りが二重《ふたえ》にも三重《みえ》にも雨気《うき》を含《ふく》んだ乱雲《らんうん》*の層《そう》を赤《あか》く燃《も》え立《た》たして、陸橋《りっきょう》の附《ふ》近《きん》なぞはそれこそラジオ風景《ふうけい》*とでも云《い》えそうなんだ。随分不揃《ずいぶんふぞろ》いなアンテナでね。

と、ぐわうと電車《でんしゃ》の響《ひびき》がした。

細見《ほそみ》は挨拶《あいさつ》もそこそこに慌《あわ》てて駆《か》け下《お》りて行《い》った。そこで私《わたし》たち二人《ふたり》は石段《いしだん》を前後《ぜんご》して下《お》りると墓地《ぼち》の椎《しい》の木垣《きがき》*に添《そ》って、反対《はんたい》の方《ほう》へ、その御殿坂《ごてんざか》*を並《なら》んでのぼって行《い》くのだった。右側《みぎがわ》は本行寺《ほんぎょうじ》*と云《い》う日蓮宗《にちれんしゅう》の寺《てら》の築地《ついじ》*になっている。燭光《しょっこう》の思《おも》いきって強《つよ》い*球燈《きゅうとう》が、

物騒《ぶっそう》　危険《きけん》なさま。

からたち　ミカン科《か》の落葉低木《らくようていぼく》。枝《えだ》にとげが多《おお》く、生垣《いけがき》として植《う》えられる。

用《よう》を済《す》ました　墓地《ぼち》を抜《ぬ》けたので、心《こころ》おきなく立《た》ち小便《しょうべん》をしたのである。

根岸《ねぎし》　東京都台東区北部《とうきょうとたいとうくほくぶ》の地区《ちく》。上野台地《うえのだいち》の崖下《がけした》の土地《とち》であることからの命名《めいめい》。近世《きんせい》には閑静《かんせい》な別荘地《べっそうち》として知《し》られ、文人墨客《ぶんじんぼっかく》が好《この》んで住《す》んだ。明治以降《めいじいこう》も正岡子規《まさおかしき》らが居住《きょじゅう》した。

三《み》の輪《わ》　通常《つうじょう》は「三《み》ノ輪《わ》」と表記《ひょうき》。東京都台東区北端《とうきょうとたいとうくほくたん》の地区《ちく》。昭和通《しょうわどお》りと明治通《めいじどお》り、日光街道《にっこうかいどう》が交差《こうさ》するため交通量《こうつうりょう》が多《おお》い。永久寺《えいきゅうじ》は江戸五色不動《えどごしきふどう》のひとつ目黄不動《めきふどう》で知《し》られる。

三河島《みかわしま》　東京都荒川区中央部《とうきょうとあらかわくちゅうおうぶ》の旧地名《きゅうちめい》。荒川南部《あらかわなんぶ》の低湿地《ていしっち》に位置《いち》し、近世《きんせい》には将軍家《しょうぐんけ》の鷹狩場《たかがりば》、明治期《めいじき》には三河島大根《みかわしまだいこん》などの特産地《とくさんち》として知《し》られた。

向島《むこうじま》　東京都墨田区北西部《とうきょうとすみだくほくせいぶ》、隅田川《すみだがわ》の東岸《とうがん》に位置《いち》する地区《ちく》。浅草《あさくさ》から見《み》て、川向《かわむ》こうの島《しま》のように見《み》えたことに由来《ゆらい》する地名《ちめい》。近世《きんせい》には江戸郊外《えどこうがい》の景勝地《けいしょうち》として知《し》られた。

千住《せんじゅ》　東京都荒川区東部《とうきょうとあらかわくとうぶ》から足立区南部《あだちくなんぶ》に広《ひろ》がる地区《ちく》。近世《きんせい》には日光街道《にっこうかいどう》の最初《さいしょ》の宿場町《しゅくばまち》として栄《さか》えた。荒川下流《あらかわかりゅう》（隅田川《すみだがわ》）を隔《へだ》てて荒川区側《あらかわくがわ》を南千住《みなみせんじゅ》、足立区側《あだちくがわ》を北千住《きたせんじゅ》と呼《よ》ぶ。南千住《みなみせんじゅ》には小塚原《こづかっぱら》の刑場跡《けいじょうあと》がある。

田端《たばた》　東京都北区《とうきょうときたく》の南東部《なんとうぶ》に位置《いち》する地区《ちく》。田圃《たんぼ》の端《はし》に拓《ひら》かれた村《むら》が命名《めいめい》の由来《ゆらい》とされる。明治末《めいじまつ》から大正《たいしょう》にかけて芥川龍之介《あくたがわりゅうのすけ》や室生犀星《むろうさいせい》（『霊《れい》』所収《しょしゅう》「後《のち》の日《ひ》の童子《どうじ》」135頁《ページ》の註《ちゅう》を参照《さんしょう》）をはじめ、多《おお》くの文人墨客《ぶんじんぼっかく》がこの地《ち》に居《きょ》をかまえ盛《さか》んに交流《こうりゅう》したことから「田端文士村《たばたぶんしむら》」と呼《よ》ばれた。

イルミネエション　（illumination）数多《かずおお》くの電灯《でんとう》をつけて華《はな》やかに装飾《そうしょく》すること。電飾《でんしょく》。

屋並《やなみ》　並《なら》んだ家々《いえいえ》。

夜気《やき》　夜《よる》の空気《くうき》。

乱雲《らんうん》　雨雲《あまぐも》のこと。乱層雲《らんそううん》とも。

ラジオ風景《ふうけい》　陸橋《りっきょう》と背後《はいご》の煙突群《えんとつぐん》の眺望《ちょうぼう》を、初期《しょき》のラジオ受信機《じゅしんき》とアンテナになぞらえたか。ちなみに日本《にほん》でラジオの本放送《ほんほうそう》が開始《かいし》されたのは、本篇発表《ほんぺんはっぴょう》の前年《ぜんねん》にあたる大正《たいしょう》十四年《ねん》（一九二五）七月《がつ》のことだった。

椎《しい》の木垣《きがき》　ブナ科《か》の常緑高木《じょうりょくこうぼく》であるシイ（椎《しい》の木《き》）の垣根《かきね》。

御殿坂《ごてんざか》　荒川区西日暮里三丁目《あらかわくにしにっぽりちょうめ》と台東区谷中七丁目《たいとうくやなかちょうめ》の境《さかい》を、七面坂上《しちめんざかうえ》からJR日暮里駅方面《にっぽりえきほうめん》へと下《くだ》る坂《さか》。坂《さか》の北側《きたがわ》（荒川区《あらかわく》）には本行寺《ほんぎょうじ》や経王寺《きょうおうじ》、南側《みなみがわ》（台東区《たいとうく》）には谷中墓地《やなかぼち》が広《ひろ》がる。かつては坂《さか》の下《した》に乞食小屋《こじきごや》があったことから、別名《べつめい》を乞食坂《こじきざか》とも。

本行寺《ほんぎょうじ》　東京都荒川区西日暮里三丁目《とうきょうとあらかわくにしにっぽりちょうめ》にある日蓮宗寺院《にちれんしゅうじいん》。山号《さんごう》は長久山《ちょうきゅうさん》。大永六年《たいえいねん》（一五二六）、太田道灌《おおたどうかん》の孫《まご》・太田資高《おおたすけたか》の開基《かいき》、日玄《にちげん》の開山《かいさん》により創建《そうけん》と伝《つた》わる。江戸時代《えどじだい》には月見《つきみ》の名所《めいしょ》として知《し》られた。

築地《ついじ》　屋根《やね》がついた土塀《どべい》。「ついがき」とも。

燭光《しょっこう》の思《おも》いきって強《つよ》い……　本篇《ほんぺん》では冒頭《ぼうとう》から、街路《がいろ》を照《て》らす電灯《でんとう》の描写《びょうしゃ》が何度《なんど》も繰《く》りかえされる。タイトルでもある「影《かげ》」を際立《きわだ》たせるには、光《ひかり》が不可欠《ふかけつ》なのだ。そして光《ひかり》が強《つよ》まれば、影《かげ》もまた闇《やみ》を濃《こ》くして、幻妖《げんよう》の度《ど》を刻々《こくこく》と深《ふか》めてゆくのである。

ほら、あの一《ひと》つ眼《め》だ、それが電柱《でんちゅう》の鉄《てつ》の片腕《かたうで》に真下向《ましたむき》になっているので、そのあたりは落《お》ちたマッチの頭《あたま》さえよめる*くらいに明《あか》るいのだ。と、さっき私《わたし》たちを通《とお》り越《こ》して行《い》った男《おとこ》が、つい五六間《ごろっけん》*前《まえ》を歩《ある》いて行《い》くじゃないか。

「ね、あの人《ひと》は少《すこ》し変《かわ》ってやしませんか。」

並《なら》んで歩《ある》いていた羊《よう》ちゃんがそっと私《わたし》の陰《かげ》へ廻《まわ》るようにして囁《ささや》いた。羊《よう》ちゃんは帽子《ぼうし》をかぶらぬ前《まえ》の髪毛《かみのけ》をいささか掻《か》き上《あ》げていたね。弱々《よわよわ》しい蒼白《あおじろ》い顔《かお》の、気品《きひん》のある、それに縁無《ふちな》しの近眼鏡《きんがんきょう》を掛《か》けていたがね、しなりしなり*と著流《きなが》し*の上半身《じょうはんしん》を振《ふ》って歩《ある》く癖《くせ》がある。声《こえ》をふるわしていた。ベビイさん、*もう脅《おび》えかけていたのだ。

そう云《い》えば僕《ぼく》も前《まえ》からその後《うし》ろ姿《すがた》に注意《ちゅうい》していたのだ。夜《よ》も闌《た》けて人通《ひとどお》りはなし、前《まえ》を行《い》くのはその男《おとこ》ひとりだし、そればかりか、目《め》を附《つ》けた瞬間《しゅんかん》から一種異様《いっしゅいよう》の反撥《はんぱつ》*と震《ふる》えとを自分《じぶん》の身体《からだ》にも感《かん》じられたのだ。何《なに》か黒《くろ》い不吉《ふきつ》な物《もの》から来《く》る一《ひと》つの直感《ちょっかん》だね。神経《しんけい》のせい*じゃないと思《おも》う。そう云《い》っちゃ僕《ぼく》の虫《むし》が承知《しょうち》しない*からね。潜在意識《せんざいいしき》がね。その男《おとこ》はこういう風《ふう》に歩《ある》いてゆくのだ。不動《ふどう》の姿勢《しせい》*でね。両足《りょうあし》だけを歩調《ほちょう》正《ただ》しく運《はこ》んで、それに同《おな》じ間隔《かんかく》の、格別《かくべつ》速《はや》くもならなければ、緩《ゆる》くもならず、無論《むろん》*立《た》ち停《ど》まりなんかしないさ。また誰《だれ》しもが時《とき》には脇眼《わきめ》*もするものだが、その男《おとこ》の首《くび》はただ一気《いっき》に*向《むこ》うを向《む》いたままでね、まるで作《つく》りつけの*人形《にんぎょう》そっくりに、真《ま》っ直《す》ぐに、明《あか》るい道《みち》のまん中《なか》をコツリコツリと歩《ある》いて行《ゆ》くのだ。いや、さして*靴《くつ》の音《おと》もしなかったね。埃《ほこり》も立《た》たなかった。夜露《よつゆ》でもうしっとりとしていたしね、それにまたおかしなことには、その男《おとこ》の振《ふ》ってゆくステッキがこうだ*。

マッチの頭《あたま》さえよめる……　夏目漱石《なつめそうせき》『坊《ぼ》っちゃん』に「乗《の》り込《こ》んでみるとマッチ箱《ばこ》のような汽車《きしゃ》だ」という一節《いっせつ》があるように、マッチは小《ちい》さいもののたとえに用《もち》いられる。小《ちい》さなものの判別《はんべつ》がつくほど明《あか》るいということ。

五六間《ごろっけん》　約《やく》九〜一一メートル。

しなりしなり　しんなり。しなやかに動《うご》くさま。

著流《きなが》し　通常《つうじょう》は「着流《きなが》し」と表記《ひょうき》。和服《わふく》の男性《だんせい》の、羽織《はおり》・袴《はかま》を着《つ》けない略装《りゃくそう》のこと。

ベビイさん　ベビイ（baby）は赤《あか》ん坊《ぼう》、ベイビーのこと。ここでは、羊《よう》ちゃんのおとなげない挙動《きょどう》を揶揄《やゆ》した呼《よ》び方《かた》。

反撥《はんぱつ》　「反発《はんぱつ》」に同《おな》じ。

神経《しんけい》のせい　気《き》のせい。

虫《むし》が承知《しょうち》しない　「虫《むし》」は後出《こうしゅつ》の潜在意識《せんざいいしき》のこと。古《ふる》くは、心《こころ》の中《なか》に思考《しこう》や感情《かんじょう》を惹《ひ》き起《お》こす虫《むし》がいると考《かんが》えられていた。

不動《ふどう》の姿勢《しせい》　一定《いってい》の姿勢《しせい》のままで。

無論《むろん》　もちろん。

脇眼《わきめ》　「脇目《わきめ》」とも。よそ見《み》。

一気《いっき》に　休《やす》むことなく。

作《つく》りつけの　通常《つうじょう》は、物《もの》を何《なに》かに取《と》りつけることだが、ここでは、新《あら》たに作《つく》られた、ほどの意《い》か。

さして　それほど。

こうだ　目《め》の前《まえ》の聴《き》き手《て》に向《む》かって、ステッキの動《うご》きを仕草《しぐさ》で示《しめ》しているのである。

ほら、前《まえ》へ突《つ》き出《だ》して、くるうりくるうりだ、*尖《さき》の方《ほう》だけが地上一二寸《ちじょういちにすん》*のところで、こう、そうだ、こういう風《ふう》に小《ちい》さい円《えん》を画《えが》いて行《ゆ》くんだ。その廻転運動《かいてんうんどう》がいつまで経《た》っても同《おな》じだからね。そう速《はや》くもない。ゆっくりとこう廻《まわ》るのだ。変《へん》なんだ、兎《と》に角《かく》*。

羊《よう》ちゃんはまた僕《ぼく》の耳元《みみもと》へ囁《ささや》いた。

「あの人《ひと》、どう思《おも》いますか、影《かげ》が無《な》いようですね。」

「え、影《かげ》が。」

僕《ぼく》はまた眼《め》を瞠《みは》った。*

今《いま》まで、僕《ぼく》たちの二《ふた》つの影《かげ》が、(それは実《じつ》に黒《くろ》いくっきりとした影《かげ》だった。)それが初《はじ》めは太《ふと》くて短《みじか》かったが、次第次第《しだいしだい》に長《なが》く伸《の》びて、後《うし》ろからその男《おとこ》に蔽《おお》いかぶさるように、歩《あ》るき歩《あ》るき蹤《つ》いて行《い》ったものだが、本行寺《ほんぎょうじ》の大山門《おおさんもん》*の前《まえ》までやって来《く》ると、今度《こんど》は先隣《さきどなり》*の旅館《りょかん》の軒燈《けんとう》*の燭光《しょっこう》が近《ちか》くなった。それでね、僕《ぼく》たちの前《まえ》にあった影《かげ》は薄《うす》くなって、反対《はんたい》に後《うし》ろの方《ほう》へ二《ふた》つの黒《くろ》い影《かげ》が伸《の》びて行《い》った。おそろしく細長《ほそなが》い影《かげ》がね。だが、羊《よう》ちゃんにそう云《い》われて見《み》ると、なるほど前《まえ》の男《おとこ》の後《うし》ろには少《すこ》しも影《かげ》らしい影《かげ》がついていないのだ。

「眼《め》のせいじゃないかね。」

「そうは思《おも》いませんね。じゃあ、あなたの眼《め》には映《うつ》りますか。」

「ふうむ、僕《ぼく》にもはっきりとはしないがね。」

「いやだなあ。」

「ま、待《ま》ちたまえ、こちらの菓子屋《かしや》の軒燈《けんとう》のせいかも知《し》れない。」

墓地《ぼち》の椎《しい》の木垣《きがき》はもう横《よこ》の小径《こみち》のところで尽《つ》きて、両方《りょうほう》ともが菓子屋《かしや》、甘栗屋《あまぐりや》*、煙草屋《たばこや》などの差《さ》し迫《せま》った*店続《みせつづ》きになっていたのだ。

「でも、僕《ぼく》たちの後《うし》ろには附《つ》いてるんですからね。」

「だが待《ま》てよ、や、見《み》たまえ。」

くるうりくるうり　ステッキの尖端《せんたん》が円《えん》を描《えが》く様子《ようす》。
一二寸《いちにすん》　約《やく》三～六センチメートル。
兎《と》に角《かく》　なんにせよ。ともあれ。漢字表記《かんじひょうき》は当《あ》て字《じ》。
瞠《みは》った　（驚《おどろ》きなどで）眼《め》を大《おお》きく開《ひら》いて見《み》る。
大山門《おおさんもん》　大《おお》きな寺院《じいん》の門《もん》。

先隣《さきどなり》　隣家《りんか》のもう一軒先《いっけんさき》にある家《いえ》。
軒燈《けんとう》　家《いえ》の軒先《のきさき》にかかげる燈火《とうか》。
甘栗屋《あまぐりや》　熱《ねっ》した石《いし》で蒸《む》し焼《や》きにし甘味《あまみ》をつけた栗《くり》の実《み》を売《う》る店《みせ》。
差《さ》し迫《せま》った　間近《まぢか》に接《せっ》した。

と僕《ぼく》は振《ふ》り返《かえ》りしなにこう云《い》った。*

「君《きみ》の足元《あしもと》にも失《な》くなった。」

「えっ。」

と青《あお》くなったがね。

「ありますよ、薄《う》っすらと、ほうら。おどかしちゃいけません。」

「それじゃ向《む》うのにも附《つ》いているかも知《し》れん。こちらから見《み》たって見《み》えやしないさ。少《すこ》しでも離《はな》れていたらね。」

「いや、附《つ》いていません。そうら御覧《ごらん》なさい。僕《ぼく》のは下半身《かはんしん》は薄《うす》れていますが、上半身《じょうはんしん》はあんなに黒《くろ》く映《うつ》っています、首《くび》がありますよ。」

それはそうだったんだ、首《くび》はあったよ。胴《どう》から下《した》の影《かげ》が失《な》くなったのはまた横《よこ》に電灯《でんき》が一《ひと》つ殖《ふ》えたせいだった。光《ひかり》と光《ひかり》とで影《かげ》の一部《いちぶ》を相殺《そうさい》*したんさ。だと、*向《む》うのにも帽子《ぼうし》のかげぐらいは僕《ぼく》らの足《あし》もとにでも落《お》ちて来《き》そうなものだがね、それがいくら拾《ひろ》いたくても目《め》*につかないのだ。

「位置《いち》が違《ちが》うからだろう。」
と僕《ぼく》はまた云《い》ったさ。影《かげ》の無《な》い人間《にんげん》*などがこの世《よ》の中《なか》に有《あ》り得《え》よう筈《はず》はなかろうじゃないか。*
「まあ歩《ある》いて見《み》るさ。」
と僕《ぼく》は羊公《ようこう》*の腕《うで》を執《と》った。ところで、どうだ。五六間《ごろっけん》行《い》ったところで、二人《ふたり》の影《かげ》はすう

振《ふ》り返《かえ》りしなに　「しな」は接尾語《せつびご》。振《ふ》り返《かえ》りながら。振《ふ》り返《かえ》ったときに。

相殺《そうさい》　相反《あいはん》するものが影響《えいきょう》を及《およ》ぼし合《あ》って、効果《こうか》がなくなること。

だと　それだと。そうであるならば。

拾《ひろ》いたくても　見《み》つけたくても。眼《め》にしたくても。

影《かげ》の無《な》い人間《にんげん》　本篇《ほんぺん》には二種類《しゅるい》の草稿《そうこう》が存在《そんざい》するが、そのひとつは「影《かげ》のない男《おとこ》」と題《だい》されている。紅野敏郎《こうのとしろう》による『白《はく》秋《しゅう》全集《ぜんしゅう》』第三十二巻《かん》「後記《こうき》」より引用《いんよう》すると——「『影《かげ》のない男《おとこ》』と『影《かげ》』を比《くら》べてみると、その主題《しゅだい》、構成《こうせい》、展開《てんかい》などに関《かん》しては根本的《こんぽんてき》に大《おお》きな違《ちが》いはないが、『影《かげ》のない男《おとこ》』では主題《しゅだい》に入《はい》るまでの冒頭部分《ぼうとうぶぶん》の描写《びょうしゃ》に紙数《しすう》を大《おお》きく費《つい》やしている点《てん》がめだつ（四百字詰原稿用紙《じづめげんこうようし》七枚分《まいぶん》）」とのこと。その中《なか》には「震災前後六七年《しんさいぜんごろくしちねん》ぶりの諏訪明神《すわみょうじん》の夏祭《なつまつり》である」とあって、冒頭《ぼうとう》に描《えが》かれる祭礼《さいれい》が、日暮里《にっぽり》・谷中《やなか》の総鎮守《そうちんじゅ》として知《し》られる諏方神社《すわじんじゃ》の夏祭《なつまつり》であることが分《わ》かる。なお、この旧《きゅう》タイトルおよび本篇《ほんぺん》のテーマが、ドイツ・ロマン派の作家《さっか》シャミッソーの長篇小説《ちょうへんしょうせつ》『影《かげ》をなくした男《おとこ》』（127頁《ぺーじ》参照《さんしょう》）から影響《えいきょう》を受《う》けていることは自明《じめい》だろう。

有《あ》り得《え》よう筈《はず》はなかろうじゃないか　ありうるわけはないだろう。

羊公《ようこう》　「～公《こう》」は、名前《なまえ》の下《した》につけて親《した》しみや軽《かろ》んじる意味《いみ》をあらわす（忠犬《ちゅうけん》ハチ公《こう》の「公《こう》」）。ここでは羊《よう》ちゃんを指《さ》す。

と横《よこ》へ向《む》けて伸《の》び上《あが》った、と、今度《こんど》は左手《ひだりて》の牧村《まきむら》と云《い》う富豪《ふごう》の長《なが》い藍色《あいいろ》の土塀《どべい》へ折《お》れ曲《まが》って映《うつ》って来《き》たのだ。振《ふ》り返《かえ》ると、やや後《うし》ろ右《みぎ》の電柱《でんちゅう》には煌々《こうこう》*と、それは強度《きょうど》の*燭光《しょっこう》の球《たま》がぶら下《さが》っていた。

「ほう、これじゃあ、あの男《おとこ》の影《かげ》だってこの塀《へい》の壁《かべ》へは映《うつ》りそうなものだ。」

「そうでしょう。だから変《へん》なのです。ああ、あれです。」

見《み》ると、黒《くろ》のソフトの、茶《ちゃ》の脊広《せびろ》の、同《おな》じ歩調《ほちょう》の、同《おな》じステッキの廻転《かいてん》の、真《ま》っ直《す》ぐに前向《まえむ》いたきりの、痩形《やせがた》の、ひょろ長《なが》の、その男《おとこ》だ。どう見《み》ても影《かげ》が引《ひ》いてない。

「夢遊病者《むゆうびょうしゃ》*じゃないでしょうか。」

とまた羊《よう》ちゃんが僕《ぼく》の方《ほう》へ寄《よ》って来《き》た。

「そうかも知《し》れないがね。だが、影《かげ》が無《な》いとは妙《みょう》じゃないか。*何《なん》だか僕《ぼく》たちは錯覚《さっかく》*を起《おこ》しているんじゃないかね。君《きみ》は詩人《しじん》だから強《し》いても*幻想的《げんそうてき》に考《かんが》えたがるんだ。」

「そりゃあ、穿《うが》ち過《す》ぎ*ですよ。いくら詩人《しじん》は夢見《ゆめみ》る事《こと》が好《す》きだと云《い》っても、事実《じじつ》は確《たしか》に事《じ》実《つ》ですからね。僕《ぼく》だけなら兎《と》に角《かく》、あなただって見《み》ていらっしゃるんだから。」

「そりゃそうだがね、こりゃあ矢《や》っ張《ぱ》り光《ひかり》の魔術《まじゅつ》*だろう。」

実云《じつい》うと僕《ぼく》だってわざと強《つよ》がりを云《い》っていたんだ。

「ほうら、見《み》たまえ、此処《ここ》では僕《ぼく》たちの影《かげ》がまるで幻燈《げんとう》*の矢《や》ぐるま*模様《もよう》見《み》たいに*四方八方《しほうはっぽう》に放射《ほうしゃ》しているじゃないか。二十度《にじゅうど》ずつぐらいの角度《かくど》だね。これは面白《おもしろ》い。薄《うす》いのもあれば濃《こ》いのもあるね。ほら、こんな真《ま》っ黒《くろ》いのもあれば見《み》えるか見《み》えないのもある。二《ふた》つ

煌々《こうこう》　きらびやかに輝《かがや》くさま。

それは強度《きょうど》の　それはそれは強烈《きょうれつ》な。

夢遊病者《むゆうびょうしゃ》　夢遊病《むゆうびょう》は「夢中遊行症《むちゅうゆうこうしょう》」とも。睡眠状態《すいみんじょうたい》のまま起床《きしょう》して活動《かつどう》した後《あと》また眠《ねむ》ってしまい、目覚《めざ》めてからその間《かん》のことを記憶《きおく》していない病人《びょうにん》。神経症《しんけいしょう》の一種《いっしゅ》と診断《しんだん》されることが多《おお》い。ちなみに一九一九年《ねん》に制作《せいさく》され、日本《にほん》でも翌年公開《よくねんこう かい》されて話題《わだい》を呼《よ》んだドイツ表現主義映画《ひょうげんしゅぎえいが》の傑作《けっさく》『カリガリ博士《はかせ》 Das Cabinett des Dr. Caligari』（ローベルト・ヴィーネ監督《かんとく》）には、「眠《ねむ》り男《おとこ》」チェザーレと呼《よ》ばれる夢遊病者《むゆうびょうしゃ》が登場《とうじょう》して連続殺人《れんぞくさつじん》を犯《おか》す。ここでの会話《かいわ》にも、同映画《どうえいが》の影響《えいきょう》を認《みと》めることができるだろう。

妙《みょう》じゃないか　不思議《ふしぎ》じゃないか。おかしいじゃないか。

錯覚《さっかく》　思《おも》い違《ちが》い。見間違《みまちが》い。

強《し》いても　ことさらに。むやみに。

穿《うが》ち過《す》ぎ　考《かんが》えすぎて、かえって本質《ほんしつ》から外《はず》れていること。

光《ひかり》の魔術《まじゅつ》　光線《こうせん》の具合《ぐあい》で、実際《じっさい》にはありえないように事物《じぶつ》が見《み》えること。

幻燈《げんとう》　(magic lantern) ガラス板《ばん》に描《えが》いた絵《え》や、フィルムに写《うつ》した像《ぞう》などに強《つよ》い光《ひかり》を当《あ》て、その透過光《とうかこう》や反射光《はんしゃこう》を凸《とつ》レンズにより拡大《かくだい》して映写《えいしゃ》すること、また、その装置《そうち》。日本《にほん》でも明《めい》治期《じき》に流行《りゅうこう》した。「うつし絵《え》」とも。

矢《や》ぐるま　軸《じく》のまわりに矢《や》の形《かたち》をした輻《や》を放射状《ほうしゃじょう》に取《と》りつけたもの。また、軸《じく》を中心《ちゅうしん》に矢羽根《やばね》を放射状《ほうしゃじょう》に図案化《ずあんか》した紋所《もんどころ》。

見《み》たいに　通常《つうじょう》は「みたいに」と表記《ひょうき》。

も三《みっ》つも重《かさな》っていてそれでいて鼠色《ねずみいろ》のもある。硝子《ガラス》の影見《かげみ》たいにね。君《きみ》、一寸《ちょっと》、くるくると此《こ》の中心《ちゅうしん》で身体《からだ》を廻《まわ》して見《み》たまえ。」

「御免《ごめん》です。影《かげ》が無《な》いのも不気味《ぶきみ》ですが。こう滅茶苦茶《めちゃくちゃ》に放射《ほうしゃ》しても困《こま》ります。」

「だが、これが生《い》きている証拠《しょうこ》じゃないか。」

「じゃあ、あの人《ひと》は幽霊《ゆうれい》でしょうか。いやだなア。」

「天狗《てんぐ》かも知《し》れん。この頃《ごろ》のある教派《きょうは》*では近代《きんだい》は天狗《てんぐ》でも脊広《せびろ》やモーニングを著込《きこ》んで普通《ふつう》のサラリーマンと同《おな》じように銀《ぎん》ブラなどをよくやってると云《い》うからね。」

「怖《こわ》がらせてはいけませんよ。僕《ぼく》は帰《かえ》れなくなる。」

云《い》い忘《わす》れたがね、光《ひかり》の魔術《まじゅつ》と思《おも》えたくらいに、その御殿坂《ごてんざか》の通《とお》りは珍《めずら》しく電光飾《でんこうしょく》*が複雑《ふくざつ》していたんだ。だが、その頃《ころ》はもう両側《りょうがわ》のどの店《みせ》でもおおかたは閉《し》めて了《しま》っていた。ただラジオ屋《や》*の隣《となり》の撞球場《たまつきば》*の内《うち》から、コツンコツンと、思《おも》い出《だ》したように音《おと》を立《た》てるぐらいのものだったのだ。

「ね、どっちへ行《い》くでしょうね。右《みぎ》へでも行《い》ったら、僕《ぼく》、とても帰《かえ》れませんよ。」

羊公青《ようこうあお》くなって立《た》ち停《どま》ったものだ。四辻《よつじ》*になるところで、黒《くろ》い門《もん》があって開運大黒天《かいうんだいこくてん》*とある。右《みぎ》へ折《お》れれば日暮里町《にっぽりちょう》、渡辺町《わたなべちょう》*、田端方面《たばたほうめん》となるのだ。羊《よう》ちゃんは田端《たばた》さ。

「ほう、立《た》っている。見《み》たまえ。」

向《むこ》うも立《た》ち停《どま》ったのだ。じっとこちらは息《いき》をつめた。紅《あか》い電灯《でんき》が点《つ》いている。交番《こうばん》なのだ。六角《ろっかく》の石造《いしづくり》*でね。梧桐《あおぎり》が横《よこ》に一本夜風《いっぽんよかぜ》に陰《かげ》を動《うご》かしている。と、その男《おとこ》は、こちら

この頃《ごろ》のある教派《きょうは》　当時《とうじ》、世間《せけん》を騒《さわ》がせていた大本教《おおもときょう》を指《さ》すか。教団《きょうだん》のオーガナイザーとなった出口王仁三郎《でぐちおにさぶろう》（一八七一〜一九四八）は明治《めいじ》三十一年《ねん》（一八九八）、天狗《てんぐ》と名告《なの》る神使《しんし》（松岡芙蓉仙人《まつおかふようせんにん》）に導《みちび》かれて高熊山《たかくまやま》で霊的修行《れいてきしゅぎょう》をしたとされる。

電光飾《でんこうしょく》　電飾《でんしょく》、イルミネエションに同《おな》じ。115頁参照《ぺーじさんしょう》。

ラジオ屋《や》　ラジオ受信機《じゅしんき》を販売《はんばい》する店《みせ》。電気店《でんきてん》。

撞球場《たまつきば》　ビリヤード（billiards）競技《きょうぎ》の施設《しせつ》。ビリヤード（「玉突《たまつ》き」とも）は、ラシャ張《ば》りの長方形《ちょうほうけい》の台《だい》に玉《たま》を置《お》き、棒《ぼう》（キュー）で突《つ》いて他《ほか》の玉《たま》に当《あ》て勝敗《しょうはい》を争《あらそ》う競技《きょうぎ》。

四辻《よつじ》　四《よ》つ角《かど》。交差点《こうさてん》。

開運大黒天《かいうんだいこくてん》　荒川区西日暮里三丁目《あらかわくにしにっぽりちょうめ》の日蓮宗寺院《にちれんしゅうじいん》・経王寺《きょうおうじ》のこと。明暦元年《めいれきがんねん》（一六五五）創建《そうけん》で山号《さんごう》は大黒山《だいこくさん》。日蓮上人《にちれんしょうにん》の作《さく》と伝《つた》えられる大黒天《だいこくてん》を祀《まつ》る。

渡辺町《わたなべちょう》　渡辺銀行《わたなべぎんこう》オーナーの渡辺治右衛門《わたなべじえもん》が、大正《たいしょう》五年《ねん》（一九一六）から道灌山《どうかんやま》の高台《たかだい》に開発《かいはつ》した田園都市《でんえんとし》。広大《こうだい》な「ひぐらし公園《こうえん》」とガス・上下水道《じょうげすいどう》・電話《でんわ》を完備《かんび》し、多《おお》くの文化人《ぶんかじん》が移《うつ》り住《す》んだ。昭和《しょうわ》二年《ねん》（一九二七）の金融恐慌《きんゆうきょうこう》を機《き》に渡辺《わたなべ》家《け》の手《て》を離《はな》れ、昭和《しょうわ》七年《ねん》（一九三二）に日暮里渡辺町《にっぽりわたなべちょう》となり、二年後《ねんご》には日暮里九丁目《にっぽりちょうめ》に併合《へいごう》されて消滅《しょうめつ》した（現在《げんざい》の西日暮《にしにっぽ》里《り》四丁目付近《ちょうめふきん》）。

六角《ろっかく》の石造《いしづくり》　六角形《ろっかっけい》をした石造建築物《せきぞうけんちくぶつ》。

へ横顔《よこがお》を見《み》せて、いつのまにか、火《ひ》のついた巻煙草《まきたばこ》*を啣《くわ》えて*いたね。例《れい》の不動《ふどう》の姿勢《しせい》でぼんやりと、ほんとだ、夢《ゆめ》の中《なか》からでもぼうと出《で》て来《き》たかのようにだ。そうして交番《こうばん》の中《なか》を見入《みい》っているのだ。掛時計《かけどけい》でも見《み》ているのかと思《おも》った。と、ふっと、機械的《きかいてき》に、そうだ、直立《ちょくりつ》したままの身体《からだ》を恰度《ちょうど》開《ひら》いたコンパス*でも廻《まわ》すように、くるうりと、四十五度《しじゅうごど》の角《かく》に左《ひだり》へ廻《ま》わした。と、また先《せん》と*同《おな》じような歩調《ほちょう》*で、廻《まわ》した方向《ほうこう》へ、また、真《ま》っ直《す》ぐに歩《ある》いてゆくのだ。

「よかった。じゃあ、左様《さよう》なら。おやすみ。」

羊《よう》ちゃんも、方向《ほうこう》が違《ちが》ったので、ほっとしたらしかった。そこで別《わか》れた。それでもよほど怖《こわ》かったと見《み》えて、小走《こばし》り*だ。逃《に》げるようにしてね。大黒天《だいこくてん》の石塀《いしべい》寄《よ》りに消《き》えて行《い》っちやったよ。はっはっ。

それからなんだ。前《まえ》へかまわず下《お》りれば七面坂《しちめんざか》*だが、その男《おとこ》の行《い》った方《ほう》へ曲《まが》ると谷中初《やなかはつ》音町《ねちょう》*なんだ、このうちの裏通《うらどお》りがそうだ。平行《へいこう》してるんだよ。で僕《ぼく》は無論《むろん》そっちへ曲《まが》ったさ。つい前《まえ》を、*影《かげ》を失《うしな》った彼奴《きゃっ》*が歩《ある》いて行《い》くのだ。その初音町《はつねちょう》の通《とお》りももうすっかり闌《た》け

きっていた。* 明《あか》るいのは両側《りょうがわ》の軒燈《けんとう》ばかりだった。いや、朱蘭亭《しゅらんてい》と云《い》うレストラン*だけ

巻煙草《まきたばこ》　紙巻煙草《かみまきたばこ》を指《さ》すことが多《おお》いが、葉巻《はまき》も巻煙草《まきたばこ》の一種《いっしゅ》である。

啣《くわ》えて　「咥《くわ》えて」とも表記《ひょうき》。口《くち》に軽《かる》くはさむこと。

コンパス　(kompas) オランダ語《ご》から。開閉《かいへい》する二本《にほん》の脚部《きゃくぶ》から成《な》る製図用器具《せいずようきぐ》。正円《せいえん》を描《えが》くのに用《もち》いる。

先《せん》と　さっきと。

歩調《ほちょう》　歩《あゆ》みを進《すす》める調子《ちょうし》。足並《あしな》み。

小走《こばし》り　小股《こまた》で急《いそ》いで歩《ある》くこと。

七面坂《しちめんざか》　台東区谷中《たいとうくやなか》三丁目《ちょうめ》の宗林寺《そうりんじ》（かつては蛍《ほたる》の名所《めいしょ》で知《し》られた）の前《まえ》から、荒川区西日暮里《あらかわくにしにっぽり》三丁目《ちょうめ》の延命院七面堂《えんめいいんしちめんどう》（日《にち》蓮宗《れんしゅう》の守護神《しゅごしん》「七面天女《しちめんてんにょ》」を祀《まつ》る堂《どう》）へ至《いた》る坂《さか》。この地《ち》を舞《ぶ》台《たい》とする作品《さくひん》に、水沫流人《みなわりゅうと》の長篇幻想小説《ちょうへんげんそうしょうせつ》『七面坂心中《しちめんざかしんじゅう》』（第《だい》一回《かい》『幽《ゆう》』怪談文学賞優秀賞受賞作《かいだんぶんがくしょうゆうしゅうしょうじゅしょうさく》）がある。

谷中初音町《やなかはつねちょう》　台東区《たいとうく》の旧町名《きゅうちょうめい》。明治《めいじ》二年《ねん》（一八六九）に、それまでの天王寺新門前町《てんのうじしんもんぜんちょう》が谷中初音町《やなかはつねちょう》一丁目《ちょうめ》、同中門前町《どうなかもんぜんちょう》が同《どう》二丁目《ちょうめ》、同古門前町《どうふるもんぜんちょう》が同《どう》三丁目《ちょうめ》に、それぞれ改称《かいしょう》されて誕生《たんじょう》した。明治《めいじ》四年《ねん》（一八七一）には、六阿弥陀横丁《ろくあみだよこちょう》と切手《きって》町《まち》が同《どう》四丁目《ちょうめ》となる。鶯《うぐいす》の初音《はつね》にちなんだ命名《めいめい》で、四丁目《ちょうめ》に鶯谷《うぐいすだに》と呼《よ》ばれる場所《ばしょ》があり、鳴《な》き声《ごえ》の好《よ》い鶯《うぐいす》が多《おお》くいたことから名《な》づけられたという。

つい前《まえ》を　すぐ前《まえ》を。

影《かげ》を失《うしな》った彼奴《きゃつ》　「彼奴《きゃつ》」は、第三者《だいさんしゃ》を卑《いや》しめたり親《した》しみをこめて呼《よ》ぶ言葉《ことば》。あいつ。なお、ここで用《もち》いられる「影《かげ》を失《うしな》った」という形容《けいよう》は、ドイツ・ロマン派《は》の作家《さっか》で植物学者《しょくぶつがくしゃ》シャミッソー（Adelbert von Chamisso　一七八一〜一八三八）の長篇幻想小説《ちょうへんげんそうしょうせつ》『影《かげ》をなくした男《おとこ》 Peter Schlemihls wundersame Geschichte』（一八一四）の影響《えいきょう》を窺《うかが》わせる。同書《どうしょ》は「影《かげ》」執筆時点《しっぴつじてん》では未訳《みやく》だったが、当時《とうじ》ドイツ文学《ぶんがく》に傾倒《けいとう》していた友人《ゆうじん》の太田正雄《おおたまさお》（木下杢太郎《きのしたもくたろう》）を介《かい》して、白《はく》秋《しゅう》がその内容《ないよう》を知《し》っていた可能性《かのうせい》は少《すく》なくないからだ。ちなみに太田《おおた》は白秋《はくしゅう》、吉井勇《よしいいさむ》、平野萬里《ひらのばんり》、与謝野寛《よさのひろし》と共《とも》に九州紀《しゅうき》行《こう》の共著《きょうちょ》『五足《ごそく》の靴《くつ》』（一九〇七）を著《あら》わしているが、そのキイ・コンセプトである「旅《たび》する靴《くつ》」には、『影《かげ》をなくした男《おとこ》』に登場《とうじょう》する「一歩《いっぽ》あるけば七里《しちり》を行《い》くという魔法《まほう》の靴《くつ》」（池内紀訳《いけうちおさむやく》）に通《つう》じるものがあるのは興味深《きょうみぶか》い。

闌《た》けきっていた　夜《よ》も更《ふ》けて人通《ひとどお》りも少《すく》なくなっていた。

レストーラン　(restaurant) 通常《つうじょう》は「レストラン」と表記《ひょうき》。西洋料理店《せいようりょうりてん》。

がまだ起《お》きていて、何《なに》かと脂《あぶら》っこい臭《にお》いや酔《よ》っぱらいのくぜり*などがしていたようだった。その前《まえ》へ其奴《そいつ》が差《さ》しかかると、どうだい君《きみ》、ふっと両方《りょうほう》の電灯《でんき》が消《き》えたものだ。ぞっとしたね。と、また。パッと点《つ》いたと見《み》ると、奴《やつ》はすでに五六歩先《ごろっぽさき》を歩《ある》いていた。其奴《そいつ》がまた次《つぎ》の酒屋《さかや》の前《まえ》にかかると、またふっと電灯《でんき》が消《き》えた。行《い》き過《す》ぎるとまたパッと点《つ》いた。生憎《あいにく》の*停電《ていでん》なのだ。常識的《じょうしきてき》に考《かんが》えると、停電《ていでん》なんて、しょっちゅう*の事《こと》だし、何《なん》でもないのだがね。場合《ばあい》が場合《ばあい》だからいやになって了《しま》ったね。夢遊病者《むゆうびょうしゃ》にしては出来《でき》がよすぎるか*らな。だが、まだ僕《ぼく》は後《あと》を蹤《つ》けたよ。こう見《み》えてもこれでも探偵文学《たんていぶんがく》*の愛好者《あいこうしゃ》だからね。其奴《そいつ》にはほんとうに影《かげ》が見《み》えないんだ。一人《ひとり》で蹤《つ》けて行《い》ってしんみりと僕《ぼく》も気《き》が落付《おちつ》いたが、奴《やつ》、どう見《み》たって前《まえ》にも後《うし》ろにも右《みぎ》にも左《ひだり》にも影《かげ》らしい影一《かげひと》つ引《ひ》いていないのだ。こう云《い》ったって君《きみ》は信《しん》じないだろう。然《しか》し、まさにそうだったからし方《かた》がない。僕《ぼく》は確《たしか》めると、随分緊張《ずいぶんきんちょう》して後《あと》を蹤《つ》けた。君《きみ》、この谷中《やなか》にはお寺《てら》が千軒近《せんけんちか》くあるそうだ。その初音町《はつねちょう》の通《とお》りにも龍泉寺《りゅうせんじ》*、海蔵院《かいぞういん》*、観音寺《かんのんじ》*、功徳林寺《くどくりんじ》*などと続《つづ》いている。其奴《そいつ》は龍泉寺《りゅうせんじ》は通《とお》り越《こ》した。それから海蔵院《かいぞういん》まで行《い》かずに、左手《ひだりて》の葬儀社《そうぎしゃ》の角《かど》でふっと消《き》えた。いや、またコンパス流《りゅう》*にくるうりと向《む》きを換《か》えた。その路次《ろじ》がつい*この横《よこ》のだ。抜《ぬ》けると、墓地裏《ぼちうら》の通《とお》りへ出《で》る。その通《とお》りが、ほら、この門《もん》の前《まえ》のこれさ。それは僕《ぼく》にも都合《つごう》がよかった。ひとりでに家《いえ》へ帰《かえ》れるからね。その筒抜《つつぬ》け*の路次《ろじ》には貧乏《びんぼう》くさい小《ちい》さな家並《いえなみ》がいやにごみごみしていて、兎《と》に角暗《かくくら》いのだ、影《かげ》が多《おお》いんだね、出《で》たり引《ひ》っ込《こ》んだりの。夜陰《やいん》*だしね。腐《くさ》

くぜり　漢字《かんじ》では「口舌《くぜり》」と表記《ひょうき》。やかましくしゃべること。

生憎《あいにく》の　おりあしく。間《ま》の悪《わる》いことに。

しょっちゅう　いつも。始終《しじゅう》。

出来《でき》がよすぎる　とても夢遊病者《むゆうびょうしゃ》とは思《おも》えない挙動《きょどう》であることを指《さ》す。

探偵文学《たんていぶんがく》　推理小説《すいりしょうせつ》。ミステリー。戦前《せんぜん》は探偵小説《たんていしょうせつ》と呼《よ》ばれていた。

龍泉寺《りゅうせんじ》　台東区谷中《たいとうくやなか》五丁目《ちょうめ》の日蓮宗寺院《にちれんしゅうじいん》。山号《さんごう》は長光山《ちょうこうさん》。元和《げんな》七年《ねん》（一六二二）に下谷《したや》で創建《そうけん》、宝永《ほうえい》六年《ねん》（一七〇九）に谷中《やなか》に移転《いてん》した。

海蔵院《かいぞういん》　台東区谷中《たいとうくやなか》五丁目《ちょうめ》の臨済宗《りんざいしゅう》（妙心寺派《みょうしんじは》）寺院《じいん》。山号《さんごう》は福聚山《ふくじゅさん》。創建年代《そうけんねんだい》は不詳《ふしょう》、貞享元年《じょうきょうがんねん》（一六八四）に元金杉《もとかなすぎ》から谷中《やなか》へ移転《いてん》した。

観音寺《かんのんじ》　台東区谷中《たいとうくやなか》五丁目《ちょうめ》の真言宗《しんごんしゅう》（豊山派《ぶざんは》）寺院《じいん》。慶長《けいちょう》十六年《ねん》（一六一一）創建《そうけん》。延宝《えんぽう》八年《ねん》（一六八〇）に神田《かんだ》から谷中《やなか》に移転《いてん》した。現存《げんそん》する築地塀《ついじべい》は国《くに》の登録有形文化財《とうろくゆうけいぶんかざい》。赤穂義士《あこうぎし》ゆかりの寺《てら》で境内《けいだい》に四十七士《しじゅうしちし》の供養塔《くようとう》がある。

功徳林寺《くどくりんじ》　台東区谷中《たいとうくやなか》七丁目《ちょうめ》の浄土宗寺院《じょうどしゅうじいん》。公営《こうえい》の谷中墓地《やなかぼち》では法要《ほうよう》を営《いとな》むことができないため、島津忠寛伯爵《しまつただひろはくしゃく》が発起人《ほっきにん》となり、明治《めいじ》二十六年《ねん》（一八九三）に創建《そうけん》された。笠森稲荷《かさもりいなり》社《しゃ》、お仙茶屋《せんぢゃや》の故地《こち》にあたる。

コンパス流《りゅう》　コンパスを回《まわ》すようなやり方《かた》で。127頁参照《ぺーじさんしょう》。

つい　すぐ。

筒抜《つつぬ》け　さえぎるものがなく、素通《すどお》りで通《とお》り抜《ぬ》けられること。

夜陰《やいん》　夜《よる》の暗闇《くらやみ》。夜分《やぶん》。

れた西瓜《すいか》のにおいや、糊《のり》のにおい、萎《しお》れた百日草《ひゃくにちそう》*の香《かおり》などが妙《みょう》に酸《す》っぱく籠《こも》っていた。僕《ぼく》もこっそりとはいり込《こ》んだが、まったく、彼奴《きゃつ》、いやな処《ところ》にはいりやがったなと悄気《しょげ》て*来《き》たね。でも好奇心《こうきしん》が手伝《てつだ》っているから大丈夫《だいじょうぶ》、目《め》っからない*ように足音《あしおと》を消《け》し消《け》して、立《た》ち停《ど》まり立《た》ち停《ど》まり蹤《つ》けた。と、奴《やつ》、居《い》た、居《い》た、右側《みぎがわ》のまん中《なか》あたりだったかな。其処《そこ》に同《おな》じ風《ふう》の*二階建《にかいだて》の二軒長屋《にけんながや》がある。その二軒目《にけんめ》の、窓《まど》の出格子《でごうし》*の一《ひと》つだけが蒼白《あおじろ》い、何《なに》か家《いえ》の中《なか》に燐火《りんか》*でも燃《も》えていそうに、陰気《いんき》に四角《しかく》に見《み》えた。その窓《まど》へひったりと、*奴《やつ》、守宮《やもり》*見《み》たいに脊中《せなか》をくっ著《つ》けて*じいっとしてるのだ。それからまた機械的《きかいてき》にそのまま横《よこ》に動《うご》いて、またぴたりとはいり口《ぐち》*の格子戸《こうしど》*へひっ附《つ》いた。上《うえ》の壁《かべ》には長方形《ちょうほうけい》に切《き》った空気穴《くうきあな》*があった。五燭《ごしょく》*位《くらい》の埃《ほこ》りっぽい素《す》の*電球《でんきゅう》が一《ひと》つ赤《あか》い針金虫《はりがねむし》のW*だ。で、奴《やつ》の面相《めんそう》*がどんなか、黒《くろ》のソフトを下向《したむ》きにしているのでよくわからないんだ。そろりそろりと片手《かたて》を後《うし》ろに廻《ま》わして、格子戸《こうしど》を、一尺《いっしゃく》*ばかり開《あ》けた。そうして、前《まえ》を向《む》いたなりで*、左《ひだり》の片足《かたあし》を揚《あ》げた。それが、膝《ひざ》こぶしで*直角《ちょっかく》になった。靴《くつ》の尖《さき》が反《そ》って。両手《りょうて》を両方《りょうほう》から附《つ》けた。ね、いいかね、操《あやつ》り人形《にんぎょう》そっくりだぜ。奴《やつ》、靴《くつ》の紐《ひも》を解《と》きかけたのだ。それがね、考《かんが》えると、

百 日草《ひゃくにちそう》　キク科《か》の一年草《いちねんそう》。観賞用《かんしょうよう》に栽培《さいばい》され品種《ひんしゅ》が多《おお》い。夏《なつ》から秋《あき》にかけて、白《しろ》・赤《あか》・紫《むらさき》・淡紅色《たんこうしょく》・黄色《きいろ》などの花《はな》をつける。花期《かき》が長《なが》いので、この名《な》がある。

悄気《しょげ》て　がっかりして。意気消沈《いきしょうちん》して。

目《め》っからない　見《み》つからない。

同《おな》じ風《ふう》の　同《おな》じ造《つく》りの。

出格子《でごうし》　外側《そとがわ》に張《は》り出《だ》して造《つく》られた格子《こうし》。

燐火《りんか》　墓地《ぼち》や沼《ぬま》などの湿地《しっち》に自然発生《しぜんはっせい》する青白《あおじろ》い火《ひ》。鬼火《おにび》、狐《きつね》火《び》とも。

ひったり　「ぴったり」に同《おな》じ。

守宮《やもり》　「家守《やもり》」「壁虎《かべとら》」とも表記《ひょうき》。トカゲ目《もく》ヤモリ科《か》の爬虫類《はちゅうるい》。体調《たいちょう》は十数《すう》センチでトカゲに似《に》て平《ひら》たく、全体《ぜんたい》が暗灰色《あんかいしょく》。指《し》趾《し》の下面《かめん》は吸盤状《きゅうばんじょう》で、壁《かべ》や天井《てんじょう》につかまる。夜間《やかん》に昆虫《こんちゅう》を捕《ほ》食《しょく》する。

脊中《せなか》をくっ著《つ》けて……　このあたりの謎《なぞ》の男《おとこ》の奇怪《きかい》な挙動《きょどう》には、映画《えいが》『カリガリ博士《はかせ》』のチェザーレをはじめとする登《とう》場人物《じょうじんぶつ》の動《うご》きを想起《そうき》させるものがあろう。

はいり口《ぐち》　入《い》り口《ぐち》。玄関《げんかん》。

格子戸《こうしど》　格子《こうし》が組《く》み込《こ》まれた戸《と》。

空気穴《くうきあな》　風通《かぜとお》しや換気《かんき》のために設《もう》けられた穴《あな》。通風孔《つうふうこう》。

五燭《ごしょく》　昔《むかし》の電灯《でんとう》の明《あか》るさの単位《たんい》で、現在《げんざい》の八ワット程度《ていど》に相《そう》当《とう》。おもに常夜灯《じょうやとう》として使用《しよう》されていた。

素《す》の　飾《かざ》りのない。むきだしの。

赤《あか》い針金虫《はりがねむし》のW　「針金虫《はりがねむし》」はハリガネムシ目《もく》に属《ぞく》する袋形動《たいけいどう》物《ぶつ》の総称《そうしょう》。その一種《しゅ》である針金虫《はりがねむし》は淡黒色《たんこくしょく》で長《なが》さ数《すう》センチから一メートルほど、針金《はりがね》によく似《に》た体形《たいけい》の寄生生物《きせいせいぶつ》。電球《でんきゅう》の赤熱《せきねつ》するフィラメント（filament　電球《でんきゅう》や真空管《しんくうかん》の内部《ないぶ》にあって電流《でんりゅう》を流《なが》し、光《ひかり》や熱電子《ねつでんし》を放出《ほうしゅつ》させる細《ほそ》い繊条《せんじょう》）を、W字形《じがた》をした針金虫《はりがねむし》に見立《みた》てたのである。

面相《めんそう》　顔《かお》つき。容貌《ようぼう》。

一尺《いっしゃく》　約《やく》三〇センチメートル。

向《む》いたなりで　向《む》いたままで。

膝《ひざ》こぶし　膝《ひざ》の関節《かんせつ》の前面部分《ぜんめんぶぶん》。膝《ひざ》がしら、膝小僧《ひざこぞう》、ひざぶしに同《おな》じ。

どうにも不審《ふしん》*なんだ。第一《だいいち》、格子戸《こうしど》の外《そと》で後《うし》ろ向《む》きに靴《くつ》を脱《ぬ》ぐのから*変《へん》だが、黙々《もくもく》たり惻々《そくそく》たり*だから怪《あや》しい。そうじゃないかね、自分《じぶん》の家《いえ》ならば、いきなり格子戸《こうしど》を開《あ》けるのが当《とう》然《ぜん》だろうし、他《よそ》の家《いえ》なら、何《なん》とか声《こえ》でも掛《か》けそうじゃないか。どちらにしても内《うち》ではまだ起《お》きているんだからね。御免下《ごめんくだ》さいとか、おいとか呼《よ》べば済《す》む筈《はず》だね。それにまた不自然《ふしぜん》なのは、奴《やっこ》さん、妙《みょう》な遠廻《とおまわ》りをやってるんだ。どうせ天王寺《てんのうじ》の塔《とう》*の方《ほう》から帰《かえ》るものなら真《ま》っ直《すぐ》に来《き》て、一寸《ちょっと》この横町《よこちょう》へ入《はい》って、その路次《ろじ》へ曲《まが》ればほんの二三丁《にさんちょう》*たらずの処《ところ》じゃないか。それをわざわざ家《いえ》の方向《ほうこう》とは直角《ちょっかく》に日暮里《にっぽり》の駅上《えきうえ》まで出《で》て、御殿坂《ごてんざか》から初音町《はつねちょう》天《てん》王寺町《のうじちょう》と殆《ほとん》ど正方形《せいほうけい》を画《えが》いて来《き》たんだからね、随分御苦労様《ずいぶんごくろうさま》だね。散歩《さんぽ》だとしても近所《きんじょ》のことだ。さっぱりと浴衣《ゆかた》がけの*出直《でなお》し*でもよかりそうなものだね。いったい、この墓地《ぼち》には昼間《ひるま》からでも変態性欲的《へんたいせいよくてき》な*中年男《ちゅうねんおとこ》が出没《しゅつぼつ》したり、まだ少年期《しょうねんき》の不良男女《ふりょうだんじょ》の媾曳連《あいびきれん》*が徘《はい》徊《かい》*しているんだが、それにしては奴《やっこ》さん*あまり不感無覚《ふかんむかく》*超然《ちょうぜん》*たるものがあるからね。羊《よう》公《こう》が云《い》った通《とお》りほんとうに不幸《ふこう》な夢遊病者《むゆうびょうしゃ》だったかも知《し》れない。ポウの小説《しょうせつ》*にあるだろう。で、彼奴《きゃつ》、ダリヤ色《いろ》*の燃《も》えるような赤《あか》ネクタイで、無意識《むいしき》に、樫《かし》の花時《はなどき》の夜《よ》ふけの墓《ぼ》

不審《ふしん》　疑《うたが》わしいこと。不可解《ふかかい》なこと。

脱《ぬ》ぐのから　脱《ぬ》ぐことからして。

黙々《もくもく》たり惻々《そくそく》たり　「黙々《もくもく》」は黙《だま》ったまま、「惻々《そくそく》」は身《み》に沁《し》みて感《かん》じられるさま。ここはむしろ「促々《そくそく》」（せわしないさま）の意《い》か。

天王寺《てんのうじ》の塔《とう》　天王寺《てんのうじ》（101頁参照《ぺーじさんしょう》）の境内《けいだい》にあった五重塔《じゅうのとう》。明和《めいわ》九年《ねん》（一七七二）の大火《たいか》で初代《しょだい》の塔《とう》が焼失《しょうしつ》した後《のち》、寛政《かんせい》三年《ねん》（一七九一）に再建《さいけん》された。総欅造《そうけやきづく》りで高《たか》さが十一丈《じょう》二尺《しゃく》八寸《すん》（三四・一八メートル）あり、当時《とうじ》の関東《かんとう》で最《もっと》も高《たか》い塔《とう》であった。文豪《ぶんごう》・幸田露伴《こうだろはん》の小説《しょうせつ》『五重塔《ごじゅうのとう》』（一八九二）のモデルとしても名高《なだか》い。明治《めいじ》四十一年《ねん》（一九〇八）六月《がつ》に東京市《とうきょうし》に寄贈《きぞう》され、震災《しんさい》や戦災《せんさい》も免《まぬが》れたが、昭和《しょうわ》三十二年《ねん》（一九五七）に起《お》きた放火心中事件《ほうかしんじゅうじけん》により焼失《しょうしつ》した。

二三丁《にさんちょう》　約《やく》二一八〜三二七メートル。

浴衣《ゆかた》がけ　浴衣《ゆかた》だけを着《き》て。

出直《でなお》し　家《いえ》に戻《もど》ってまた外出《がいしゅつ》すること。

変態性欲的《へんたいせいよくてき》な　異常《いじょう》な性的欲望《せいてきよくぼう》をもった。

媾曳連《あいびきれん》　男女《だんじょ》のカップルたち。「媾曳《あいびき》」は密会《みっかい》。当時《とうじ》は若《わか》い男《だん》女《じょ》がふたりきりで逢《あ》うことは、不道徳《ふどうとく》で不良《ふりょう》のすることと見《み》なされていたのである。

徘徊《はいかい》　歩《ある》きまわること。

奴《やっこ》さん　影《かげ》のない洋服男《ようふくおとこ》を指《さ》す。

不感無覚《ふかんむかく》　反応《はんのう》が何《なに》もないこと。

超然《ちょうぜん》　懸《か》け離《はな》れているさま。

ポウの小説《しょうせつ》　アメリカの文豪《ぶんごう》エドガー・アラン・ポオ（Edgar Allan Poe　一八〇九〜一八四九）の短篇小説《たんぺんしょうせつ》「群集《ぐんしゅう》の人《ひと》 The Man of the Crowd」（一八四〇）を指《さ》す。ロンドンの雑《ざっ》踏《とう》を行《い》き交《か》う老若男女《ろうにゃくなんにょ》の人間観察《にんげんかんさつ》に興《きょう》じていた語《かた》り手《て》は、奇妙《きみょう》な表情《ひょうじょう》を浮《う》かべて群集《ぐんしゅう》の流《なが》れに身《み》を投《とう》じている一人《ひとり》の老《ろう》人《じん》に関心《かんしん》を抱《だ》き、尾行《びこう》を始《はじ》める。老人《ろうじん》は人波《ひとなみ》を追《お》って、通《とお》りから通《とお》りへと一晩中《ひとばんじゅう》、あてどなく徘徊《はいかい》を続《つづ》けた。最後《さいご》に語《かた》り手《て》は感慨《かんがい》に沈《しず》んで呟《つぶや》く。

「この老人《ろうじん》こそ、深《ふか》い罪《つみ》の象徴《しょうちょう》、罪《つみ》の精神《こころ》というものなのだ（略《りゃく》）あの老人《ろうじん》は一人《ひとり》でいるに堪《た》えられない。いわゆる群集《ぐんしゅう》の人《ひと》なのだ」（中野好夫訳《なかのよしおやく》／創元推理文庫《そうげんすいりぶんこ》『ポオ小説全集《しょうせつぜんしゅう》2』所収《しょしゅう》）

ダリヤ色《いろ》　ダリヤ（Dahlia）はキク科《か》の球根植物《きゅうこんしょくぶつ》。「ダリア」とも。メキシコの国花《こっか》。夏《なつ》から秋《あき》に大形《おおがた》の紅《べに》・白《しろ》・黄《き》・紫《むらさき》などの花《はな》をつける。そのダリヤの真紅《しんく》の花《はな》のような色《いろ》。

地《ち》をコツリコツリだったんだかな。こう一寸僕《ちょっとぼく》にも思《おも》えて来《き》たね。だが、夢遊病者《むゆうびょうしゃ》にしろ影《かげ》もないと云《い》うのは理窟《りくつ》には合《あ》わないじゃないか。

僕《ぼく》はいくら半信半疑《はんしんはんぎ》*でも、若《も》しか普通《ふつう》*の人《ひと》だとすると、あまりに暗闇《くらやみ》から覗《のぞ》いても失礼《しつれい》だと思《おも》ったし、それにいつまでも密偵《みってい》*的《てき》の動作《どうさ》を続《つづ》けるのは嫌《いや》だしね、其奴《そいつ》が靴《くつ》を脱《ぬ》いで了《しま》わないうちに、わざと足音《あしおと》を高《たか》く立《た》てながら、その前《まえ》を通《とお》り過《す》ぎて了《しま》ったものだ。通《とお》り過《す》ぎると、一時《いちじ》に悪寒《おかん》*が僕《ぼく》の脊骨《せぼね》を逆撫《さかな》で*にした。それまでは隙一《すきひと》つ作《つく》らなかったがね。一旦後《いったんうし》ろを見《み》せて逃《に》げ足《あし》になりかけたらもうおしまいだね。ガタガタと気《き》がくずれて了《しま》*った。笑《わら》い話《ばなし》さ。

それでも翌日《よくじつ》になるとその家《いえ》を調《しら》べに行《い》ったね。ちゃあんと山田《やまだ》と標札《ひょうさつ》*が出《で》ていた。だが、当《あた》り前《まえ》じゃなかったね。何《なに》か物《もの》の怪《け》*でも附《つ》き纏《まと》っていそうな家相《かそう》*か空気《くうき》なんだ。神経《しんけい》かも*知《し》れなかったね。それで細君《さいくん》*までが止《よ》せばいいのに物《もの》ずきに見《み》に出《で》かけたものだ。蒼《あお》くなって帰《かえ》って来《き》たね。出格子《でごうし》の窓《まど》の硝子戸《ガラスど》の下《した》の方《ほう》は紙《かみ》が貼《は》ってあって内《うち》が見《み》えなかったそうだね、その上《うえ》の素通《すどお》*しから色《いろ》の蒼黒《あおぐろ》い、実《じつ》にいやな眼付《めつき》をした男《おとこ》の顔《かお》がじいっとこちらを見据《みす》えたというのだ。これだって格別珍《かくべつめずら》しいことではなし、そうそう顫《ふる》えて*大騒《おおさわ》ぎするにも当《あた》らない*さ。怖気《おじけ》*がつき出《だ》しゃきりがないからね。ただ問題《もんだい》は、影《かげ》が無《な》いと云《い》う事《こと》だけさ。

ところが今度《こんど》は*飛《と》んだ*大事件《だいじけん》が起《おこ》ったのだ。葛《かつ》と云《い》う青年《せいねん》があった。中学時代《ちゅうがくじだい》からずい

半信半疑《はんしんはんぎ》　なかばは信《しん》じて、なかばは疑《うたが》うこと。
若《も》しか　もしも。
密偵《みってい》　スパイ。ひそかに内情《ないじょう》を調査《ちょうさ》すること、それをする人《ひと》。
悪寒《おかん》　発熱《はつねつ》や恐怖《きょうふ》のせいで寒《さむ》けを感《かん》じること。
逆撫《さかな》で　毛《け》を逆立《さかだ》てる方向《ほうこう》になでること。
気《き》がくずれて　気力《きりょく》が萎《な》えて。緊張《きんちょう》がゆるんで。
標札《ひょうさつ》　「表札《ひょうさつ》」とも表記《ひょうき》。住人《じゅうにん》の氏名《しめい》を記《しる》して玄関《げんかん》や門《もん》に掲《かか》げる札《ふだ》。
物《もの》の怪《け》　死霊《しりょう》や生霊《いきりょう》などが取《と》り憑《つ》いたり祟《たた》ったりすること。その死霊《しりょう》や生霊《いきりょう》。邪気《じゃき》。
家相《かそう》　吉凶禍福《きっきょうかふく》などに関係《かんけい》があるとされる、家屋《かおく》の位置《いち》・方《ほう》位《い》・間取《まどり》などのあり方《かた》。陰陽五行説《いんようごぎょうせつ》に基《もと》づく俗信《ぞくしん》。
神経《しんけい》かも　気《き》のせいかも。
細君《さいくん》　妻《つま》。
素通《すどお》し　さえぎるものがなく、見通《みとお》しが利《き》くこと。
顫《ふる》えて　通常《つうじょう》は「震《ふる》えて」と表記《ひょうき》。
するにも当《あた》らない　する必要《ひつよう》はない。
怖気《おじけ》　恐怖心《きょうふしん》。おぞけ。
ところが今度《こんど》は……　これ以降《いこう》の葛青年《かつせいねん》をめぐるエピソードの部分《ぶぶん》は、草稿《そうこう》「影《かげ》のない男《おとこ》」（１２１頁参照《ぺーじさんしょう》）の現存分《げんそんぶん》には含《ふく》まれていない。
飛《と》んだ　とんでもない。

ぶん苦学生活《くがくせいかつ》*をしたものだがね。そうか。君《きみ》も一二度《いちにど》逢《あ》ったかも知《し》れん。もと僕《ぼく》の家《いえ》に書《しょ》生《せい》*をしていたあの葛《かつ》さ。あれは外国語学校《がいこくごがっこう》にいるうちから、易学《えきがく》*に凝《こ》ったり筮竹《ぜいちく》*を鳴《な》らしたりしていたものだ。聡明《そうめい》*だったけれど、銀《ぎん》いろの神経《しんけい》が細《こま》か過《す》ぎたよ。遺伝的《いでんてき》に脳《のう》が弱《よわ》いとも聞《き》いた。僕《ぼく》も内《うち》に来《く》るどの青年《せいねん》よりも愛《あい》していたが、あれもほんとうに僕《ぼく》を頼《たの》みにしていたのだ。その葛《かつ》が折角苦《せっかくくる》しんで外語《がいご》を出《で》ると、今度《こんど》はどうだ、突然《とつぜん》やって来《き》て先生《せんせい》、僕《ぼく》は漢方医《かんぽうい》*になりますと云《い》うんだ。自分《じぶん》の身体《からだ》も弱《よわ》かったし、つくづく*人《ひと》の身体《からだ》のことも考《かんが》えたらしいね。それに一度大病《いちどたいびょう》をして岡玄庵《おかげんあん》*と云《い》う漢方医《かんぽうい》の名家《めいか》*に助《たす》けてもらったので、それ以来《いらい》、すっかり崇拝渇仰《すうはいかつぎょう》*して了《しま》って、いつのまにかその内弟子《うちでし》*になって了《しま》ったのだ。当今《とうこん》*ではこんな青年《せいねん》は珍《めずら》しいね。易学《えきがく》と医学《いがく》との関係《かんけい》、漢方《かんぽう》と和漢方《わかんぽう》*、医薬《いやく》に於《お》ける草根《そうこん》木皮《もくひ》*の研究《けんきゅう》、鍼術《しんじゅつ》*、灸点《きゅうてん》*、そうした蘭法《らんぽう》*以前《いぜん》の東洋思想《とうようしそう》や医術《いじゅつ》の究理《きゅうり》*、実験《じっけん》、診断等《しんだんとう》に没頭《ぼっとう》*した。一年足《いちねんた》らずのうちにめきめきと*上達《じょうたつ》して代診《だいしん》*位《くらい》は出来《でき》るほどの腕前《うでまえ》になった。老先生《ろうせんせい》からも非常《ひじょう》に愛《あい》されていたらしい。ああ云《い》う純情《じゅんじょう》で熱意《ねつい》の激《はげ》しい青年《せいねん》だったからね。僕《ぼく》がこの初夏《しょか》に鎌倉《かまくら》から*此処《ここ》へ引越《ひっこ》して来《き》てからはそれこそほとんど毎日《まいにち》のように

来《き》ていたものだ。でね、内《うち》の誰《だれ》かが加減《かげん》*でも悪《わる》いと例《れい》の草根木皮《そうこんもくひ》の紙袋《かみぶくろ》*を貰《もら》って来《き》ては、

苦学生活《くがくせいかつ》　働《はたら》いて学資《がくし》を稼《かせ》ぎながら勉学《べんがく》する生活《せいかつ》。

書生《しょせい》　他家《たけ》に住《す》み込《こ》み、家事《かじ》などを手伝《てつだ》いながら学問《がくもん》をする者《もの》。谷中《やなか》の白秋邸《はくしゅうてい》で書生《しょせい》をしていたのは、歌人《かじん》・本間楽寛《ほんまがくかん》の弟《おとうと》で大成中学《たいせいちゅうがく》四年生《ねんせい》の本間広美《ほんまひろみ》（後《のち》に陸軍主計大尉《りくぐんしゅけいたいい》。歌人《かじん》）である。

易学《えきがく》　易《えき》（中国《ちゅうごく》の易経《えききょう》にもとづく占《うらな》い）について研究《けんきゅう》する学問《がくもん》。

筮竹《ぜいちく》　易《えき》の占《うらな》いに用《もち》いる、竹《たけ》を削《けず》って作《つく》られた、長《なが》さ四〇センチほどの細《ほそ》い棒《ぼう》。通常《つうじょう》は五十本《ぽん》ある。「筮竹《ぜいちく》を鳴《な》らす」は、易者《えきしゃ》が占《うらな》いをすること。

聡明《そうめい》　頭脳明晰《ずのうめいせき》で道理《どうり》に通《つう》じていること。

漢方医《かんぽうい》　漢方《かんぽう》（中国《ちゅうごく》から渡来《とらい》した医術《いじゅつ》）の医師《いし》。

つくづく　よくよく。念《ねん》を入《い》れて考《かんが》えるさま。

岡玄庵《おかげんあん》　未詳《みしょう》。

名家《めいか》　その道《みち》に秀《ひい》でた人《ひと》。大家《たいか》。

渇仰《かつぎょう》　「かつごう」とも。のどが渇《かわ》いて飲《の》み水《みず》を求《もと》める人《ひと》のように、ある人物《じんぶつ》の徳《とく》を仰《あお》いで慕《した》うこと。

内弟子《うちでし》　師《し》の家《いえ》に住《す》み込《こ》んで、家事《かじ》などを手伝《てつだ》いながら学《まな》ぶ弟子《でし》。

草根木皮《そうこんもくひ》　草《くさ》の根《ね》と樹皮《じゅひ》から転《てん》じて、漢方医《かんぽうい》が用《もち》いる薬剤《やくざい》も指《さ》す。

当今《とうこん》　最近《さいきん》。近頃《ちかごろ》。

和漢方《わかんぽう》　日本流《にほんりゅう》の漢方《かんぽう》。

鍼術《しんじゅつ》　「針術《しんじゅつ》」とも表記《ひょうき》。金属製《きんぞくせい》の細針《ほそばり》を患者《かんじゃ》の身体《しんたい》に刺《さ》して症状《しょうじょう》の回復《かいふく》を促進《そくしん》する、古代中国伝来《こだいちゅうごくでんらい》の疾病治療法《しっぺいちりょうほう》。「はり」とも。

灸点《きゅうてん》　灸《きゅう》をすえること。

蘭法《らんぽう》　オランダ渡来《とらい》の医術《いじゅつ》。「蘭方《らんぽう》」とも表記《ひょうき》。

究理《きゅうり》　物事《ものごと》の道理《どうり》や法則《ほうそく》を究《きわ》めて理解《りかい》すること。

没頭《ぼっとう》　無心《むしん》になって熱中《ねっちゅう》すること。ハマること。

めきめきと　向上《こうじょう》する度合《どあ》いが、めざましいこと。

代診《だいしん》　担当医師《たんとういし》に代《か》わって、患者《かんじゃ》を診察《しんさつ》すること。

この初夏《しょか》に鎌倉《かまくら》から……　白秋自身《はくしゅうじしん》が谷中《やなか》に転居《てんきょ》する前《まえ》に暮《く》らしていたのは小田原《おだわら》である。

加減《かげん》　ここでは、体調《たいちょう》。

草根木皮《そうこんもくひ》の紙袋《かみぶくろ》　漢方《かんぽう》の薬《くすり》を入《い》れる袋《ふくろ》。

自分《じぶん》で分量《ぶんりょう》を量《はか》ったり煎《せん》じたり、*手相《てそう》や血色《けっしょく》*までも観《み》たり、時《とき》とすると僕《ぼく》などの肩《かた》や手《て》首《くび》までも講釈附《こうしゃくつき》*の按法《あんぽう》*で揉《も》み揉《も》みしてくれたものだ。その葛《かつ》がその影《かげ》の無《な》い男《おとこ》の話《はなし》を聞《き》いて、これは研究《けんきゅう》になる。その男《おとこ》はきっと死相《しそう》*が出《で》ているにちがいないと云《い》うんだ。俗《ぞく》に影《かげ》が薄《うす》い*と云《い》うことがあるが、あれは漢法《かんぽう》から見《み》てもまさに正《ただ》しいと云《い》うのだ。

「霊肉《れいにく》*ともに生気《せいき》が衰《おとろ》えれば影《かげ》も稀薄《きはく》になる筈《はず》です。が、全然無《ぜんぜんな》いとは怪《あや》しいですね。易《えき》学《がく》の方《ほう》からひとつ観《み》て見《み》ましょう、今晩《こんばん》は泊《と》めて下《くだ》さい。探検《たんけん》に行《い》きます。」

というので泊《とま》った。晩餐《ばんさん》*後《ご》に一度《いちど》行《い》って来《き》たようだがね。

「どうもあの家《いえ》は怪《あや》しいです。外《そと》の長屋《ながや》の電灯《でんき》には生気《せいき》がありますがね、あの家《いえ》のだけは変《へん》に薄暗《うすぐら》くて、奥《おく》の方《ほう》でボソボソ云《い》っている話声《はなしごえ》までが不思議《ふしぎ》に陰《いん》に籠《こも》って*ましたよ。それに表《おもて》の通《とお》りで真黒《まっくろ》い大《おお》きな猫《ねこ》が二匹《にひき》*でころころ組《く》み合《あ》っていましてね、ぷうふうっとやらかすので、え、ちょっと、逃《に》げて来《き》たのです。また後《あと》で出直《でなお》しにします。」

と、こうだ。

「弱虫《よわむし》だな。」とそこで大笑《おおわら》いになったがね。夜《よ》っぴて*張番《はりばん》*すると云《い》っていたのが、翌朝《よくあさ》になると、ちっとも出《で》かけてはいないのだ。どうしたんだ。と云《い》ったら、一旦早寝《いったんはやね》をして目醒時計《めざましどけい》まで掛《か》けて、探検《たんけん》に行《い》こうと思《おも》ったが、妙《みょう》に眠《ねむ》くて起《お》きられなかった。と云《い》うのだ。今思《いまおも》うとあの時《とき》から何処《どこ》か衰《おとろ》えていたんだね。それから帰《かえ》ったがね、その後一週間《あといっしゅうかん》ばかりぱったりと影《かげ》も見《み》せない*んだ。どうかしたかな、中学《ちゅうがく》の試験《しけん》でも迫《せま》ったかなと思《おも》ったのだ。あれは小遣《こづかい》どりに*或《あ》る中学《ちゅうがく》の英語《えいご》の教師《きょうし》もしていたのだ。と、突然夜《とつぜんよる》の一時頃《いちじごろ》に玄庵先生《げんあんせんせい》のところから急使《きゅうし》*が来《き》て、葛《かつ》が急性脳膜炎《きゅうせいのうまくえん》*で危篤《きとく》*だと呼《よ》び立《た》てた。僕《ぼく》も青《あお》くな

煎《せん》じたり　薬《くすり》や茶《ちゃ》の葉《は》を煮《に》てエキスや旨味《うまみ》を出《だ》すこと。
血色《けっしょく》　顔《かお》の色《いろ》つや。
講釈附《こうしゃくつき》　解説《かいせつ》付きで。
按法《あんぽう》　揉《も》み療治《りょうじ》（マッサージ）の揉《も》み方《かた》。
死相《しそう》　死期《しき》が迫《せま》った人《ひと》に特有《とくゆう》の顔《かお》つき。死《し》を思《おも》わせる人相《にんそう》。
影《かげ》が薄《うす》い　なんとなく元気《げんき》や精気《せいき》に乏《とぼ》しい。目立《めだ》たない。
霊肉《れいにく》　霊魂《れいこん》と肉体《にくたい》。
晩餐《ばんさん》　夕飯《ゆうはん》。
陰《いん》に籠《こも》って　陰気《いんき》で薄気味《うすきみ》の悪《わる》いさま。
猫《ねこ》が二匹《にひき》で……　梶井基次郎《かじいもとじろう》の「交尾《こうび》」（『獣《けもの》』所収《しょしゅう》）を想起《そうき》させる場面《ばめん》である。
夜《よ》っぴて　夜通《よどお》し。徹夜《てつや》で。
張番《はりばん》　「見張番《みはりばん》」とも。見張《みは》りをすること。監視《かんし》すること。
影《かげ》も見《み》せない　姿《すがた》を見《み》せない。
小遣《こづかい》どりに　アルバイトで。
急使《きゅうし》　急《いそ》ぎの使者《ししゃ》。
急性脳膜炎《きゅうせいのうまくえん》　脳膜炎《のうまくえん》は「髄膜炎《ずいまくえん》」の旧称《きゅうしょう》。脳《のう》の軟膜《なんまく》に発生《はっせい》する急性《きゅうせい》の炎症《えんしょう》で、放置《ほうち》すると合併症《がっぺいしょう》を併発《へいはつ》して死《し》に至《いた》ることもある。
危篤《きとく》　病気《びょうき》や怪我《けが》などで生命《せいめい》が危《あや》ういこと。

って、書生《しょせい》を連《つ》れると身支度《みじたく》もそこそこに家《いえ》を飛《と》び出《だ》したものだ。で、坂下町《さかしたちょう》*の方《ほう》へ出《で》てタクシーを探《さが》して乗《の》るつもりで、近《ちか》いから、あの路次《ろじ》を小走《こばし》りに突《つ》っ切《き》ったね。すると、あの家《いえ》なんだ。その晩《ばん》に限《かぎ》って中《なか》の電灯《でんき》がいやに陽気《ようき》に明《ひか》ってるじゃないか。が、それ以《い》上《じょう》のことは、そうした場合《ばあい》だから僕《ぼく》も考《かんが》える余裕《よゆう》もなかったね、折《おり》よくタクシーが見《み》つかって、巣鴨《すがも》まで駆《か》けつけたんだがね、病人《びょうにん》はもう意識不明《いしきふめい》さ、昏々《こんこん》と*眠《ねむ》っていた。それから十日《とおか》ばかり経《た》って息《いき》を引《ひ》き取《と》って了《しま》った。可哀《かわい》そうなことをした。僕《ぼく》も片腕《かたうで》をもがれたような気《き》がする。ハッと思《おも》ったのはね、初《はじ》めに見《み》に行《い》った時《とき》に、誰《だれ》の不注意《ふちゅうい》か、枕《まくら》もとの二枚折《にまいおり》の屏風《びょうぶ》*が逆《さか》さに立《た》ててあった*ことだ。真《ま》っ白《しろ》な鶴《つる》が一本脚《いっぽんあし》を天上《てんじょう》にしているじゃないか。縁起《えんぎ》を担《かつ》ぐ*ようだが、これはいけないと思《おも》ったことだ。それから、とうとう死《し》んだと云《い》う知《し》らせを受取《うけと》った晩《ばん》、そうだ、もう夜《よる》の二時頃《にじごろ》だったかね、迎《むか》えに来《き》た自動車《じどうしゃ》で駆《か》けつけた時《とき》、今度《こんど》もその家《いえ》の前《まえ》を通《とお》ったが、驚《おどろ》いたね、煌々《こうこう》と二階《にかい》にまで電灯《でんき》が輝《かがや》いて、何《なん》だか話声《はなしごえ》までが嘘《うそ》のようにさんざめいてね、*じつに陽気《ようき》なものだったよ、葛《かつ》の死《し》と別《べつ》に関係《かんけい》があろう筈《はず》もなかろうがね。然《しか》し、人間《にんげん》の智慧《ちえ》や感覚《かんかく》ではこの世《よ》の中《なか》のことで、何《なん》の理解《りかい》もとおらない*ことが幾《いく》らあるか知《し》れやしない。だからどうとも云《い》えないさ。ただ人《ひと》の生死《せいし》と云《い》うことについて、つくづくと考《かんが》えさせられたね。葛《かつ》にしても観相《かんそう》*などは実《じつ》に正確《せいかく》で鋭《するど》かったし、他人《たにん》の未来《みらい》の運命《うんめい》などに就《つ》いても微細《びさい》に、*それも究理的《きゅうりてき》に易断《えきだん》*を下《くだ》したものだが、易者身《えきしゃみ》の上知《うえし》らず*で、自分《じぶん》のことは予測《よそく》もつかなかったんだね。影《かげ》の無《な》い男《おとこ》の死《し》相《そう》を研究《けんきゅう》資料《しりょう》にしようとしたまではよかったがね、あべこべに*自分《じぶん》がその翌日《よくじつ》から急病《きゅうびょう》を発《はっ》して、生《い》きながらに死人《しにん》も同様《どうよう》になり、意識《いしき》も碌《ろく》に*快復《かいふく》し得《え》ないで、とうとう白骨《はっこつ》に

坂下町《さかしたちょう》　駒込坂下町《こまごめさかしたちょう》。現在《げんざい》の文京区《ぶんきょうく》千駄木《せんだぎ》三丁目《ちょうめ》付近《ふきん》。
昏々《こんこん》と　深《ふか》く眠《ねむ》り込《こ》んでいるさま。意識《いしき》のない様子《ようす》。
二枚折《まいおり》の屏風《びょうぶ》　布《ぬの》や紙《かみ》を貼《は》った木枠《きわく》を二枚《まい》つなげて、折《お》りたためる構造《こうぞう》の屏風《びょうぶ》。
逆《さか》さに立《た》てて……　遺体《いたい》の枕元《まくらもと》に屏風《びょうぶ》を逆《さか》さに立《た》てることを「逆《さか》さ屏風《びょうぶ》」と呼《よ》ぶ。
天上《てんじょう》にしている　天《てん》に向《む》けている。
縁起《えんぎ》を担《かつ》ぐ　縁起《えんぎ》が良《よ》いとか悪《わる》いとかを気《き》にする。
さんざめいて　大人数《おおにんずう》が声《こえ》を立《た》てて騒《さわ》ぐさま。
理解《りかい》もとおらない　合理的《ごうりてき》な解釈《かいしゃく》が通用《つうよう》しない。

観相《かんそう》　人《ひと》の顔《かお》つきや骨格《こっかく》を見《み》て、その人《ひと》の性質《せいしつ》・運命《うんめい》・吉凶《きっきょう》などを判断《はんだん》すること。人相見《にんそうみ》とも。
微細《びさい》に　こと細《こま》かく。
易断《えきだん》　易《えき》によって吉凶《きっきょう》や運勢《うんせい》を判断《はんだん》すること。
易者身《えきしゃみ》の上知《うえし》らず　他人《たにん》の身《み》の上《うえ》の判断《はんだん》をする易者《えきしゃ》も、自分《じぶん》の身《み》の上《うえ》のことは分《わ》からないものだ。「医者《いしゃ》の不養生《ふようじょう》」などに同《おな》じ。
あべこべに　物事《ものごと》の順序《じゅんじょ》が本来《ほんらい》とは反対《はんたい》であるさま。
碌《ろく》に　満足《まんぞく》に。

なって了《しま》ったんだからね。へ、影《かげ》と云《い》えば誰《だれ》の後《うし》ろだって怪《あや》しいものだぜ。え、それからどうしたって云《い》うのかね。あの家《いえ》かね。どうもすっかり変《かわ》ったね。あれからと云《い》うものは、いつ通《とお》って見《み》ても陽気《ようき》だしね、電灯《でんき》は強《つよ》いし、女《おんな》の笑《わら》い声《ごえ》はする。時《とき》には下手《へた》くそのヴァイオリンの音《おと》までが、つりいや、つりい、*りいやら、びいい、うういいいい、りりりいりと云《い》う騒《さわ》ぎさ。今晩《こんばん》だって、五色《ごしき》*の花飾《はなかざ》りで、お祭《まつり》の鬼灯提燈《ほおずきぢょうちん》*だ。』

＊

そこで、ちょうど切《き》りがよかった。*

程《ほど》もなく、夜宮《よみや》へ行《い》っていたその家《いえ》の細君《さいくん》や、子供《こども》たちや、女中《じょちゅう》や、婆《ばあ》や*や、書生《しょせい》や、

つりいや、つりい……　ヴァイオリンの音色《ねいろ》を擬音《ぎおん》で表現《ひょうげん》した描写《びょうしゃ》。
五色《ごしき》　通常《つうじょう》は青《あお》・黄《き》・赤《あか》・白《しろ》・黒《くろ》を指《さ》す。
鬼灯提燈《ほおずきぢょうちん》　赤《あか》い紙《かみ》を張《は》って作《つく》る、球形《きゅうけい》の小《ちい》さなぶら提灯《ちょうちん》（柄《え》を手《て》に持《も》ってぶらさげる提灯《ちょうちん》）。
切《き》**りがよかった**　話《はなし》の区切《くぎ》りがついた。
婆《ばあ》**や**　年老《としお》いた女性《じょせい》の使用人《しようにん》。

御祭禮

一同《いちどう》、きゃっきゃっとざわめき立《た》てて、* 帰《かえ》って来《き》たものだ。

『パパ、おもしろかったよ、お神楽《かぐら》*が。』

『そうかい。』

『汽車《きしゃ》*も買《か》ってもらったよ。ぴいい、日暮里《にっぽり》、日暮里《にっぽり》。』

主人《しゅじん》は立《た》ち上《あが》った。

『さあ、もうこれでお祭《まつり》もおしまいになった。提燈《ちょうちん》もはずしていいよ。』

そうして、また泊《とま》り客《きゃく》の洋画家《ようがか》に云《い》った。

『墓地《ぼち》とお祭《まつり》の提燈《ちょうちん》とはおもしろい対照《たいしょう》だったね。兎《と》に角《かく》お祭《まつり》は愉快《ゆかい》だ。* 死《し》んじゃあ、つまらないいさ。』


（一九二六年《ねん》十一月発行《がつはっこう》の「近代風景《きんだいふうけい》」創刊号《そうかんごう》に掲載《けいさい》）

ざわめき立《た》てて　にぎやかに騒《さわ》がしくして。
お神楽《かぐら》　民間《みんかん》の神社《じんじゃ》の祭儀《さいぎ》で奏《そう》される歌舞《かぶ》。里神楽《さとかぐら》。
汽車《きしゃ》　おもちゃの汽車《きしゃ》。
お祭《まつり》は愉快《ゆかい》だ……　「天王寺墓畔吟《てんのうじぼはんぎん》」序詞《じょし》（101頁参照《ぺーじさんしょう》）の結語《けつご》「世《よ》は楽《たの》しければばなり」を想起《そうき》させよう。

お守《まも》り

山《やま》川《かわ》方《まさ》夫《お》

——君《きみ》、ダイナマイト*は要《い》らないかね？

突然《とつぜん》、友人《ゆうじん》の関口《せきぐち》が僕《ぼく》にいった。四《し》、五年《ごねん》ぶりでひょっこり*銀座《ぎんざ》で逢《あ》い、小料理屋《こりょうりや》*の二《に》階《かい》に上《あが》りこんで飲《の》んでいる途中《とちゅう》だった。

関口《せきぐち》とは、高校《こうこう》までがいっしょだった。いま、彼《かれ》は建築会社《けんちくがいしゃ》につとめている。だからダイナマイトを入手《にゅうしゅ》するのもさほど*難《むずか》しくはないだろうが、いかに昔《むかし》から変《か》わり者《もの》だった彼《かれ》にしても、その発言《はつげん》はちょっと突飛《とっぴ》*だった。

——べつに。もらっても使《つか》いみちがないよ、ぼくには。

と、僕《ぼく》はいった。

——いま、ここにもってるんだけどな。

関口《せきぐち》はいった。

もちろん、冗談《じょうだん》にきまっている。僕《ぼく》は笑《わら》って彼《かれ》の杯《さかずき》に酒《さけ》をついだ。

――よせよ、おどかすのは。だいいち、すぐ爆発《ばくはつ》しちゃうんだろ？　あぶないじゃないか。そんなものを、なぜもって歩《ある》かなくちゃならないんだい。

すると、関口《せきぐち》は*しゃべりはじめたのだ。

――いま、ぼくは妻《つま》と二人《ふたり》で団地《だんち》アパート*に住《す》んでいる。一昨年《いっさくねん》の夏《なつ》に申《もう》し込《こ》んで、待《ま》ちきれなくなって去年《きょねん》の春《はる》に結婚《けっこん》して、その秋《あき》になってやっと当選《とうせん》した*んだから、まった

ダイナマイト　(dynamite)　ニトログリセリンを基剤《きざい》とし、珪《けい》藻土《そうど》やニトロセルロースなどの吸収剤《きゅうしゅうざい》に吸収《きゅうしゅう》させて製造《せいぞう》される爆薬《ばくやく》。一八六六年《ねん》、スウェーデンの化学者《かがくしゃ》で後《のち》にノーベル賞《しょう》の資金提供者《しきんていきょうしゃ》となるノーベルによって発明《はつめい》された。

ひょっこり　思《おも》いがけなく。

小料理屋《こりょうりや》　手軽《てがる》で気《き》の利《き》いた料理《りょうり》と酒類《しゅるい》を出《だ》す和風《わふう》の飲食店《いんしょくてん》。

さほど　それほど。

突飛《とっぴ》　思《おも》いもよらない奇抜《きばつ》なこと。意表《いひょう》を突《つ》くこと。

すると、関口《せきぐち》は……　北原白秋《きたはらはくしゅう》「影《かげ》」とよく似《に》た枠物語《わくものがたり》(物《もの》語《がたり》の登場人物《とうじょうじんぶつ》が作中《さくちゅう》で、別《べつ》の物語《ものがたり》を語《かた》る形式《けいしき》で展開《てんかい》される作品《さくひん》)風《ふう》の構成《こうせい》であることに留意《りゅうい》。

団地《だんち》アパート　集合住宅《しゅうごうじゅうたく》。「団地《だんち》」は、ひとつの場所《ばしょ》にまとめて建設《けんせつ》するために開発《かいはつ》された住宅《じゅうたく》や工場《こうじょう》のこと。戦後《せんご》の高度《こうど》経済成長期《けいざいせいちょうき》には、旧来《きゅうらい》の長屋《ながや》などとは異《こと》なる、洋式《ようしき》で最新《さいしん》設備《せつび》をそなえた鉄筋《てっきん》コンクリート造《づく》りの物件《ぶっけん》として、庶民《しょみん》の憧《あこが》れの的《まと》だった。

当選《とうせん》した　公団住宅《こうだんじゅうたく》は家賃《やちん》も安《やす》く人気《にんき》があるため、応募者《おうぼしゃ》の中《なか》から抽選《ちゅうせん》で入居者《にゅうきょしゃ》が決《き》まる。

く、そのときは天《てん》にものぼる気持《きも》ち*だった。

まだ土《つち》になじまない芝生《しばふ》も、植《う》えたばかりらしいひょろ長《なが》い桜《さくら》も、みんなかえっていかにも新鮮《しんせん》で、やっと新婚《しんこん》らしい気分《きぶん》を味《あじ》わえたような気《き》がした。……とにかく、それまでは親父《おやじ》の家《いえ》、それも大家族《だいかぞく》*の、純日本式《じゅんにほんしき》の家《いえ》の六畳一間《ろくじょうひとま》に住《す》んでいたんだもの、すべての他人《たにん》の目《め》や物音《ものおと》から遮断《しゃだん》*された、鍵《かぎ》のかかる部屋《へや》*、それをぼくたちはどんなに望《のぞ》んでいたことだろう。その点《てん》では、たしかに思《おも》いを達《たっ》したわけなんだよ。

しかし、念願《ねんがん》の*新《あたら》しい団地《だんち》アパートの一室《いっしつ》に住《す》みついて半年《はんとし》、ぼくは、なぜか奇妙《きみょう》ないらだたしさ、不安《ふあん》、まるで自分自身《じぶんじしん》というやつが*行方不明《ゆくえふめい》になったような、あてのない恐《きょう》慌《こう》*みたいなものを感《かん》じはじめているんだ。……べつに、だれのせいでもない。一種《いっしゅ》のノイローゼ*なのかもしれない。だから、あの男《おとこ》にも特別《とくべつ》な罪《つみ》はないのかもしれない。が、とにかく黒瀬《くろせ》というその男《おとこ》が、ぼくのこんな状態《じょうたい》の直接《ちょくせつ》のきっかけをつくった、これはたしかなんだ。

宴会《えんかい》でおそくなった夜《よる》だった。もうバスがなくて、ぼくは団地《だんち》の入口《いりぐち》までタクシイ*でかえった。ぶらぶらと夜風《よかぜ》にあたりながらぼくの棟《とう》まで歩《ある》いて行《い》き、すこし酔《よ》いをさますつもりだった。

そのとき、ぼくはぼくの前《まえ》に、一人《ひとり》の男《おとこ》が歩《ある》いているのに気《き》づいた。ぼくはびっくりした。まるで、ぼくの後姿《うしろすがた》をみるように、ぼくとそっくりの男《おとこ》なんだ。同《おな》じようなソフトをかぶり、*左手《ひだりて》に折詰《おりづ》め*をぶら下《さ》げ、ふらふらと酔《よ》った足《あし》どりで歩《ある》いている。霧《きり》の深《ふか》い夜《よる》で、ぼくは自分《じぶん》の影《かげ》を*みているのかと思《おも》ったくらいだ。

天《てん》にものぼる気持《きも》ち　昂揚感《こうようかん》に満《み》たされた歓《よろこ》びの気持《きも》ち。
大家族《だいかぞく》　祖父母《そふぼ》・父母《ふぼ》・兄弟姉妹《きょうだいしまい》などが同居《どうきょ》する多人数《たにんずう》の家族《かぞく》。
遮断《しゃだん》　間《あいだ》をさえぎって止《と》めること。
鍵《かぎ》のかかる部屋《へや》　襖《ふすま》や板戸《いたど》で仕切《しき》られただけの古《ふる》い日本家屋《にほんかおく》には、屋内《おくない》で鍵《かぎ》のかかる部屋《へや》が少《すく》ないのだ。
念願《ねんがん》の　心《こころ》から望《のぞ》み願《ねが》っていた。
自分自身《じぶんじしん》というやつが……　本篇《ほんぺん》のテーマを先触《さきぶ》れする一節《いっせつ》。
あてのない恐慌《きょうこう》　はっきりした原因《げんいん》もなく恐《おそ》れ慌《あわ》てること。
ノイローゼ　(Neurose)　神経症《しんけいしょう》。心理的《しんりてき》な原因《げんいん》で現《あらわ》れる体《からだ》や心《こころ》の症状《しょうじょう》。不安神経症《ふあんしんけいしょう》・心気神経症《しんきしんけいしょう》・強迫神経症《きょうはくしんけいしょう》・離人神経症《りじんしんけいしょう》・抑鬱神経症《よくうつしんけいしょう》・神経衰弱《しんけいすいじゃく》・ヒステリーなど、さまざまなタイプがある。
タクシイ　(taxi)　タクシー。
ソフトをかぶり　北原白秋《きたはらはくしゅう》「影《かげ》」の洋服男《ようふくおとこ》も、ソフト帽《ぼう》をかぶっていたことに留意《りゅうい》。
折詰《おりづ》め　みやげに持《も》ち帰《かえ》る寿司折《すしおり》のこと。折詰《おりづ》めをぶら下《さ》げて千鳥足《ちどりあし》でふらふら歩《ある》く姿《すがた》は、酔《よ》っぱらった昭和《しょうわ》のサラリーマンの定型《ていけい》として、ドラマや漫画《まんが》などによく描《えが》かれた。
自分《じぶん》の影《かげ》を……　これも本篇《ほんぺん》のテーマを暗示《あんじ》する一節《いっせつ》。

だが、そいつは影《かげ》じゃなかった。ひょろひょろとぼくの前《まえ》を歩《ある》いて行《い》く。へえ、なんだかおれによく似《に》たやつだな、そんな気持《きも》ちでついて行《い》くと、なんとそいつはぼくと同《おな》じE棟《とう》*に住《す》んでいるらしいんだね。E棟《とう》の、いつもぼくが上《のぼ》るのと同《おな》じ階段《かいだん》を上《のぼ》って行《い》く。

いくら団地《だんち》だ、アパートだっていっても、同《おな》じ階段《かいだん》を上《のぼ》り下《お》りする連中《れんちゅう》の顔《かお》ぐらいはいやでも憶《おぼ》えちゃうさ。だがぼくは、そんな男《おとこ》はしらない。ふしぎに思《おも》ったんだが、でも、その男《おとこ》はいかにも通《かよ》いなれた階段《かいだん》だ、というふうに上《のぼ》って行《い》き、三階《さんかい》の右側《みぎがわ》のとっつき*の扉《とびら》をたたいた。

思《おも》わずぼくは足《あし》をとめた。その扉《とびら》は、ぼくの部屋《へや》の扉《とびら》なんだ。だが、ぼくはもっとびっくりしなければならなかった。扉《とびら》があき、そいつはいかにも疲《つか》れて帰宅《きたく》した夫《おっと》、という姿《すがた》でその中《なか》に吸《す》いこまれてしまったんだ。

一瞬《いっしゅん》、ぼくはそれが妻《つま》の愛人《あいじん》ではないのかと思《おも》った。当然《とうぜん》だろう。それでぼくは現場《げんば》をとっつかまえるつもりで、そっと跫音《あしあと》*をしのばせて階段《かいだん》を上《のぼ》った。ぼくの部屋《へや》のまえに立《た》って、扉《とびら》に耳《みみ》をつけた。

そのときの奇妙《きみょう》な感覚《かんかく》……そいつを、どうしたら君《きみ》にわかってもらえるだろう。ぼくはまちがえていたんだ。そいつは妻《つま》の彼氏《かれし》*なんかじゃなかった。そいつは、つまり、ぼくだったんだよ。

安心《あんしん》しろ。べつにぼくは気《き》が狂《くる》っているんじゃない。でも、そのときはぼくは自分《じぶん》の気《き》が狂《くる》ったんだと思《おも》った。……部屋《へや》の中《なか》では、妻《つま》が二郎《じろう》さん、二郎《じろう》さんといつものようにぼくの名前《なまえ》を呼《よ》び、その日《ひ》やってきたぼくの妹《いもうと》の話《はなし》をし、笑《わら》っているし、なんと、うめくような疲《つか》れたときのぼくの声《こえ》が、ちゃんとそれに相槌《あいづち》*を入《い》れているんだ。どうやら、妻《つま》はいつものように台所《だいどころ》でかるい夜食《やしょく》の仕度《したく》をし、「ぼく」は新聞《しんぶん》をひっくりかえしているのらしい。……ぼくは呆然《ぼうぜん》*としていた。とにかく、現実《げんじつ》にもう一人《ひとり》の「ぼく」がいるのだ。するとここに立《た》っている間抜《まぬ》け面《づら》の男《おとこ》、この「ぼく」はいったい誰《だれ》なんだろう。どっちが本《ほん》

彼氏《かれし》 恋人《こいびと》。つきあっている相手《あいて》。
相槌《あいづち》 相手《あいて》の言葉《ことば》にいちいち合《あい》の手《て》を入《い》れて応《こた》えること。
呆然《ぼうぜん》 あっけにとられるさま。

E棟《とう》 大《おお》きな団地《だんち》では、各棟《かくとう》を識別《しきべつ》するために、アルファベットや数字《すうじ》が付《ふ》されている。
とっつき いちばん手前《てまえ》の位置《いち》を指《さ》す。
跫音《あしおと》 「足音《あしおと》」に同《おな》じ。

当《とう》の「ぼく」なんだろう。この「ぼく」は、いったいどこにかえればいいんだろう。……酔《よ》いなんかさめていたつもりだったが、いま思《おも》うと、やはり酔《よ》いがつづいていたのかもしれない。そのときのぼくには、このぼくが本当《ほんとう》の「ぼく」だという自信《じしん》がどこかへ行《い》っていたんだ。部屋《へや》の中《なか》の男《おとこ》が、にせものの「ぼく」であり、何《なに》かのまちがいだ、という確《かく》信《しん》がてんで*なかった。ぼくが、扉《とびら》をあけたのは、ただ単《たん》にこの「ぼく」が、どこに行《い》けばいいかわからなかったからだ。

——だあれ？

と妻《つま》がいったが、だからぼくとしては、とっさに*なんていったらいいか見当《けんとう》がつかなかった。で、ごく遠慮《えんりょ》がちに、——……ぼく。とぼくはいった。

それからは見《み》ものだったよ。とんで出《で》てきた妻《つま》は悲鳴《ひめい》をあげ、腰《こし》をぬかしながら奥《おく》の男《おとこ》をみてまた叫《さけ》ぶと、この「ぼく」にかじりついた。唇《くちびる》をぱくぱくさせ、それから泣《な》きはじめた。そして、奥《おく》から血相《けっそう》*をかえたもう一人《ひとり》の「ぼく」が顔《かお》を出《だ》した。

そいつが、黒瀬次郎《くろせじろう》という男《おとこ》だった。それ以来《いらい》、ぼくはやつの顔《かお》と名前《なまえ》を憶《おぼ》えたんだ。

関口《せきぐち》は、考《かんが》えこむような顔《かお》をつくった。銚子《ちょうし》*をとり、自分《じぶん》で杯《さかずき》をみたした。

——もう一人《ひとり》の「ぼく」か。とんだドッペルゲンゲル*だな。

僕《ぼく》は笑《わら》った。ちらとその僕《ぼく》を上目《うわめ》づかいに見《み》て、でも関口《せきぐち》は僕《ぼく》の言葉《ことば》にはとりあわなかった。*にこりともせず、彼《かれ》は話《はな》しつづけた。

——ぼくはE－305号室《ごうしつ》だが、彼《かれ》がD－305号室《ごうしつ》だったことは、黒瀬《くろせ》が平《ひら》あやまり*にあやまり、名刺《めいし》を出《だ》したときにわかった。つまり彼《かれ》は一棟《いっとう》まちがえてぼくの部屋《へや》に上《あが》りこんでしまったんだ。

てんで　まるきり。まったく。
とっさに　すぐさま。たちどころに。
血相《けっそう》　顔色《かおいろ》。顔《かお》つき。
銚子《ちょうし》　「徳利《とっくり》」に同《おな》じ。酒《さけ》を入《い》れて注《そそ》ぐための、口《くち》の部分《ぶぶん》が細《ほそ》くすぼまった容器《ようき》。
ドッペルゲンゲル　11頁参照《ぺーじさんしょう》。
とりあわなかった　相手《あいて》にしなかった。無視《むし》した。
平《ひら》あやまり　平身低頭《へいしんていとう》してあやまること。

ぼくの妹《いもうと》は邦子《くにこ》という。ところが土木技師《どぼくぎし》*だというその黒瀬《くろせ》にも、クニ子《こ》という従姉妹《いとこ》がいるんだそうだ。ぼくが二郎《じろう》で彼《かれ》が次郎《じろう》。やはり妻《つま》と二人《ふたり》きりで暮《くら》している。まったく偶然《ぐうぜん》とはいいながら、よくも条件《じょうけん》が似《に》てたものさ。

——そういやあ、なんだか今日《きょう》はいやに娘《むすめ》っぽくなってやがるな、って思《おも》いましたよ。なにしろうちのは、*もう四年目《よねんめ》ですからねえ。

帰《かえ》りしなに、*お世辞《せじ》のように黒瀬《くろせ》はそういったが、ぼくはうれしがる気《き》にもなれなかった。ぼくが扉《とびら》をあけるまで、妻《つま》もその男《おとこ》も、おたがいにまちがいに気《き》がつかなかったということ、それがおもく胸《むね》につかえていた。*

——だって、ドアをあけて私《わたし》、そのまま台所《だいどころ》に行《い》っちゃってたんですもの。あの人《ひと》はいつものあなたと同《おな》じようにすぐひっくりかえって夕刊《ゆうかん》を読《よ》んでいたし、私《わたし》、あなた以外《いがい》の人《ひと》だなんて、ぜんぜん考《かんが》えもしなかったわ。

ぼくが叱《しか》ると、妻《つま》はさもこわそうに*部屋《へや》じゅうを見《み》まわしながらいうのだ。

——きっと、部屋《へや》だけじゃなく、私《わたし》たちとそっくりな夫婦《ふうふ》なのね。あの人《ひと》も、すっかり私《わたし》を奥《おく》さんとまちがえていたんでしょう？　いやねえ、なんだかこわいわ。

ぼくは、よほどいおうかと思《おも》ったがだまった。ただの人間《にんげん》や、部屋《へや》のとりちがえならなんでもない。よくある話《はなし》だ。だが、ぼくにとり不愉快《ふゆかい》なのは、ぼくたちの生活《せいかつ》を、黒瀬《くろせ》に自分《じぶん》たちの生活《せいかつ》とまちがえられたことだ。

愛《あい》しているぼくの妻《つま》に、黒瀬《くろせ》とぼくをまちがえられたことだ。……ぼくたち、団地《だんち》の夫《おっと》たちの帰宅《きたく》というやつは、そんなに似《に》たりよったりのものでしかないのか？

団地《だんち》アパートだもの、みんなが同一《どういつ》の規格《きかく》の部屋《へや》に住《す》んでいるのはわかっている。が、ぼくは思《おも》ったんだ。知《し》らぬうちに、ぼくらは生活《せいかつ》まで規格化《きかくか》されているんじゃないだろうか、と。

君《きみ》は、団地《だんち》の生活《せいかつ》というのを知《し》ってる？　たしかにおそろしく画一的《かくいってき》＊なものさ。団地《だんち》の

土木技師《どぼくぎし》　土木工事《どぼくこうじ》の技術《ぎじゅつ》に関《かん》する専門知識《せんもんちしき》を有《ゆう》する人《ひと》。
うちのは　私《わたし》の妻《つま》は。
帰《かえ》りしな　帰《かえ》りがけ。
つかえていた　胸《むね》がふさがるように苦《くる》しいこと。
さも　いかにも。
画一的《かくいってき》　型《かた》にはまって、特色《とくしょく》も変化《へんか》もなく、一様《いちよう》であるさま。

人《ひと》びとは、入《はい》る資格《しかく》*、必要《ひつよう》からいっても生活《せいかつ》はだいたい同《おな》じ程度《ていど》だし、年齢層《ねんれいそう》もほぼ一定《いってい》している。だが、そういう、いわば外括的《がいかつてき》*なことではなく、もっと芯《しん》のほうにまで画一化《かくいっか》が及《およ》んでくる、ぼくはそういう気《き》がしてきたんだ。

たとえば、たまたま妻《つま》と喧嘩《けんか》をしたりするね。すると、どこからか同《おな》じような夫婦《ふうふ》の口論《こうろん》が、風《かぜ》にのってはっきりと窓《まど》から聞《きこ》えてきたりする。なんだかばからしくなって喧嘩《けんか》は中止《ちゅうし》さ。そういう効果《こうか》はあるが、ここに住《す》んでいる人《ひと》びとは、だいたい月《つき》の何日《なんにち》の何時《なんじ》ごろに喧嘩《けんか》をする、自分《じぶん》たちもその例外《れいがい》ではない、ということがわかると、へんないいかただが、喧嘩《けんか》の神聖《しんせい》さは消《き》えてしまう。これは、周期的《しゅうきてき》*にかならず人《ひと》びとをおとずれるヒステリー*の発動《はつどう》というやつにすぎないんだ。そう思《おも》ってみろ。味気《あじけ》ない話《はなし》だ。

便所《べんじょ》へ行《い》く。すると真上《まうえ》の部屋《へや》の同《おな》じ場所《ばしょ》でもコックを引《ひ》き*、水《みず》をながす音《おと》が聞《きこ》えてくる。そんな重《かさ》なり合《あ》いが、何日《なんにち》もつづいたりする。……それまでたいして気《き》にもとめなかったそれらの一致《いっち》が、ぼくにはへんに気《き》になりはじめたんだ。

ぼくは同一《どういつ》の環境《かんきょう》、同一《どういつ》の日常《にちじょう》の順序《じゅんじょ》が、同一《どういつ》の生理《せいり》、同一《どういつ》の感情《かんじょう》にぼくらをみちびいて行《い》くのではないか、と考《かんが》えはじめたんだ。でも、それだったら、ぼくたちはまるでデパートの玩具売場《おもちゃうりば》にならんだ無数《むすう》の玩具《おもちゃ》の兵隊《へいたい》と同《おな》じじゃないか。無数《むすう》の、規格品《きかくひん》の操《あやつ》り人形《にんぎょう》といっしょだ。

自分《じぶん》だけのもの、他《ほか》のだれでもない、本当《ほんとう》の自分《じぶん》だけの持《も》ちもの、自分《じぶん》だけの領分《りょうぶん》、それはどこにあるのか。みんな似《に》たりよったり*の人間《にんげん》たちの集団《しゅうだん》の中《なか》で、ぼくは板《いた》の間《ま》にあけられた小豆粒《あずきつぶ》のうちの、その一粒《ひとつぶ》のように、いまに自分《じぶん》でも自分《じぶん》を見《み》わけられなくなってしまうのではないのか？

入《はい》る資格《しかく》　公団住宅《こうだんじゅうたく》の入居申《にゅうきょもう》し込《こ》みをするには、収入《しゅうにゅう》や家族《かぞく》構成《こうせい》など定《さだ》められた条件《じょうけん》を満《み》たしていなければならなかった。

外括的《がいかつてき》　外《そと》から見《み》て分《わ》かることで、ひとまとめに括《くく》るさま。

周期的《しゅうきてき》　一定《いってい》の期間《きかん》ごとに繰《く》りかえされること。

ヒステリー　(Hysterie)　神経症《しんけいしょう》の一種《いっしゅ》。孤独感《こどくかん》や劣等感《れっとうかん》、対《たい》人関係《じんかんけい》の悩《なや》みなどの心理的《しんりてき》もしくは感情的《かんじょうてき》な葛藤《かっとう》が、心身《しんしん》の症状《しょうじょう》に転換《てんかん》される反応《はんのう》。四肢《しし》の麻痺《まひ》や痙攣《けいれん》、自律神経《じりつしんけい》の失《しっ》調《ちょう》、痛覚過敏《つうかくかびん》、失声《しっせい》や嘔吐《おうと》などさまざまである。これらの症《しょう》状《じょう》が突発的《とっぱつてき》に起《お》こるケースをヒステリー発作《ほっさ》という。また一《いっ》般《ぱん》に、異常《いじょう》に興奮《こうふん》したり、感情《かんじょう》を制御《せいぎょ》できない状態《じょうたい》も指《さ》す。

コックを引《ひ》き　古《ふる》いタイプの水洗《すいせん》トイレでは、天井近《てんじょうちか》くに貯《ちょ》水《すい》タンクがあり、下《した》に垂《た》らされたチェーンを引《ひ》いて水《みず》を流《なが》す仕組《しく》みのものがあった。

似《に》たりよったり　かわりばえのしないこと。大同小異《だいどうしょうい》なこと。

さらに拍車《はくしゃ》をかけたの*が妻《つま》の言葉《ことば》だった。ある夜《よ》、愛撫《あいぶ》*のあと、妻《つま》がいった。

——おかしいのよ。私《わたし》が行《い》くでしょ? するとね、いつも、上《うえ》からも下《した》からも、きまってお手洗《てあら》いの音《おと》がするのよ。みんな同《おな》じなのね。

とたんにぼくは妻《つま》のからだから手《て》をはなした。ぼくは想像《そうぞう》したのだ。ぼくら団地《だんち》の夫《おっと》たちが、無言《むごん》の号令《ごうれい》*を聞《き》いたように、夜《よる》、いっせいに同《おな》じ姿勢《しせい》をとり、同《おな》じ運動《うんどう》をはじめるのを……。

以来《いらい》、ぼくはそのことにも気《き》のりうす*になった。ぼくは、妻《つま》のもらす声《こえ》を聞《き》くたび、全《ぜん》団地《だんち》の細君《さいくん》たちがおそらく同時《どうじ》にもらしているだろう呻《うめ》き声《ごえ》の大合唱《だいがっしょう》を、闇《やみ》のなかに聞《き》くような気《き》がしてくる。無意識《むいしき》のうちに、ぼくは顔《かお》をしかめている。ああ、なんという画一性《かくいっせい》!

結局《けっきょく》、ぼくらはそれが自分《じぶん》だけのものだと信《しん》じながら、じつは一人一人《ひとりひとり》、規格品《きかくひん》の人間《にんげん》として、規格品《きかくひん》の日常《にちじょう》に、規格品《きかくひん》の反応《はんのう》を示《しめ》しているだけのことではないのか? それが自分《じぶん》だけのものだと錯覚《さっかく》*して、じつは一人一人《ひとりひとり》、目《め》にみえぬ規律《きりつ》に統一《とういつ》され、あやつられて毎日《まいにち》をすごしているのではないのか？

ぼくは耐《た》えられない。*ぼくは人形《にんぎょう》なんかじゃない！　あやつり人形《にんぎょう》ではない！

いったい、自分《じぶん》が自分《じぶん》以外《いがい》のだれでもないという確信《かくしん》もてずに、どうして自分《じぶん》の生活《せいかつ》を大切《たいせつ》にすることができる？　妻《つま》を愛《あい》することができる？　妻《つま》から愛《あい》されていると、信《しん》じることができる？


笑《わら》いかけて、僕《ぼく》はやめた。関口《せきぐち》の生真面目《きまじめ》な目《め》が僕《ぼく》をみつめていた。

やっと、関口《せきぐち》は頬《ほお》にうす笑《わら》いをうかべた。

そういえば、関口《せきぐち》は昔《むかし》から笑《わら》いが高価《こうか》な男《おとこ》*だった。

拍車《はくしゃ》をかけた　物事《ものごと》の進行《しんこう》を、よりいっそう推《お》し進《すす》めること。
愛撫《あいぶ》　なでて可愛《かわい》がること。
号令《ごうれい》　多人数《たにんずう》にいっせいに同《おな》じ動作《どうさ》をさせるためにかける合図《あいず》の言葉《ことば》。
気《き》のりうす　気《き》が進《すす》まないこと。
錯覚《さっかく》　思《おも》い違《ちが》い。見間違《みまちが》い。
ぼくは耐《た》えられない……　いまなら「僕《ぼく》は嫌《いや》だ」（欅坂《けやきざか》46の「不協和音《ふきょうわおん》」歌詞《かし》〔秋元康作詞《あきもとやすしさくし》〕より）と叫《さけ》ぶところ。
笑《わら》いが高価《こうか》な男《おとこ》　よほどのことがないと笑《わら》ったりしない男《おとこ》。

――大《おお》まじめな話《はなし》だ。

と、関口《せきぐち》はいった。

――黒瀬《くろせ》という男《おとこ》は、つまりぼくにとって、団地《だんち》の無数《むすう》の夫《おっと》たち、玩具《おもちゃ》の兵隊《へいたい》たち、ぼくに似《に》た同《おな》じような無数《むすう》のサラリーマンたちの代表者《だいひょうしゃ》みたいなものだったんだな。無数《むすう》のもう一人《ひとり》の「ぼく」、その代表《だいひょう》のようなものだったよ。

たぶん、御想像《ごそうぞう》のとおりだと思《おも》うが、あの霧《きり》の夜《よる》いらい、ぼくはやつとは口《くち》もききたくなかった。似《に》すぎているのが不愉快《ふゆかい》でね、いつも鞄《かばん》を胸《むね》に抱《だ》いて、やつのほうでもぼくの目《め》を避《さ》けているみたいだった。こそこそと逃《に》げるように歩《ある》いていた。むろん、一言《ひとこと》の挨拶《あいさつ》さえ、ぼくたちはしなかったよ。

きっと、ぼくはやつを通《とお》して、玩具《おもちゃ》の兵隊《へいたい》の一《ひと》つ一《ひと》つでしかないぼくたち、すべてを規《き》格化《かくか》されてしまっているぼくら全部《ぜんぶ》を憎《にく》んでいたんだ。無数《むすう》の「ぼく」という一《ひと》つの規格《きかく》品《ひん》を拒絶《きょぜつ》＊しようとしていたんだ。

ぼくはやつを憎《にく》んだ。ぼくはやつではない。ぼくは、「ぼくによく似《に》たサラリーマン」の一人《ひとり》ではない。無数《むすう》の「ぼく」ではない。ぼくはぼくであって、だんじて*彼《かれ》ではない。……しかし、どこがちがう? どこにちがうというはっきりした証拠《しょうこ》がある?

ぼくは任意《にんい》の*一点《いってん》なんかではない、ぼくはぼくという、関口二郎《せきぐちじろう》という特定《とくてい》の人間《にんげん》、絶《ぜっ》対《たい》に誰《だれ》をつれてきても代用《だいよう》できない一人《ひとり》の人間《にんげん》なのだ、くりかえし、ぼくはそう思《おも》った。

しかし、ぼくを彼《かれ》らから区別《くべつ》するどんな根拠《こんきょ》がある? ちがうのは名前《なまえ》だけじゃないのか? 名前《なまえ》なんて、いわば符牒《ふちょう》*だ。それ以外《いがい》に、ぼくが彼《かれ》ら、この団地《だんち》の人《ひと》の何某《なにがし》*ではないというどんな証拠《しょうこ》がある?

ぼくは、そいつをつくらねばならなかった。そいつはぼくの「必要《ひつよう》」だった。自分《じぶん》の独《どく》自性《じせい》、個性《こせい》を、……つまりこの団地《だんち》の、無数《むすう》の黒瀬次郎《くろせじろう》たちと自分《じぶん》とをはっきりと区別《くべつ》す

拒絶《きょぜつ》 断固《だんこ》こばむこと。拒否《きょひ》すること。
だんじて 「断《だん》じて」と表記《ひょうき》。決《けっ》して。絶対《ぜったい》に。
任意《にんい》の 無作為《むさくい》に選《えら》ばれた。随意《ずいい》の。
符牒《ふちょう》 記号《きごう》や符号《ふごう》。しるし。「符丁《ふちょう》」とも表記《ひょうき》。
何某《なにがし》 人《ひと》や場所《ばしょ》などの名称《めいしょう》がはっきりしないか、わざと固有名《こゆうめい》を伏《ふ》せていう際《さい》に用《もち》いる言葉《ことば》。

る何《なに》かを、ぼくはどうしても手《て》に入《い》れねばならない、と思《おも》ったのだ。他《ほか》の誰《だれ》でもない自分《じぶん》をしっかりとつかまえておくこと、いいかえれば、それはぼく自身《じしん》を、ぼくの心《こころ》の安定《あんてい》をとりもどすことだったかもしれない。

そうして十日《とおか》ほど前《まえ》、ぼくはやっとあるお守《まも》りを手《て》に入《い》れることができた。もちろん、このことは妻《つま》にはないしょだ。これは、あくまでもぼく一箇《いっこ》*の問題《もんだい》なんだからな。

……そのお守《まも》りが、これさ。

関口《せきぐち》は、うしろに置《お》いてあった分厚《ぶあつ》い革鞄《かわかばん》を引《ひ》き寄《よ》せると、中《なか》から油紙《ゆし》*に包《つつ》み、厳重《げんじゅう》に細紐《ほそひも》でからげた*片手握《かたてにぎ》り*ほどの太《ふと》さのものを出《だ》した。

――ダイナマイト。本物《ほんもの》だぜ。

器用《きよう》に指《ゆび》がその紐《ひも》をほどいて、僕《ぼく》は本物《ほんもの》のダイナマイトをはじめてみた。二十《にじゅっ》センチほどの鋼鉄《こうてつ》の円筒《えんとう》が四本《よんほん》、針金《はりがね》でぎっちりと結《ゆわ》えられてあった。手《て》に受《う》けると、ずしりとした重《おも》みがくる。

——これがお守《まも》りさ。

と、関口《せきぐち》はいった。

——みんな。なんとかかんとかいっても、規格品《きかくひん》の生活《せいかつ》の外《そと》に出《で》ることができまい。でもおれは、いざという気《き》になりゃ、いつでもこんな自分《じぶん》もお前《まえ》たちも、吹《ふ》きとばしてやることができる……こっそり自分《じぶん》がそんな秘密《ひみつ》の力《ちから》を握《にぎ》っていること、考《かんが》えあぐねた*末《すえ》、それがやっとみつけたぼくの支《ささ》えだったわけさ。つまり、これがぼくの特殊性《とくしゅせい》さ。

——へえ。

返《かえ》すと、関口《せきぐち》はまるで愛撫《あいぶ》するような目《め》つきで、その黒《くろ》く底光《そこびか》りする*細《ほそ》い円筒《えんとう》をみつめた。

一箇《いっこ》　人《ひと》ひとり。「一個《いっこ》」とも表記《ひょうき》。

油紙《ゆし》　「あぶらがみ」とも発音《はつおん》。桐油《とうゆ》（アブラギリの種《たね》を絞《しぼ》った油《あぶら》）または荏油《えのあぶら》（エゴマの種《たね》を絞《しぼ》った油《あぶら》）をひいたコウゾ製《せい》の和紙《わし》。防水《ぼうすい》が必要《ひつよう》な荷造《にづく》り用《よう》や医療用《いりょうよう》の包装《ほうそう》に用《もち》いる。桐油紙《とうゆがみ》。

からげた　括《くく》った。しばった。

片手握《かたてにぎ》り　片手《かたて》でにぎれるほどの。

考《かんが》えあぐねた　考《かんが》えることが困難《こんなん》なさま。思《おも》い悩《なや》んだ。

底光《そこびか》りする　うわべの輝《かがや》きではない、深《ふか》みのある光《ひかり》を発《はっ》すること。

――……要《い》らねえな、ぼくは。

と、僕《ぼく》はいった。

――そうか。残念《ざんねん》だな。ぼくももう要《い》らない。べつのお守《まも》りをさがさなくちゃなんないんだ。

――そうだよ、たとえいまの話《はなし》がまじめなものとしたってだね、こんな危険《きけん》なもの……

いいかける僕《ぼく》を、関口《せきぐち》は手《て》で制《せい》した。*

――誤解《ごかい》しちゃいけない。まったく、君《きみ》は幸福《こうふく》なやつだな。

関口《せきぐち》は笑《わら》った。

――ぼくがもういらないっていうのは、これがもう、たぶんぼくの独自性《どくじせい》だとはいえなくなっちゃったからさ。

ちょっと言葉《ことば》を切り、関口《せきぐち》はつづけた。

――君《きみ》、今日《きょう》の夕方《ゆうがた》のラジオ、聞《き》かなかった？

制《せい》した　おさえた。とどめた。

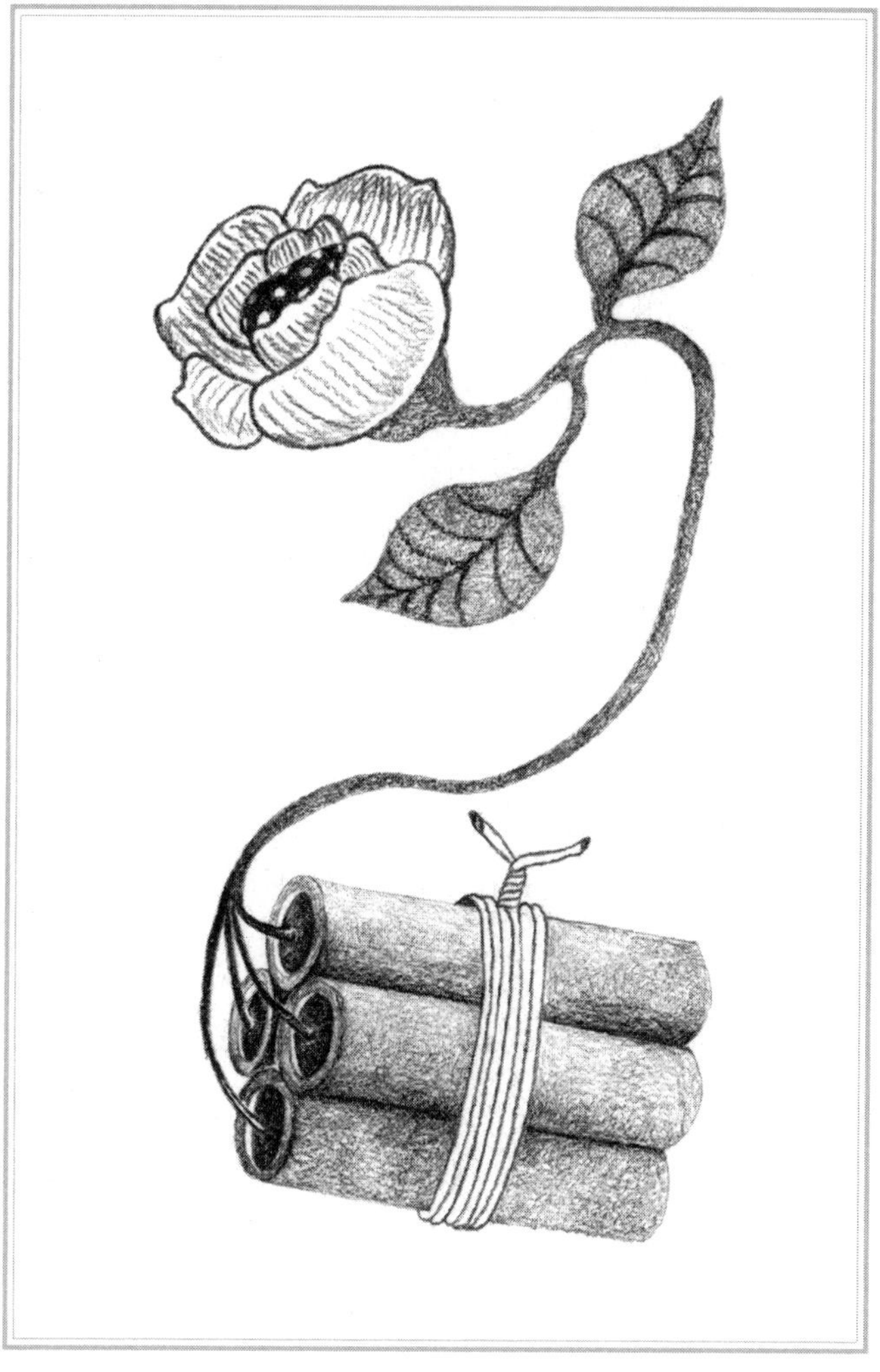

――聞《き》かない。

僕《ぼく》は答《こた》えた。関口《せきぐち》は、すると苦笑《くしょう》のような笑《わら》いを頬《ほお》にひろげた。

――今日《きょう》の夕方《ゆうがた》ね、あるバスの中《なか》で、*突然《とつぜん》ダイナマイトが爆発《ばくはつ》した。乗客《じょうきゃく》の三人《さんにん》が即死《そくし》した。あとは重傷《じゅうしょう》か火傷《やけど》ていどで助《たす》かったらしいが……現場《げんば》は、ぼくの団地《だんち》のすぐ近《ちか》くだ。

――それが、どうしたんだ？

僕《ぼく》は、急速《きゅうそく》に酔《よ》いがさめて行《い》くのがわかった。

油紙《ゆし》の包《つつ》みをゆっくり鞄《かばん》にしまいながら、関口《せきぐち》は僕《ぼく》の目《め》を見《み》ずにいった。

――そういやあ、たしかに、いつもやつもさも大切《たいせつ》そうに鞄《かばん》を抱《かか》えこんで歩《ある》いてたよ。そしてぼくを避《さ》けてた。きっとやつのほうでもぼくを憎《にく》んでたんだろうな。やつもまた、お守《まも》りが要《い》ったんだよ。

――なんの話《はなし》だ？

と、僕《ぼく》はいった。

関口《せきぐち》は、ごろりと畳《たたみ》に横《よこ》になって、どこか嘆息《たんそく》するような*声《こえ》でいった。

——いやね、ラジオでいってたんだが、そのダイナマイトは、しらべたら、即死《そくし》した一《ひと》人《り》、黒瀬次郎《くろせじろう》というある土木技師《どぼくぎし》の鞄《かばん》に入《い》れられてあったものだったというんだ。

（「三社連合《しゃれんごう》」一九六〇年三月号《ねんがっごう》に掲載《けいさい》）*

あるバスの中《なか》で……　昭和二十五年《しょうわねん》（一九五〇）四月十四日《がっか》、神奈川県横須賀市《かながわけんよこすかし》の県道鎌倉三崎線《けんどうかまくらみさきせん》（現在《げんざい》の国道《こくどう》一三四号《ごう》）を走行《そうこう》していた京浜急行電鉄運行《けいひんきゅうこうでんてつうんこう》のトレーラーバスで、爆発炎上事故《ばくはつえんじょうじこ》が発生《はっせい》、五十名近《めいちか》い死傷者《ししょうしゃ》を出《だ》す大惨事《だいさんじ》となった。原因《げんいん》は、乗客《じょうきゃく》が喫煙《きつえん》に用《もち》いてポイ捨《す》てしたマッチの火《ひ》が、別《べつ》の乗客《じょうきゃく》が車内《しゃない》に持《も》ち込《こ》んでいたガソリン缶《かん》に引火爆発《いんかばくはつ》したことにあった。この事故《じこ》をきっかけに危険物《きけんぶつ》の車内持《しゃないも》ち込《こ》みが禁止《きんし》されるなど、大《おお》きな社会的反響《しゃかいてきはんきょう》を呼《よ》んだ出来事《できごと》であり、当時《とうじ》、山川《やまかわ》が居住《きょじゅう》していた神奈川県二宮町《かながわけんにのみやちょう》からも遠《とお》からぬ場所《ばしょ》で起《お》きた事件《じけん》でもあり、本篇《ほんぺん》の着想《ちゃくそう》になにがしかの示唆《しさ》を及《およ》ぼした可能性《かのうせい》も考《かんが》えられる。

「お守《まも》り」発表《はっぴょう》から五年後《ねんご》の昭和《しょうわ》四十年《ねん》（一九六五）二月《がっ》十九日午後《にちごご》十二時《じ》三十分頃《ぶんごろ》、作者《さくしゃ》は原稿《げんこう》を郵送《ゆうそう》するため外出《がいしゅつ》した帰途《きと》、JR二宮駅前《にのみやえきまえ》の国道《こくどう》一号線《ごうせん》の横断歩道《おうだんほどう》を通過《つうか》中《ちゅう》、ブレーキ不良《ふりょう》で突《つ》っ込《こ》んできた小型《こがた》トラックにはねられ、翌日《よくじつ》、収容先《しゅうようさき》の大磯病院《おおいそびょういん》で息《いき》を引《ひ》き取《と》った。

山川方夫《やまかわまさお》の事故死《じこし》については、作家《さっか》の阿川弘之《あがわひろゆき》が、みずからと二宮《にのみや》という土地《とち》との幾重《いくえ》にも絡《から》まった不思議《ふしぎ》な因縁《いんねん》を淡々《たんたん》と綴《つづ》った短篇小説《たんぺんしょうせつ》の中《なか》で、たいそう印象的《いんしょうてき》に取《と》りあげている。「若《わか》い小説家《しょうせつか》のYが、神奈川県二宮《かながわけんにのみや》の国道《こくどう》で、トラックにはねられたという報《し》らせ、つづいて死《し》の報《し》らせを受《う》けた時《とき》、私《わたし》は、どうして二宮《にのみや》という町《まち》が此《こ》の十数年来《じゅうすうねんらい》、繰《く》りかえしこう私《わたし》にかかわって来《く》るのか、奇妙《きみょう》な気持《きも》ちになった」——ちなみに、この作品《さくひん》もまた、奇妙《きみょう》なことに「影《かげ》」（「群像《ぐんぞう》」一九六五年《ねん》五月号掲載《がつごうけいさい》）と題《だい》されているのである。

嘆息《たんそく》する　嘆《なげ》いて溜息《ためいき》をつくこと。

「三社連合《しゃれんごう》」……　その後《ご》、本篇《ほんぺん》は昭和《しょうわ》三十九年《ねん》（一九六四）に、ジャーナリストのアーサー・ケストラーの推薦《すいせん》で、アメリカの雑誌《ざっし》「ライフ」九月《がつ》十一日号《にちごう》の日本特集《にほんとくしゅう》に英訳《えいやく》され（英訳《えいやく》者《しゃ》は日本学《にほんがく》の大家《たいか》サイデンステッカー）、後《のち》にイタリアやソ連《れん》（ロシア）の雑誌《ざっし》でも紹介《しょうかい》された。講談社文庫版《こうだんしゃぶんこばん》『親《した》しい友人《ゆうじん》たち』の解説《かいせつ》で金子昌夫《かねこまさお》は、「人間疎外化《にんげんそがいか》が、多大《ただい》の関心《かんしん》を呼《よ》んでいる外国《がいこく》の方《ほう》により多《おお》く、この作品《さくひん》の前衛性《ぜんえいせい》が注目《ちゅうもく》されたのではないかと指摘《してき》している。

影《かげ》

Ein Märchen

渡《わた》辺《なべ》温《おん》

その繁華《はんか》*な都会《とかい》の町外《まちはず》れの、日当《ひあた》りのよい丘《おか》の中腹《ちゅうふく》に、青木珊作《あおきさんさく》と呼《よ》ぶ年若《としわか》い画工《えかき》*が住《す》んでいた。

冬《ふゆ》の話《はなし》である。

×

×

青木珊作《あおきさんさく》は、ひと月《つき》の先《さき》*に迫《せま》った国立美術館《こくりつびじゅつかん》の展覧会《てんらんかい》へ出品《しゅっぴん》するために「情婦役《コランバイン》*の嘆《なげ》き」と命題《めいだい》した＊五十号《ごじゅうごう》＊の Nude＊を画《か》いた。それはようやく完成《かんせい》しかけていた。もう一途《ひとぬ》り最後《さいご》の仕上《しあ》げを待《ま》つばかりであった。

だが、この時突然《ときとつぜん》モデルの春子《はるこ》は解約《かいやく》を申《もう》し出《で》た。珊作《さんさく》が十分《じゅうぶん》に彼女《かのじょ》の欲《ほっ》するだけの報酬《ほうしゅう》を与《あた》え得《え》なかったと云《い》う理由《りゆう》を以《もっ》て。春子《はるこ》は世《よ》にも美《うつく》しい娘《むすめ》であった。

この絵《え》を完成《かんせい》し得《え》ぬと云《い》うことは珊作《さんさく》にとって全《まった》く致命傷《ちめいしょう》＊であった。この一枚《いちまい》の絵《え》こそ自分《じぶん》の藝術的生涯《げいじゅつてきしょうがい》の運命《うんめい》を決《けっ》するものであると彼《かれ》は思《おも》っていた。（彼《かれ》はまだ無名《むめい》の画工《えかき》であった。）彼《かれ》は魂《たましい》の全部《ぜんぶ》を賭《か》けて画《か》いた。その為《ため》に彼《かれ》は極度《きょくど》の神経衰弱《しんけいすいじゃく》＊に襲《おそ》われていた。

繁華《はんか》　にぎやかなこと。人《ひと》が多《おお》く集《あつ》まること。
画工《えかき》　画家《がか》。イラストレイター。
ひと月《つき》の先《さき》　一《いっ》ヶ月後《げつご》。
情婦役《コランバイン》　コランバイン（Columbine）は、道化芝居《どうけしばい》でハーレクインの恋人《こいびと》となる役《やく》の女性《じょせい》を意味《いみ》する。
命題《めいだい》した　題名《だいめい》をつけた。
五十号《ごう》　約《やく》一一六×九一センチメートルの大《おお》きさのキャンバスに描《えが》かれた絵画《かいが》。
Nude　ヌード。裸体画《らたいが》。
致命傷《ちめいしょう》　命《いのち》を失《うしな》うほどの痛手《いたで》。
神経衰弱《しんけいすいじゃく》　（Neurasthenia）神経症《しんけいしょう》の一種《しゅ》。神経《しんけい》が過敏《かびん》となり、イライラや集中力《しゅうちゅうりょく》の低下《ていか》で仕事《しごと》の効率《こうりつ》が上《あ》がらず、疲労感《ひろうかん》や脱力感《だつりょくかん》、不眠《ふみん》・頭痛《ずつう》・肩《かた》こりなどの症状《しょうじょう》を訴《うった》える。

×

珊作《さんさく》には金《かね》の出来《でき》る当《あて》*なぞさらに*なかった。彼《かれ》はうつけ*たように、薄日《うすび》の射《さ》した人通《ひとどお》りの少《すくな》い河沿《かわぞ》いの裏町《うらまち》を当《あて》もなく歩《ある》いて行《い》った。

『青木君《あおきくん》、青木君《あおきくん》――』背後《うしろ》からそう呼《よ》び止《と》めたのは、つい先頃《さきごろ》から識《し》り合《あ》いになった萩《はぎ》原《わら》と云《い》う末流《まつりゅう》小説家《しょうせつか》*であった。萩原《はぎわら》は珊作《さんさく》と同《おな》じように血色《けっしょく》の悪《わる》い痩身長軀《そうしんちょうく》*の男《おとこ》であった。何時《いつ》も古《ふる》びた、併《しか》しよく身《み》についた仏蘭西《フランス》風《ふう》の身形《みなり》*をしていた。珊作《さんさく》は萩原《はぎわら》をあまり好《この》まなかった。彼《かれ》はこれ迄《まで》短《みじか》い時間《じかん》だが、あまりに屢《しばしば》*この小説家《しょうせつか》の卑劣《ひれつ》*な行為《こうい》を見《み》たり聞《き》かされたりしていた。

『これは、これは――その悲《かな》しげなお顔《かお》は、どうしたことじゃ！』と萩原《はぎわら》は云《い》った。

『悲《かな》しげな？――僕《ぼく》は、併《しか》し、ひどく頭《あたま》が痛《いた》むのだて。*』と珊作《さんさく》は云《い》った。

『はてね？　僕《ぼく》はまた、恋病《こいわずら》い*かと邪推《じゃすい》*したのだが――』

『違《ちが》いないよ！　萩原君《はぎわらきみ》、君《きみ》は誰《だれ》か、僕《ぼく》に百円《ひゃくえん》*貸《か》して呉《く》れそうな人《ひと》を知《し》らないか？――』

『知《し》らないとは云《い》わぬが、まあ理由《りゆう》を残《のこ》らず語《かた》り給《たま》え。』

珊作《さんさく》は仔細《しさい》*を打《う》ち明《あ》けた。萩原《はぎわら》はいたく*同情《どうじょう》を寄《よ》せたように云《い》った。

『坊城《ぼうじょう》のところへ行《ゆ》き給《たま》え！　あの男《おとこ》にとっては百円位《ひゃくえんくらい》、一日《いちにち》の小遣《こづかい》にもあたらない。』

当《あて》　「宛《あて》」とも表記《ひょうき》。見込《みこ》み。
さらに　まったく。さらさら。
うつけた　気落《きお》ちして、ぼんやりとした。茫然自失《ぼうぜんじしつ》した。
末流小説家《まつりゅうしょうせつか》　三文文士《さんもんぶんし》。つまらぬ作家《さっか》。
痩身長軀《そうしんちょうく》　痩《や》せて背《せ》の高《たか》い。
身形《みなり》　服装《ふくそう》。ファッション。よそおい。
屢《しばしば》　たびたび。何度《なんど》も。
卑劣《ひれつ》　品性《ひんせい》やふるまいが、卑《いや》しく下劣《げれつ》なこと。

痛《いた》**むのだて**　痛《いた》むのだよ。
恋病《こいわずら》**い**　「恋煩《こいわずら》い」とも表記《ひょうき》。恋情《れんじょう》がつのるあまり、心身《しんしん》が病《びょう》気《き》にかかったような状態《じょうたい》。
邪推《じゃすい》　良《よ》くないほうに推《お》しはかること。
百円《ひゃくえん》　現在《げんざい》の貨幣価値《かへいかち》に換算《かんさん》すると、およそ三十万円《まんえん》くらい。
仔細《しさい》　詳細《しょうさい》。詳《くわ》しい事情《じじょう》や経緯《けいい》。
いたく　たいそう。非常《ひじょう》に。

×

坊城《ぼうじょう》と云《い》うのは有名《ゆうめい》な孤身《ひとりみ》*の貴族《きぞく》の画工《えかき》であった。珊作《さんさく》は友《とも》の教《おし》えてくれたこの甚《はなは》だ適《てき》当《とう》な*思《おも》い付《つ》きに勇《いさ》み立《た》ち乍《なが》*ら、直《ただち》に坊城《ぼうじょう》をその贅沢《ぜいたく》な画室《がしつ》*に訪《おとず》れた。だが、金《かね》を貸《か》すことは酷《むご》くも拒絶《きょぜつ》*された。それもその筈《はず》である。不仕合《ふしあわ》せ*なことにも、坊城《ぼうじょう》が矢張《やは》り此度《こんど》の展《てん》覧会《らんかい》へ出品《しゅっぴん》するべく画《か》いていた裸女像《らじょぞう》のモデルは同《おな》じ春子《はるこ》であった。春子《はるこ》は嬌《なま》めかしく*坊《ぼう》城《じょう》に寄《よ》り添《そ》い乍《なが》ら、珊作《さんさく》のうち萎《しお》れて*立《た》ち去《さ》る様子《ようす》を冷《ひやや》かにながめた。

×

珊作《さんさく》の心《こころ》は物狂《ものぐる》おしく乱《みだ》れた。今《いま》や彼《かれ》は自分《じぶん》が春子《はるこ》に恋《こい》していたことを激《はげ》しく意識《いしき》した。

彼《かれ》は画室《がしつ》の中《うち》を檻《おり》の中《なか》の獣《けもの》のように*歩《ある》きまわった。

『駄目《だめ》だったのか？――』

窓《まど》の外《そと》から不意《ふい》に萩原《はぎわら》がそう呼《よ》びかけた。

『ああ。あいつも矢《や》っ張《ぱ》り、お春《はる》を使《つか》っていたのだよ――』と珊作《さんさく》は答《こた》えた。

『フム、そうか。用心《ようじん》し給《たま》え。ことによると、あの豚《ぶた》め！　金《かね》の威光《いこう》＊でお春《はる》さんを抱《だ》き込《こ》んでいるのかも知《し》れないから――』

萩原《はぎわら》は妙《みょう》な笑《えみ》を浮《うか》べ乍《なが》ら、そう云《い》い捨《す》てて＊去《さ》った。

孤身《ひとりみ》　独身《どくしん》。
適当《てきとう》な　いいかげんな。
勇《いさ》み立《た》ち乍《なが》ら　気力《きりょく》を奮《ふる》いたてて。勢《いきお》い込《こ》んで。
画室《がしつ》　画家《がか》が仕事《しごと》をするアトリエ。
拒絶《きょぜつ》　161頁参照《ぺーじさんしょう》。
不仕合《ふしあわ》せ　あいにくなことに。不都合《ふつごう》なことに。
嬌《なま》めかしく　色《いろ》っぽく。セクシーに。
うち萎《しお》れて　しょんぼりして。元気《げんき》をなくして。
檻《おり》の中《なか》の獣《けもの》のように　動物園《どうぶつえん》などで、動物《どうぶつ》が檻《おり》の中《なか》を行《い》ったり来《き》たりする様子《ようす》を指《さ》す。
金《かね》の威光《いこう》で　財力《ざいりょく》にものをいわせて。
云《い》い捨《す》てて　言《い》いっ放《ぱな》しで。吐《は》き捨《す》てるように言《い》って。

珊作《さんさく》の心《こころ》の中《うち》に、この時《とき》からふと、得体《えたい》の知《し》れない怪《あや》しげな影《かげ》が動《うご》きはじめた。

×　　×

その夜《よ》、深更《しんこう》*。

寒《さむ》い夜風《よかぜ》があたりの立木《たちき》をもみ鳴《な》らしていた。坊城《ぼうじょう》の邸《やしき》の前《まえ》の街燈《ガスとう》*がおぼつかなげに照《て》*っている甃石道《ペエブメント》*に、洋服《ようふく》の上《うえ》から黒《くろ》い短《みじか》いインヴァネス*で身《み》を包《つつ》んだ珊作《さんさく》の姿《すがた》が現《あらわ》れた。彼《かれ》は注意深《ちゅういぶか》く周囲《しゅうい》に気《き》を配《くば》った後《のち》、ひらりと柵《さく》を乗《の》り越《こ》えた。それから巧《たく》みに窓《まど》をこじ明《あ》けて、坊城《ぼうじょう》の寝室《しんしつ》に忍《しの》び入《い》った。室内《しつない》は殆《ほとん》ど真暗《まっくら》であった。僅《わずか》に庭先《にわさき》の灯《ひ》が窓《まど》を透《とお》して、坊城《ぼうじょう》の寝姿《ねすがた》を朧《おぼろ》に露《あら》*わしていた。が、珊作《さんさく》はその寝姿《ねすがた》を見《み》た瞬間《しゅんかん》、微《かす》かに、アッ――と叫《さけ》んだ。彼《かれ》は初《はじ》めて自分《じぶん》が今《いま》まさに何《なに》を為《な》そうとしていたか気《き》が付《つ》いた。彼《かれ》は自分《じぶん》の右手《めて》に握《にぎ》った大型《おおがた》のスペインナイフ*を見《み》て慄然《りつぜん》とした。彼《かれ》はあわてふためいて*踵《くびす》を返《かえ》した。*その時突然《ときとつぜん》、闇《やみ》の中《なか》から、何者《なにもの》かが彼《かれ》の肘《ひじ》をぎゅっとおさえた。

『ためらうべからず――』と嗄《しわが》れたような声《こえ》が珊作《さんさく》の耳《みみ》もとで私語《ささや》いた*『あの厚《あつ》まくれた*喉笛《のどぶえ》*をひと突《つ》き！　ひと突《つ》きで沢山《たくさん》さ。何《なに》しろ君《きみ》のそのナイフは素晴《すば》らしく切《き》れそうだからね。フ、フフフ――あいつは犬張子《いぬはりこ》*程《ほど》の声《こえ》も立《た》てまいて！　それに今夜《こんや》は家《いえ》の奴等《やつら》はみ

深更《しんこう》　夜更《よふ》け。深夜《しんや》。
街燈《ガスとう》　通常《つうじょう》は「ガス燈《とう》」と表記《ひょうき》。石炭《せきたん》ガスを燃料《ねんりょう》に用《もち》いる照明《しょうめい》装置《そうち》。明治初期《めいじしょき》に輸入《ゆにゅう》された。
おぼつかなげに　不安《ふあん》そうに。頼《たよ》りなさそうに。
甃石道《ペエブメント》　ペエブメント（pavement）は舗装道路《ほそうどうろ》のこと。石畳《いしだたみ》、敷石路《しきいしみち》なども。
インヴァネス　(inverness)　ケープが付《つ》いた袖無《そでな》しの男性用外套《だんせいようがいとう》。名称《めいしょう》は産地《さんち》であるスコットランドの地名《ちめい》に由来《ゆらい》。明治初期《めいじしょき》に和装用《わそうよう》のコートとして流行《りゅうこう》した。「とんび」「二重廻《にじゅうまわ》し」とも。

朧《おぼろ》に　ぼんやりと。
スペインナイフ　スペイン製《せい》の折《お》りたたみ式《しき》ナイフ。薄刃《うすば》で鋭利《えいり》な刀身《とうしん》はやや丸《まる》みがあり、持《も》ち手《て》は堅牢《けんろう》な木製《もくせい》が多《おお》い。
あわてふためいて　バタバタと。
踵《くびす》を返《かえ》した　もと来《き》た方《ほう》へ引《ひ》き返《かえ》した。
私語《ささや》いた　通常《つうじょう》は「囁《ささや》いた」と表記《ひょうき》。
厚《あつ》まくれた　肥《こ》え太《ふと》って分厚《ぶあつ》い。
喉笛《のどぶえ》　喉《のど》の気管《きかん》の通《つう》ずるところ。
犬張子《いぬはりこ》　犬《いぬ》の立《た》ち姿《すがた》をかたどった張子細工《はりこざいく》。張《は》り子《こ》の犬《いぬ》だから吠《ほ》えないというたとえ。

んな母屋《おもや》の方《ほう》に寝《ね》ている。――』

『おお！――』と珊作《さんさく》は夢中《むちゅう》でその恐《おそろ》しい手《て》を払《はら》いのけると一散《いっさん》*に邸《やしき》を逃《のが》れ出《い》でた。

珊作《さんさく》の逃《のが》れ去《さ》ったあとに、同《おな》じ窓《まど》から姿《すがた》を現《あら》わしたのは萩原《はぎわら》であった。

『フ、フ、フ、フ、フ――奴《やつ》め！　到頭坊城《とうとうぼうじょう》を殺《ころ》す気《き》になったな――』萩原《はぎわら》はそう独語《ひとりごと》してにやりと笑《わら》った。

×

翌日《よくじつ》、珊作《さんさく》の画室《がしつ》へ萩原《はぎわら》が訪《おとず》れて来《き》た。

『どうした、憂《うれ》い顔《がお》*の友達《ともだち》！――』と萩原《はぎわら》は陽気《ようき》に呼《よ》びかけた。

『ふむ、僕《ぼく》は今《いま》、首《くび》を吊《つ》ろうとしていたところだ』と珊作《さんさく》は蒼《あお》ざめた顔《かお》をあげて云《い》った。

『莫迦《ばか》*な！――実《じつ》は一《ひと》ついい思案《しあん》*を持《も》って来《き》たのだ。他《ほか》でもない。君《きみ》を救《すく》うために僕《ぼく》は小説《しょうせつ》を書《か》いたのだがね。百円《ひゃくえん》になるかならないか、読《よ》むからまあひとつ聞《き》いてくれ給《たま》え。

——題《だい》は「影《かげ》」——Ein Märchen*——』

その小説《しょうせつ》と云《い》うのは、一種《いっしゅ》の夢遊病《むゆうびょう》*を取扱《とりあつか》った奇妙《きみょう》な仮作譚《つくりばなし》であった。モデル女《おんな》との恋《こい》にやぶれた或《あ》る青年画学生《せいねんががくせい》*が、恋敵《こいがたき》である仲間《なかま》の一人《ひとり》に対《たい》して深《ふか》い悪《にく》しみを感《かん》じている中《うち》に、遂《つい》にその憎悪《ぞうお》の念《ねん》が凝《こ》って*、真夜中《まよなか》に本体《ほんたい》の眠《ねむ》っている間《あいだ》に別個《べっこ》の影《かげ》となって相手《あいて》の家《いえ》に忍《しの》び入《い》ってこれを殺《ころ》してしまう——と云《い》う筋《すじ》であった。聴《き》いている中《うち》に珊作《さんさく》は昨夜《さくや》の事《こと》を思《おも》い合《あわ》せると顔色《かおいろ》を変《か》えた。彼《かれ》はとび上《あ》がって呶鳴《どな》った。

『止《や》めてくれ給《たま》え！　君《きみ》は僕《ぼく》を揶揄《からか》っているのか！　そんな莫迦《ばか》な——何《なん》と云《い》う莫迦莫迦《ばかばか》しい出鱈目《でたらめ》*だ！』

一散《いっさん》に　急《いそ》いで。一目散《いちもくさん》に。
憂《うれ》い顔《がお》　憂鬱《ゆううつ》で悲《かな》しそうな表情《ひょうじょう》。
莫迦《ばか》　「馬鹿《ばか》」に同《おな》じ。なお「馬鹿《ばか》」は当《あ》て字《じ》で、もとは梵語《ぼんご》で「痴愚《ちぐ》」を意味《いみ》する moha（慕何《ぼか》）に由来《ゆらい》するという説《せつ》もある。
思案《しあん》　アイデア。考《かんが》え。
Ein Märchen　ドイツ語《ご》で「Ein」は「ひとつの」もしくは「ある」、「Märchen」は「メルヘン」（童話《どうわ》、おとぎ話《ばなし》）の意味《いみ》。
夢遊病《むゆうびょう》　123頁参照《ぺーじさんしょう》。
画学生《ががくせい》　美術学校《びじゅつがっこう》で絵《え》を学《まな》ぶ学生《がくせい》。
凝《こ》って　かたまって。凝固《ぎょうこ》して。
出鱈目《でたらめ》　でまかせ。根拠《こんきょ》なく一貫性《いっかんせい》もない言動《げんどう》。「出鱈目《でたらめ》」は当《あ》て字《じ》。

『メエルヘンだ*──』と萩原《はぎわら》は落《お》ち着《つ》きはらって云《い》った、『だがこんな風《ふう》な夢遊病者《むゆうびょうしゃ》や二《に》重人格《じゅうじんかく》*の話《はなし》は実際《じっさい》にも有《あ》り得《え》るのだよ、今《いま》までにも数知《かずし》れずにあったし、また現在《げんざい》だってあるのを、僕《ぼく》は知《し》っている──』

『嘘《うそ》つき奴《め》!──』と荒々《あらあら》しく叫《さけ》んだ珊作《さんさく》の眼《め》には云《い》い様《よう》のない深《ふか》い恐怖《きょうふ》の色《いろ》が浮《うか》んだ。

×

珊作《さんさく》の心身《しんしん》は日毎《ひごと》に衰《おとろ》えて行《い》った。血《ち》の気《け》を失《うしな》って見《み》るかげもなく痩《や》せほうけた顔《かお》*には眼《め》ばかりが怪《あや》しく耀《かがや》いていた。今《いま》や萩原《はぎわら》の仮作譚《つくりばなし》は日夜《にちや》彼《かれ》を苛《さいな》んだ。*自分《じぶん》の識《し》らない間《あいだ》に別個《べっこ》の時分《じぶん》の影《かげ》が抜《ぬ》け出《だ》して行《い》って坊城《ぼうじょう》を殺害《さつがい》する──そのことは、考《かんが》えるだけでも、「情婦役《コランバイン》の嘆《なげ》き」を画《か》き得《え》ないことよりも、春子《はるこ》を失《うしな》うことよりも、遥《はる》かに増《ま》して恐《おそろ》しいことであった。しかも、それは今夜《こんや》にも行《おこな》われるか全《まった》く測《はか》り知《し》れないことであった。いや、ひょっとしたら既《すで》に昨夜《さくや》あたり為《な》し遂《と》げられていたかも知《し》れない──彼《かれ》には、今《いま》にも表扉《おもてど》を蹴破《けやぶ》って多勢《おおぜい》の巡査《じゅんさ》が踏《ふ》み込《こ》んで来《き》そうにさえ思《おも》われた。実《じつ》に「影《かげ》」は彼《かれ》にとって無上《むじょう》の*恐怖《きょうふ》であった。

そこで、彼《かれ》は刃物《はもの》と名付《なづ》く総《すべ》てのものを一《ひと》つの頑丈《がんじょう》な錠前《じょうまえ》附《つ》きの函《はこ》の中《なか》に蔵《おさ》めて、その鍵《かぎ》は萩原《はぎわら》に預《あず》けた。それからまた彼《かれ》は、毎夜《まいよ》寝《ね》る前《まえ》に必《かなら》ず扉《と》や窓《まど》に厳重《げんじゅう》に鍵《かぎ》を下《お》ろした。その鍵《かぎ》は机《つくえ》の引出《ひきだし》に蔵《しま》って、更《さら》にその引出《ひきだし》に鍵《かぎ》を下《お》ろした。

併《しか》し、彼《かれ》の心《こころ》の不安《ふあん》はちっとも和《やわら》げられなかった。と云《い》うのは、彼《かれ》は屢《しばしば》妙《みょう》な夢《ゆめ》に襲《おそ》われた。それは真暗《まっくら》な画室《がしつ》（珊作《さんさく》の家《いえ》は画室一室《がしついっしつ》しかなかった）の中《なか》を怪《あや》しい人影《ひとかげ》がうろついている夢《ゆめ》であった。そうして不思議《ふしぎ》なことにも、その夢《ゆめ》を見《み》た翌朝《よくあさ》は、必《かなら》ず、窓《まど》が開《あ》いているとか、その他室内《たしつない》にさまざまな異状《いじょう》*を認《みと》めるのであった。

メエルヘン　「メルヘン」に同《おな》じ。ここでは虚構《きょこう》の作《つく》り話《ばなし》という意味合《いみあ》いが強《つよ》い。
二重人格《にじゅうじんかく》　11頁参照《ぺーじさんしょう》。
痩《や》せほうけた　「ほうけ」は「耄《ほう》け」。痩《や》せて知覚《ちかく》もにぶくなるさま。
苛《さいな》んだ　苦《くる》しめた。
無上《むじょう》の　この上《うえ》ない。
異状《いじょう》　通常《つうじょう》とは異《こと》なる状態《じょうたい》。

×

が、到頭《とうとう》、ある晩《ばん》のこと、珊作《さんさく》は萩原《はぎわら》に無理強《むりじ》いに*誘《さそ》われてその都会《とかい》で一番賑《いちばんにぎ》かな通《とお》りのあるレストランへ行《い》った。併《しか》し、その家《いえ》へ入《はい》るや否《いな》や、珊作《さんさく》はゆくりなくも、*春子《はるこ》と連《つ》れだった泥酔《でいすい》した坊城《ぼうじょう》の豚《ぶた》のような姿《すがた》を見出《みいだ》した。彼《かれ》は友《とも》を突《つ》き飛《と》ばすように振《ふ》り放《はな》して戸外《おもて》へ飛《と》び出《だ》した。萩原《はぎわら》は坊城《ぼうじょう》に気付《きづ》かれぬように、そっと春子《はるこ》に何《なに》か秘語《ささや》くとすぐまた珊作《さんさく》を追《お》って戸外《おもて》へ出《で》た。

×

その夜半過《よなかす》ぎ、裏町《うらまち》の怪《あや》しげなカッフェ*でしたたかに*強烈《きょうれつ》な酒《さけ》を呷《あお》った*珊作《さんさく》は覚束《おぼつか》ない*足《あし》どりで、自分《じぶん》の画室《がしつ》のある町《まち》の方《ほう》へと或《あ》る公園《こうえん》の中《なか》を抜《ぬ》けて歩《あ》るいて行《い》った。霧《きり》が殊《こと》の外《ほか》*深《ふか》く降《お》りていた。

ふと、彼《かれ》は立《た》ち止《ど》まった。行手《ゆくて》の立木《たちき》が両側《りょうがわ》から迫《せま》って、霧《きり》の中《なか》に青白《あおじろ》く街燈《がいとう》が光《ひか》っている。その街燈《がいとう》の柱《はしら》に酔《よ》っぱらいらしい肥《ふと》ったタキシイド*の紳士《しんし》が一人《ひとり》もたれていた。が、近寄《ちかよ》ってその紳士《しんし》の顔《かお》をのぞき込《こ》んだ時《とき》、忽《たちま》ち珊作《さんさく》の口《くち》から『あーッ、あーッ』と絶望的《ぜつぼうてき》な叫《さけ》びが洩《も》れた。紳士《しんし》は坊城《ぼうじょう》であった。しかもその白《しろ》いシャツの胸《むね》からは、おびただしい*血《ち》が溢《あふ》れ出《だ》していた。美事《みごと》なひと刳《えぐ》りで彼《かれ》は殺《ころ》されていたのである。

突然《とつぜん》、異様《いよう》な哄笑《こうしょう》*の声《こえ》が珊作《さんさく》の耳《みみ》を打《う》った。気《き》がつくと路《みち》の前方《まえ》を蹌踉《そうろう》と*歩《あ》ゆんで行《ゆ》

無理強《むりじ》いに　むりやりに。
ゆくりなくも　偶然《ぐうぜん》にも。思《おも》いがけず。
カッフェ　(café) 通常《つうじょう》は「カフェ」と表記《ひょうき》。フランス語《ご》で「コーヒー」の意だが、転《てん》じて現在《げんざい》は「喫茶店《きっさてん》」の意味《いみ》で用《もち》いられる。ここでは、大正《たいしょう》から昭和初期《しょうわしょき》に流行《りゅうこう》した、女性従業員《じょせいじゅうぎょういん》が接待《せったい》をする酒場《さかば》を指《さ》す。
したたかに　はなはだしく。大量《たいりょう》に。
呷《あお》った　ぐいぐい勢《いきお》いよく飲《の》んだ。痛飲《つういん》した。
覚束《おぼつか》ない　ぼんやりとふらふらして。
殊《こと》の外《ほか》　とても。特《とく》に。
タキシイド　(tuxedo)「タキシード」とも表記《ひょうき》。男性《だんせい》が着《き》る夜会用《やかいよう》の略式礼服《りゃくしきれいふく》。燕尾服《えんびふく》の代用《だいよう》。十九世紀末《せいきまつ》に米国《べいこく》ニューヨーク州《しゅう》タキシード公園《こうえん》のクラブ会員《かいいん》が着用《ちゃくよう》したことに由来《ゆらい》する名称《めいしょう》。
おびただしい　大量《たいりょう》の。
哄笑《こうしょう》　大声《おおごえ》の高笑《たかわら》い。
蹌踉《そうろう》と　よろめきながら。

く姿《すがた》がある。珊作《さんさく》のおどろいたことには、その姿《すがた》は珊作自身《さんさくじしん》の姿《すがた》と寸分《すんぶん》も*異《こと》なるところがなかった。平《ひら》べったい黒《くろ》い帽子《ぼうし》、短《みじか》いインヴァネス、長《なが》いヅボン*――。

『あ――ッ、あいつが殺《ころ》したのだ！　あいつは俺《おれ》の影《かげ》なのだ――待《ま》て！』

併《しか》し怪《あや》しい姿《すがた》は珊作《さんさく》が追《お》いつく前《まえ》に、危《あやう》く闇《やみ》の中《なか》へ消《き》えてしまった。珊作《さんさく》は甃石道《ペエブメント》の上《うえ》に自分《じぶん》のスペインナイフが血《ち》に染《し》んだまま*打《う》ち捨《す》てられてあるのを発見《はっけん》した。

珊作《さんさく》は犬《いぬ》のようにその場《ば》から遁走《とんそう》*した。そうしてあてどもなくひた走《はし》りに*夜更《よふ》けの町々《まちまち》を走《はし》った。

『影《かげ》、影《かげ》、影《かげ》、影《かげ》、影《かげ》、影《かげ》――』と叫《さけ》びながら。

寸分《すんぶん》も　少《すこ》しも。まったく。
ヅボン　「ズボン」に同《おな》じ。
染《し》んだまま　染《そ》まったまま。
遁走《とんそう》　逃《に》げ去《さ》ること。
ひた走《はし》りに　「直走《ひたはし》り」とも表記《ひょうき》。まっしぐらに休《やす》まず走《はし》ること。

×

珊作《さんさく》が走《はし》り去《さ》ると間《ま》もなく、立木《たちき》の間《あいだ》から二個《にこ》の黒《くろ》い人影《ひとかげ》があらわれた。それは萩原《はぎわら》と春子《はるこ》であった。

『うまくいったな――』と男《おとこ》は女《おんな》をかえりみて云《い》*った『あの気《き》の毒《どく》な絵師《えし》*は、明日《あす》の朝日《あさひ》の昇《のぼ》らぬ前《まえ》に自殺《じさつ》するだろうよ、ハハ、ハ、ハ……』

『あたしは、それに、昨日《きのう》ちゃあんと坊城《ぼうじょう》に結婚届《けっこんとどけ》を出《だ》しておいた――』と女《おんな》は得意相《とくいそう》に云《い》った。

『いよいよ、俺《おれ》たちにも運《うん》が向《む》いて来《き》たと云《い》うものだ……』

二人《ふたり》は声《こえ》を合《あわ》せて小気味《こきみ》よげに哄笑《わら》*った。

×

夜明《よあ》けに近《ちか》く、珊作《さんさく》はへとへとに疲《つか》れ切《き》って、己《おのれ》の画室《がしつ》にこっそりと立《た》ち戻《もど》った。部屋《へや》内《うち》には薄暗《うすぐら》いランプが一《ひと》つ灯《とも》っていた。他《ほか》に火《ひ》の気《け》もなく、それにどうしたものか窓《まど》が一箇《いっか》所《しょ》あいていて、そこから寒《さむ》い夜風《よかぜ》が吹《ふ》き込《こ》んで、部屋《へや》の隅《すみ》の押入《おしい》れに襖代《ふすまがわ》りに掛《か》けた帷《とばり》*を大《おお》きくゆすぶっていた。珊作《さんさく》は椅子《いす》に腰《こし》を落《お》とすと、恰度《ちょうど》その帷《とばり》の上《うえ》に細長《ほそなが》く投《な》げかけられた自分《じぶん》の影《かげ》にじいっと見入《みい》った。それから『——あかりが暗《くら》いなあ。……暗《くら》すぎる……』と呟《つぶや》いてランプの心《しん》をあげた。*帷《とばり》の上《うえ》の影像《えいぞう》は前《まえ》よりいくらか判然《はっきり》映《うつ》った。彼《かれ》は耳《みみ》

かえりみて　ふりむいて見《み》て。

絵師《えし》　画家《がか》。

小気味《こきみ》よげに　気持《きも》ちよさそうに。愉快《ゆかい》そうに。

帷《とばり》　「帳《とばり》」とも表記《ひょうき》。部屋《へや》を仕切《しき》るために垂《た》れ下《さ》げる布帛《ふはく》。「たれぎぬ」とも。

心《しん》をあげた　「心《しん》」は「芯《しん》」とも表記《ひょうき》し、物《もの》の中心《ちゅうしん》の固《かた》い部分《ぶぶん》。ここでは石油《せきゆ》ランプの油《あぶら》を吸《す》って燃焼《ねんしょう》する部分《ぶぶん》を指《さ》す。芯《しん》を上《あ》げることで燃焼《ねんしょう》部分《ぶぶん》が大《おお》きくなり、それだけ明《あか》るくなるのである。

を澄《す》ました。やがて彼《かれ》の顔《かお》には妙《みょう》な薄笑《うすわら》いが浮《うか》んだ。彼《かれ》は徐《おもむろ》＊に立《た》ち上《あが》って、扉《とびら》と窓《まど》とに厳《げん》重《じゅう》に締《しま》りをした。それからさて俄《にわか》＊に大声《おおごえ》に哄笑《わら》い出《だ》した。

『ハ、ハ、ハ、ハ、ハ、全《まった》くいい！　滅法《めっぽう》＊気《き》の利《き》いた洒落《しゃれ》だ！　ハハ、ハ、ハ、ハ——詐欺師《かたり》め！　今度《こんど》こそ逃《に》がしやしないぞ！　ふむ。何故《なぜ》だと？　つまり、俺《おれ》はたった今自《いまじ》殺《さつ》をするのだ。君《きみ》の思《おも》わく通《どお》り！……』

珊作《さんさく》はふところから例《れい》のスペインナイフをとり出《だ》した。そうして帳《とばり》の前《まえ》に歩《あゆ》み寄《よ》ると、いきなり、自分自身《じぶんじしん》の影像《えいぞう》＊の心臓《しんぞう》のあたりをめがけてヅブリと刺《さ》した。みるみる帳《とばり》の表面《おもて》に醜《みにく》い血《ち》のしぶきが広《ひろ》がった。

『フ、フ、フ、フ、フ、それ見《み》ろ！　これが昔《むかし》から仕来《しきた》り通《とお》りの＊「影《かげ》」の自殺《じさつ》と云《い》うやつだ！』珊作《さんさく》はナイフを引《ひ》き抜《ぬ》いた。それと同時《どうじ》に帷《とばり》の間《あいだ》から、彼《かれ》と全《まった》く同《おな》じ服装《ふくそう》をした萩原《はぎわら》の死体《したい》が倒《たお》れ落《お》ちた。

『——だが、可哀相《かわいそう》な道化《どうけ》＊めが！　奴《やつ》は本当《ほんとう》にこの世《よ》では青木珊作《あおきさんさく》の影《かげ》に過《す》ぎなかったと云《い》うことを、遉《さすが》＊に気《き》が付《つ》かなかったと見《み》えるて！＊　ハ、ハ、ハ、ハ、ハ……』

そうして青木珊作《あおきさんさく》はなおも高《たか》らかに哄笑《わら》いつづけた。

徐《おもむろ》に　ゆっくりと。

俄《にわか》に　突然《とつぜん》。急《きゅう》に。

滅法《めっぽう》　とんでもなく。

自分自身《じぶんじしん》の映像《えいぞう》の……　英国《えいこく》十九世紀末《せいきまつ》の作家《さっか》オスカー・ワイルド（Oscar Wilde　一八五四～一九〇〇）の代表作《だいひょうさく》である長篇《ちょうへん》『ドリアン・グレイの画像《がぞう》 The Picture of Dorian Gray』（一八九一）のクライマックス・シーンを彷彿《ほうふつ》させる趣向《しゅこう》である。温《おん》は後《のち》に、同篇《どうへん》を短《みじか》く書《か》き替《か》えた「絵姿《えすがた》」（「新青年《しんせいねん》」一九二八年《ねん》十一月号《がつごう》・十二月号掲載《がつごうけいさい》）を手《て》がけている。「ドリアン・グレイは絶望《ぜつぼう》のあまり曾《かつ》てベエシル・ハルワードを刺《さ》した同《おな》じ短剣《たんけん》でその絵姿《えすがた》を刺《さ》し貫《つらぬ》いた。すると、それと同時《どうじ》にドリアンは恐《おそろ》しい叫喚《きょうかん》とともに打《う》ち倒《たお》れた。物音《ものおと》を聞《き》きつけた人々《ひとびと》がその部屋《へや》に入《はい》って来《き》た時《とき》、人々《ひとびと》は美貌《びぼう》の少年《ねん》の絵姿《えすがた》の前《まえ》に、夜会服《やかいふく》の胸《むね》を刺《さ》し貫《つらぬ》いて倒《たお》れている醜《みにく》い陰惨《いんさん》な人相《にんそう》をした男《おとこ》の死体《したい》を発見《はっけん》したのであった」（渡辺温《わたなべおん》「絵姿《えすがた》」より）

昔《むかし》から仕来《しきた》り通《どお》りの……　『ドリアン・グレイの画像《がぞう》』やE・A・ポオ（133頁参照《ぺーじさんしょう》）の分身譚《ぶんしんたん》「ウィリアム・ウィルソン William Wilson」（一八三九）などの先行作品《せんこうさくひん》を意識《いしき》した一節《せつ》。

道化《どうけ》　人《ひと》を笑《わら》わせる滑稽《こっけい》な所作《しょさ》や語《かた》り。また、それをする芸人《げいにん》。ピエロ。本篇冒頭《ほんぺんぼうとう》に見《み》える「情婦役《コランバイン》の嘆《なげ》き」のコランバインに照応《しょうおう》。

遉《さすが》に　やはり。

見《み》えるて　見《み》えるだろうが。「て」は活用語《かつようご》の終止形《しゅうしけい》に付《つ》き、当然《とうぜん》のこととして自分《じぶん》の考《かんが》えを述《の》べる際《さい》に用《もち》いられる終助詞《しゅうじょし》。

画室《がしつ》のそとでは、この時《とき》、一人《ひとり》の肥《ふと》った巡査《じゅんさ》が入口《いりぐち》の扉《ドア》をはげしく敲《たた》いていた。＊

夜明《よあ》けの光《ひかり》が次第《しだい》に白《しろ》く、丘《おか》にひき懸《か》かった深《ふか》い霧《きり》の中《なか》へ流《なが》れ初《はじ》めた。

×

（渡辺裕《わたなべゆたか》名義《めいぎ》で「苦楽《くらく》」と「女性《じょせい》」の共《とも》に一九二五年《ねん》一月号《がつごう》に同時掲載《どうじけいさい》）＊

敲《たた》いて　「叩《たた》いて」とも表記《ひょうき》。戸《と》をノックする意味《いみ》では「敲」を用《もち》いることが多《おお》い。

渡辺裕《わたなべゆたか》名義《めいぎ》で……　本篇《ほんぺん》は作者《さくしゃ》が慶應義塾高等部《けいおうぎじゅくこうとうぶ》に在学中《ざいがくちゅう》の大正《たいしょう》十三年《ねん》（一九二四）、小説家《しょうせつか》の谷崎潤一郎《たにざきじゅんいちろう》と劇作家《げきさっか》・演出家《えんしゅつか》の小山内薫《おさないかおる》を選者《せんじゃ》に迎《むか》えて実施《じっし》されたプラトン社《しゃ》の映画筋書懸賞募集《えいがすじがきけんしょうぼしゅう》で一等《いっとう》に入選《にゅうせん》した作品《さくひん》であった。映画化《えいがか》するには地味《じみ》な作品《さくひん》だとして授賞《じゅしょう》に難色《なんしょく》を示《しめ》す小山内《おさない》に対《たい》して、谷崎《たにざき》は本篇《ほんぺん》を強《つよ》く推挙《すいきょ》したという。

「僕《ぼく》は一読《いちどく》して『カリガリ博士《はかせ》』の画面《がめん》を浮《う》かべた。筋《すじ》がすぐれているばかりでなく、その原稿《げんこう》の字体《じたい》、（巧拙《こうせつ》を云《い》うのではない。）文字《もじ》の使《つか》い方《かた》、インキの色《いろ》、字配《じくば》り等《など》にまで、何《なに》かしら作者《さくしゃ》のシッカリした素質《そしつ》を想見《そうけん》させるに足《た》るものがあった。此《こ》れは事《こと》に依《よ》ると、ただ此《こ》れだけの作者《さくしゃ》でなく、長《なが》い将来《しょうらい》のある人《ひと》だなと、直覚的《ちょっかくてき》に感《かん》じた」（谷崎潤一郎《たにざきじゅんいちろう》「春《しゅん》寒《かん》」より）

昭和《しょうわ》五年《ねん》（一九三〇）二月《がつ》九日《か》、温《おん》は「新青年《しんせいねん》」に寄稿《きこう》を依頼《いらい》するため、兵庫県岡本《ひょうごけんおかもと》の谷崎潤一郎邸《たにざきじゅんいちろうてい》を訪《おとず》れた帰途《きと》、西宮市外《にしのみやしがい》の夙川踏切《しゅくがわふみきり》（阪急電鉄《はんきゅうでんてつ》）で、知人《ちじん》と乗車《じょうしゃ》していたタクシーが貨物列車《かもつれっしゃ》と衝突《しょうとつ》、享年《きょうねん》二十七で急逝《きゅうせい》した。山川方《やまかわまさ》夫《お》の横死《おうし》と同《おな》じく、奇禍《きか》と呼《よ》ぶほかないその顛末《てんまつ》は、谷崎《たにざき》が「新青年《しんせいねん》」昭和《しょうわ》五年《ねん》四月号《がつごう》に寄《よ》せたエッセイ「春寒《しゅんかん》」（平凡社《へいぼんしゃ》ライブラリー『変身綺譚集成《へんしんきたんしゅうせい》　谷崎潤一郎怪異小品集《たにざきじゅんいちろうかいいしょうひんしゅう》』所収《しょしゅう》）に詳《くわ》しい。

お化《ば》けに近《ちか》づく人《ひと》

稲《いな》垣《がき》足《たる》穂《ほ》

「そろそろ怪《あや》しい物共《ものども》がはびこってきて、われわれの周《まわ》りを取巻《とりま》くのが判《わか》りませんか」
――ファウスト二部《にぶ》*・第一幕《だいいちまく》・広々《ひろびろ》としたる広間《ひろま》

あなあわれ*
恋《こい》のイカルスが
落《お》っこった
空色《そらいろ》の瞳《ひとみ》の湖水《こすい》へ

かれ*は初《はじ》めは、こんなふうな詩《し》を書《か》いていたのだそうです。そしてそのことはかれにとってふさわしいことだったのに、やがて柄《がら》にもない方面《ほうめん》*へ踏《ふ》み出《だ》そうとしたから、ついに

「悲壮劇《ひそうげき》」*が発生《はっせい》したのだと、かれの昔《むかし》からの友人《ゆうじん》は云《い》っています。かれらによると、つまりそんなふうに変《かわ》りかけたかれは、たとえば「北海道《ほっかいどう》××で」と書《か》けばよい所《ところ》を、「曾《かっ》て北方《ほっぽう》の或《あ》る都会《とかい》で」というぐあいにやったからであり、若《も》しいったんわれわれのうちに

ファウスト二部《にぶ》…… ドイツの文豪《ぶんごう》ゲーテ（Johann Wolfgang von Goethe 一七四九～一八三二）が一八三三年《ねん》に発表《はっぴょう》した長篇戯曲《ちょうへんぎきょく》『ファウスト 第《だい》二部《ぶ》 Faust. Der Tragödie zweiter Teil in fünf Acten』第《だい》一幕《まく》の森鷗外訳《もりおうがいやく》（一九一三）より。ファウストと悪魔《あくま》メフィストフェレスが潜入《せんにゅう》した王《おう》宮《きゅう》で開《ひら》かれる仮装舞踏会《かそうぶとうかい》の場面《ばめん》に、「耳語《じご》」（呟《つぶや》き）として挿《そう》入《にゅう》される一節《せつ》である。

あなあわれ…… 本書《ほんしょ》14頁《ページ》の註《ちゅう》でもふれたラフォルグの詩《し》「月《げっ》光《こう》」の上田敏訳《うえだびんやく》が、ほぼそのままの形《かたち》で用《もち》いられていることに留意《りゅうい》。「沙良峰夫年譜《さらみねおねんぷ》」（『華《はな》やかなる憂鬱《ゆううつ》』所収《しょしゅう》）の大正《たいしょう》四年《ねん》（一九一五）の項《こう》には「この頃《ころ》、文学書《ぶんがくしょ》に親《した》しみ、森鷗外《もりおうがい》、上田敏《うえだびん》らを畏敬《いけい》する」とある。「北方《ほっぽう》の紳士《しんし》の実際《じっさい》は、ホフマンスタールの夕暮《ゆうぐれ》から、『もうしもうしお月様《つきさま》』のラフォルグをとおして、ダンセーニ卿《きょう》の夢物語《ゆめものがたり》につながっている幾頁《いくページ》を踊《おど》ったにすぎぬのかも知《し》れません」（稲垣足穂《いながきたるほ》「北極光《ほっきょくこう》」より）

かれ このように何《なん》の説明《せつめい》もないまま人称代名詞《にんしょうだいめいし》を投入《とうにゅう》するのは、足穂《たるほ》が得意《とくい》とする筆法《ひっぽう》である。本篇《ほんぺん》における「かれ」とは、足穂《たるほ》と親交《しんこう》があり、若《わか》くして病没《びょうぼつ》した詩人《しじん》・沙良峰《さらみね》夫《お》（一九〇一～一九二八）を指《さ》す。沙良《さら》は本名《ほんみょう》を梅沢孝一《うめざわこういち》といい、「雷電岬《らいでんみさき》」の絶景《ぜっけい》で知《し》られる北海道岩内郡岩内町《ほっかいどういわないぐんいわないちょう》の出《しゅっ》身《しん》。母方《ははかた》の祖父《そふ》は鰊漁《にしんりょう》で財《ざい》を成《な》し、初代岩内町長《しょだいいわないちょうちょう》となった人物《じんぶつ》である。六歳《さい》で父《ちち》を、十二歳《さい》で母《はは》を亡《な》くす。大正《たいしょう》五年《ねん》（一九一六）に上京《じょうきょう》、川路柳紅《かわじりゅうこう》、西條八十《さいじょうやそ》に師事《しじ》するかたわら、「白孔雀《しろくじゃく》」「黄表紙《きびょうし》」「銀座《ぎんざ》」などの同人《どうじん》となり、詩《し》やエッセイを発表《はっぴょう》。足穂《たるほ》とは大正《たいしょう》十二年《ねん》（一九二三）頃《ごろ》に知《し》り合《あ》ったとおぼしい。恋人《こいびと》の死《し》を経《へ》て生《う》まれた哀詩《あいし》「海《うみ》のまぼろし」（一九二七）で注目《ちゅうもく》を集《あつ》めるも、昭和《しょうわ》三年《ねん》（一九二八）三月《がつ》に「膵臓壊疽病《すいぞうえそびょう》」の診断《しんだん》が下《くだ》り、数度《すうど》の手術《しゅじゅつ》の甲斐《かい》なく、五月《がつ》十二日《にち》に没《ぼっ》した。享年《きょうねん》二十八。遺《のこ》された詩《し》や散文《さんぶん》は『華《はな》やかなる憂鬱《ゆううつ》 沙良峰夫詩集《さらみねおししゅう》』（平善雄編《たいらよしおへん》／一九六七）にまとめられている。

柄《がら》にもない 能力《のうりょく》や性格《せいかく》にふさわしくない。向《む》いていない。

「悲壮劇《ひそうげき》」 エピグラフ（巻頭《かんとう》の引用句《いんようく》）に掲《かか》げられた鷗外訳《おうがいやく》『ファウスト』の用語《ようご》。悲劇《ひげき》。

このような病癖《びょうへき》*が嵩《こう》じて、*しかもそこにある逆説《ぎゃくせつ》*について認識不足《にんしきぶそく》であった時《とき》は、われわれのよって立《た》つ*現実性《げんじつせい》はいよいよ稀薄《きはく》となり、ついに六月《ろくがつ》の夜《よる》の流星雨《りゅうせいう》*となる木星族彗星《もくせいぞくすいせい》*の運命《うんめい》を招《まね》かねばならぬのは当然《とうぜん》だと云《い》うのでした。彗星《すいせい》と云《い》えば、最初《さいしょ》に逢《あ》った時《とき》でしたが、かれはこんな質問《しつもん》をしました。

「どこからかやってきた大彗星《だいすいせい》につられて、地球《ちきゅう》が太陽系《たいようけい》を抜《ぬ》け出《だ》してしまうようなことには、可能性《かのうせい》があるのかね」

「いやそんなことは絶対《ぜったい》に起《おこ》り得《え》ない。元来彗星《がんらいすいせい》の質量《しつりょう》なんか問題《もんだい》にならないから」

そう答《こた》えたのは別《べつ》に私《わたし》でありません。けれどもいまになってみると、この説明《せつめい》はよしか*れをして地球《ちきゅう》にたいする彗星《すいせい》の無力《むりょく》を知《し》らしめるものであっても、決《けっ》して彗星自体《すいせいじたい》にそなわる薄命性《はくめいせい》*についてかれの顧慮《こりょ》*を促《うなが》せるものではなかったと云《い》えます。とはいえこの最初《さいしょ》の日《ひ》、かれをつれてきた紳士《しんし》と私《わたし》との対話《たいわ》を、かたえに*寝《ね》そべりながらきいていて、時《とき》に何《なに》か物《もの》を払《はら》いのける印象《いんしょう》をあたえる早口《はやくち》で意見《いけん》を差《さ》しはさむかれは、丸々《まるまる》とした、血色《けっしょく》のよい大柄《おおがら》な男《おとこ》でした。そしてたとえば、「そばに侍《はべ》らした*美少年《びしょうねん》の頭髪《とうはつ》で手《て》を拭《ぬぐ》うローマ人《じん》の御馳走《ごちそう》の食《た》べかた」というような題目《だいもく》について論《ろん》じる時《とき》、かれのつややかな頬《ほお》はいきいきと輝《かがや》くのでした。これは私《わたし》にはいささか意外《いがい》なことでしたが、かれも又私《またわたし》にたいして同《おな》じことを感《かん》じたのかも知《し》れません。物判《ものわか》りのよい男《おとこ》でしたから、私《わたし》についてはすぐに、「これはこれでよいのだ」と思《おも》ったことでしょう。かれの云《い》いぐさ*を借《か》りるまでもな

病癖《びょうへき》　容易《ようい》に改《あらた》められない悪《わる》い癖《くせ》。

嵩《こう》**じて**　高《たか》まって。はなはだしくなって。

逆説《ぎゃくせつ》　(paradox)　一般《いっぱん》に認《みと》められている通説《つうせつ》や真理《しんり》に反《はん》する説《せつ》。また、「負《ま》けるが勝《か》ち」のように一見《いっけん》、真理《しんり》に反《はん》しているようで、実《じつ》は真理《しんり》である説《せつ》。

よって立《た》**つ**　「よって」は「依《よ》って」。根拠《こんきょ》とする。基盤《きばん》とする。

六月《ろくがつ》**の夜**《よる》**の流星雨**《りゅうせいう》　足穂《たるほ》の小品《しょうひん》「彗星一夕話《すいせいいっせきばなし》」（一九二七）より引用《いんよう》する。

「ウインネッケ彗星《すいせい》は僕《ぼく》の記憶《きおく》にして過《あやま》りがないならば、ポンス・ウインネッケというがほんとうである。今回《こんかい》のように略《りゃく》してはポンス彗星《すいせい》でもいいわけである。わがポンス君《くん》がこのまえに現《あら》われたのはたしか大正《たいしょう》十年《ねん》であった。やはり通《つう》過《か》に当《あた》って流星群《りゅうせいぐん》の雨下《うか》が観物《みもの》であろうとやかましく噂《うわさ》され、僕《ぼく》は少《すく》なからぬ期待《きたい》をもっていたにかかわらず、六月《がつ》の夜《よる》の都会《とかい》の空《そら》はどんよりと曇《くも》って、いたずらに晴間《はれま》を待《ま》っていた僕《ぼく》に、ホーキ星《ぼし》からつたわってくる一種《しゅ》の電気《でんき》によって或《あ》る人《ひと》たちの頭脳《ずのう》に特異《とくい》な幻覚《げんかく》を起《お》こさせる……そういうお伽《とぎ》話《ばなし》のことを考《かんが》えさせたにすぎなかった」

ちなみに、このとき足穂《たるほ》が考《かんが》えた「お伽話《とぎばなし》」は、「彗星倶《すいせいく》楽部《らぶ》」（一九二六）から「弥勒《みろく》」（一九四六）にいたる「ポンス彗星《すいせい》」幻想《げんそう》の物語群《ものがたりぐん》へと結実《けつじつ》していった。

木星族彗星《もくせいぞくすいせい》　天文用語《てんもんようご》。木星《もくせい》の軌道付近《きどうふきん》に遠日点《えんじつてん》（彗星《すいせい》が太陽《たいよう》から最《もっと》も遠《とお》ざかる点《てん》）を持《も》つ彗星《すいせい》たちを指《さ》す。

よし　「縦《よ》し」と表記《ひょうき》。たとえ。仮《かり》に。よしんば。

薄命性《はくめいせい》　はかなく短命《たんめい》であること。

顧慮《こりょ》　気《き》にかけること。

かたえ　かたわら。そば。

侍《はべ》**らした**　近《ちか》くにひかえさせた。

云《い》**いぐさ**　口癖《くちぐせ》のように云《い》うこと。

く、私《わたし》たちの対象《たいしょう》が人生《じんせい》にあるうちは、われわれは痩《や》せていたってかまわない。けれどもそこは既《すで》に通《とお》りこした。そうだとすれば、メヒストフェレス*一族《いちぞく》は太《ふと》っちょだ、とかれは主張《しゅちょう》することでしょう。

かれは或《あ》る日《ひ》、なぜ近代文学《きんだいぶんがく》がノンセンス*に走《はし》らねばならなかったかを論《ろん》じて、ロード・ダンセーニ*の作品《さくひん》に及《およ》んだ時《とき》、例《れい》の早口《はやくち》で私《わたし》に云《い》いました。「おまえのかくものなんか、おれはその代表《だいひょう》だと考《かんが》えるね。おまえにはノンセンス以外《いがい》に何《なに》もありゃしないのだから。ところであの連中《れんちゅう》だね」とかれは言葉《ことば》をつぎました。「一生懸命《いっしょうけんめい》だがどうも毛《け》が三本《さんぼん》たらぬ*感《かん》じだ」

これは、かれがその頃《ころ》出入《でい》りしていた銀座裏《ぎんざうら》の或《あ》る酒場《さかば》*に集《あつ》まる若《わか》い一群《いちぐん》を指《さ》すのでした。

メヒストフェレス　(Mephistopheles)「メフィストフェレス」、また略《りゃく》して「メフィスト」とも。中世《ちゅうせい》ヨーロッパのファウスト伝説《でんせつ》や、それをもとに書《か》かれたゲーテの『ファウスト』に登場《とうじょう》する悪魔《あくま》。ファウストを言葉巧《ことばたく》みに誘惑《ゆうわく》し、魂《たましい》を売《う》る契約《けいやく》を交《か》わさせて従僕《じゅうぼく》となり、魔力《まりょく》によってサポートする。戦後《せんご》日本《にほん》では、水木《みずき》しげるの漫画《まんが》『悪魔《あくま》くん』に登場《とうじょう》する、シルクハットに燕尾服《えんびふく》のキャラクターとして、おなじみに。

ノンセンス　(nonsense)「ナンセンス」とも。無意味《むいみ》でくだらないこと。馬鹿馬鹿《ばかばか》しいこと。

ロード・ダンセーニ　(Lord Dunsany　一八七八〜一九五七)「ダンセイニ」「ダンセニイ」とも表記《ひょうき》。本名《ほんみょう》はエドワード・ジョン・モートン・ドラックス・プランケット（Edward

John Moreton Drax Plunkett)。アイルランド屈指《くっし》の旧家《きゅうか》の第《だい》十八代当主《だいとうしゅ》として英国《えいこく》ロンドンに生《う》まれる。先祖伝来《せんぞでんらい》の居館《きょかん》ダンセイニ城《じょう》は、ケルト神話《しんわ》で名高《なだか》いタラの丘《おか》にあった。兵役《へいえき》を経《へ》て文筆家《ぶんぴつか》となり、『ペガーナの神々《かみがみ》 The Gods of Pegana』（一九〇五）に始《はじ》まる創作神話集《そうさくしんわしゅう》や、「光《ひかり》の門《もん》 The Glittering Gate」（一九一〇）をはじめとする幻想的《げんそうてき》な戯曲《ぎきょく》を発表《はっぴょう》、ケルティック・ファンタジーを代表《だいひょう》する作家《さっか》のひとりとなる。ダンセーニの作品《さくひん》は、ほぼリアルタイムで大正期《たいしょうき》の日本《にほん》にも紹介《しょうかい》され、幻想文学系《げんそうぶんがくけい》の作家《さっか》たちに影響《えいきょう》を与《あた》えた。その典型《てんけい》が足穂《たるほ》であり、デビュー作《さく》「黄漠奇聞《こうばくきぶん》」（一九二三）からして、ダンセーニ作品《さくひん》に登場《とうじょう》するバブルクンドやサアダスリオン、ヤン河《がわ》、ペガナ等々《とうとう》の固有名詞《こゆうめいし》がふんだんに「借用《しゃくよう》」されていた。「しかし私《わたし》のバブルクンドは、英国軍人作家《えいこくぐんじんさっか》の『バブルクンドの陥落《かんらく》』とは全《まった》く別物《べつもの》である。（略《りゃく》）ダンセーニ卿《きょう》の神々《かみがみ》が独自《どくじ》の産物《さんぶつ》であるように、私《わたし》の『月取《つきと》り物語《ものがたり》』もいずこの国《くに》の伝承《でんしょう》にも見《み》られないことは、自信《じしん》を以《もっ》て云《い》い得《え》るのである。私《わたし》は、それが少《すこ》しも文学的手《ぶんがくてきて》垢《あか》によごれていないという点《てん》で、ダンセーニが好《す》きである」（稲垣足穂《いながきたるほ》「『ヰタ・マキニカリス』註解《ちゅうかい》」より）

なおダンセーニの幻想小説《げんそうしょうせつ》は河出文庫《かわでぶんこ》から系統的《けいとうてき》に全《ぜん》四巻《かん》で刊行《かんこう》されており、戯曲《ぎきょく》については松村《まつむら》みね子《こ》の名訳《めいやく》による『ダンセイニ戯曲集《ぎきょくしゅう》』が沖積舎《ちゅうせきしゃ》から復刊《ふっかん》されている。

毛《け》が三本《さんぼん》たらぬ　いま一歩《いっぽ》であること。肝心《かんじん》なものが欠《か》けていること。

銀座裏《ぎんざうら》の或《あ》る酒場《さかば》　関東大震災《かんとうだいしんさい》から復興後《ふっこうご》、文学者《ぶんがくしゃ》たちが好《この》んで集《つど》う最尖端《さいせんたん》の盛《さか》り場《ば》となった昭和初期《しょうわしょき》の銀座《ぎんざ》について詳述《しょうじゅつ》した名著《めいちょ》『銀座細見《ぎんざさいけん》』（一九三一）の著者《ちょしゃ》で美術研究家《びじゅつけんきゅうか》の安《あん》藤更生《どうこうせい》（一九〇〇〜一九七〇）は、沙良《さら》の詩友《しゆう》で親交深《しんこうふか》く、大《たい》正《しょう》八年《ねん》（一九一九）頃《ごろ》の出逢《であ》い以来《いらい》、毎日《まいにち》のように連《つ》れ立《だ》って銀座《ぎんざ》の歓楽街《かんらくがい》を飲《の》み歩《ある》いていたという。安藤《あんどう》は同書《どうしょ》の中《なか》で、北原白秋《きたはらはくしゅう》（本書《ほんしょ》「影《かげ》」参照《さんしょう》）『東京景物詩《とうきょうけいぶつし》』所収《しょしゅう》「銀座《ぎんざ》の雨《あめ》」と沙良《さら》の「銀座青年《ぎんざせいねん》の歌《うた》」（一九二五）の両詩《りょうし》を並《なら》べて全文掲《ぜんぶんかか》げるなど、早世《そうせい》した友《とも》への言及《げんきゅう》を再々《さいさい》おこなっている。本篇《ほんぺん》の背景《はいけい》をなす昭和《しょうわ》モダニズムの一端《いったん》を知《し》るために有意義《ゆういぎ》と思《おも》われる一節《いっせつ》を、同書《どうしょ》から引用《いんよう》しておこう。「銀座《ぎんざ》は若《わか》き者《もの》の街《まち》である。そして、インテリゲンチャの街《まち》である！／英語《えいご》と、フランス語《ご》と、独逸語《どいつご》とで造《つく》られた日本《にほん》のインテリゲンチャは、必然《ひつぜん》にその思想《しそう》と好《この》みとを洋装化《ようそうか》されている。ヨーロッパを、アメリカを観《み》ることを許《ゆる》されているのはこの人々《ひとびと》の特権《とっけん》だ。銀座《ぎんざ》を支持《しじ》するのはたしかにこの階級《かいきゅう》である。銀座《ぎんざ》を理解《りかい》し、銀座《ぎんざ》を受《う》け容《い》れ、銀座《ぎんざ》に期待《きたい》しているのはこの連中《れんちゅう》だ。あるがままの銀座《ぎんざ》というよりは、必《かなら》ず何《なに》かの連想《れんそう》を随伴《ずいはん》させて享受《きょうじゅ》しようとする。一人一人《ひとりひとり》が美学《びがく》を持《も》っているのだ。動《うご》かぬ現実《げんじつ》、没落《ぼつらく》への過程《かてい》を、はかないエステチカ・ギンザアナで彩《いろど》ろうというのだ」

しかし、かれはそんなことを云《い》いながら、そのグループにはたいそう好意《こうい》を寄《よ》せて、かれらが関係《かんけい》している探偵小説《たんていしょうせつ》を主《しゅ》とした雑誌《ざっし》*の愛読者《あいどくしゃ》をもって自《みずか》ら任《にん》じて*いました。先年《せんねん》自動車事故《じどうしゃじこ》のために死《し》んだW氏《し》*をかれが私《わたし》に紹介《しょうかい》したのも、*紅《あか》い光《ひかり》を受《う》けた棕櫚《しゅろ》*の葉《は》が壁《かべ》に映《うつ》っているその同《おな》じ酒場《さかば》でした。また、グループを離《はな》れて、それゆえ腰《こし》に一本《いっぽん》たばさんだ*感《かん》じがするJという作者《さくしゃ》*についても、かれはそのJの作《さく》が載《の》っている雑誌《ざっし》*を私《わたし》の前《まえ》にひろげて、注意《ちゅうい》をうながしました。

それは「不思議《ふしぎ》」という題《だい》の短篇《たんぺん》でした。ビルディングの最上層《さいじょうそう》に住《す》んで部屋《へや》から一歩《いっぽ》も出《で》たことがないくせに、人《ひと》の為《な》すこと考《かんが》えることをみんな承知《しょうち》して、*その度合《どあい》は当人《とうにん》以上《いじょう》でないかと思《おも》われるような、そんな友人《ゆうじん》にたいして恐怖《きょうふ》を抱《いだ》いた主人公《しゅじんこう》が、意《い》を決《けっ》して相手《あいて》を殺害《さつがい》に出《で》かける。ところが友人《ゆうじん》の部屋《へや》の卓上《たくじょう》*に吸《す》いさし*のタバコが煙《けむり》を上《あ》げているばかり、「君《きみ》は利口《りこう》な男《おとこ》だが、惜《お》しいことに一歩《いっぽ》おくれたよ」と走《はし》りがき*した紙片《しへん》が載《の》っている。相手《あいて》の姿《すがた》はない。隠《かく》れる場所《ばしょ》も逃《に》げる路《みち》もないはずである。正面《しょうめん》の窓《まど》をあけてみると、スーツケースを下《さ》げた相手《あいて》が、いましも自分《じぶん》を見下《みおろ》してニヤニヤ笑《わら》いながら空《くう》

探偵小説《たんていしょうせつ》を主《しゅ》とした雑誌《ざっし》　昭和《しょうわ》モダニズムをリードした伝説《でんせつ》の雑誌《ざっし》「新青年《しんせいねん》」（一九二〇～一九五〇）を指《さ》す。探偵小説《たんていしょうせつ》（ミステリー）のみならず、怪奇幻想小説《かいきげんそうしょうせつ》の掲載誌《けいさいし》としても重要《じゅうよう》な媒体《ばいたい》であった。新青年研究会編《しんせいねんけんきゅうかいへん》『新青年読本《しんせいねんどくほん》』や中《なか》島河太郎編《じまかわたろうへん》『新青年傑作選《しんせいねんけっさくせん》』で、その全容《ぜんよう》を窺《うかが》うことができよう。

自《みずか》ら任《にん》じて　あることを自分《じぶん》の務《つと》めであると自発的《じはつてき》に思《おも》うこと。

自動車事故《じどうしゃじこ》のために死《し》んだW氏　本書前出《ほんしょぜんしゅつ》の「影《かげ》 Ein Märchen」の作者《さくしゃ》・渡辺温《わたなべおん》を指《さ》す。

私《わたし》に紹介《しょうかい》したのも……　足穂《たるほ》が沙良《さら》を描《えが》いたもうひとつの短篇《たんぺん》「北極光《ほっきょくこう》」（一九二九）より引用《いんよう》する。「その夜遅《よおそ》く、銀座《ぎんざ》うらの酒場《さかば》の、棕櫚《しゅろ》の葉《は》がダンセーニ卿《きょう》の舞台面《ぶたいめん》のように赤《あか》い光《ひかり》を受《う》けた棕櫚《しゅろ》の下《した》で、かれは、シルクハットをかむった、少《すこ》うし病的《びょうてき》に見《み》える少年紳士《しょうねんしんし》を私《わたし》に紹介《しょうかい》しました。それは、探偵作家《たんていさっか》の部類《ぶるい》に入《はい》ると一般《いっぱん》に見《み》られているO・W氏《し》でした。私《わたし》も雑誌《ざっし》で読《よ》んだ同氏《どうし》の『父《ちち》を失《うしな》う話《はなし》』を、かれはしきりに推奨《すいしょう》して、そのために一文《ぶん》を書《か》きたいと云《い》っていましたが、その夜《よ》も云《い》うのです。『あんなおやじは世間《せけん》にあるさ。おまえやおれなどが出《で》る家《いえ》だな』」ちなみに温《おん》の「父《ちち》を失《うしな》う話《はなし》」が「探偵趣味《たんていしゅみ》」に掲載《けいさい》されたのは、昭和《しょうわ》二年《ねん》（一九二七）七月《がつ》である。

棕櫚《しゅろ》　ヤシ科《か》シュロ属《ぞく》の常緑高木《じょうりょくこうぼく》の総称《そうしょう》。日本原産《さん》のワジュロを指《さ》すことが多《おお》い。五月頃《がつごろ》、黄色《きいろ》い小花《こばな》をつけ、小球状《しょうきゅうじょう》の核果《かっか》を結《むす》ぶ。同属《どうぞく》で中国原産《ちゅうごくげんさん》のトウジュロとともに庭園《ていえん》などに植《う》えられる。「棕櫚《しゅろ》の花《はな》」は夏《なつ》の季語《きご》。

腰《こし》に一本《いっぽん》たばさんだ　刀剣《とうけん》を携《たずさ》えた。油断《ゆだん》ならない物腰《ものごし》を形《けい》容《よう》。

Jという作者《さくしゃ》　本書後出《ほんしょこうしゅつ》の「影《かげ》の路《みち》」の作者《さくしゃ》・城昌幸《じょうまさゆき》を指《さ》す。ちなみに城《じょう》は、本名《ほんみょう》の稲並昌幸《いねなみまさゆき》で探偵小説誌《たんていしょうせつし》「宝石《ほうせき》」編集《へんしゅう》長《ちょう》を、城昌幸《じょうまさゆき》の名《な》で幻想掌篇《げんそうしょうへん》やミステリー、時代小説《じだいしょうせつ》を執《しっ》筆《ぴっ》する一方《いっぽう》、若《わか》き日《ひ》には日夏耿之介《ひなつこうのすけ》一門《いちもん》の青年詩人《せいねんしじん》・城左門《じょうさもん》としても活動《かつどう》し、昭和《しょうわ》六年《ねん》（一九三一）には岩佐東一郎《いわさとういちろう》と共《とも》に雑誌《ざっし》「文芸汎論《ぶんげいはんろん》」を創刊《そうかん》している。ちなみに足穂《たるほ》の本篇《ほんぺん》は、同誌《どうし》に発表《はっぴょう》された作品《さくひん》である。

Jの作《さく》が載《の》っている雑誌《ざっし》　城《じょう》の短篇小説《たんぺんしょうせつ》「不思議《ふしぎ》」は、大正《たいしょう》十五年《ねん》（一九二六）発行《はっこう》の「苦楽《くらく》」十二月号《がつごう》に掲載《けいさい》された。

承知《しょうち》して　よく知《し》っていること。

卓上《たくじょう》　テーブルや机《つくえ》の上《うえ》。

吸《す》いさし　吸《す》いかけ。

走《はし》りがき　「走《はし》り書《が》き」とも表記《ひょうき》。急《いそ》いで書《か》きとめた文《ぶん》、メモ。

間《かん》を昇《のぼ》ってゆくところであった。そこでよめた。*「そら、昔《むかし》からよくあるでないか。三日《みか》月《づき》に腰《こし》かけて*へんな笑《わら》い方《かた》をする細長《ほそなが》い先生《せんせい》がいるが、あいつだったのだ！」——こんなすじでしたが、走《はし》りよみ*している私《わたし》のそばから、かれは会心《かいしん》の笑《えみ》*を見《み》せながら云《い》いそえるのです。

「こりゃ何《なん》だな、おいら子供《こども》の時《とき》からマッチのレッテル*なんかで見《み》ている……あれがあるからなんだね。やられた！　と思《おも》ったよ。しかしどうもたね*がありそうなんだが、判《わか》らん。ともかく面白《おもしろ》いところをねらっている男《おとこ》だよ」

同《おな》じJの「ジャマイカ氏《し》の実験《じっけん》」*についてもかれはきかせました。或《あ》る晩《ばん》がた、新宿《しんじゅく》駅《えき》で省線電車《しょうせんでんしゃ》*を待《ま》っていたら、腕《うで》をうしろに組《く》んでぶらりぶらりとプラットホーム*を直角《ちょっかく》方向《ほうこう》に往来《おうらい》していた西洋人《せいようじん》が、ついと*無心《むしん》のまま*向《むこ》う側《がわ》のフォームまで空間《くうかん》を渡《わた》ってしまった。びっくりして、こちらは地下道《ちかどう》を通《とお》って追《お》っかけて、ただして*みると、相手《あいて》はいっこうに*覚《おぼ》えがないと云《い》う。隣《となり》のフォームにいたことはなるほど知《し》っているが、それがいつこちら側《がわ》へきたのかそれは自分《じぶん》にも判《わか》らない、と答《こた》える。いやそんなはずはない、あなたは空中歩行術《くうちゅうほこうじゅつ》*を体得《たいとく》*しておられるのだから、どうか伝授《でんじゅ》*していただきたいと無理《むり》に西洋《せいよう》人《じん》の住《す》まいまでついて行《い》く。そしてさまざまに説《と》き伏《ふ》せて、*テーブルを二《ふた》つ、距離《きょり》をへだててならべ、そのあいだを渡《わた》らせようとしたら、たちまち落《お》っこった！

よめた　悟《さと》った。

三日月《みかづき》に腰《こし》かけて……　「不思議《ふしぎ》」の原文《げんぶん》では「よく、昔《むかし》から三日月《みかづき》に腰掛《こしか》けて変《へん》な笑《わら》い方《かた》をする細長《ほそなが》い奴《やつ》が居《い》るが、ハハア、此奴《こいつ》だったんだな、と」である。いかにも「一千一秒物語《いっせんいちびょうものがたり》」の作者《さくしゃ》が好《この》みそうなくだりだろう。西洋《せいよう》における「月《つき》の男《おとこ》 Man in the moon」の伝承《でんしょう》を踏《ふ》まえた表現《ひょうげん》。

走《はし》りよみ　急《いそ》いでざっと目《め》を通《とお》すこと。ななめよみ。

会心《かいしん》の笑《えみ》　満足《まんぞく》そうな微笑《びしょう》。

マッチのレッテル　マッチ箱《ばこ》に描《えが》かれた商標《しょうひょう》、ラベル。

たね　足穂《たるほ》の「黄漠奇聞《こうばくきぶん》」におけるダンセーニ作品《さくひん》のように、作品《さくひん》を発想《はっそう》する元《もと》になった別《べつ》の作品《さくひん》。

「ジャマイカ氏《し》の実験《じっけん》」　「新青年《しんせいねん》」昭和《しょうわ》三年《ねん》（一九二八）三月《がつ》号《ごう》に掲載《けいさい》された短篇小説《たんぺんしょうせつ》。原題《げんだい》は「ヂャマイカ氏《し》の実験《じっけん》」。足穂《たるほ》の記憶《きおく》と記載《きさい》が確《たし》かならば、この対話《たいわ》は沙良《さら》が病《やまい》に斃《たお》れる直前《ちょくぜん》になされたことが推察《すいさつ》されよう。

省線電車《しょうせんでんしゃ》　鉄道省《てつどうしょう》が運営《うんえい》する鉄道《てつどう》の電車《でんしゃ》。後《のち》の国電《こくでん》やＪＲに相当《そうとう》。

プラットホーム　(platform) 駅《えき》で乗客《じょうきゃく》が電車《でんしゃ》に乗《の》り降《お》りする場所《ばしょ》。

ついと　いきなり。

無心《むしん》のまま　気《き》がつかないまま。

ただして　「質《ただ》して」とも表記《ひょうき》。たずねて。問《と》いかけて。

いっこうに　少《すこ》しも。まったく。

空中歩行術《くうちゅうほこうじゅつ》　「ジャマイカ氏《し》の実験《じっけん》」の原文《げんぶん》では「空中遊行《くうちゅうゆうこう》術《じゅつ》」となっている。「遊行《ゆうこう》」はぶらぶら歩《ある》くこと。

体得《たいとく》　身《み》につけていること。

伝授《でんじゅ》　教《おし》え伝《つた》えること。

説《と》き伏《ふ》せて　説得《せっとく》して。

かれはその他《ほか》、ダンセーニや、ワイルド*や、ポオ*や、ホフマン*や、エーエルス*や、ビヤース*や、また、ウェルズ*の或《あ》る作《さく》を語《かた》る暇々《ひまひま》*に、こんどかくつもりだと云《い》う物語《ものがたり》のすじをきかせました。しかしそんな、例《たと》えば美人《びじん》の眼《め》の中《なか》に宝石《ほうせき》が隠《かく》されていたとか、乞食《こじき》がぐじゃぐじゃに崩《くず》れて、そのどろどろしたかたまりの上《うえ》に眼玉《めだま》が光《ひか》っていたとかいう話《はなし》は、かれの意気《いき》ごみと得意《とくい》さ*にくらべるといささか間《ま》が抜《ぬ》けている、と私《わたし》は思《おも》わずにおられませんでした。もっともかれ自身《じしん》、いわゆる北方《ほっぽう》からの便《たよ》りの中《なか》で述《の》べていました。「おれはどうしてこんな風雪《ふうせつ》にとじこめられた陰気《いんき》な所《ところ》に故郷《こきょう》を持《も》ったのであろう。おれはいくらあがいてもゴオチエ*のような方法《ほうほう》でしか行《い》けない。こんな点《てん》で明《あか》るい南方《なんぽう》に*生《う》まれたお

ワイルド　189頁《ぺーじ》参照《さんしょう》。

ポオ　133頁《ぺーじ》参照《さんしょう》。

ホフマン　(Ernst Theodor Amadeus Hoffmann　一七七六〜一八二二)ドイツの小説家《しょうせつか》、法律家《ほうりつか》、音楽家《おんがくか》。後期《こうき》ロマン派《は》を代表《だいひょう》する作家《さっか》のひとりで、「おばけのホフマン」と異名《いみょう》をとるほど、怪奇幻想《かいきげんそう》に耽溺《たんでき》する作風《さくふう》で知《し》られた。代表作《だいひょうさく》に長篇《ちょうへん》『悪魔《あくま》の霊液《れいえき》 Elixiere des Teufels』(一八一六)や短篇《たんぺん》集《しゅう》『カロ風《ふう》の幻想曲集《げんそうきょくしゅう》 Phantasiestücke in Callots Manier』(一八一四)など。ちなみに後者《こうしゃ》に含《ふく》まれる「大晦日《おおみそか》の夜《よる》の冒険《ぼうけん》 Die Abenteuer der Sylvesternacht」には、『影《かげ》をなく

した男《おとこ》』（127頁参照《ぺーじさんしょう》）の主人公《しゅじんこう》ペーター・シュレミールがゲスト出演《しゅつえん》している。

エーエルス　（Hans Heinz Ewers　一八七一〜一九四三）通常《つうじょう》は「エーヴェルス」と表記《ひょうき》。ドイツの怪奇小説家《かいきしょうせつか》。一九一〇年代《ねんだい》ドイツの怪奇幻想《かいきげんそう》ブームを牽引《けんいん》した作家《さっか》のひとり。長篇《ちょうへん》に『アルラウネ Alraune』（一九一一）や『吸血鬼《きゅうけつき》 Vampyr』（一九二一）、短篇《たんぺん》に江戸川乱歩《えどがわらんぽ》「目羅博士《めらはかせ》の不思議《ふしぎ》な犯罪《はんざい》」（一九三一）に霊感《れいかん》を与《あた》えた「蜘蛛《くも》 Die Slinne」など。パウル・ヴェーゲナー監督《かんとく》によるサイレント映画《えいが》で名高《なだか》い長篇《ちょうへん》『プラーグの大学生《だいがくせい》 Der Student von Prag』（一九三〇）は、ポオの「ウィリアム・ウィルソン」（189頁参照《ぺーじさんしょう》）を書《か》き替《か》えた分身譚《ぶんしんたん》である。

ビャース　（Ambrose Gwinnett Bierce　一八四二〜？）通常《つうじょう》は「ビアス」「ビアース」と表記《ひょうき》。アメリカの小説家《しょうせつか》、ジャーナリスト。南北戦争《なんぼくせんそう》に従軍後《じゅうぐんご》、辛辣《しんらつ》な筆法《ひっぽう》のジャーナリストとして活躍《かつやく》するかたわら、切《き》れ味鋭《あじするど》い短篇小説《たんぺんしょうせつ》にも才腕《さいわん》をふるった。代表作《だいひょうさく》に諷刺《ふうし》コラム集《しゅう》『悪魔《あくま》の辞典《じてん》 The Devil's Dictionary』（一九〇六）や怪奇短篇集《かいきたんぺんしゅう》『こんなことがありえようか Can Such Things Be?』（一八九三）など。一九一三年《ねん》、騒乱下《そうらんか》のメキシコを旅行中《りょこうちゅう》、消息《しょうそく》を絶《た》った。

ウェルズ　（Herbert George Wells　一八六六〜一九四六）イギリスの小説家《しょうせつか》、評論家《ひょうろんか》。教職《きょうしょく》を経《へ》て未来小説《みらいしょうせつ》『タイム・マシン The Time Machine』（一八九五）で文壇《ぶんだん》に登場《とうじょう》。『透明人間《とうめいにんげん》 The Invisible Man』（一八九七）『宇宙戦争《うちゅうせんそう》 The War of the Worlds』（一八九八）など、SF小説《しょうせつ》の先駆《せんく》となる名作《めいさく》を相次《あいつ》ぎ発表《はっぴょう》。科学的視野《かがくてきしや》に立《た》つ文明批評家《ぶんめいひひょうか》としての著作《ちょさく》に『世界史大系《せかいしたいけい》 The Outline of History』（一九二〇）など。

暇々《ひまひま》　合間《あいま》に。

得意《とくい》さ　自信《じしん》たっぷりなこと。

ゴオチエ　（Théophile Gautier　一八一一〜一八七二）「ゴーチエ」「ゴーティエ」とも表記《ひょうき》。フランスの詩人《しじん》、小説家《しょうせつか》。過激《かげき》なロマン派詩人《はしじん》たちのリーダーとして頭角《とうかく》をあらわし、後《のち》に「芸術《げいじゅつ》のための芸術《げいじゅつ》」理論《りろん》を唱《とな》えて高踏派《こうとうは》の先駆《さきが》けとなった。ボードレールに影響《えいきょう》を与《あた》えた詩集《ししゅう》『七宝《しっぽう》とカメオ Émaux et camées』（一八五二）、長篇小説《ちょうへんしょうせつ》『モーパン嬢《じょう》 Mademoiselle de Maupin』（一八三五）など。女吸血鬼小説《おんなきゅうけつきしょうせつ》の古典《こてん》「死霊《しりょう》の恋《こい》 La Morte amoureuse」（一八三六）をはじめとする怪奇幻想短篇《かいきげんそうたんぺん》は、ホフマンの影響下《えいきょうか》に書《か》かれたといい、ラフカディオ・ハーンや芥川龍之介《あくたがわりゅうのすけ》、谷崎潤一《たにざきじゅんいち》郎《ろう》ら東西《とうざい》の文豪《ぶんごう》に愛読《あいどく》された。

明《あか》るい南方《なんぽう》に……　足穂《たるほ》は大阪市船場《おおさかしせんば》に歯科医《しかい》の子《こ》として生《う》まれ、明石《あかし》や神戸《こうべ》で育《そだ》った。

まえの極楽《ごくらく》トンボ*性《せい》をうらやむ」と。極楽《ごくらく》トンボとは、実《じつ》は、屈託《くったく》なげに*きらきらした夜《よる》の銀座界隈《ぎんざかいわい》を*飛《と》び廻《まわ》っているかれにたいする私《わたし》の評言《ひょうげん》*なのでしたが、たとい*かれが何《なに》かまじめな勉強《べんきょう》をしている時間《じかん》について云《い》ってみても、どうやらそれは、「近代文学《きんだいぶんがく》の困《こま》った数《すう》ページをひとり踊《おど》り*したにすぎない。初《はじ》めからこんどのこ、こ、こ、*とが判《わか》っていたなら、そのきゅうくつなシャツを脱《ぬ》がせてやりたかった」という点《てん》にみんなの意見《いけん》が一致《いっち》しました。かれらは、かれの云《い》うことはどれもどこかに書《か》いてあったことであり、その行《おこな》いは空《から》ッポで、見《み》せびらかしで、つけやきば*であり、しかもそんな次第《しだい》*すらおいらがさんざんにいじめたり泣《な》かせたりした末《すえ》にかれをして習得《しゅうとく》せしめたところのものである、と云《い》うのでした。なるほどそう耳《みみ》にしてみると、（いったいそんなことを云《い》う手合《てあい》*がかれにくらべてどれだけダンディ*だったかは疑問《ぎもん》ですが）このぬっとした奴《やつ》*の芸術《げいじゅつ》が、今後《こんご》いかように発展《はってん》を俟《ま》った*ところが“Pen, Pencil, and Poison”の主人公《しゅじんこう》*の審美的《しんびてき》*折衷主義《せっちゅうしゅぎ》*を出《で》ないのはたしかだ、と私《わたし》にも考《かんが》えられました。そのことは、沙良峰夫《さらみねお》*といういともはかなげなペンネームや、コカイン*をしませた綿《わた》を鼻孔《びこう》へ差《さ》しこんでいる手《て》つきや、先《さき》のとがった靴《くつ》や、黒《くろ》びろうど*で縁取《ふちど》

極楽《ごくらく》トンボ　「極楽蜻蛉《ごくらくとんぼ》」とも表記《ひょうき》。悩《なや》みもなくのんきに暮《く》らしている者《もの》を揶揄《やゆ》していう呼称《こしょう》。

屈託《くったく》なげに　心配《しんぱい》や気苦労《きぐろう》のない様子《ようす》で。

夜《よる》の銀座界隈《ぎんざかいわい》を……　雑誌《ざっし》「銀座《ぎんざ》」第《だい》三号《ごう》（一九二五）に掲載《けいさい》された「カフェライオン鼻《はな》つまみ番附《ばんづけ》」で、沙良《さら》は西《にし》の大関《おおぜき》に次《つ》ぐ関脇《せきわけ》の地位《ちい》に掲《かか》げられており、その理由《りゆう》は「酔《よ》うとニシン場《ば》の自慢《じまん》をするから」とされている。

評言《ひょうげん》　批評《ひひょう》して云《い》う言葉《ことば》。

たとい　「たとえ」に同《おな》じ。

ひとり踊《おど》り　自分《じぶん》だけで分《わ》かったつもりで何《なに》かをするさま。

こんどのこと　沙良《さら》の急《きゅう》な病没《びょうぼつ》を指《さ》す。

つけやきば　「付焼刃《つけやきば》」とも表記《ひょうき》。その場《ば》しのぎに身《み》につけること。急《いそ》いで習得《しゅうとく》すること。

次第《しだい》　経緯《けいい》。なりゆき。

手合《てあい》　連中《れんちゅう》。

ダンディ　（dandy）「ダンディー」とも。洗練《せんれん》された服装《ふくそう》や身《み》ごなしの男性《だんせい》。洒落者《しゃれもの》。伊達者《だてもの》。

ぬっとした奴《やつ》　大柄《おおがら》で抜《ぬ》きん出《で》て見《み》える奴《やつ》。

俟《ま》った　期待《きたい》した。

"Pen, Pencil, and Poison"の主人公《しゅじんこう》　オスカー・ワイルド（189頁参照《ページさんしょう》）が著《あら》わした評伝《ひょうでん》『ペンと鉛筆《えんぴつ》と毒薬《どくやく》Pen,Pencil and Poison』（一八八五）に登場《とうじょう》する十九世紀《せいき》英国《えいこく》の文人画家《ぶんじんがか》にして毒殺魔《どくさつま》トーマス・グリフィス・ウェインライト（Thomas Griffiths Wainewright　一七九四～一八四七）を指《さ》す。

審美的《しんびてき》　内容《ないよう》よりもスタイルや色彩《しきさい》の美《うつく》しさを重《おも》んじること。

折衷《せっちゅう》主義《しゅぎ》　様々《さまざま》な体系《たいけい》から互《たが》いに妥協《だきょう》できるような考《かんが》えのみを抽出《ちゅうしゅつ》して、ひとつにまとめあげる姿勢《しせい》。

沙良峰夫《さらみねお》　195頁参照《ページさんしょう》。

コカイン　（cocaine）麻薬《まやく》の一種《いっしゅ》。コカ（コカノキ科《か》の低木《ていぼく》）の葉《は》に含《ふく》まれるアルカロイド。無色無臭《むしょくむしゅう》の結晶《けっしょう》で、粘膜《ねんまく》にふれると強《つよ》い局所麻痺《きょくしょまひ》作用《さよう》を有《ゆう》する。体内《たいない》に吸収《きゅうしゅう》されると急性《きゅうせい》中毒《ちゅうどく》を発症《はっしょう》し、目眩《めまい》・悪心《おしん》・幻覚幻聴《げんかくげんちょう》などをもたらす。

黒《くろ》びろうど　「黒天鵞絨《くろびろうど》」とも表記《ひょうき》。天鵞絨《びろうど》（veludo）は西洋《せいよう》渡来《とらい》の滑《なめ》らかで光沢《こうたく》あるパイル織物《おりもの》の一種《しゅ》。ベルベット。

った上衣《うわぎ》などをかえりみても*うなずけます。鴉片《あへん》*溺愛《できあい》*のデ＝クィンシー*や毒殺者《どくさつしゃ》ウェーンライト*を持《も》ち出《だ》すことは、かれをして有頂天《うちょうてん》*にさせました。かれは、自分《じぶん》も“Some Passage from the Life of Egmet Bommot”*を出《だ》すのだと云《い》って、白《しろ》と金《きん》と緑《みどり》とから成立《なりた》つべきその装幀《そうてい》について、私《わたし》にきかせました。

しばらくかれは姿《すがた》を見《み》せなくなりました。足《あし》の関節《かんせつ》を病《や》んでいるとの噂《うわさ》でしたが、次《つぎ》には、郷里《きょうり》へ帰《かえ》っている*ということが知《し》れてきました。かれの家《いえ》は網元《あみもと》*だが、両親《りょうしん》は夙《はや》くに*失《な》くなり、いまではかれの妹《いもうと》と、祖父《そふ》と、そして十年間《じゅうねんかん》も外《そと》へ出《で》ないで本《ほん》ばかり読《よ》んでいる人間嫌《にんげんぎら》いの叔父《おじ》さんとかがそこにいるのだという話《はなし》でした。半年《はんとし》ほどたってかれは再《ふたた》び上京《じょうきょう》しました。その折《おり》かれは、いわゆる北方《ほっぽう》の或《あ》る町《まち》の酒場《さかば》で偶然《ぐうぜん》眼《め》にふれた冊子《さっし》*で読《よ》んだ私《わたし》の小品《しょうひん》*を、しきりにほめて、その中《なか》の文句《もんく》、「旦那《だんな》、へんな奴《やつ》らが*はびこってきやした。こんな晩《ばん》には切上《きりあ》げる方《ほう》が利口《りこう》でげすよ」をくり返《かえ》し述《の》べて、例《れい》のごとくうれしげでした。次《つぎ》に逢《あ》った時《とき》、かれは山高帽《やまたかぼう》*をあみだ*にかむって、妙《みょう》なインバネス*をひっかけていました。この帽子《ぼうし》は、私《わたし》の提言《ていげん》*にもとづいて先夜《せんや》、私《わたし》の姿《すがた》が見《み》えなくなるなり、*ただち

かえりみても 思《おも》い返《かえ》しても。

鴉片《あへん》 「阿片《あへん》」に同《おな》じ。15頁参照《ページさんしょう》。

溺愛《できあい》 おぼれるほど愛好《あいこう》すること。ハマること。

デ=クィンシー (Thomas De Quincey 一七八五〜一八五九)イギリスの批評家《ひひょうか》、エッセイスト。若《わか》くして阿片中毒《あへんちゅうどく》となった経験《けいけん》にもとづく自伝的作品《じでんてきさくひん》『阿片常用者《あへんじょうようしゃ》の告白《こくはく》』Confessions of an English Opium Eater』(一八二二)で知《し》られる。

ウェーンライト 207頁参照《ページさんしょう》。

有頂天《うちょうてん》 我《われ》を忘《わす》れること。得意《とくい》の絶頂《ぜっちょう》。

Egmet Bommot 未詳《みしょう》。

郷里《きょうり》へ帰《かえ》っている 沙良《さら》は昭和《しょうわ》二年《ねん》(一九二七)の夏《なつ》、病気《びょうき》療養《りょうよう》のため帰省《きせい》している。その直前《ちょくぜん》に雑誌《ざっし》「クラク」八月《がつ》号《ごう》に掲載《けいさい》された詩《し》が「海《うみ》のまぼろし」である。次《つぎ》にその全文《ぜんぶん》を掲《かか》げる。

「冬《ふゆ》の海《うみ》こえて/女《おんな》が去つた、/枯《か》れた花《はな》の匂《におい》をのこして。/白《しろ》い霧《きり》の中《なか》へ/船《ふね》はかくれて行《い》つた/さびしい小鳥《ことり》のやうに。/仄暗《ほのぐら》い沖《おき》のかなた、/とほい北《きた》の冷《つめ》たい夢《ゆめ》の/なんて目《め》に沁《し》みることだ/涙《なみだ》もなくて一人《ひとり》ゆく/小《ちい》さいうしろ姿《すがた》よ、/はかない雪《ゆき》の上《うえ》の足跡《あしあと》よ、/それもやがて消《き》えうせる。/死《し》んだより哀《かな》しい女《おんな》、/思《おも》へば海《うみ》の上《うえ》に己《おれ》の心《こころ》に/ああ雪《ゆき》が降《ふ》る　雪《ゆき》がふる。」

なお、「海《うみ》のまぼろし」には二種類《しゅるい》の楽曲《がっきょく》が存在《そんざい》する。発表《はっぴょう》直後《ちょくご》に箕作秋吉《みつくりしゅうきち》が作曲《さっきょく》した「悲歌《ひか》」(組曲《くみきょく》「亡《な》き子《こ》に」の第《だい》三曲《きょく》)と、Wilsonic作曲《さっきょく》のボーカロイド曲《きょく》「海《うみ》のまぼろし」である(ともにネット動画《どうが》で視聴可能《しちょうかのう》)。

網元《あみもと》 漁船《ぎょせん》や漁網《ぎょもう》を所有《しょゆう》して、多《おお》くの漁夫《ぎょふ》を雇用《こよう》して漁業《ぎょぎょう》を営《いとな》む者《もの》。「網主《あみぬし》」とも。

夙《はや》くに 「早《はや》くに」に同《おな》じ。

冊子《さっし》 書物《しょもつ》、書籍《しょせき》。

私《わたし》の小品《しょうひん》 大正《たいしょう》十四年《ねん》九月《がつ》「新小説《しんしょうせつ》」に、大正《たいしょう》十五年《ねん》四月《がつ》「虚無思想《きょむしそう》」に、それぞれ掲載《けいさい》された「月光密輸入《げっこうみつゆにゅう》」のことか。

「旦那《だんな》、へんな奴《やつ》らが…… 本篇冒頭《ほんぺんぼうとう》の『ファウスト』からの引用《いんよう》に照応《しょうおう》する文句《もんく》だが、「月光密輸入《げっこうみつゆにゅう》」の現行本文《げんこうほんぶん》に該当《がいとう》する箇所《かしょ》はない。

山高帽《やまたかぼう》 礼装《れいそう》の際《さい》にかぶる、てっぺんが円《まる》くて高《たか》くなったフェルト製《せい》の帽子《ぼうし》。

あみだ 「阿弥陀被《あみだかぶ》り」の略《りゃく》。仏教《ぶっきょう》の阿弥陀仏《あみだぶつ》が光背《こうはい》を背負《せお》うような形《かたち》で、帽子《ぼうし》などを後頭部《こうとうぶ》に傾《かたむ》けてかぶること。

インバネス 「インヴァネス」に同《おな》じ。177頁参照《ページさんしょう》。

提言《ていげん》 アドバイス。助言《じょげん》。

見《み》えなくなるなり 見《み》えなくなると同時《どうじ》に。

に帽子店《ぼうしてん》へ飛《と》びこんで買《か》ったのだとかれは云《い》いました。マントー*は、従来《じゅうらい》持《も》っていた二重《にじゅう》廻《まわ》*しの下半分《したはんぶん》を自身《じしん》で切《き》り取《と》ったものでした。食《た》べるにも飲《の》むにもかれは相変《あいかわ》らず達者《たっしゃ》でした。もっとも、せっかく腹中《ふくちゅう》におさめたものは、表《おもて》に出《で》て風《かぜ》に当《あた》ったとたんに嘔《は》き戻《もど》してしまうのではありましたが。――しかし、こんどはいよいよ仕事《しごと》に取《と》りかかるのだと云《い》って、なかなか愉《たの》しげに見《み》えました。が、時《とき》はすでに遅《おそ》かったのです。私《わたし》はその後一回《ごいっかい》しかかれと話《はなし》を交《かわ》すことができませんでした。なぜなら、全《まった》く不意《ふい》にかれを訪《おとず》れたのは、このたびの無理《むり》な出京《しゅっきょう》*を追《お》うてきた北方《ほっぽう》の使者《ししゃ》ではありません。それは、かれが日頃《ひごろ》から霧《きり》の深《ふか》い夜《よる》に場末《ばすえ》の酒場《さかば》かどこかで逢《あ》うことを願《ねが》っていた男《おとこ》、こうもりみたいな羽根《はね》のある人物《じんぶつ》*に他《ほか》ならなかったからです。しかもかれと議論《ぎろん》するのではなく、かれを迎《むか》えにきたのであったところのその人物《じんぶつ》は、かれを引《ひ》き立《た》てて、ネオンサイン*を映《うつ》した街《まち》の石《いし》だたみの隙間《すきま》からもろともに降《お》*りて行《い》ったのでした。

☆

或《あ》る夜《よ》、雨《あめ》には風《かぜ》が加《くわ》わっていました。私《わたし》たちは、かれが東京《とうきょう》で最初《さいしょ》にくぐった酒場《さかば》だという銀座横町《ぎんざよこちょう》の「ロシア」*の二階《にかい》に集《あつ》まっていました。かれを襲《おそ》うたあまり例《れい》のない内

マントー (manteau) 通常《つうじょう》は「マント」と表記《ひょうき》。衣服《いふく》の上《うえ》に羽織《はお》る、ゆったりした造《つく》りの外套《がいとう》。日本《にほん》では特《とく》に袖《そで》なしのものをいう。幕末《ばくまつ》に軍隊《ぐんたい》に導入《どうにゅう》され、一般《いっぱん》にも普及《ふきゅう》した。

二重廻《にじゅうまわ》し インヴァネスを和服用《わふくよう》に長《なが》くした外套《がいとう》。

出京《しゅっきょう》 地方《ちほう》から都《みやこ》へ出《で》ること。上京《じょうきょう》。

こうもりみたいな羽根《はね》のある人物《じんぶつ》 悪魔《あくま》もしくは死神《しにがみ》を暗示《あんじ》。『ファウスト』におけるメフィストフェレスのような存在《そんざい》。

ネオンサイン (neon sign) ネオン、アルゴン、水銀蒸気《すいぎんじょうき》などが封入《ふうにゅう》された放電灯《ほうでんとう》（ネオン灯《とう》）を用《もち》いて描《えが》かれる文字《もじ》や絵《え》。屋外《おくがい》の広告《こうこく》や装飾《そうしょく》に用《もち》いられる。

もろともに 一緒《いっしょ》に。連《つ》れ立《だ》って。

「ロシア」 安藤更生《あんどうこうせい》『銀座細見《ぎんざさいけん》』（１９９頁参照《ぺーじさんしょう》）より引用《いんよう》する。「ロシアは今《いま》の松坂屋《まつざかや》の横《よこ》、カーネーションというバーのところにあった。表《おもて》をシベリアに見《み》るような丸木小屋《まるきごや》のように造《つく》った小《こ》ヂンマリとした店《みせ》だった。店主《てんしゅ》は辻衛《つじまもる》氏《し》といって、洋画家《ようがか》の辻永《つじひさし》さんの弟《おとうと》だった。プランタンがフランス趣味《しゅみ》のカフエだったのに対《たい》して、この家《いえ》はその名《な》の如《ごと》く飽《あ》くまでもロシア好《ごの》みだった。（略《りゃく》）画家《がか》、ロシア文学者《ぶんがくしゃ》、社会主義者《かいしゅぎしゃ》などがよく集《あつま》った。僕《ぼく》は外国語学校《がいこくごがっこう》の生徒《せいと》だった時分《じぶん》に、露語科《ろごか》の友《とも》だちに連《つ》れられてはじめてこの家《いえ》へ行《い》った。沙良峯夫《さらみねお》と二人《ふたり》で、はじめてアプサントを飲《の》んだのもこの家《いえ》だった。後年銀座屈指《こうねんぎんざくっし》の酒豪《しゅごう》となって、ついに酒《さけ》のために倒《たお》れた沙良峯夫《さらみねお》も、その時《とき》は恐《おそ》る恐《おそ》る一《いっ》パイのアプサントを二人《ふたり》で半分《はんぶん》ずつ飲《の》んだ。（略《りゃく》）カフエで文学《ぶんがく》の話《はなし》をするなんて、今《いま》の銀座《ぎんざ》のカフエの空気《くうき》から考《かんが》えたら、嘘《うそ》みたいな話《はなし》だ。今《いま》だったら、なんて野暮天《やぼてん》だろうなどといわれるのが落《おち》だ。そんな僕《ぼく》がお花《はな》さんと話《はな》し合《あ》ったり知《し》り合《あ》いになったりしたのは、たしかに美男梅沢孝一《びなんうめざわこういち》がそのキッカケを作《つく》ってくれたのだろう」

臓《ぞう》の疾患《しっかん》についてみんなはいくらか詳細《しょうさい》に知《し》りたかったのでしょうが、説明役《せつめいやく》は、「同《おな》じことだから」とそんなわけの判《わか》らぬことを云《い》って、中途《ちゅうと》で座《ざ》に坐《すわ》ってしまいました。「これから生《い》きていてもさて何《なに》をする所《ところ》があったか？」と最初《さいしょ》の一人《ひとり》が云《い》ったことに、もはや何人《なんぴと》もつけ足《た》すものがないようでした。それのみか、「殺《ころ》すわけにも行《い》かなかったんだからな」と思《おも》っている者《もの》さえあるようでした。一同《いちどう》はしばらく窓《まど》ガラスを打《う》つ雨《あめ》の音《おと》をきいていましたが、ふいに一人《ひとり》が口《くち》に出《だ》しました。

「まるで化物《ばけもの》だよ。あいつがあの山高《やまたか》をかむってさ、手製《てせい》のトンビ*をひっかけ、電車《でんしゃ》に飛《と》び乗《の》ってつり革《かわ》を持《も》とうとしたら、そこにいた女《おんな》が顔色《かおいろ》を変《か》えて逃《に》げたとよ」

ドッと笑声《わらいごえ》が上《あが》りました。もう集《あつ》まっている必要《ひつよう》はなかったので、人々《ひとびと》は散《ち》りかけて*いました。狭《せま》い階段《かいだん》を降《お》りると、おもてのドアは風《かぜ》にあおられて、しぶきが吹《ふ》きこんでいました。

「ひやぁ！　嵐《あらし》じゃねえか。追悼会《ついとうかい》がこんな晩《ばん》だとはどこまで手《て》を焼《や》かせる野郎《やろう》なんだろう」

と一人《ひとり》が腹立《はらだ》たしそうに叫《さけ》びました。

「しかし晩年《ばんねん》には」と私《わたし》は、さっきから考《かんが》えていたことに結末《けつまつ》をつけるように云《い》いました。

「あの、影《かげ》を買《か》ってくるくると*巻《ま》いてポケットへしまいこんだ男《おとこ》の弟子《でし》のようなところがあったぜ」

「そうだ、あの男《おとこ》には影《かげ》が*なかったからな」

面《おも》を向《む》けようもない横《よこ》なぐりの*、土砂降《どしゃぶ》りの街《まち》に、再《ふたた》び笑《わら》いがひびきました。

（「文芸汎論《ぶんげいはんろん》」昭和《しょうわ》七年《ねん》八月号《がつごう》に掲載《けいさい》）

トンビ　「インヴァネス」「二重廻《にじゅうまわ》し」に同《おな》じ。177頁参照《ぺーじさんしょう》。

散《ち》りかけて　散会《さんかい》しかけて。

影《かげ》を買《か》ってくるくると……　シャミッソーの『影《かげ》をなくした男《おとこ》』で、謎《なぞ》の男《おとこ》が主人公《しゅじんこう》の影《かげ》を買《か》うときの所作《しょさ》を指《さ》す。「私《わたし》は男《おとこ》の手《て》を握《にぎ》りました。すると男《おとこ》はこちらの手《て》を握《にぎ》り返《かえ》し、ついで私《わたし》の足《あし》もとにひざまずくと、いとも鮮《あざ》やかな手《て》つきで私《わたし》の影《かげ》を頭《あたま》のてっぺんから足《あし》の先《さき》まできれいに草《くさ》の上《うえ》からもち上《あ》げてクルクルと巻《ま》きとり、ポケットに収《おさ》めました」（池《いけ》内紀訳《うちおさむやく》／岩波文庫《いわなみぶんこ》）

あの男《おとこ》には影《かげ》が……　足穂《たるほ》の「北極光《ほっきょくこう》」より引用《いんよう》する。「暗《くら》い海《うみ》のかなたにちらちらするあの光《ひかり》はたしかに〝Merry Dancers〟と申《もう》しました。かれもおそらく複数《ふくすう》だったのでしょう。故人《こじん》についてはいずれ短文《たんぶん》を書《か》きたいから、とそれだけを述《の》べて私《わたし》は坐《すわ》りました。こんどは右隣《みぎどなり》にいるガラス細工《ざいく》めく人《ひと》が云《い》うのです。／『それは A Shadowless Gentleman という題《だい》にするんだね』」

横《よこ》なぐり　雨風《あめかぜ》が横手《よこて》から激《はげ》しく吹《ふ》きつけるさま。

城昌幸
じょう まさ ゆき

影の路
かげ　みち

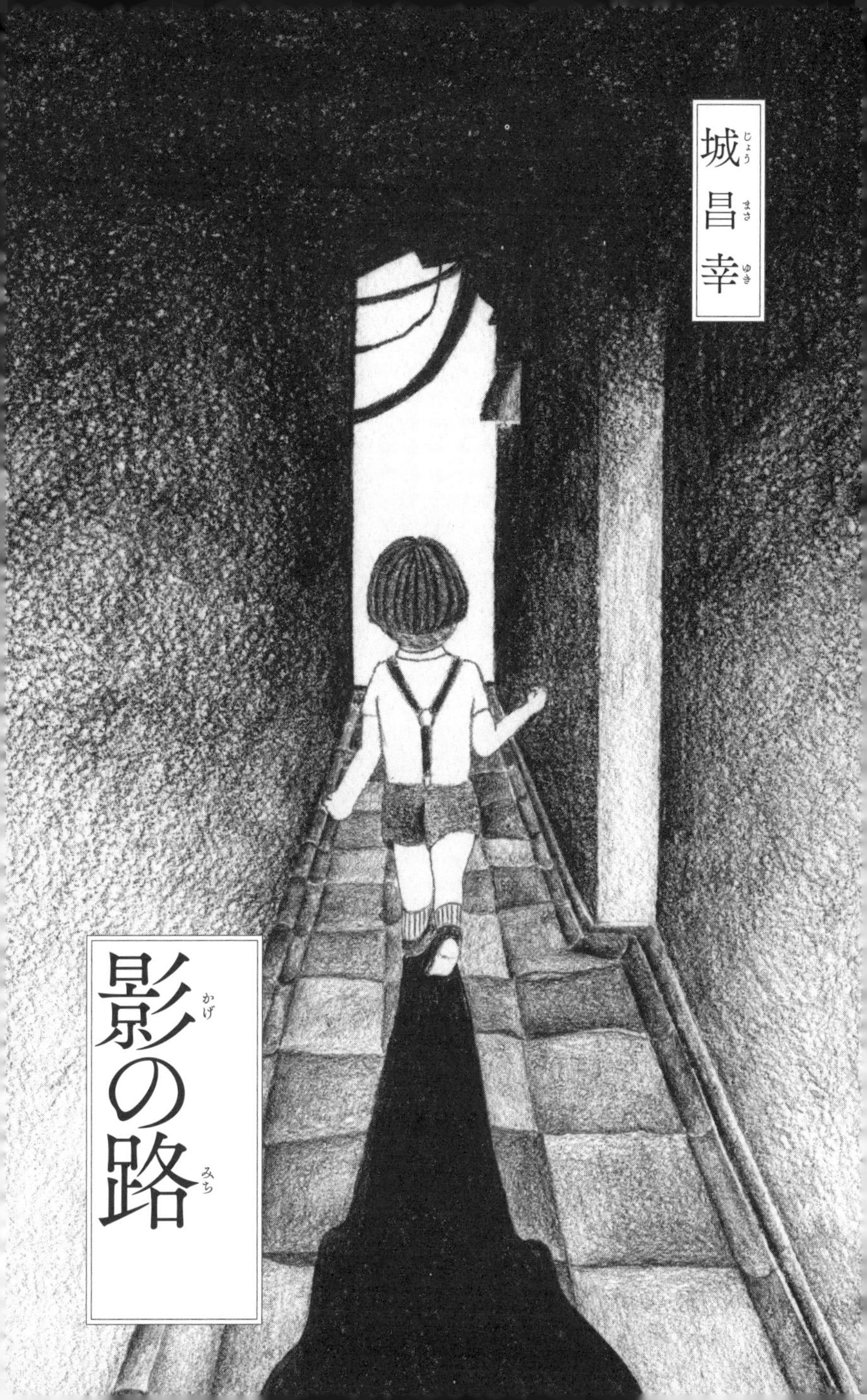

もう古《ふる》いことになります。銀座通《ぎんざどお》りが未《ま》だ煉瓦路《れんがみち》*だった頃《ころ》のお話《はなし》で。その時分《じぶん》の裏通《うらどお》りの家《いえ》の中《なか》には……今《いま》でも火事《かじ》に逢《あ》わない古《ふる》い町筋《まちすじ》には残《のこ》っているでしょうが、家《いえ》と家《いえ》との作《つく》りが、お互《たが》いに変《へん》てこ*に入《い》り組《く》んでしまっているのがあります。例《たと》えば表通《おもてどお》りの店《みせ》が何《なに》かのことで身上《しんしょう》を起《お》こし手狭《てぜま》*になると、隣《とな》りを買《か》いつぶし*、裏《うら》へ延《の》びて行《い》き……階下《かいか》の壁《かべ》は抜《ぬ》いても*二階《にかい》は、そのままで別々《べつべつ》の梯子段《はしごだん》からでないと上《あ》がれなかったり、裏通《うらどお》りまで抜《ぬ》けるカギ型《がた》の家《いえ》で、他《ほか》の家《いえ》が、どてッ腹《ぱら》*に食《く》いこんでいたりしているような家《いえ》です。

よくは知《し》りませんが、大阪《おおさか》の町家《まちや》*などでは二軒共通《にけんきょうつう》の便所《べんじょ》があると云《い》います。つまり、戸《と》が両方《りょうほう》に付《つ》いていて、各々《おのおの》、桟《さん》が下《お》りる*仕掛《しか》けなんですね。まア、そんな訳合《わけあい》*に入《い》り組《く》んでいたものでした。

それに庇合《ひあわい》*が、やっと人《ひと》が一人《ひとり》通《とお》れるくらいの間《あいだ》しか取《と》ってないのですから、背中合《せなかあ》わせの二階《にかい》の部屋《へや》と来《き》たら、お互《たが》いの窓《まど》と窓《まど》とは、手《て》を延《の》ばせば、とどこうという近《ちか》さなんです。おまけに、物干《ものほ》し場《ば》は必《かなら》ず二階《にかい》の窓《まど》の前《まえ》ときまっていますから、隣《とな》りというより隣《とな》り座敷《ざしき》、お互《たが》いが、ちょいと一《ひ》とまたぎすれば往《ゆ》き来自由自在《きじゆうじざい》という有様《ありさま》です。

ですから、その気《き》になったら、裏通《うらどお》りの二階伝《にかいづた》いで、それからそれへと、電車通《でんしゃどお》り*まで下駄《げた》を履《は》かないで一町《いっちょう》*ぐらいは行《い》かれてしまうわけです。

煉瓦路《れんがみち》　煉瓦《れんが》で舗装《ほそう》された道路《どうろ》。明治《めいじ》五年《ねん》（一八七二）の銀座《ぎんざ》大火後《たいかご》、東京府知事《とうきょうふちじ》・由利公正《ゆりきみまさ》は耐火防災《たいかぼうさい》の観点《かんてん》から、銀《ぎん》座通《ざどお》りに面《めん》する建物《たてもの》を煉瓦造《れんがづく》りの洋風建築《ようふうけんちく》で統一《とういつ》する施策《しさく》を進《すす》め、ここに銀座煉瓦街《ぎんざれんがい》が誕生《たんじょう》した。その際《さい》、道路幅《どうろはば》も十五間《けん》（約《やく》二七メートル）に拡幅《かくふく》され、歩道《ほどう》には煉瓦《れんが》が敷《し》き詰《つ》められた。新《あら》たな西洋風《せいようふう》の繁華街《はんかがい》として賑《にぎ》わった銀座煉瓦街《ぎんざれんがい》だが、大正《たいしょう》十二年《ねん》（一九二三）の関東大震災《かんとうだいしんさい》で壊滅状態《かいめつじょうたい》となり、復興後《ふっこうご》は歩道《ほどう》もコンクリート舗装《ほそう》に改《あらた》められた。

変《へん》てこ　奇妙《きみょう》な具合《ぐあい》に。

身上《しんしょう》を起《お》こし　商売《しょうばい》・事業《じぎょう》に成功《せいこう》すること。

買《か》いつぶし　隣家《りんか》を買収《ばいしゅう》して造《つく》り替《か》えること。

抜《ぬ》いて　壁《かべ》を壊《こわ》して、行《い》き来《き》できるようにすること。

どてッ腹《ぱら》　「土手《どて》っ腹《ぱら》」とも表記《ひょうき》。「腹《はら》」「腹部《ふくぶ》」の乱暴《らんぼう》な言《い》い方《かた》。

町家《まちや》　町人《ちょうにん》の住《す》む商家《しょうか》。

桟《さん》が下《お》りる　鍵《かぎ》がかかること。

訳合《わけあい》　具合《ぐあい》。次第《しだい》。

庇合《ひあわい》　通常《つうじょう》は「廂間《ひあわい》」と表記《ひょうき》。家《いえ》と家《いえ》との間《あいだ》の狭《せま》い通路《つうろ》。日光《にっこう》が通《とお》らない仄暗《ほのぐら》い場所《ばしょ》。「ひあい」とも発音《はつおん》。

電車通《でんしゃどお》り　路面電車《ろめんでんしゃ》が通《とお》る表通《おもてどお》り。

一町《いっちょう》　約《やく》一〇九メートル。

私《わたし》が、未《ま》だ小学校《しょうがっこう》へはいる前《まえ》ですから、七《なな》ツか八《やっ》ツの四月《しがつ》ぐらいまでの時《とき》でしょう。その頃《ころ》、私《わたし》の父親《ちちおや》は、銀座通《ぎんざどお》りの或《あ》る大《おお》きな呉服屋《ごふくや》*……名前《なまえ》を申《もう》したら、まだご存知《ぞんじ》の方《かた》があるかも知《し》れませんが、そこの通《かよ》い番頭《ばんとう》*をして居《お》り、今云《いまい》ったような裏通《うらどお》りの二階《にかい》に住《す》んで居《お》りました。それも裏通《うらどお》りの又裏《またうら》で、夏《なつ》なんぞは風《かぜ》ひとつはいらず、それはもう暑《あつ》うござんした*。

子供《こども》の頃《ころ》、私《わたし》は極《ご》く内気《うちき》な張虫《はりむし》*で、あまり外《そと》へ出《で》たがらず、内《うち》で、しんねりむっつり*、独《ひと》り言《ごと》を云《い》って遊《あそ》んでいるという性質《せいしつ》で、女《おんな》の子《こ》よりも、おとなしい子供《こども》でした。

ある時《とき》……今《いま》でも、よく覚《おぼ》えて居《お》りますが、びしょびしょと雨《あめ》が降《ふ》り続《つづ》いて、鬱陶《うっとう》しい、薄暗《うすぐら》い日《ひ》でした。二階《にかい》の窓《まど》から、所在《しょざい》ないままに*、雨《あま》だれの水玉《みずたま》が、つ、つゥと樋《とい》*を伝《つた》っては大《おお》きくふとって、揚句《あげく》*、ぽとんと落《お》ちてしまうのを見《み》ていたのでしたが、ふいと思《おも》いついて、お隣《とな》りの二階《にかい》へ渡《わた》ったものです。

お隣《とな》りさんは、夜店《よみせ》の古本屋《ふるほんや》*で、ごたごたと、その座敷《ざしき》には、かび臭《くさ》い本《ほん》が積《つ》み重《かさ》なっていました。常《つね》から、*おかみさんは、私《わたし》を可愛《かわい》がってくれていたので、子供《こども》には、隣《とな》りも自分《じぶん》の家《いえ》も区別《くべつ》はありません。

暫《しばら》く、そうして、本《ほん》や雑誌《ざっし》の口絵《くちえ》なんぞ見《み》ていましたが、それにも飽《あ》きて、狭《せま》い、本《ほん》の山《やま》の間《あいだ》を鼠《ねずみ》のようにチョコチョコしているうちに、窓《まど》があって、眼《め》の前《まえ》に、よく拭《ふ》きこまれた他《ほか》の家《いえ》の廊下《ろうか》が見《み》えました。

綺麗《きれい》に磨《みが》きこまれた、その廊下《ろうか》を見《み》ると、子供心《こどもごころ》で、滑《すべ》ってみたくなったんですね、ひよいとそっちへ移《うつ》りました。

呉服屋《ごふくや》　近世以来《きんせいいらい》、銀座《ぎんざ》の表通《おもてどお》りには、恵比須屋《えびすや》、布袋屋《ほていや》、亀屋《かめや》などの呉服店《ごふくてん》が軒《のき》を並《なら》べて繁盛《はんじょう》し、その裏手《うらて》には職人町《しょくにんまち》が広《ひろ》がっていた。

通《かよ》い番頭《ばんとう》　「番頭《ばんとう》」は商家《しょうか》の務《つと》め人《にん》のリーダー格《かく》で、主人《しゅじん》の下《した》で店《みせ》の業務全般《ぎょうむぜんぱん》を管轄《かんかつ》する者《もの》。「通《かよ》い」は住《す》み込《こ》みでなく通勤《つうきん》する番頭《ばんとう》のこと。

暑《あつ》うござんした　暑《あつ》かったのです。江戸前《えどまえ》の物言《ものい》い。

張虫《はりむし》　頑固者《がんこもの》。意地《いじ》っ張《ぱ》り。

しんねりむっつり　無口《むくち》で内向的《ないこうてき》なさま。そのような性質《せいしつ》。

所在《しょざい》ない　やることがなくて退屈《たいくつ》なこと。

樋《とい》　屋根《やね》に降《ふ》る雨水《あまみず》を受《う》けて地上《ちじょう》へ流《なが》すための溝状《みぞじょう》や筒状《つつじょう》をした装置《そうち》。軒《のき》に渡《わた》すものを軒樋《のきどい》（横樋《よこどい》）といい、その端《はし》に竪《たて》に渡《わた》すものを竪樋《たてどい》という。「とゆ」「とよ」とも。

揚句《あげく》　最後《さいご》に。

夜店《よみせ》の古本屋《ふるほんや》　戦前《せんぜん》は銀座《ぎんざ》、上野《うえの》、神楽坂《かぐらざか》などの繁華街《はんかがい》で夜間《やかん》、露店《ろてん》で古本《ふるほん》を商《あきな》う業者《ぎょうしゃ》が多数《たすう》、存在《そんざい》した。江戸川乱歩《えどがわらんぽ》の初期短篇《しょきたんぺん》「D坂《ざか》の殺人事件《さつじんじけん》」（一九二五）も、古本《ふるほん》の夜店《よみせ》を出《だ》すため主人《しゅじん》が留守《るす》にした間《あいだ》に起《お》きる細君殺害事件《さいくんさつがいじけん》の話《はなし》である。

常《つね》から　ふだんから。いつでも。

二三度《にさんど》、滑《すべ》ってみてから、廊下《ろうか》が左《ひだり》へ曲《まが》る角《かど》の部屋《へや》を、何心《なにごころ》なく*覗《のぞ》きこみました。どこかの店《みせ》の土蔵《どぞう》が、つい*目《め》の前《まえ》に、のしかかるように突《つ》っ立《た》つ薄暗《うすぐら》い部屋《へや》でした。中《なか》に、人《ひと》がひとりいました。今《いま》から考《かんが》えると、あれは……廿《にじゅう》*四《し》五《ご》でしょうかね、小柄《こがら》な色《いろ》の白《しろ》い綺麗《きれい》な女《おんな》で、すこし横坐《よこずわ》り*になって縫物《ぬいもの》をしています。

私《わたし》は、ちょッ、ちょッと、二三遍《にさんべん》、顔《かお》を出《だ》したり引《ひ》ッこめたりしました。するると、その何度目《なんどめ》かに、女《おんな》が、こちらを見《み》て、にっこり笑《わら》ったものです。

私《わたし》は、恥《はず》かしそうに、すこしテレながらも、次第《しだい》に子供《こども》の臆面《おくめん》のなさ*で、その座敷《ざしき》に這《は》入《い》り*こんでしまいました。

そして、こんなことから、私《わたし》は、その縫物《ぬいもの》をする女《おんな》と仲好《なかよ》しになりました。その後《ご》は、ひとり遊《あそ》びに退屈《たいくつ》すると、例《れい》の間道《かんどう》*……古本屋《ふるほんや》の二階《にかい》を中継《なかつ》*ぎにして遊《あそ》びに行《い》きました。女《おんな》は、一度《いちど》も、厭《いや》な顔《かお》も邪魔《じゃま》そうな気《け》ぶり*も見《み》せず、私《わたし》の相手《あいて》になってくれました。何時《いつ》来《き》て見《み》ても、女《おんな》は、物静《ものしず》かに、うつ向《む》いて針仕事《はりしごと》*をしていました。私《わたし》は、傍《そば》で転《ころ》がったりして、針山《はりやま》*を物差《ものさ》しで叩《たた》いてみたり、大《おお》きな鋏《はさみ》で小布《こぎれ》などを切《き》り刻《きざ》んだりしていたものです。多分《たぶん》、何《なに》か話《はなし》をしたのだろうと思《おも》うのですが、何《なに》を喋《しゃべ》ったか、今《いま》では、まるでもう覚《おぼ》えては居《お》りません。……四十年《よんじゅうねん》も前《まえ》の古《ふる》いことですし……。それに、女《おんな》は、どっちかというと無口《むくち》だったようです。その部屋《へや》に他《ほか》の人間《にんげん》が来《き》たこともなかったようです。賑《にぎ》やかな下町《したまち》のド真《ま》ン中《なか》でいながら、その土蔵《どぞう》の前《まえ》の部屋《へや》は、しんかんと*、丁度《ちょうど》、深山幽谷《しんざんゆうこく》*と云《い》った塩梅《あんばい》*でした。私《わたし》は、その女《おんな》のところへ遊《あそ》びに行《い》くことを、両親《りょうしん》はもとより誰《だれ》にも話《はな》しませんでした。子供心《こどもごころ》にも秘密《ひみつ》の楽《たの》しみだったのですね。

……この遊《あそ》びが何時《いつ》ごろ終《おわ》ったものか、実《じつ》は、よく覚《おぼ》えていないのです。何《なん》でも、その

何心《なにごころ》なく　なにげなく。無心《むしん》で。
つい　すぐ。
廿《にじゅう》　「二十」に同《おな》じ。
横坐《よこずわ》り　足《あし》を横《よこ》に出《だ》すなど、崩《くず》した姿勢《しせい》で坐《すわ》ること。
臆面《おくめん》のなさ　気《き》おくれしないこと。遠慮《えんりょ》しないこと。
這入《はい》り　通常《つうじょう》は「入《はい》り」と表記《ひょうき》。
間道《かんどう》　わきみち。ぬけみち。
中継《なかつ》ぎ　中継点《ちゅうけいてん》。
気《け》ぶり　そぶり。様子《ようす》。

針仕事《はりしごと》　裁縫《さいほう》。縫物《ぬいもの》。
針山《はりやま》　裁縫用具《さいほうようぐ》のひとつ。綿《わた》などを布《ぬの》で包《つつ》んで作《つく》り、縫《ぬ》い針《ばり》を刺《さ》しておく。「針刺《はりさ》し」「針坊主《はりぼうず》」とも。
しんかんと　「森閑《しんかん》と」と表記《ひょうき》。ひっそりと静《しず》まりかえっているさま。
深山幽谷《しんざんゆうこく》　奥深《おくぶか》く静《しず》かな山《やま》と谷《たに》。めったに人《ひと》が立《た》ち入《い》らない場所《ば》。道家《どうか》の書《しょ》『列子《れっし》』の中《なか》の言葉《ことば》。
塩梅《あんばい》　具合《ぐあい》。

時分《じぶん》、私《わたし》はひどい大病《たいびょう》*をわずらって、医者《いしゃ》からもう駄目《だめ》だと見放《みはな》されたそうですが。それから、確《たし》か尋常一年《じんじょういちねん》*に上《あ》がった時分《じぶん》、父親《ちちおや》は一旗上《ひとはたあ》げる*気《き》か、急《きゅう》に一家《いっか》をあげて*名古《なご》屋《や》へ移《うつ》って、そこで一軒《いっけん》、店《みせ》を出《だ》しました。私《わたし》の古《ふる》い煉瓦路《れんがみち》の銀座《ぎんざ》の記憶《きおく》は、それから、年一年《ねんいちねん》*と薄《うす》れて行《い》くばかりでした。

廿八《にじゅうはち》の年《とし》に、縁《えん》あって女房《にょうぼう》を貰《もら》いました。その折《おり》、廿三《にじゅうさん》でしたか*。震災後《しんさいご》の東京《とうきょう》で、牛込矢来下《うしごめやらいした》*に世帯《せたい》を持《も》ちましたンですが……一緒《いっしょ》になって二年《にねん》めの秋《あき》でしたか。何《なに》しろ身体《からだ》の弱《よわ》い女《おんな》で、これという歴《れ》ッきとした*名《な》のある病気《びょうき》こそしないのですが、しょッ中《ちゅう》*どこか具合《ぐあい》が悪《わる》く、私《わたし》が留守《るす》の折《おり》は、よく臥《ふ》せってい*たものです。その代《かわ》り、私《わたし》の口《くち》から云《い》うのも妙《みょう》ですが、なよなよとした涙《なみだ》もろい女《おんな》らしい女《おんな》で、自分《じぶん》がこんな身体故《からだゆえ》、あなたにご心配《しんぱい》ばかりかけて済《す》まないと云《い》い云《い》いして*居《お》りました。そう云《い》われると余計《よけい》いじらしくて……夫婦仲《ふうふなか》は好《い》いのでした。それが、二年《にねん》めの秋《あき》の或日《あるひ》、夕方《ゆうがた》、外《そと》から帰《かえ》って来《き》て、ずッと庭《にわ》の方《ほう》へ声《こえ》もかけずに廻《まわ》って行《い》きますと、女房《にょうぼう》がひとりで、茶《ちゃ》の間《ま》で針仕事《はりしごと》をしていたンですが、その姿《すがた》を一眼見《ひとめみ》た時《とき》、私《わたし》は、あッ、これア一度見《いちどみ》たことがあると、くっきりと思《おも》い出《だ》したのです。

そうなンです、子供《こども》の頃《ころ》、銀座裏《ぎんざうら》のあの家《いえ》のあの部屋《へや》で見《み》た、あの女《おんな》そッくりなんでした。二十年《にじゅうねん》の歳月《さいげつ》が途端《とたん》に外《はず》されて、*私《わたし》は七《なな》ツか八《やっ》ツになり……懐《なつ》かしさと、もう一《ひと》つ、一種異様《いっしゅいよう》な気持《きもち》になり……ぞッと冷水《れいすい》を浴《あ》びたような鳥肌《とりはだ》*になりました。

考《かんが》えてみれば、何《なに》も怖《こわ》いわけはないのですが、どうにも、その時《とき》は怖《こわ》くなり、逃《に》げ出《だ》そうとした時《とき》、女房《にょうぼう》が、ふッとこっちを見《み》て、にっこり笑《わら》ったンですが、それも二十年前《にじゅうねんまえ》

大病《たいびょう》　重《おも》い病気《びょうき》。
尋常一年《じんじょういちねん》　尋常小学校《じんじょうしょうがっこう》（旧制《きゅうせい》の小学校《しょうがっこう》）の一年生《いちねんせい》。満《まん》六歳《さい》で入学《にゅうがく》し、当初《とうしょ》は四年間《ねんかん》、後《のち》に六年間《ねんかん》の義務教育機関《ぎむきょういくきかん》となる。
一旗上《ひとはたあ》**げる**　新《あたら》しく事業《じぎょう》を起《お》こすこと。
一家《いっか》**をあげて**　家族《かぞく》そろって。
年一年《ねんいちねん》　一年《ねん》また一年と。日《ひ》を追《お》うにつれて。
廿三《にじゅうさん》**でしたか**　妻《つま》の年齢《ねんれい》を指《さ》す。
牛込矢来下《うしごめやらいした》　新宿区東部《しんじゅくくとうぶ》、神楽坂上《かぐらざかうえ》の台地上《だいちじょう》に位置《いち》する矢来《やらい》町《ちょう》の下側《したがわ》の地域《ちいき》。
歴《れ》**ッきとした**　通常《つうじょう》は「歴《れっき》とした」と表記《ひょうき》。はっきりした。歴《れき》然《ぜん》とした。
しょッ中《ちゅう》　通常《つうじょう》は「しょっちゅう」と表記《ひょうき》。いつも。始終《しじゅう》。絶《た》えず。
臥《ふ》**せって**　床《とこ》について。横《よこ》になって。
云《い》**い云**《い》**いして**　いつも云《い》って。何度《なんど》も口《くち》にして。
外《はず》**されて**　取《と》り去《さ》られて。無《む》となって。
鳥肌《とりはだ》　毛《け》をむしった後《あと》の鳥《とり》の肌《はだ》のように、皮膚《ひふ》が恐怖《きょうふ》や刺激《しげき》でぶつぶつになる現象《げんしょう》。「総毛立《そうけだ》つ」「肌《はだ》に粟《あわ》を生《しょう》ずる」とも表《ひょう》現《げん》される。

のあの女《おんな》とそっくり。

……女房《にょうぼう》は、その年《とし》の冬初《ふゆはじ》め、*熱病《ねつびょう》で亡《な》くなりましたが、おかしなことには、どうせ高《こう》熱《ねつ》でうなされての話《はなし》ですが、私《わたし》の手《て》を握《にぎ》っては、しきりに、会《あ》いたかった、会《あ》いたかったと云《い》うのでした。

それ以来《いらい》、私《わたし》は商売《しょうばい》の関係《かんけい》もあって、朝鮮《ちょうせん》や満洲《まんしゅう》*を十年《じゅうねん》の余《よ》もうろついていまして、これという女房《にょうぼう》らしい女《おんな》も持《も》ちませんでしたが、戦争《せんそう》が了《おわ》って二年目《にねんめ》、命《いのち》からがら*引《ひ》き揚《あ》げて*来《き》た当座《とうざ》*、ふとしたことから親《した》しくなった女《おんな》がありました。大《おお》きな料理屋《りょうりや》の仲居《なかい》*をしていた女《おんな》で、そんな商売《しょうばい》にはあまり向《む》きそうもない、内気《うちき》な性質《せいしつ》でした。私《わたし》の稼業《かぎょう》がら*宴《えん》会《かい》をする機会《きかい》が多《おお》く、ちょいちょい会《あ》っているうちに、一緒《いっしょ》に近場《ちかば》の温泉《おんせん》などへも行《い》くようになり、私《わたし》も、いっそ女房《にょうぼう》にしてもいいような気《き》になりました。

そのうち、今度《こんど》、お店《みせ》に近《ちか》い銀座何丁目《ぎんざなんちょうめ》の裏《うら》のアパートに部屋《へや》を借《か》りたから来《き》てくれというのです。女《おんな》はこれという身寄《みよ》り*のない人間《にんげん》で、それまで店《みせ》で寝起《ねお》きしていたンですが、何《なに》かと不自由《ふじゆう》だし、私《わたし》とも会《あ》いにくいからというわけでした。

その銀座《ぎんざ》何丁目《なんちょうめ》……。変《かわ》りましたなア。私《わたし》の子供《こども》の折《おり》の俤《おもかげ》*など は何処《どこ》にもなく……もっとも銀座《ぎんざ》のその辺《へん》は、震災《しんさい》と戦災《せんさい》と、この二《ふた》ツに、この二十年間《にじゅうねんかん》荒《あ》らされたンですから、古《ふる》い俤《おもかげ》など無《な》いのが当《あた》り前《まえ》でしょうが。

生《なま》の板《いた》で*大急《おおいそ》ぎで、でっち上《あ》げたと云《い》った風《ふう》のアパートで、新《あたら》しいくせに、いやにきしむ*階段《かいだん》を二階《にかい》へ上《あ》がると、兼《か》ねて*教《おし》えられていた五号《ごごう》*とやらの部屋《へや》を訪《おとず》れたのですが、そ

冬初《ふゆはじ》め　初冬《しょとう》の頃《ころ》。

満洲《まんしゅう》　中国《ちゅうごく》の東北一帯《とうほくいったい》の俗称《ぞくしょう》。行政上《ぎょうせいじょう》は東北三省《とうほくさんしょう》（遼寧《りょうねい》・吉林《きつりん》・黒龍江《こくりゅうこう》）と内《うち》モンゴル自治区《じちく》の一部《いちぶ》におよび、中国《ちゅうごく》では「東北《とうほく》」と呼《よ》ばれる。昭和《しょうわ》七年《ねん》（一九三二）から敗戦《はいせん》（一九四五）まで、日本《にほん》による傀儡国家《かいらいこっか》「満州国《まんしゅうこく》」が置《お》かれており、語《かた》り手《て》が大陸《たいりく》に渡《わた》っていたのは、この時期《じき》に当《あ》たる。

命《いのち》からがら　「命辛辛《いのちからがら》」とも表記《ひょうき》。生命《せいめい》だけは失《うしな》わずに。辛《かろ》うじて。

引《ひ》き揚《あ》げて　第二次世界大戦《だいにじせかいたいせん》の終結《しゅうけつ》にともない、外地《がいち》から日本《にほん》へと帰還《きかん》することを「引《ひ》き揚《あ》げ」と呼《よ》んだ。

当座《とうざ》　直後《ちょくご》。

仲居《なかい》　料理屋《りょうりや》などで客《きゃく》の応接役《おうせつやく》を務《つと》める女性従業員《じょせいじゅうぎょういん》。

稼業《かぎょう》がら　仕事《しごと》の関係《かんけい》で。

身寄《みよ》り　血縁者《けつえんしゃ》。親族《しんぞく》。

俤《おもかげ》　「面影《おもかげ》」とも表記《ひょうき》。眼前《がんぜん》にないものが、ありありとあるように見《み》える、容姿《ようし》や風景《ふうけい》のありさま。

生《なま》の板《いた》で　原木《げんぼく》から製材《せいざい》したばかりで大量《たいりょう》の水分《すいぶん》を含《ふく》む木材《もくざい》を生材《なまざい》と呼《よ》ぶ。生材《なまざい》は乾燥《かんそう》が進《すす》むと変形《へんけい》や収縮《しゅうしゅく》を起《お》こすため、建築資材《けんちくしざい》とするには一定期間《いっていきかん》、乾燥《かんそう》させる必要《ひつよう》がある。

きしむ　物《もの》と物《もの》がこすれあって、音《おと》を立《た》てること。

兼《か》ねて　前《まえ》もって。

五号《ごごう》　アパートの部屋番号《へやばんごう》。「五号室《ごごうしつ》」。

の時《とき》、扉《とびら》が二寸《にすん》*ほど開《あ》いていたんで、ちょッとした悪戯心《いたずらごころ》から、その隙《す》き間《ま》から中《なか》を覗《のぞ》いたもンです。

女《おんな》は、すこし膝《ひざ》を崩《くず》した横坐《よこずわ》りで裁縫《さいほう》をしていましたが、その姿《すがた》を見《み》て、私《わたし》は……死《し》んだ女房《にょうぼう》そっくりなンです。生《い》き写《うつ》し*でした。お千代《ちよ》、と、先《さき》の奴《やつ》*の名前《なまえ》が口《くち》まで出《で》かかりました。と同時《どうじ》に、もう一《ひと》つ前《まえ》の、あの子供《こども》の時《とき》のあの女《おんな》が、つまりは、そこに居《い》たわけなんです。その部屋《へや》の小窓《こまど》の前《まえ》に、隣《とな》りのビルの鉛色《なまりいろ》の壁《かべ》が突《つ》ッ立《た》っているんですが、それも、四十年昔《よんじゅうねんむかし》のあの折《おり》の土蔵《どぞう》と同《おな》じ景色《けしき》、道具立《どうぐだ》て*じアありませんか。

途端《とたん》に、私《わたし》は、そうだ、ここだ、何度《なんど》も焼《や》け失《う》せて変《かわ》ったとは云《い》え、ここが私《わたし》が生《うま》れ育《そだ》った、あの時《とき》の場所《ばしょ》だったのだ、と、はっきりわかりました。と、中《なか》の女《おんな》は、私《わたし》の来《き》た気配《けはい》をさとったか、*ちらりとこちらを見《み》ると、にっこり笑《わら》ったのでしたが……。

それッきり会《あ》いません。女《おんな》は、さぞ薄情《はくじょう》*な男《おとこ》よと思《おも》っていることでしょう。私《わたし》は物《もの》も云《い》わず逃《に》げ去《さ》ったのですから。……白状《はくじょう》*すると、私《わたし》は、最初《さいしょ》の女《おんな》に子供《こども》の時《とき》いたずらされていました。……恋《こい》でしょうか、執念《しゅうねん》でしょうか。

二寸《にすん》　約《やく》六センチメートル。
生き写し《いうつ》　人《ひと》や物《もの》がそっくりそのままなこと。酷似《こくじ》していること。
先の奴《さきやつ》　死《し》んだ女房《にょうぼう》。
道具立て《どうぐだ》　ここでは、舞台装置《ぶたいそうち》の意《い》。
さとったか　気《き》づいたか。
さぞ　さぞかし。
白状する《はくじょう》　隠《かく》していた事柄《ことがら》を打《う》ち明《あ》けること。

（「宝石《ほうせき》」一九五〇年《ねん》七月号《がつごう》に掲載《けいさい》）

鏡《かがみ》と影《かげ》について

澁《しぶ》澤《さわ》龍《たつ》彦《ひこ》

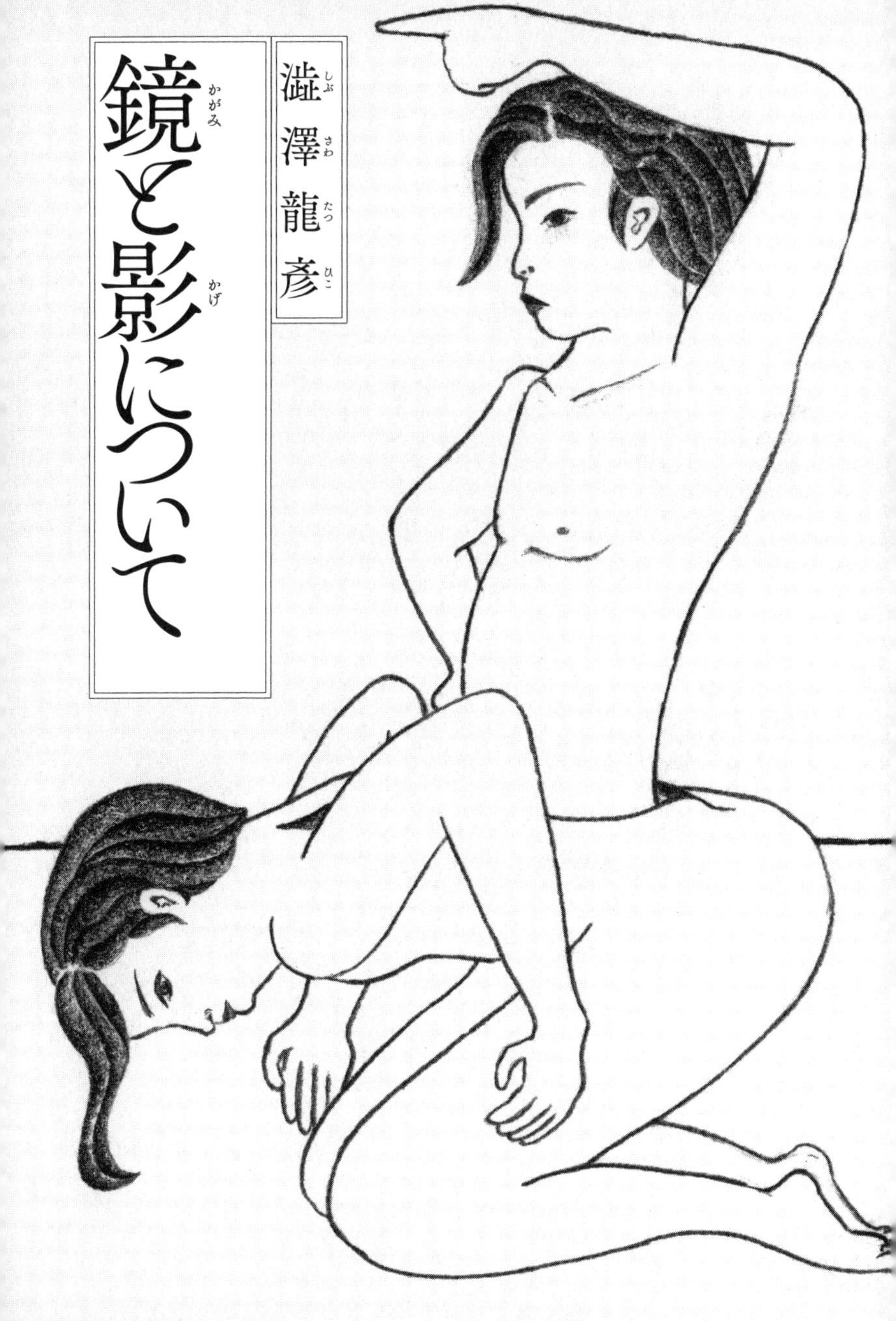

朱橘《しゅきつ》＊は淮西《わいせい》＊のひと。翠陽《すいよう》と号《ごう》す。ものの本《ほん》によると、このひとの母親《ははおや》は、光芒燦然《こうぼうさんぜん》たる巨星《きょせい》＊を呑《の》みこんだ夢《ゆめ》をみて、にわかに息子《むすこ》をみごもったという。いかにも豪勢《ごうせい》な夢《ゆめ》である。もっとも、ゆくゆくは＊仙人《せんにん》＊になるような人物《じんぶつ》をみごもったのだから、このくらい豪勢《ごうせい》な夢《ゆめ》をみたとしても、べつだん＊驚《おどろ》くほどのことはなかったかもしれない。それよりも驚《おどろ》くべきだったのは、臨月《りんげつ》＊を通《とお》り越《こ》して五《ご》カ月《げつ》たっても、この腹《はら》のなかの息子《むすこ》が一向《いっこう》に＊生《う》まれ出《で》るけはいを見《み》せなかったということであろう。羊水《ようすい》＊の波《なみ》まくら＊でうつらうつらしていれ＊ばよいのだから、それも息子《むすこ》にとっては存外《ぞんがい》＊気楽《きらく》なものだったかもしれないが、母親《ははおや》のほうでは、そうはいかなかった。便々《べんべん》＊たる腹《はら》をかかえて青息吐息《あおいきといき》＊、こうなると毎日《まいにち》が死《し》ぬ苦《くる》しみである。

或《あ》る日《ひ》、門《もん》のあたりでうろうろしている薄《うす》ぎたない一人《ひとり》の道士《どうし》＊に、この母親《ははおや》がばったり

顔《かお》を合《あ》わせた。道士《どうし》は袂《たもと》から一個《いっこ》の橘《たちばな》*の実《み》をとり出《だ》すと、これを母親《ははおや》にあたえて、

「苦《くる》しかったら、こいつを食《く》うがいい。じきに*子供《こども》は生《う》まれるよ。」

どう見《み》ても胡散《うさん》くさい*乞食然《こじきぜん》*とした道士《どうし》ではあったが、苦《くる》しいときの神頼《かみだの》み*で、母親《ははおや》は

朱橘《しゅきつ》　以下《いか》に作者《さくしゃ》が記《しる》すエピソードは、五百名《ごひゃくめい》を超《こ》える仙人《せんにん》たちの列伝《れつでん》を収載《しゅうさい》した汪雲鵬編《おううんほうへん》『列仙全伝《れっせんぜんでん》』全《ぜん》九巻《かん》（一六〇〇）巻八《まきはち》所収《しょしゅう》の「朱橘《しゅきつ》」に関《かん》する記載《きさい》を、作者一流《さくしゃいちりゅう》の語《かた》り口《くち》で再話《さいわ》したものである。

淮西《わいせい》　河南省南部《かなんしょうなんぶ》に源《みなもと》を発《はっ》して中国《ちゅうごく》の中部《ちゅうぶ》を東流《とうりゅう》する淮河《わいが》（淮水《わいすい》とも）の西方《せいほう》、蔡《さい》の地《ち》（現在《げんざい》の河南省上蔡県《かなんしょうじょうさいけん》の西南部《せいなんぶ》）の呼称《こしょう》。

光芒燦然《こうぼうさんぜん》たる巨星《きょせい》　きらきらと眩《まぶ》しい光《ひかり》の筋《すじ》をひく巨大《きょだい》な流星《りゅうせい》。

ゆくゆくは　やがては。

仙人《せんにん》　「僊人《せんにん》」とも表記《ひょうき》。道家《どうか》（道教《どうきょう》を奉《ほう》ずる人《ひと》）が理想《りそう》とする人物像《じんぶつぞう》。俗世《ぞくせ》を離《はな》れて山中《さんちゅう》に棲《す》み、穀食《こくじき》を避《さ》けて、不老不死《ふろうふし》の法《ほう》を修《おさ》め、神変自在《しんぺんじざい》の法術《ほうじゅつ》を有《ゆう》するとされる。

べつだん　特《とく》には。とりたてて。

臨月《りんげつ》　出産予定《しゅっさんよてい》の月《つき》。

一向《いっこう》に　少《すこ》しも。全然《ぜんぜん》。

羊水《ようすい》　羊膜《ようまく》（胎児《たいじ》をつつむ半透明《はんとうめい》の膜《まく》）の内側《うちがわ》を満《み》たしている透明《とうめい》な液《えき》。胎児《たいじ》を保護《ほご》すると共《とも》に、分娩《ぶんべん》の際《さい》には流出《りゅうしゅつ》して出産《しゅっさん》を容易《ようい》にさせる。羊膜液《ようまくえき》。

波《なみ》まくら　波《なみ》の上《うえ》に寝《ね》ること。枕元《まくらもと》に波《なみ》の音《おと》が聞《き》こえること。

うつらうつら　眠気《ねむけ》にとらわれ眠《ねむ》ったり醒《さ》めたりするさま。うとうと。

存外《ぞんがい》　案外《あんがい》。意外《いがい》と。

便々《べんべん》　腹《はら》の迫《せ》り出《だ》しているさま。

青息吐息《あおいきといき》　溜息《ためいき》の出《で》るような弱《よわ》り切《き》った状態《じょうたい》を指《さ》す。

道士《どうし》　道教《どうきょう》の修行者《しゅぎょうしゃ》、もしくは方術《ほうじゅつ》（神仙《しんせん》の術《じゅつ》）を会得《えとく》している人《ひと》。方士《ほうし》。

橘《たちばな》　食用《しょくよう》にする柑橘類《かんきつるい》の総称《そうしょう》。ときじくのかくのこのみ。

じきに　まもなく。すぐに。

胡散《うさん》くさい　どこか怪《あや》しげな。疑《うたが》わしい。

乞食然《こじきぜん》　物乞《ものご》いのような姿《すがた》の。

苦《くる》しいときの神頼《かみだの》み　ふだんは信心《しんじん》をしない者《もの》が、困《こま》ったときだけ加護《かご》を求《もと》めて神《かみ》に祈《いの》ること。

いわれるままに、その橘《たちばな》の実《み》をつい口《くち》*に入《い》れた。気《き》のせいか、いくらか腹《はら》の中《なか》が軽《かる》くなったような気《き》がした。

「あなたは、なんとおっしゃるお方《かた》でございましょうか。」

「鞠君子《きくくんし》*というものだ。縁《えん》があったら、また会《あ》おうよ。」

そのまま道士《どうし》はかき消《け》すように、ふっとすがたが見《み》えなくなってしまった。母親《ははおや》は、たちまち産気《さんけ》づいた。*部屋《へや》へはいると、産婆《さんば》*のくるのも待《ま》ちきれずに子供《こども》を生《う》んだ。子供《こども》の父親《ちちおや》は、この瑞兆《ずいちょう》*を記念《きねん》するために、子供《こども》に橘《きつ》という名《な》をつけたという。

こんな話《はなし》にふかい意味《いみ》を読《よ》みとる必要《ひつよう》はあるまいが、どうも私《わたし》には、この子供《こども》が、よっぽどおっかさんの胎内《たいない》から出《で》るのがいやだったのではなかろうか、という気《き》がしてならない。ぬくぬくした子宮《しきゅう》*のなかで、いつまでも安眠《あんみん》をむさぼっていたかったのではなかろうか、という気《き》がしてならない。そして少《すく》なくとも彼《かれ》がのちに仙人《せんにん》*になったという事実《じじつ》に、この母親《ははおや》の胎内《たいない》における十五《じゅうご》カ月間《げつかん》の長期滞留《ちょうきたいりゅう》*が、なんらかの無視《むし》すべからざる関係《かんけい》*を有《ゆう》していたのではなかろうか、という気《き》がしてならない。フロイト流《りゅう》にいえば誕生《たんじょう》*のトラウマ*である。そしてフロイト流《りゅう》に解釈《かいしゃく》するとすれば、この抑圧《よくあつ》*された誕生《たんじょう》のトラウマが原《げん》因《いん》となって、彼《かれ》に仙人《せんにん》志望《しぼう》の気持《きもち》を生《しょう》ぜしめた*のであって、決《けっ》してその逆《ぎゃく》ではないのである。父親《ちちおや》は瑞兆《ずいちょう》だと思《おも》って一途《いちず》に*喜《よろこ》んだらしいが、私《わたし》にいわせれば、どっちが原因《げんいん》でどっちが結果《けっか》であるかは、必《かなら》ずしも軽々《けいけい》に*断定《だんてい》しえないのである。

朱橘《しゅきつ》はやがて長《ちょう》ずるにおよび*、ふたたび鞠君子《きくくんし》にめぐり合《あ》い、その鞠君子《きくくんし》のすすめで、

つい　思《おも》わず。
鞠君子《きくくんし》　先述《せんじゅつ》の『列仙全伝《れっせんぜんでん》』巻《まき》八所収《しょしゅう》「朱橘《しゅきつ》」の章《しょう》で言及《げんきゅう》されている先輩道士《せんぱいどうし》。
産気《さんけ》**づいた**　陣痛《じんつう》が始《はじ》まって、胎児《たいじ》が生《う》まれそうな状態《じょうたい》になった。
産婆《さんば》　出産《しゅっさん》を助《たす》け、産婦《さんぷ》や新生児《しんせいじ》の世話《せわ》をするのを仕事《しごと》とする女性《じょせい》。助産婦《じょさんぷ》。
瑞兆《ずいちょう》　めでたい前兆《ぜんちょう》。縁起《えんぎ》の良《よ》い兆《きざ》し。
ぬくぬく　快適《かいてき》で何不自由《なにふじゆう》のないさま。
子宮《しきゅう》　哺乳動物《ほにゅうどうぶつ》の雌性生殖器《しせいせいしょくき》の一部《いちぶ》で、その内部《ないぶ》で出産《しゅっさん》までの期間《きかん》、胎児《たいじ》が生育《せいいく》する。
安眠《あんみん》**をむさぼって**　安《やす》らかに、好《す》きなだけ眠《ねむ》ること。
長期滞留《ちょうきたいりゅう》　長《なが》いあいだ同《おな》じ所《ところ》に滞在《たいざい》すること。

無視《むし》**すべからざる**　無視《むし》することのできない。
フロイト流《りゅう》**にいえば**　オーストリアの精神医学者《せいしんいがくしゃ》フロイト(Sigmund Freud　一八五六〜一九三九)が創始《そうし》した精神分析理論《せいしんぶんせきりろん》に拠《よ》れば。
トラウマ　(trauma)精神的《せいしんてき》な外傷《がいしょう》。
抑圧《よくあつ》　フロイトの用語《ようご》では、言語《げんご》やイメージ、感情《かんじょう》などによって意識《いしき》にのぼろうとする欲動《よくどう》を、無意識《むいしき》の領域《りょういき》へ押《お》し戻《もど》そうとすることを意味《いみ》する。
生《しょう》**ぜしめた**　生《しょう》じさせた。
一途《いちず》**に**　ひたすらに。率直《そっちょく》に。
軽々《けいけい》**に**　軽々《かるがる》しく。
長《ちょう》**ずるにおよび**　成長《せいちょう》を遂《と》げてから。大《おお》きくなってから。

皖公山《かんこうざん》にはいって心《こころ》ゆくばかり*仙道《せんどう》*を修行《しゅぎょう》したという。皖公山《かんこうざん》というのは、現在《げんざい》の安徽省《あんきしょう》*潜山県《せんざんけん》*にある山《やま》である。そうそう、肝心《かんじん》なことを私《わたし》はいい忘《わす》れていたが、この朱橘《しゅきつ》が生《い》きていたのは南宋《なんそう》*の時代《じだい》であった。仙人《せんにん》としての朱橘《しゅきつ》についてはいろいろなエピソードが伝《つた》えられているが、そのなかで、とくに私《わたし》が語《かた》りたいと思《おも》うのは次《つぎ》の一事《いちじ》である。

或《あ》るとき、麓《ふもと》の村《むら》から薪《まき》を伐《き》りに、斧《おの》をかついで皖公山《かんこうざん》の奥深《おくふか》くへはいって行《い》った男《おとこ》があった。山中《さんちゅう》に庵《いおり》*があり、庵《いおり》の前《まえ》に池《いけ》がある。ふと見《み》ると、玉《たま》のように美《うつく》しい小《ちい》さな童子《どうじ》が、池《いけ》の岸《きし》で手《て》を洗《あら》っていたが、そのまま水面《すいめん》にひょいと降《お》り立《た》った。沈《しず》みもしない。そればかりか水《みず》の上《うえ》を楽《たの》しげに、まるで子犬《こいぬ》が駈《か》けまわって遊《あそ》んでいるように、ころころと走《はし》りまわるのである。男《おとこ》はぽかんとして、このふしぎなありさまを岸《きし》から打《う》ち眺《なが》め*ていた。

ややあって、*さらにおかしなことに気《き》がついた。鏡《かがみ》のように澄《す》んだ池《いけ》だから、水《みず》のおも*てには周囲《しゅうい》の外界《がいかい》*のすべてがくっきりと映《うつ》し出《だ》される。空《そら》に浮《う》かんだ白《しろ》い雲《くも》もそこに映《うつ》れば、岸《きし》にはえた松《まつ》の緑《みどり》もそこに映《うつ》る。一瞬《いっしゅん》にして飛《と》び去《さ》る鳥《とり》さえ、その影《かげ》を水面《すいめん》にちらりと落《お》とさずには、この池《いけ》の上《うえ》を渡《わた》ってゆくことはそもそもできないのである。しかるに、青《せい》衣《い》*の裾《すそ》をひるがえして水《みず》の上《うえ》を走《はし》りまわる小《ちい》さな童子《どうじ》の影《かげ》だけが、そこにはまるで映《うつ》らない。この童子《どうじ》には影《かげ》がないのである。そんなことがありえようか。*男《おとこ》はますます茫然《ぼうぜん》として、ふしぎな童子《どうじ》のすがたから目《め》をはなすことができなくなった。

好奇心《こうきしん》がむらむらと*湧《わ》いた。山《やま》で薪《まき》を伐《き》るという所期《しょき》*の目的《もくてき》を完全《かんぜん》に放擲《ほうてき》*して、男《おとこ》はいまや好奇心《こうきしん》のとりことなった。あの玉《たま》のような童子《どうじ》はなにものであろうか。とかく*するう

心《こころ》ゆくばかり　思《おも》う存分《ぞんぶん》に。好《す》きなだけ。

仙道《せんどう》　仙術《せんじゅつ》。方術《ほうじゅつ》。

安徽省《あんきしょう》　現在《げんざい》の中華人民共和国東部《ちゅうかじんみんきょうわこくとうぶ》、揚子江《ようすこう》と淮河《わいが》の両下流《りょうかりゅう》域《いき》を占《し》める省《しょう》。河川《かせん》や湖沼《こしょう》が多《おお》く分布《ぶんぷ》し、農業地帯《のうぎょうちたい》となっている。

潜山県《せんざんけん》　安徽省《あんきしょう》の安慶市《あんけいし》に位置《いち》する県《けん》。皖公山《かんこうざん》は別名《べつめい》を「天柱山《てんちゅうざん》」といい、その奇観《きかん》は現在《げんざい》も同地《どうち》きっての観光名所《かんこうめいしょ》として知《し》られている。

南宋《なんそう》　九六〇年《ねん》、後周《こうしゅう》の将軍《しょうぐん》・趙匡胤《ちょうきょういん》が樹立《じゅりつ》した宋王朝《そうおうちょう》は、一一二七年《ねん》に金《きん》の侵攻《しんこう》によって都《みやこ》を逐《お》われ、江南《こうなん》の地《ち》に逃《のが》れた。これ以降《いこう》、臨安《りんあん》（杭州《こうしゅう》）に都《みやこ》して、一二七九年《ねん》、元《げん》によって滅《ほろ》ぼされるまでの九代《だい》を南宋《なんそう》と呼《よ》ぶ。

庵《いおり》　草葺《くさぶ》きの屋根《やね》をもつ小家《こいえ》。隠者《いんじゃ》や僧侶《そうりょ》が閑居《かんきょ》する小家《こいえ》。

打《う》ち眺《なが》めて　「眺《なが》めて」を強《つよ》めた表現《ひょうげん》。

ややあって　しばらくして。程《ほど》なく。

水《みず》のおもて　水面《すいめん》。

外界《がいかい》　外側《そとがわ》の、自分《じぶん》を取《と》り巻《ま》く世界《せかい》。

青衣《せいい》　青《あお》い色《いろ》の衣服《いふく》。中国《ちゅうごく》では昔《むかし》、召使《めしつか》いなどの身分《みぶん》が低《ひく》い者《もの》が青《あお》い衣《ころも》を着用《ちゃくよう》した。

そんなことがありえようか　典型的《てんけいてき》な反語表現《はんごひょうげん》。「ありえない」を強調《きょうちょう》するために疑問形《ぎもんけい》を用《もち》いた言《い》い方《かた》。

むらむらと　強《つよ》い感情《かんじょう》や衝動《しょうどう》に、いきなり駆《か》られるさま。

所期《しょき》　期待《きたい》すること。事前《じぜん》に定《さだ》めておいたこと。

放擲《ほうてき》　なげうつこと。捨《す》て去《さ》ること。

とかく　あれこれ。なんやかや。

ち、童子《どうじ》は水《みず》の上《うえ》で遊《あそ》ぶことをやめ、小《こ》きざみな足《あし》どりでちょこちょこと、池《いけ》のほとりの庵《いおり》のなかへはいって行《い》った。男《おとこ》も誘《さそ》われるように、童子《どうじ》のあとから庵《いおり》にはいった。童子《どうじ》のすがたはどこにも見《み》えない。そこには白《しろ》い髯《ひげ》をはやした老人《ろうじん》が黙然《もくぜん》*と端坐《たんざ》*しているばかりであった。老人《ろうじん》は朱橘《しゅきつ》である。朱橘《しゅきつ》が遊神術《ゆうじんじゅつ》によって、わが身《み》を二《ふた》つに分形《ぶんけい》*し、おのれの分身《ぶんしん》*たる童子《どうじ》を池《いけ》の上《うえ》に遊《あそ》ばせていたのであった。

『抱朴子《ほうぼくし》』*の地真篇《ちしんへん》*によると、この遊神術《ゆうじんじゅつ》すなわち分形《ぶんけい》の法《ほう》を修《おさ》めるには、*なにより守玄《しゅげん》一《いち》ということが必要《ひつよう》なのだそうである。玄一《げんいち》を守《まも》る、つまり道《どう》の根源《こんげん》である一《いち》をひたすら念《ねん》じ、精神《せいしん》を集中《しゅうちゅう》することによって、わが身《み》を分形《ぶんけい》するためのエネルギーをつかむのである。よく玄一《げんいち》を守《まも》らなければ、自在《じざい》に神《しん》を飛《と》ばす*ことなどは到底《とうてい》おぼつかない*だろう。これは一種《いっしゅ》のパラドックス*みたいなもので、一《いち》を得《え》ることによって多《た》を生《しょう》ぜしめる、*いわば思念《しねん》の魔術《まじゅつ》だと思《おも》えばよいかもしれない。かくて*分形《ぶんけい》の法《ほう》を自家薬籠中《じかやくろうちゅう》のもの*にした道士《どうし》には、わが身《み》を二《ふた》つに分形《ぶんけい》するどころか、三人《さんにん》また四人《よにん》と次第《しだい》に数《かず》をふやして、ついには

默然《もくぜん》　物《もの》も言《い》わないで。だまりこんで。「もくねん」とも。

端坐《たんざ》　姿勢《しせい》を正《ただ》してすわること。何事《なにごと》もせずにすわっていること。

分形《ぶんけい》　ひとつの身《み》が、ふたつ以上《いじょう》に分《わ》かれること。分身《ぶんしん》。

分身《ぶんしん》　身《み》が分《わ》かれて生《しょう》じた、もうひとりの自分《じぶん》。

『抱朴子』《ほうぼくし》　晋《しん》の時代《じだい》の道士《どうし》・葛洪《かっこう》（二八三〜三四三?）の著《ちょ》書《しょ》。書名《しょめい》は著者《ちょしゃ》の号《ごう》に同《おな》じ。三一七年《ねん》に成立《せいりつ》。内篇《ないへん》二十篇《べん》、外篇《がいへん》五十篇《べん》、自叙《じじょ》二篇《へん》が現存《げんそん》する。内篇《ないへん》には、仙人《せんにん》の類別《るいべつ》や仙薬《せんやく》の製造《せいぞう》、鬼神《きじん》を使役《しえき》する方術《ほうじゅつ》、道教《どうきょう》の教理《きょうり》などが記《しる》され、仙人修行《せんにんしゅぎょう》のためのマニュアルの趣《おもむき》がある。著者《ちょしゃ》は道教《どうきょう》を本《もと》とし儒教《じゅきょう》を末《まつ》とする二教併用《にきょうへいよう》の立場《たちば》を取《と》り、外篇《がいへん》では儒教《じゅきょう》の教《おし》えにもとづき、世事人事《せじじんじ》を評《ひょう》している。

地真篇《ちしんへん》　『抱朴子』《ほうぼくし》内篇《ないへん》の巻第《まきだい》十八として収録《しゅうろく》。

分形《ぶんけい》**の法**《ほう》**を修**《おさ》**めるには……**　これ以降《いこう》のくだりは、『抱朴子』《ほうぼくし》内篇《ないへん》「地真篇」《ちしんへん》の内容《ないよう》を、作者流《さくしゃりゅう》に噛《か》みくだいて説《と》いたものである。次《つぎ》に原典《げんてん》を掲《かか》げておく。

「三、抱朴子曰《ほうぼくしいわ》く、玄一《げんいち》の道《みち》も亦要法《またようほう》なり。辟《さ》けざる所無《ところな》く、真一《しんいち》と功《こう》を同《おな》じうす。吾《われ》、内篇第一《ないへんだいいち》をば、之《これ》を名《な》づけて暢玄《ちょうげん》と為《な》す者《もの》は、正《まさ》に此《これ》を以《もっ》てなり。玄一《げんいち》を守《まも》るは、復真一《またしんいち》を守《まも》るよりも易《やす》し。真一《しんいち》に姓字《せいじ》、長短《ちょうたん》、服色有《ふくしょくあ》りしことは、玄《げん》一《いち》にも同《おな》じ。但此《ただこれ》は之《これ》を見《み》るの初《はじめ》、之《これ》を日中《にっちゅう》に求《もと》む。所謂《いわゆる》、白《はく》を知《し》りて黒《こく》を守《まも》れば、死《し》せんと欲《ほっ》するも得《え》ざる者《もの》なり。然《しか》して先《ま》づ當《まさ》に百日潔斎《ひゃくにちけっさい》すべし。乃《すなわ》ち候《うかが》ひ求《もと》めて之《これ》を得可《うべ》きのみ。亦三四日《またさんよっか》を過《す》ぎずして之《これ》を得《え》ん。之《これ》を得《え》て之《これ》を守《まも》れば、即《すなわ》ち復去《またさ》らざるなり。玄一《げんいち》を守《まも》り併《あわ》せて其身《そのみ》を思《おも》うて、分《わか》ちて三人《さんにん》と為《な》し、三人已《さんにんすで》に見《あらわ》るれば、又転之《またうたたこれ》を益《ま》して数十人《すうじゅうにん》に至《いた》らしめ、皆己《みなおのれ》の身《み》の如《ごと》くならしむ可《べ》し。之《これ》を隠《かく》し之《これ》を顕《あらわ》すには、皆自《みなみずか》ら口訣《くけつ》有《あ》り。此所謂分形《これいわゆるぶんけい》の道《みち》にして、左君《さくん》及《およ》び薊子訓《けいしくん》、葛仙公《かっせんこう》の能《よ》く一日《いちにち》に数十処《すうじゅうしょ》に至《いた》りて、客有《きゃくあ》るに及《およ》びては、座上《ざじょう》に一主人客《いちしゅじんきゃく》と語《かた》る有《あ》り、門中《もんちゅう》に又一主人客《またいちしゅじんきゃく》を迎《むか》ふる有《あ》り、而《しか》して水側《みずがわ》に又一主人釣《またいちしゅじんつり》を投《とう》ずる有《あ》りて、賓《ひん》は何《いず》れの者《もの》の真《しん》の主人《しゅじん》為《た》るかを別《わか》つこと能《あた》はざりし所以《ゆえん》なり。師《し》言《い》ふ、一《いち》を守《まも》り兼《か》ねて明鏡《めいきょう》を修《おさ》むべし。其鏡道成《そのかがみどうな》れば、則《すなわ》ち能《よ》く形《かたち》を分《わか》ちて数十人《すうじゅうにん》と為《な》り、衣服面貌《いふくめんぼう》は皆一《みないち》の如《ごと》しと」（石島快隆訳註《いしじまかいりゅうやくちゅう》『抱朴子』《ほうぼくし》岩波文庫《いわなみぶんこ》より）

神《しん》**を飛**《と》**ばす**　霊妙不可思議《れいみょうふかしぎ》な力《ちから》や存在《そんざい》を使役《しえき》すること。

おぼつかない　うまくいくか疑《うたが》わしい。頼《たよ》りない。

パラドックス　（paradox）逆説《ぎゃくせつ》。１９７頁《ページ》を参照《さんしょう》。

生《しょう》**ぜしめる**　発生《はっせい》させる。生《う》まれさせる。

かくて　こうして。かくして。

自家薬籠中《じかやくろうちゅう》**のもの**　自分用《じぶんよう》の薬箱《くすりばこ》に備《そな》えている薬《くすり》のように、いつでも自分《じぶん》のために役《やく》に立《た》てうる物《もの》や人《ひと》。思《おも》いどおりに使《つか》いこなせるもの。

数十人《すうじゅうにん》にいたることさえ可能《かのう》となる。往時《おうじ》＊の左元放《さげんほう》＊や薊子訓《けいしくん》＊のごときは、いずれもこの道《みち》を心得《こころえ》ていたから、同時《どうじ》に数十カ処《すうじゅっしょ》におのれを分形《ぶんけい》せしめて遍在《へんざい》＊させることができたほどだった。それはちょうど二《ふた》つの鏡《かがみ》を向《む》い合《あ》わせにして＊おいて、その中間《ちゅうかん》におのれを置《お》き、おのれの影像《えいぞう》を無限《むげん》に増殖《ぞうしょく》＊させることにも似《に》た法《ほう》であった。事実《じじつ》、守玄一《しゅげんいち》の道《みち》を修《おさ》めるには、鏡道《きょうどう》と称《しょう》して、精神集中《せいしんしゅうちゅう》のために鏡《かがみ》を利用《りよう》する法《ほう》もあったという。

朱橘《しゅきつ》は例《れい》になく機嫌《きげん》がよかったためか、庵《いおり》のなかへ無断《むだん》でのこのこ押《お》し入《い》ってきた男《おとこ》を前《まえ》にして、ざっと以上《いじょう》のごとく分形《ぶんけい》の法《ほう》の秘密《ひみつ》の一端《いったん》を語《かた》って聞《き》かせた。しかし朱橘《しゅきつ》の説明《めい》を聞《き》かされても、その深遠《しんえん》な哲理《てつり》＊が男《おとこ》には、なんのことやら珍糞漢《ちんぷんかん》＊でさっぱり分《わか》らなかった。分《わか》らないのが当《あた》り前《まえ》で、そんなに簡単《かんたん》に素人《しろうと》に分《わか》ってしまったら、世《よ》の中《なか》に仙人《せんにん》がふえすぎて困《こま》ったことになるにちがいなかろう。神仙道《しんせんどう》＊の研究《けんきゅう》がすすんでいるはずの後世《こうせい》の私《わたし》たちにしたところで、じつをいえば、その本当《ほんとう》の秘密《ひみつ》には絶対《ぜったい》に関与《かんよ》しえないのである。

男《おとこ》が当惑顔《とうわくがお》＊で、もじもじしているのを見《み》てとると、老人《ろうじん》は白髯《はくぜん》＊をゆすって笑《わら》いながら、

往時《おうじ》の　昔《むかし》の。かつての。

左元放《さげんほう》　漢《かん》の時代《じだい》の道士《どうし》・左慈《さじ》のこと。元放《げんほう》は字《あざな》。盧江《ろこう》（安徽《あんき》省《しょう》 盧江県《ろこうけん》の西方《せいほう》）の人《ひと》。葛洪《かっこう》が『抱朴子《ほうぼくし》』以前《いぜん》に著《あら》わしたとされる『神仙伝《しんせんでん》』によれば、六甲《ろっこう》（変化隠身《へんげおんしん》の術《じゅつ》）に長《た》け、鬼神《きじん》を使役《しえき》した。魏王《ぎおう》・曹操《そうそう》は左慈《さじ》を殺害《さつがい》しようと投獄《とうごく》したが、左慈《さじ》は変形《へんけい》の術《じゅつ》を用《もち》いて牢《ろう》の内外《ないがい》に出没《しゅつぼつ》、さらには市内《しない》至《いた》るところに左慈《さじ》の分身《ぶんしん》があふれて、混乱《こんらん》のうちに行方《ゆくえ》をくらましたという。

薊子訓《けいしくん》　漢《かん》の時代《じだい》の道士《どうし》・薊遼《けいりょう》のこと。子訓《しくん》は字《あざな》。斉《せい》（山東《さんとう》省《しょう》 臨淄県《りんしけん》）の人《ひと》。『神仙伝《しんせんでん》』によれば、誠実謙譲《せいじつけんじょう》な人柄《ひとがら》で市《し》井《せい》にまぎれて暮《く》らしていたが、三百年《さんびゃくねん》を経《へ》ても顔色《がんしょく》衰《おとろ》えないため、神仙《しんせん》の人《ひと》と知《し》られるようになった。あるとき都《みやこ》の貴《き》人《じん》たちの求《もと》めに応《おう》じて上京《じょうきょう》した子君《しくん》は、二十三の家々《いえいえ》を同時《どうじ》に訪問《ほうもん》し、相手《あいて》に応《おう》じて異《こと》なる対話《たいわ》をしたという。

遍在《へんざい》　至《いた》るところに広《ひろ》く行《い》きわたっていること。

二《ふた》つの鏡《かがみ》を向《む》い合《あ》わせに……　澁澤龍彦《しぶさわたつひこ》『玩物草紙《がんぶつぞうし》』所収《しょしゅう》「反《はん》対日《たいひ》の丸《まる》」より引用《いんよう》する。「それはメリー・ミルクという登《とう》録商標《ろくしょうひょう》で、罐《かん》のレッテルに、エプロンをかけた女《おんな》の子《こ》が片《かた》手《て》に籠《かご》をかかえている姿《すがた》が描《えが》かれている。籠《かご》のなかに、メリー・ミルクの罐《かん》がある。もちろん、この籠《かご》のなかのミルクの罐《かん》のレッテルにも、同《おな》じ女《おんな》の子《こ》が同《おな》じ籠《かご》をかかえ、その籠《かご》のなかに同《おな》じメリー・ミルクの罐《かん》がはいっている絵《え》が描《えが》かれているわけで、以下同様《いかどうよう》であり、どこまで行《い》っても切《き》りがない。二枚《まい》の鏡《かがみ》を向《む》き合《あ》わせたように、無限《むげん》に繰《く》り返《かえ》されるのだ。イメージはどこまでも小《ちい》さくなるばかりで、無限《むげん》に繰り返されるのだ。／この目《め》の前《まえ》のテーブルの上《うえ》のミルクの罐《かん》のレッテルに、小《ちい》さな小《ちい》さなメリーさんが無限《むげん》に連続《れんぞく》して畳《たた》みこまれているのかと思《おも》うと、私《わたし》は何《なに》か、深淵《しんえん》に吸《す》いこまれてゆくような気《き》がしたものであった。私《わたし》はしばしば食事《しょくじ》を忘《わす》れて、じっとメリーさんを見《み》つめることがあった」

増殖《ぞうしょく》　増《ふ》えて多数《たすう》になること。

哲理《てつり》　哲学上《てつがくじょう》の道理《どうり》。人生《じんせい》や世界《せかい》の根本《こんぽん》に関《かか》わるような奥深《おくぶか》い道理《どうり》。

珍糞漢《ちんぷんかん》　「陳紛漢《ちんぷんかん》」などとも表記《ひょうき》。わけの分《わ》からない言葉《ことば》。意《い》味不明《みふめい》で話《はなし》が通《つう》じないこと。儒者《じゅしゃ》が用《もち》いる漢語《かんご》に擬《ぎ》したとも、長崎《ながさき》で紅毛人《こうもうじん》の言葉《ことば》を口《くち》まねしたとも、由来《ゆらい》には諸説《しょせつ》ある。「ちんぷんかんぷん」とも。

神仙道《しんせんどう》　神仙思想《しんせんしそう》（中国古代《ちゅうごくこだい》の神秘思想《しんぴしそう》。山東省《さんとうしょう》の神山信仰《しんざんしんこう》に端《たん》を発《はっ》するとされ、不老長生《ふろうちょうせい》の霊薬《れいやく》を探究《たんきゅう》、煉丹術《れんたんじゅつ》を生《う》んだ）を奉《ほう》じて、自《みずか》ら仙人《せんにん》となることを追求《ついきゅう》する道《みち》。

当惑顔《とうわくがお》　途方《とほう》に暮《く》れた顔《かお》。どうしてよいか分《わ》からない様子《ようす》。

白髯《はくぜん》　頬《ほお》に生《は》える白《しろ》いひげ。

「それでは、おまえさんにも分《わか》るような話《はなし》をしてやろう。これはわたしの若《わか》いころの経験《けいけん》だがね。といっても、いま話《はな》した分形《ぶんけい》の法《ほう》の秘密《ひみつ》と、あながち関係《かんけい》＊のない話《はなし》ではない。いや、大《おお》いに関係《かんけい》があるともいえようか。よく聞《き》くがいい。」

そういって、はるかな過去《かこ》をなつかしむように目《め》をつぶりながら、あらまし次《つぎ》＊のような話《はなし》をはじめたのである。以下《いか》は朱橘《しゅきつ》の語《かた》る話《はなし》＊だと思《おも》っていただきたい。

＊

このわたしにも、かつては俗情《ぞくじょう》＊鬱勃《うつぼつ》＊たるものがあって、郷里《きょうり》の役人《やくにん》から推挙《すいきょ》＊されるままに、郷貢《きょうこう》＊として都《みやこ》へのぼり、進士《しんし》＊の試験《しけん》を受《う》けるために勉学《べんがく》に明《あ》け暮《く》れていた時代《じだい》があったものだ。もっとも、わたしは進士《しんし》の試験《しけん》に二度《にど》も落《お》ち、落《お》ちるとともに次第《しだい》にそのころから、経書《けいしょ》＊を誦《ず》したり五言《ごごん》＊の詩《し》＊を作《つく》ったりするのがほとほと馬鹿《ばか》＊らしくなってしまって、ただ道家《どうか》＊に必要《ひつよう》な書《しょ》ばかりを漁《あさ》り求《もと》めて読《よ》むようになったわけだがな。

あながち　必《かなら》ずしも。まんざら。

あらまし　おおよそ。だいたい。

以下《いか》は朱橘《しゅきつ》の語《かた》る話《はなし》……　これ以降《いこう》の物語《ものがたり》は、それまでの仙《せん》人譚《にんたん》から一転《いってん》、二十世紀《にじゅっせいき》前半《ぜんはん》のイタリアで活躍《かつやく》した作家《さっか》ジョヴァンニ・パピーニ（Giovanni Papini　一八八一～一九五六）の短篇小説《たんぺんしょうせつ》「泉水《せんすい》のなかの二《ふた》つの顔《かお》」（ボルヘス編《へん》／河島英昭訳《かわしまひであきやく》『バベルの図書館《としょかん》30　逃《に》げてゆく鏡《かがみ》』所収《しょしゅう》）を、鮮《あざ》やかに本歌取《ほんかど》りして成《な》ったものである。同書《どうしょ》の序文《じょぶん》で編者《へんじゃ》のボルヘスは、次《つぎ》のように述《の》べている。「『泉水《せんすい》のなかの二《ふた》つの顔《かお》』は分身伝説《ぶんしんでんせつ》を新《あら》たにひねったものであるが、そもそも分身《ぶんしん》の出現《しゅつげん》はユダヤ教徒《きょうと》にとっては神《かみ》との出会《であ》いを、スコットランド人《じん》にとっては死《し》の接近《せっきん》を意味《いみ》していた。パピーニが取《と》った道《みち》はそのいずれでもない。彼《かれ》はむしろ分身《ぶんしん》を、恒常《こうじょう》的《てき》な事実《じじつ》、ヘラクレイトスの〈我《われ》〉の変容《へんよう》と結《むす》びつける。死《し》んだ水《みず》、朽《く》ち葉《ば》に埋《う》もれた古《ふる》い見捨《みす》てられた庭園《ていえん》の存在《そんざい》が、第三《だいさん》の人物《じんぶつ》を生《う》み出《だ》し、この第三《だいさん》の存在《そんざい》が、二人《ふたり》でありながら一体《いったい》であるあとの二人《ふたり》の上《うえ》に重《おも》くのしかかるのである」（河島英昭訳《かわしまひであきやく》）この指摘《してき》は「鏡《かがみ》と影《かげ》について」にも有効《ゆうこう》といえよう。
　パピーニによる原典《げんてん》と本篇《ほんぺん》を読《よ》み較《くら》べてみると、作者《さくしゃ》がいかに細心《さいしん》の注意《ちゅうい》と機転《きてん》を利《き》かせて、唐《とう》の都《みやこ》と南欧《なんおう》の廃市《はいし》を違《い》和感《わかん》なく重《かさ》ね合《あ》わせているかが見《み》て取《と》れることだろう。そして、本《ほん》シリーズの『獣《けもの》』に収《おさ》めた芥川龍之介《あくたがわりゅうのすけ》や中島敦《なかじまあつし》や坂口安吾《さかぐちあんご》の文学的系譜《ぶんがくてきけいふ》を継《つ》ぐ書《か》き手《て》としての澁澤龍彦《しぶさわたつひこ》の真骨《しんこっ》頂《ちょう》に接《せっ》する心地《ここち》を覚《おぼ》えるに違《ちが》いない。

俗情《ぞくじょう》　世俗《せぞく》の名利《みょうり》を願《ねが》い求《もと》める心《こころ》。

鬱勃《うつぼつ》　胸中《きょうちゅう》の思《おも》いが外《そと》まであふれだそうとするさま。

推挙《すいきょ》　官職《かんしょく》に就《つ》けるように推薦《すいせん》すること。

郷貢《きょうこう》　中国《ちゅうごく》の唐《とう》の時代《じだい》、官吏《かんり》の採用《さいよう》にあたって、州県《しゅうけん》の長官《ちょうかん》が選抜《せんばつ》して都《みやこ》へと送《おく》りだした者《もの》。郷貢進士《きょうこうしんし》。

進士《しんし》　中国《ちゅうごく》の隋《ずい》・唐《とう》の時代《じだい》に行《おこ》なわれた官吏登用試験《かんりとうようしけん》である科《か》挙《きょ》の科目《かもく》のひとつ。文学《ぶんがく》の問題《もんだい》を主《しゅ》とする科目《かもく》。後《のち》にその合《ごう》格者《かくしゃ》をも呼《よ》ぶようになった。

経書《けいしょ》　孔子《こうし》や孟子《もうし》をはじめとする中国古代《ちゅうごくこだい》の聖賢《せいけん》が著《あら》わした書《しょ》。儒学《じゅがく》の経典《きょうてん》。四書《ししょ》・五経《ごきょう》・九経《きゅうきょう》・十三経《じゅうさんきょう》の類《たぐい》。

誦《ず》したり　声《こえ》に出《だ》して読《よ》んだり。

五言《ごごん》の詩《し》　一句《いっく》が五字《ごじ》より成《な》る漢詩《かんし》。五言絶句《ごごんぜっく》など。

ほとほと　本当《ほんとう》に。とても。

道家《どうか》　老荘思想《ろうそうしそう》にもとづく道教《どうきょう》を奉《ほう》ずる人《ひと》。道士《どうし》。

都《みやこ》で試験勉強《しけんべんきょう》にはげんでいたころ、わたしが仮《かり》の宿《やど》としていたのは、城内《じょうない》*の西《にし》のはずれの閑静《かんせい》な地域《ちいき》にある、むかしは栄《さか》えていたらしい広大《こうだい》な古寺《ふるでら》だった。わたしの勉強部屋《べんきょうべや》から見《み》える寺《てら》の中庭《なかにわ》も、そのころはもうすっかり廃園《はいえん》*になっていて、くずれかけた煉瓦塀《れんがべい》に囲《かこ》まれた一郭《いっかく》には、伸《の》び放題《ほうだい》に伸《の》びた槐《えんじゅ》*や芭蕉《ばしょう》*がこんもりした陰《かげ》をつくり、苔《こけ》をはやした石《いし》や彫刻《ちょうこく》が、草《くさ》むらのあいだに置《お》き忘《わす》れられたように立《た》っているばかりだった。中庭《なかにわ》の中央《ちゅうおう》の笹竹《ささたけ》の茂《しげ》ったあたりには、白《しろ》い石《いし》の欄干《らんかん》*をめぐらし、小《ちい》さな屋根《やね》で覆《おお》った、上《うえ》に轆轤《ろくろ》*のついた古《ふる》びた井戸《いど》があった。轆轤《ろくろ》といっても名《な》ばかりで、すでに縄《なわ》は朽《く》ち釣瓶《つるべ》*は失《うしな》われていたから、水《みず》を汲《く》む役《やく》には少《すこ》しも立《た》ちはせぬ。井戸《いど》の底《そこ》には、積年《せきねん》*の落葉《おちば》がびっしり降《ふ》りつもっていて、そのままでは水《みず》のおもても見《み》えないほどである。水《みず》はあるのかないのか。いや、たしかに水《みず》はあったな。その証拠《しょうこ》には、首《くび》をのばして差《さ》しのぞくと、いつも底《そこ》からひんやりした冷気《れいき》を送《おく》ってよこしたからだ。

どういうものか、わたしはこの廃園《はいえん》のこの井戸《いど》がたいそう気《き》に入《い》っていて、都《みやこ》に滞在《たいざい》して勉学《べんがく》にいそしんでいるあいだ、本《ほん》を読《よ》むのに倦《う》んだり*すると、よく井戸《いど》のかたわらの石《いし》に腰《こし》をおろしては、自分《じぶん》の将来《しょうらい》のことなどをぼんやり考《かんが》えたものだ。いまもいったように、井戸《いど》の底《そこ》の水面《すいめん》はおびただしい*落葉《おちば》で覆《おお》われていたが、ときに気《き》まぐれな風《かぜ》が吹《ふ》いたりすると、その落葉《おちば》がいっせいに片側《かたがわ》に吹《ふ》き寄《よ》せられて、のぞきこんだわたしの顔《かお》が底《そこ》の水面《すいめん》に映《うつ》ることもないではない。水《みず》に映《うつ》った自分《じぶん》の顔《かお》を、わたしはじっと眺《なが》めたものだ。あんまり永《なが》いこと眺《なが》めていると、こうして眺《なが》めている肉体《にくたい》をもった自分《じぶん》は本当《ほんとう》の自分《じぶん》ではなく、むしろ本当《ほんとう》の自分《じぶん》は、井戸《いど》の底《そこ》の水《みず》のおもてに凝固《ぎょうこ》*しているわたし自身《じしん》の影《かげ》ではなかろう

城内《じょうない》　唐《とう》の都《みやこ》・長安《ちょうあん》（現在《げんざい》の西安《せいあん》）を指《さ》す。中国西北部《ちゅうごくせいほくぶ》における交通《こうつう》の要衝《ようしょう》として古《ふる》くから栄《さか》え、唐代《とうだい》には東西《とうざい》十キロ、南北《なんぼく》八キロの城壁《じょうへき》に囲《かこ》まれた百万都市《ひゃくまんとし》として繁栄《はんえい》を極《きわ》めた。

廃園《はいえん》　手入《てい》れするものがなく荒廃《こうはい》した庭園《ていえん》。

槐《えんじゅ》　マメ科《か》の落葉高木《らくようこうぼく》。中国原産《ちゅうごくげんさん》。夏《なつ》に黄白色《おうはくしょく》の蝶形花《ちょうけいか》をつける。街路樹《がいろじゅ》としても植《う》えられる。

芭蕉《ばしょう》　バショウ科《か》の大形多年草《おおがたたねんそう》。中国原産《ちゅうごくげんさん》。葉《は》が長《なが》く基部《きぶ》は鞘《さや》状《じょう》で互《たが》いに巻《ま》き合《あ》い、高《たか》さ五メートルほどの幹《みき》となる。夏秋《なつあき》に長大《ちょうだい》な花穂《かすい》を出《だ》し、黄色《きいろ》い単性花《たんせいか》を段階状《だんかいじょう》に輪生《りんせい》。庭園《ていえん》などに植栽《しょくさい》される。

欄干《らんかん》　転落防止《てんらくぼうし》や装飾《そうしょく》として、橋《はし》や縁側《えんがわ》などのへりに設《もう》けられた柵状《さくじょう》の工作物《こうさくぶつ》。

轆轤《ろくろ》　ここでは、縄《なわ》をかけて両端《りょうたん》の釣瓶《つるべ》を上下《じょうげ》させ水《みず》を汲《く》む構《こう》造《ぞう》を有《ゆう》する車井戸《くるまいど》の滑車《かっしゃ》を指《さ》す。

釣瓶《つるべ》　縄《なわ》や竿《さお》の先《さき》に取《と》りつけて、井戸水《いどみず》を汲《く》み上《あ》げる桶《おけ》。

積年《せきねん》　長年《ながねん》。

倦《う》んだり　飽《あ》きたり。中途《ちゅうと》で嫌気《いやけ》がさすさま。

おびただしい　大量《たいりょう》の。

凝固《ぎょうこ》　凝《こ》り固《かた》まること。

か、という気《き》がしてくるほどだった。

都《みやこ》に滞在《たいざい》すること三年半《さんねんはん》、やがて試験《しけん》に失敗《しっぱい》して官途《かんと》につく*ことをあきらめ、にがい気《き》持《もち》で郷里《きょうり》の家《いえ》にもどってきてからも、わたしはこの井戸《いど》のことをいっかな忘《わす》*れることができなかった。郷里《きょうり》の家《いえ》で、どうかすると夜《よる》の夢《ゆめ》にまでみることがあった。縄《なわ》もない釣瓶《つるべ》もない轆轤《ろくろ》を、わたし自身《じしん》が一所懸命《いっしょけんめい》に手《て》でくるくるまわして、井戸《いど》の底《そこ》に映《うつ》った影《かげ》をむなしく汲《く》みあげようとしている夢《ゆめ》である。なんという執念《しゅうねん》*か。なんという徒労《とろう》*か。じつはこのとき、わたしは自分《じぶん》の本質《ほんしつ》というものを求《もと》めあぐね*ていたのだった。

わたしがふたたび都《みやこ》にのぼろうと意《い》を決《けっ》したのは、だから、あの井戸《いど》をもう一度《いちど》のぞきこんで、底《そこ》に映《うつ》った自分《じぶん》の影《かげ》に対面《たいめん》したいという気持《きもち》の切《せつ》なる*ものがあったためにほかならぬ。少《すく》なくとも自分《じぶん》ではそう思《おも》っている。

五年《ごねん》あまりの月日《つきひ》が流《なが》れ去《さ》っていたが、都《みやこ》は相変《あいかわ》らず昔《むかし》のままだった。相変《あいかわ》らず瓦子《がし》*は殷賑《いんしん》*をきわめ、巷々《こうこう》*には歓楽《かんらく》*を求《もと》めるひとの群《むれ》がひしめいていた。*妓館《ぎかん》*の女《おんな》たちは十年一日《じゅうねんいちじつ》*のごとく、猿《さる》のように黄色《きいろ》い声《こえ》*を発《はっ》していた。わたしはもとより、*そのような場所《ばしょ》に用《よう》のある身《み》ではなかったから、都《みやこ》に到着《とうちゃく》するや、まっすぐ目《め》あての寺《てら》の廃園《はいえん》に足《あし》を向《む》けた。来《き》てみると、廃園《はいえん》もまた昔《むかし》のままであり、井戸《いど》もまた昔《むかし》のままであって、あたかも*時間《じかん》がここでは少《すこ》しも経過《けいか》していないかのような印象《いんしょう》であった。それでもいくらか変化《へんか》したところといえば、中庭《なかにわ》の草《くさ》がさらに蓬々《ほうほう》*と生《お》い茂《しげ》り、井戸《いど》のなかの落葉《おちば》がさらに厚《あつ》く層《そう》を重《かさ》ねたということでもあろうか。それ以外《いがい》はどこからどこまで、まったく昔《むかし》と変《かわ》っていないように見《み》えた。

官途《かんと》につく　官吏《かんり》になること。
いっかな　どうしても。
執念《しゅうねん》　ひとつのことに執着《しゅうちゃく》して離《はな》れない心《こころ》。
徒労《とろう》　むだな労力《ろうりょく》。骨折《ほねお》り損《ぞん》なこと。
求《もと》めあぐねて　どうやって求《もと》めたらいいか分《わ》からなくなって。
切《せつ》なる　しきりに。ひたすらに。
瓦子《がし》　中国《ちゅうごく》の都会《とかい》の盛《さか》り場《ば》で、芸能《げいのう》や見世物《みせもの》の小屋《こや》、酒場《さかば》や料《りょう》理屋《りや》、芸者屋《げいしゃや》などが密集《みっしゅう》した庶民的《しょみんてき》な娯楽場《ごらくじょう》。
殷賑《いんしん》　にぎわい繁盛《はんじょう》しているさま。
巷々《こうこう》　路地《ろじ》や小路《こうじ》。
歓楽《かんらく》　歓《よろこ》びや愉《たの》しみ。
ひしめいていた　大勢《おおぜい》が押《お》し合《あ》って騒《さわ》いでいた。
妓館《ぎかん》　遊女屋《ゆうじょや》。
十年一日《じゅうねんいちじつ》　長年《ながねん》にわたり少《すこ》しも変《か》わらないさま。
黄色《きいろ》い声《こえ》　（女性《じょせい》や子供《こども》の）甲高《かんだか》い声《こえ》。
もとより　もともと。
あたかも　まるで。さながら。
蓬々《ほうほう》　盛《さか》んに茂《しげ》るさま。

ところで、その厚《あつ》く積《つも》った落葉《おちば》を竹《たけ》の竿《さお》で掻《か》き分《わ》けて、井戸《いど》の底《そこ》の水《みず》のおもてに自分《じぶん》の顔《かお》を映《うつ》してみると、私《わたし》は自分《じぶん》の顔《かお》がひどく変《かわ》っているのに気《き》がついた。はっきりおぼえている五年前《ごねんまえ》の自分《じぶん》の顔《かお》とは、明《あき》らかな相違《そうい》を示《しめ》した現在《げんざい》の顔《かお》がそこに眺《なが》められたのである。これには私《わたし》も感慨一入《かんがいひとしお》*であった。石《いし》の欄干《らんかん》に両肘《りょうひじ》をついて、私《わたし》は顔《かお》の映《うつ》る水面《すいめん》をもっと広《ひろ》くするために、さらに竹竿《たけざお》で丹念《たんねん》に落葉《おちば》を左右《さゆう》に排除《はいじょ》した。そして永《なが》いあいだ、自分《じぶん》の顔《かお》をつくづく眺《なが》めながら、なるほど、わたしも知《し》らないうちに年《とし》をとったのだな、と思《おも》った。いかにも現在《げんざい》のわたしは過去《かこ》のわたしではなかったのである。

そのとき、水《みず》に映《うつ》ったわたしの顔《かお》とならんで、ぼんやりしたもう一《ひと》つの顔《かお》が、暗《くら》い水面《すいめん》に浮《う》かびあがってきたのにわたしは気《き》がついた。ぎょっとして、反射的《はんしゃてき》にわたしはうしろを振《ふ》り向《む》いた。いつのまにか、見知《みし》らぬ男《おとこ》がわたしの隣《とな》りに立《た》っていたのであり、その男《おとこ》もわたしと同様《どうよう》、井戸《いど》の底《そこ》をのぞきこんでいたのである。わたしは驚《おどろ》いて、その男《おとこ》の顔《かお》をまじまじと*眺《なが》めないわけにはいかなかった。男《おとこ》は、どことなくわたしに似《に》ているように思《おも》われた。わたしはふたたび井戸《いど》の底《そこ》をのぞきこんで、暗《くら》い水面《すいめん》に映《うつ》っている男《おとこ》の顔《かお》を凝視《ぎょうし》*

した。そして、はたと*思《おも》いあたった。この男《おとこ》の顔《かお》こそ、五年前《ごねんまえ》のわたし自身《じしん》の顔《かお》にほかならなかったのだ。

以前《いぜん》のわたしだったら、ここで恐怖《きょうふ》の叫《さけ》びをあげたところだったかもしれない。自分《じぶん》は一種《いっしゅ》の気違《きちが》いじみた強迫観念《きょうはくかんねん》*にとらわれて、あらぬ幻影《げんえい》*を見《み》ているのだと思《おも》ったところだったかもしれない。しかし、そのときのわたしは、そうは思《おも》わなかった。わたしはすでに道家《どうか》の典籍《てんせき》*をかじっていた*のであり、常識《じょうしき》では不可解《ふかかい》*なことも時《とき》として現実《げんじつ》になる場合《ばあい》があるということを、幾多《いくた》の具体的《ぐたいてき》な例《れい》によって知《し》りはじめていたのである。だから驚《おどろ》いたといっても、その驚《おどろ》かされた事実《じじつ》に冷静《れいせい》に対処《たいしょ》するだけの余裕《よゆう》があったのだ。

わたしは、この男《おとこ》に努《つと》めて*親《した》しげに会釈《えしゃく》*すると、こう言葉《ことば》をかけた。

感慨一入《かんがいひとしお》　ひときわ身《み》に沁《し》みて感動《かんどう》すること。
まじまじと　目《め》をそらさず、じっと見《み》つめるさま。
凝視《ぎょうし》　よく目《め》を凝《こ》らして見《み》つめること。
はたと　急《きゅう》に。いきなり。
強迫観念《きょうはくかんねん》　考《かんが》えないようにしようとしても頭《あたま》から離《はな》れない考《かんが》え。

あらぬ幻影《げんえい》　現実《げんじつ》にあるわけがない、まぼろし。
典籍《てんせき》　書物《しょもつ》。
かじっていた　少《すこ》しは学《まな》んでいた。
不可解《ふかかい》　理解《りかい》できないさま。怪《あや》しいこと。
努《つと》**めて**　できるだけ。
会釈《えしゃく》　にこやかに一礼《いちれい》すること。

「きみがぼく自身《じしん》だということは、きかなくても、ちゃんと分《わか》っているよ。きみは昔《むかし》のぼく、五年《ごねん》以上《いじょう》も前《まえ》、ここで勉強《べんきょう》していた当時《とうじ》のぼくなのだ。もうとっくに死《し》んじまったものと思《おも》っていたのに、ここでふたたびお目《め》にかかろうとは意外《いがい》だな。ちっとも変《かわ》っていないね。昔《むかし》のまんまだよ。」

それから、こうつづけた。

「こうしてぼくの前《まえ》に現《あら》われた以上《いじょう》は、きみにはなにかいいたいことがあるんだろう。いってくれたまえ。ぼくにはなんでも聞《き》く用意《ようい》がある。」

知《し》らないひとにいきなり言葉《ことば》をかけられたように、男《おとこ》はちょっと鼻《はな》じろんだ様子《ようす》*で、わたしの顔《かお》をじっと見《み》つめた。ためらっているようだった。それからようやく踏《ふ》んぎり*をつけて、こう答《こた》えた。

「ぼくの気持《きもち》を一言《ひとこと》でいえば、しばらくきみと一緒《いっしょ》にいたいんだ。きみが都《みやこ》を棄《す》てて行《い》っちまってからも、ぼくはずっとここに残《のこ》っていた。じっと動《うご》かず、なんにもせず、ひたす

鼻《はな》じろんだ　気《き》おくれした表情《ひょうじょう》をして。

踏《ふ》んぎり　思《おも》いきること。決断《けつだん》すること。

らきみを待《ま》っていたんだ。きっと帰《かえ》ってくるにちがいない、とぼくは思《おも》っていたよ。この井戸《いど》のなかに、きみはきみの魂《たましい》の大事《だいじ》な部分《ぶぶん》を残《のこ》していったんだからね。その魂《たましい》のおかげで、ぼくは今日《きょう》まで生《い》きてきたのさ。でも、こうしてふたたび出会《であ》った以上《いじょう》、ぼくはぜひきみと一緒《いっしょ》になりたい。きみと一緒《いっしょ》に生《い》きたい。ぼくと別《わか》れてから、きみがどういう生活《せいかつ》をしていたかを聞《き》かせてほしい。だって、ぼくはずっと昔《むかし》のままなんだからね。昔《むかし》のきみのことしか知《し》らないんだからね。そう思《おも》えば、ぼくがどんなにきみの話《はなし》を聞《き》きたがっていることか、きみにもよく分《わか》るだろう。友《とも》だちになってくれたまえ、せめてきみが田舎《いなか》へ帰《かえ》る日《ひ》まで。」

わたしはだまって頷《うなず》いた。男《おとこ》の顔《かお》には、ぱっと喜色《きしょく》*があふれた。それで暗黙《あんもく》*の約束《やくそく》が成立《せいりつ》した。わたしたちは二人《ふたり》の兄弟《きょうだい》のように肩《かた》をならべ、井戸《いど》のある廃園《はいえん》を出《で》て歩《ある》き出《だ》した。

それからの日々《ひび》は、かつてわたしが経験《けいけん》したことのないような幸福《こうふく》な日々《ひび》だった。わたしはわたし自身《じしん》とともに、過去《かこ》のわたし自身《じしん》とともに、信《しん》じられないほどの歓《よろこ》びにみちた、甘美《かんび》な数日《すうじつ》を送《おく》ったのである。わたしたち二人《ふたり》は——いや、正確《せいかく》にいえば二人《ふたり》のわたしは

――あらゆる共通《きょうつう》の話題《わだい》をほじくり返《かえ》しては、飽《あ》きることなく談話《だんわ》に花《はな》を咲《さ》かせた。二人《ふたり》が二人《ふたり》ながら知《し》っている過去《かこ》の出来事《できごと》を思《おも》い出《だ》し、二人《ふたり》でそれを話題《わだい》にして、もう一度《いちど》生き生《い》きと過去《かこ》を蘇《よみがえ》らせるのは、二人《ふたり》にとってこの上《うえ》もなく楽《たの》しい未知《みち》なる経験《けいけん》だった。むろん、ただ話《はなし》をしていただけではない。わたしたちは連《つ》れ立《だ》って都《みやこ》の西《にし》の城門《じょうもん》を出《で》、あの美《うつく》しい西湖《さいこ》*のほとりの霊隠寺《れいいんじ》*、天竺寺《てんじくじ》*、浄慈寺《じょうじじ》*などにも遊《あそ》んだし、南北高峰《なんぼくこうほう》*や宝石山《ほうせきざん》*や

喜色《きしょく》　嬉《うれ》しそうな顔《かお》つき。

暗黙《あんもく》　口《くち》に出《だ》して言《い》わないこと。

西湖《さいこ》　「シー湖《こ》」とも。中国《ちゅうごく》・浙江省杭州市《せっこうしょうこうしゅうし》の西《にし》に位置《いち》する湖水《こすい》。沿岸《えんがん》を丘陵《きゅうりょう》が囲《かこ》み、湖中《こちゅう》には島《しま》と堤《つつみ》があり、周囲《しゅうい》には史跡《しせき》が点在《てんざい》する。唐代《とうだい》から西湖十景《さいこじっけい》などの景勝地《けいしょうち》として名《な》高《だか》い。

霊隠寺《れいいんじ》　西湖《さいこ》にある臨済宗《りんざいしゅう》寺院《じいん》。三二六年《ねん》、インドの僧《そう》・慧《けい》理《り》によって開創《かいそう》。

天竺寺《てんじくじ》　西湖《さいこ》にある臨済宗《りんざいしゅう》寺院《じいん》。五九五年《ねん》に霊隠寺《れいいんじ》から分離《ぶんり》独立《どくりつ》して天竺寺《てんじくじ》と称《しょう》する。後《のち》に上天竺寺《かみてんじくじ》、中天竺寺《なかてんじくじ》が建立《こんりゅう》されたため、下天竺寺《しもてんじくじ》とも呼《よ》ばれる。ちなみに清《しん》の時代《じだい》には法《ほう》鏡寺《きょうじ》と改称《かいしょう》されている。

浄慈寺《じょうじじ》　西湖《さいこ》の畔《あぜ》にある仏教寺院《ぶっきょうじいん》。「浄慈報恩孝禅寺《じょうじほうおんこうぜんじ》」などとも。九五四年《ねん》に呉越国王《ごえつこくおう》の銭弘俶《せんこうしゅく》により創建《そうけん》。開祖《かいそ》は永明道《えいめいどう》潜《せん》。禅宗五山《ぜんしゅうござん》のひとつで日本《にほん》の鎌倉仏教《かまくらぶっきょう》とも深《ふか》い関《かか》わりがある。西湖十景《さいこじっけい》のひとつである「南屏晩鐘《なんへいばんしょう》」の碑亭《ひてい》がある。

南北高峰《なんぼくこうほう》　西湖十景《さいこじっけい》のひとつ「双峰挿雲《そうほうそううん》」の由来《ゆらい》である、西湖《さいこ》西側《にしがわ》の洪春橋《こうしゅんきょう》から眺《なが》める南高峰《なんこうほう》と北高峰《ほくこうほう》およびそこに建《た》つ塔《とう》を指《さ》す。

宝石山《ほうせきざん》　西湖《さいこ》の南東《なんとう》に位置《いち》する小山《こやま》で、岩質《がんしつ》のせいで陽光《ようこう》に当《あ》たると宝石《ほうせき》のような煌《きら》めきを発《はっ》するといわれる。山上《さんじょう》から眺《なが》める西湖《さいこ》の眺望《ちょうぼう》は絶景《ぜっけい》と賞《しょう》される。

飛来峰《ひらいほう》*にも足《あし》をのばした。冷泉亭《れいせんてい》*にも石屋洞《せきおくどう》*にも行《い》った。月《つき》の明《あき》らかな夜《よる》、雷峰塔《らいほうとう》*の下《した》に舟《ふね》をとめ、湖上《こじょう》で夜《よ》を徹《てっ》して語《かた》り合《あ》ったこともある。朝《あさ》まだき*、曲院《きょくいん》*に蓮《はす》の花《はな》*のひらく音《おと》を聞《き》きに行《い》ったこともある。

　そのころの楽《たの》しかった日々《ひび》を思《おも》うと、わたしはいまでも胸《むね》が締《し》めつけられるような、なんともいえない遣《や》る瀬《せ》ない*気分《きぶん》をおぼえずにはいられない。

　けれども最初《さいしょ》の日々《ひび》の熱狂《ねっきょう》と興奮《こうふん》が過《す》ぎると、わたしはこの友達《ともだち》に対《たい》して、早《はや》くも名状《めいじょう》しがたい*一種《いっしゅ》の嫌悪《けんお》を感《かん》じはじめていた。話《はなし》を聞《き》いているだけでも、いい加減《かげん》うんざりするようになっていた。彼《かれ》の幼《おさな》さ、青《あお》くささ*、ひとりよがり、物知《ものし》らずが、まず第一《だいいち》に、わたしをいらいらさせた。それに彼《かれ》の頭《あたま》のなかには、いまではわたしが洟《はな》もひっかけない*ような、古《ふる》くさい観念《かんねん》やら笑止《しょうし》な*理論《りろん》やら、時代《じだい》おくれの理想《りそう》やら仰々《ぎょうぎょう》しい*煩瑣《はんさ》*な哲学《てつがく》やらが、ぎっしり詰《つ》まっているように思《おも》われた。そして、それもわたしには我慢《がまん》のならないものだった。そんなものはいっそ捨《す》ててしまえばいいのに、とわたしは腹《はら》のなかで何度《なんど》思《おも》ったかしれないが、もし捨《す》ててしまったら、彼《かれ》の頭《あたま》はまさしく空《から》っぽになっていたことであろう。空《から》っぽでも一向《いっこう》にかまわないが、彼《かれ》のようにやわな*精神《せいしん》では、空《から》っぽの頭《あたま》をかかえてはとても生《い》きられまい。

飛来峰《ひらいほう》　西湖《さいこ》の霊隠寺《れいいんじ》に隣接《りんせつ》する宋代《そうだい》の禅宗寺院《ぜんしゅうじいん》。霊隠寺門《れいいんじもん》前《ぜん》の岩壁《がんぺき》には無数《むすう》の磨崖仏《まがいぶつ》があり、観光名所《かんこうめいしょ》となっている。

冷泉亭《れいせんてい》　杭州《こうしゅう》刺史《しし》（施政官《しせいかん》）となった元写《げんしゃ》が、霊隠山《れいいんざん》に建《た》てた亭《てい》（眺望《ちょうぼう》や休憩《きゅうけい》の目的《もくてき》で庭園《ていえん》に設《もう》けられた風雅《ふうが》な建物《たてもの》）の名《な》。西湖《さいこ》をこよなく愛《あい》した詩人《しじん》・白居易《はくきょい》の『冷泉亭記《れいせんていき》』で名《な》高《だか》い。

石屋洞《せきおくどう》　杭州《こうしゅう》の南高峰一帯《なんこうほういったい》に点在《てんざい》する西湖石窟群《さいこせっくつぐん》のひとつ。水《すい》楽洞《らくどう》、煙霞洞《えんかどう》と共《とも》に煙霞三洞《えんかさんどう》と呼《よ》ばれる。

雷峰塔《らいほうとう》　西湖南岸《さいこなんがん》にある仏塔《ぶっとう》。九七五年《ねん》から六年《ねん》をかけて完《かん》成《せい》。呉越王《ごえつおう》の銭弘俶《せんこうしゅく》が妃《きさき》の懐妊《かいにん》を祝《いわ》って建造《けんぞう》したとされる。西湖十景《さいこじっけい》のひとつ「雷峰夕照《らいほうせきしょう》」で知《し》られる夕照山《せきしょうさん》の雷峰《らいほう》に位置《いち》するため、この名《な》がある。一九二四年《ねん》に倒壊《とうかい》したが、二〇〇二年《ねん》に再建《さいけん》された。『白蛇伝《はくじゃでん》』のヒロイン白娘子《はくじょうし》が、塔《とう》の下《した》に封印《ふういん》されたとする伝説《でんせつ》でも名高《なだか》い。

朝《あさ》**まだき**　早朝《そうちょう》。夜《よ》の明《あ》けきらない時刻《じこく》。

曲　院《きょくいん》　西湖《さいこ》の西側《にしがわ》、北山街《ほくさんがい》にある庭園《ていえん》で、西湖十景《さいこじっけい》のひとつ「曲院風荷《きょくいんふうか》」に数《かぞ》えられる。夏《なつ》には百種類《ひゃくしゅるい》を越《こ》える蓮《はす》の花《はな》が湖面《こめん》を埋《うず》め、芳香《ほうこう》が一帯《いったい》に漂《ただよ》うという。曲院《きょくいん》とは宋《そう》の時代《じだい》に宮廷用《きゅうていよう》の酒《さけ》を製《せい》した場所《ばしょ》の意《い》。

蓮《はす》**の花**《はな》　スイレン科《か》の多年生水草《たねんせいすいそう》。日本《にほん》には中国《ちゅうごく》から渡来《とらい》し、池《いけ》、沼《ぬま》、水田《すいでん》などで栽培《さいばい》される。夏《なつ》、水上《すいじょう》に直立《ちょくりつ》した花柄《かへい》の先《さき》に白《しろ》や紅色《べにいろ》の花《はな》をつけるが、開花《かいか》の際《さい》に音《おと》を発《はっ》するといわれる。

遣《や》**る瀬**《せ》**ない**　心《こころ》が晴《は》れない。

名状《めいじょう》**しがたい**　言葉《ことば》で表現《ひょうげん》できない。

青《あお》**くささ**　未熟《みじゅく》さ。

洟《はな》**もひっかけない**　「洟《はな》」は鼻水《はなみず》。相手《あいて》にしない。価値《かち》を認《みと》めないさま。

笑　止《しょうし》**な**　笑《わら》うべきこと。ばかばかしいこと。〈文豪《ぶんごう》ストレイドッグス〉の芥川龍之介《あくたがわりゅうのすけ》の台詞《せりふ》で、おなじみだろう。

仰々《ぎょうぎょう》**しい**　おおげさな。

煩瑣《はんさ》　細々《こまごま》して煩《わずら》わしいこと。

やわ　弱々《よわよわ》しく壊《こわ》れやすいさま。

彼《かれ》の度《ど》しがたい*文学青年臭《ぶんがくせいねんしゅう》*にも、すでにわたしは反吐《へど》が出《で》る*ようなものを感《かん》じはじめていた。彼《かれ》は才子《さいし》*ぶって、*しばしば唐《とう》のデカダン詩人《しじん》*の七言詩《しちごんし》*などを思《おも》い入《い》れたっぷりに朗誦《ろうしょう》*した。そしてわたしが当然《とうぜん》、それに対《たい》して共感《きょうかん》を示《しめ》すものと信《しん》じていたらしいのだが、わたしはもはや詩一般《しいっぱん》になんの興味《きょうみ》もなかったのである。軽薄才子《けいはくさいし》*のひねくりまわす*詩《し》なんぞには飽《あ》き飽《あ》きしていたのである。

それでもまだ最初《さいしょ》のうちは、彼《かれ》の人生《じんせい》に対《たい》する未経験《みけいけん》や無知《むち》が、わたしの心《こころ》に一抹《いちまつ》の*憐《れん》憫《びん》*の情《じょう》を催《もよお》させないものでもなかった。若《わか》さとか純粋《じゅんすい》とかいう観念《かんねん》は、必《かなら》ずしもわたしの嫌《きら》いなものではなかったからだ。わたしは彼《かれ》の話《はなし》にいらいらしながらも、自分《じぶん》の感情《かんじょう》を露《ろ》骨《こつ》にあらわすことだけは避《さ》けていた。怒声《どせい》*を発《はっ》したり渋面《しぶつら》*をつくったりすることだけは避《さ》けていた。できるだけ寛大《かんだい》な気持《きもち》で彼《かれ》を遇《ぐう》*してやらなければならぬ、とにかく彼《かれ》は若《わか》いのだから、と考《かんが》えていた。しかし、そう思《おも》いながらも、わたしは彼《かれ》と会《あ》っているあいだ、自《じ》分《ぶん》の口数《くちかず》がだんだん少《すく》なくなり、ついには不機嫌《ふきげん》にだまりこんでしまう場面《ばめん》が次第《しだい》に多《おお》くなるのを、いかんとも*することができなかった。

むろん、わたしが反省《はんせい》しなかったというわけではない。少《すく》なくとも客観的《きゃっかんてき》にみて、わたしが手前勝手《てまえがって》＊のそしりを＊免《まぬか》れがたいということも、自分《じぶん》では重々《じゅうじゅう》＊承知《しょうち》していたのである。わたしは心《こころ》のなかで次《つぎ》のように自問自答《じもんじとう》＊していた。

「わたしは現在《げんざい》、この無知《むち》な男《おとこ》、この軽薄《けいはく》な男《おとこ》を頭《あたま》から＊馬鹿《ばか》にしているが、じつは、この

度《ど》しがたい　救《すく》いがたい。
文学青年臭《ぶんがくせいねんしゅう》　ここでは、文学好《ぶんがくず》きを気取《きど》って自己陶酔《じことうすい》している若者《わかもの》の様子《ようす》を指《さ》す。
反吐《へど》が出《で》る　汚物《おぶつ》を吐《は》くことから転《てん》じて、生理的《せいりてき》な嫌悪《けんお》や反感《はんかん》を覚《おぼ》えること。
才子《さいし》　才智《さいち》に優《すぐ》れた人《ひと》。才人《さいじん》。
ぶって　それらしい様子《ようす》をする。ふりをする。
唐《とう》のデカダン詩人《しじん》　デカダン（décadent）は、虚無的《きょむてき》・頽廃《たいはい》的《てき》な姿勢《しせい》のこと。芸術《げいじゅつ》の傾向《けいこう》やライフ・スタイルについて用《もち》いられる。ここでは、李商隠《りしょういん》（八一二～八五八）や温庭筠《おんていいん》（八一二～八七二）ら、耽美的《たんびてき》・デカダン的《てき》な作風《さくふう》が際立《きわだ》つ晩唐期《ばんとうき》の詩人《しじん》たちを指《さ》すか。
七言詩《しちごんし》　一句《いっく》が七言《しちごん》つまり七文字《ななもじ》で出来《でき》た漢詩《かんし》の句《く》または体《たい》。唐代《とうだい》には特《とく》に「七言絶句《しちごんぜっく》」と呼《よ》ばれる漢詩形《かんしけい》（七言四句《しちごんよんく》から成《な》る近体詩《きんたいし》）が隆盛《りゅうせい》を極《きわ》めた。

朗誦《ろうしょう》　朗々《ろうろう》と声高《こわだか》に読《よ》みあげること。朗読《ろうどく》。
軽薄才子《けいはくさいし》　才気《さいき》があるように見《み》えて、薄《うす》っぺらで内実《ないじつ》のない人《ひと》。
ひねくりまわす　詩歌《しいか》などの語句《ごく》に腐心《ふしん》すること。
一抹《いちまつ》の　多少《たしょう》の。いくらかの。
憐憫《れんびん》　あわれみ。情《なさ》けをかけること。
怒声《どせい》　怒《いか》りの声《こえ》。
渋面《しぶつら》　苦々《にがにが》しい表情《ひょうじょう》。不満《ふまん》な顔《かお》つき。
遇《ぐう》して　相手《あいて》をして。対応《たいおう》して。
いかんとも　どうにも。
手前勝手《てまえがって》　自分勝手《じぶんかって》。わがまま。
そしり　非難《ひなん》。批判《ひはん》。
重々《じゅうじゅう》　十分《じゅうぶん》に。よくよく。
自問自答《じもんじとう》　自分《じぶん》で自分《じぶん》に問《と》いかけ、答《こた》えを得《え》ること。
頭《あたま》から　最初《さいしょ》から。全面的《ぜんめんてき》に。

男《おとこ》こそ過去《かこ》のわたし自身《じしん》ではないか。なるほど、わたしはここ数年《すうねん》、ずいぶん勉強《べんきょう》したし、ずいぶん成長《せいちょう》したと自分《じぶん》では思《おも》っている。それにくらべれば、この男《おとこ》は五年前《ごねんまえ》から、ここにじっと動《うご》かず孤独《こどく》でいつづけたのだから、現在《げんざい》のわたしより遅《おく》れており劣《おと》っているのは当《あた》り前《まえ》の話《はなし》だろう。そこで現在《げんざい》のわたしは、五年前《ごねんまえ》の過去《かこ》のわたしを頭《あたま》から軽蔑《けいべつ》しているというわけだ。しかしその五年前《ごねんまえ》のわたしだって、相当《そうとう》にうぬぼれは強《つよ》かったはずだし、まだ世《よ》に出《で》てはいないものの、かくれたる天才《てんさい》だと＊自分《じぶん》では信《しん》じていたものだ。しかもわたしははっきり思《おも》い出《だ》すが、五年前《ごねんまえ》の過去《かこ》のわたしは、たしかに十年前《じゅうねんまえ》の過去《かこ》のわたしをそれ相応《そうおう》に＊軽蔑《けいべつ》していたのだ。これは疑《うたが》いようがない。」

「なんということだ。わたしは二十数年《にじゅうすうねん》のこれまでの生涯《しょうがい》に、まるで虫《むし》が殻《から》を脱《ぬ》ぐ＊ように、自分《じぶん》に軽蔑《けいべつ》された自分《じぶん》を一《ひと》つ一《ひと》つどんどん脱《ぬ》ぎすてて、ようやく現在《げんざい》の自分《じぶん》に到達《とうたつ》したようなものではないか。そして近《ちか》い将来《しょうらい》、たとえば五年後《ごねんご》なら五年後《ごねんご》でもいいが、その五年後《ごねんご》の自分《じぶん》が現在《げんざい》の自分《じぶん》を軽蔑《けいべつ》するであろうということは、ほとんど目《め》に見《み》えているといってもよかろう。どこまで行《い》っても、この関係《かんけい》は変《かわ》ることがないのだ。しかも、その軽《けい》蔑《べっ》した自分《じぶん》も、軽蔑《けいべつ》された自分《じぶん》も、同《おな》じ名前《なまえ》をもった一《ひと》つの人格《じんかく》であり、同《おな》じ肉体《にくたい》に棲《す》み、少《すく》なくとも世間《せけん》からは同《おな》じ一《ひと》つの存在《そんざい》だと思《おも》われているのである。いったい、わたしの本質《ほんしつ》はどこにあるのか。わたしの本質《ほんしつ》は変《かわ》っているのか、それとも変《かわ》っていないのか。」

わたしが心《こころ》のなかで、こんな堂々《どうどう》めぐり*の自問自答《じもんじとう》を繰《く》り返《かえ》しているあいだも、男《おとこ》はつまらないお喋《しゃべ》りをとめどもなく*つづけていた。不機嫌《ふきげん》のあまり口数《くちかず》が少《すく》なくなっているわたしに気《き》づいて遠慮《えんりょ》するどころか、ますます傍若無人《ぼうじゃくぶじん》*に、ますます得意然《とくいぜん》*と、歯《は》の浮《う》くような*哲学《てつがく》やら文学《ぶんがく》やらをひけらかして*、倦《う》むことを知《し》らぬ*ありさまであった。

ついに抑《おさ》えに抑《おさ》えたわたしの怒《いか》りの爆発《ばくはつ》するときがきた。わたしはきっぱりと、男《おとこ》にこ

かくれたる天才《てんさい》だと……　中島敦《なかじまあつし》「山月記《さんげつき》」（『獣《けもの》』所収《しょしゅう》）における李徴《りちょう》の独白《どくはく》（同書《どうしょ》18～19頁《ページ》）と読《よ》み較《くら》べてみたい。
相応《そうおう》に　それなりに。ふさわしく。
虫《むし》が殻《から》を脱《ぬ》ぐ　脱皮《だっぴ》のこと。
堂々《どうどう》めぐり　同《おな》じ思考《しこう》や議論《ぎろん》を、きりもなく繰《く》りかえすこと。
とめどもなく　際限《さいげん》なく。ひっきりなしに。
傍若無人《ぼうじゃくぶじん》　人前《ひとまえ》を気《き》にせず好《す》き勝手《かって》にふるまうこと。「傍《かたわら》に人《ひと》無《な》きが若《ごと》し」の意《い》。
得意然《とくいぜん》　いかにも得意《とくい》そうな様子《ようす》で。
歯《は》の浮《う》くような　軽薄《けいはく》な言動《げんどう》を不愉快《ふゆかい》に感《かん》じるさま。
ひけらかして　自慢《じまん》して。見《み》せびらかして。
倦《う》むことを知《し》らぬ　飽《あ》きることがない。

う言《い》いわたした。絶縁状《ぜつえんじょう》*をたたきつける気合《きあい》であった。

「うるさいな。少《すこ》しだまってくれ。もう我慢《がまん》がならない。きみと一緒《いっしょ》にいるのは飽《あ》き飽《あ》きしたよ。ぼくはやっぱり郷里《きょうり》へ帰《かえ》ることにする。やらなければならないことがあるんだ。こうしてはいられない。もっとも、それはこちらの事情《じじょう》で、きみの知《し》ったことではないがね。」

男《おとこ》は最初《さいしょ》きょとんと*していたが、わたしが真蒼《まっさお》な顔《かお》をしているのを見《み》ると、さすがに事《じ》態《たい》が深刻《しんこく》になっているのをさとったようで、にわかにおろおろし*出《だ》した。それはわたしには見《み》るに堪《た》えない醜態《しゅうたい》*だった。彼《かれ》が過去《かこ》のわたしだと思《おも》えばこそ、なおさら見《み》るに堪《た》えなかった。男《おとこ》は涙声《なみだごえ》*で、こういった。

「どうして急《きゅう》に帰《かえ》ってしまうのさ。きみが帰《かえ》ってしまったら、ぼくはまたひとりぼっちになってしまう。あんなに永《なが》いこときみを待《ま》っていて、ようやく一緒《いっしょ》になれたと思《おも》ったのに、その喜《よろこ》びも束《つか》のま*、またぼくは孤独《こどく》に突《つ》きおとされてしまう。きみは、あの大事《だいじ》な井戸《いど》を棄《す》てて行《い》ってもいいのかい。あの井戸《いど》の底《そこ》には、少《すく》なくともきみの一部分《いちぶぶん》が残《のこ》っているんだぜ。もしぼくがそれを守《まも》っていなかったら、きみはいまごろ……」

「もう結構《けっこう》だよ。つべこべ*いうのはよしてくれ。ぼくは過去《かこ》とはおさらばするんだ。そう自分《じぶん》できめたんだ。」

「いけない。きみは帰《かえ》ってはいけない。もうしばらくぼくと一緒《いっしょ》にいるべきだ。」

わたしがうしろを向《む》いて歩《ある》き出《だ》そうとすると、彼《かれ》は素早《すばや》くわたしの前《まえ》にまわって、子供《こども》みたいに両手《りょうて》をひろげて、通《とお》せんぼう*をするのだった。それでもかまわず、わたしは彼《かれ》の手《て》を振《ふ》り切《き》るようにして、わたしの宿舎《しゅくしゃ》まで急《いそ》ぎ足《あし》でどんどん歩《ある》いた。彼《かれ》はだまってついてきた。

その日《ひ》は一日中《いちにちじゅう》、宿舎《しゅくしゃ》で一言《ひとこと》も口《くち》をきかないで過《す》ごした。彼《かれ》はじっとわたしを看視《かんし》して

絶縁状《ぜつえんじょう》　相手《あいて》と関係《かんけい》を絶《た》つことを通告《つうこく》する文書《ぶんしょ》。
きょとんと　意外《いがい》な出来事《できごと》に直面《ちょくめん》し、当惑《とうわく》のあまり目《め》を見開《みひら》いているさま。
おろおろ　どうしてよいか分《わ》からず取《と》り乱《みだ》すさま。
醜態《しゅうたい》　ぶざまな姿《すがた》。見苦《みぐる》しい言動《げんどう》。
涙声《なみだごえ》　涙《なみだ》ながらに語《かた》る声《こえ》。
束《つか》**のま**　少《すこ》しの間《あいだ》。しばし。
つべこべ　反論《はんろん》したり理屈《りくつ》を言《い》うために、あれやこれやしゃべる様子《ようす》。
通《とお》**せんぼう**　「通《とお》せん坊《ぼう》」とも表記《ひょうき》。両手《りょうて》をひろげて、人《ひと》の行《ゆ》く手《て》に立《た》ちふさがること。その遊戯《ゆうぎ》。

いて、少《すこ》しでもわたしがどこかへ出《で》かける素振《そぶ》りを見《み》せると、さっそく自分《じぶん》も腰《こし》をあげるのである。これでは、おいそれと*逃《に》げられるものではない。

その翌日《よくじつ》も、わたしは隙《すき》あらば逃《に》げ出《だ》そうと身《み》がまえていたが、彼《かれ》はわたしの部屋《へや》の戸《と》口《ぐち》の前《まえ》にでんと*居《い》すわっていて、どうしても退《の》いてくれない。こうして四日間《よっかかん》が過《す》ぎてしまった。

五日目《いつかめ》になると、わたしは絶望的《ぜつぼうてき》な気持《きもち》になっていた。やけくそな気分《きぶん》になっていた。どうしても看視《かんし》を解《と》いてくれないなら、どうしてもわたしを出発《しゅっぱつ》させてくれないなら、こちらでも覚悟《かくご》をきめて、最後《さいご》の手段《しゅだん》を行使《こうし》*するしかあるまい、と考《かんが》えるようになっていた。

わたしはいつわって、*男《おとこ》に和解《わかい》を申《もう》し入《い》れた。男《おとこ》はわたしの手《て》を握《にぎ》り、涙《なみだ》を流《なが》して喜《よろこ》んだ。それから二人《ふたり》は宿舎《しゅくしゃ》を出《で》、運河《うんが》*にかかった石造《いしづく》りの橋《はし》をいくつも渡《わた》って、街《まち》の西《にし》のはずれの静《しず》かな地域《ちいき》にある、あの寺《てら》へ行《い》った。かつての蜜月時代《みつげつじだい》*に、二人《ふたり》で談笑《だんしょう》しながら*何《なん》度《ど》も歩《ある》いたことのある道順《みちじゅん》である。

寺《てら》の中庭《なかにわ》には、生《お》い茂《しげ》った草《くさ》むらのまんなかに、わたしたち二人《ふたり》を奇妙《きみょう》な因縁《いんねん》でむすびつけた、あの古《ふる》びた井戸《いど》があった。わたしたちはあの日《ひ》と同《おな》じように、竹竿《たけざお》で水面《すいめん》の落葉《おちば》を掻《か》き分《わ》け、石《いし》の欄干《らんかん》に肘《ひじ》をついて、二人《ふたり》ならんで井戸《いど》の底《そこ》をのぞきこんだ。暗《くら》い水面《すいめん》に、二《ふた》つのよく似《に》た顔《かお》の影《かげ》がぼうと浮《う》かびあがった。

そのとき、わたしは振《ふ》り向《む》きざま、*いきなり男《おとこ》の足《あし》をつかんで持《も》ちあげると、欄干越《らんかんご》しに力《ちから》まかせに、*彼《かれ》のからだを井戸《いど》のなかに突《つ》きおとそうとした。たまたま身《み》を乗《の》り出《だ》していたところだったので、意外《いがい》にあっけなく、*男《おとこ》のからだはもんどり打《う》って*欄干《らんかん》を越《こ》え、頭《あたま》から先《さき》に井戸《いど》の底《そこ》に転落《てんらく》した。わたしは快哉《かいさい》を叫《さけ》んだ。*

「ざまあみろ。きみはきみ自身《じしん》の影《かげ》と一緒《いっしょ》になればいいのさ。」

おいそれと　簡単《かんたん》には。すぐには。
でんと　大《おお》きなものが場所《ばしょ》を占めている様子《ようす》。
行使《こうし》　力《ちから》などを実際《じっさい》に使《つか》うこと。
いつわって　嘘《うそ》をついて。だまして。
運河《うんが》　人工的《じんこうてき》に作《つく》られた水路《すいろ》。
蜜月時代《みつげつじだい》　親密《しんみつ》な関係《かんけい》にあった時期《じき》。
談笑《だんしょう》しながら　なごやかに会話《かいわ》をしながら。

振《ふ》り向《む》きざま　振《ふ》り向《む》くと同時《どうじ》に。
力《ちから》まかせに　力《ちから》づくで。
あっけなく　物足《ものた》らない。手応《てごた》えもなく。
もんどり打《う》って　とんぼ返《がえ》りをして。もんどりは「翻筋斗《もんどり》」と表記《ひょうき》。
快哉《かいさい》を叫《さけ》んだ　愉快《ゆかい》さや痛快《つうかい》さのあまり、歓《よろこ》びの声《こえ》をあげること。

男《おとこ》がなおも水中《すいちゅう》でじたばた手足《てあし》*をもがいていたから、わたしは竹竿《たけざお》をとると、彼《かれ》の頭《あたま》をぐいと水《みず》の下《した》に沈《しず》めてやった。何分間《なんぷんかん》か、そのまま竹竿《たけざお》で押《おさ》えつけていると、やがて彼《かれ》のからだはぐったりして底《そこ》に沈《しず》み、それきり二度《にど》と浮《う》かびあがってはこなくなった。古《ふる》い醜《みにく》い過去《かこ》のわたしは、こうして永久《えいきゅう》に完全《かんぜん》に死《し》んだのだ。

古《ふる》い自我《じが》を殺《ころ》してしまうと、わたしは現在《げんざい》のみに生《い》きる人間《にんげん》となった。わたしにはすでに過去《かこ》というものがないのだ。*そう思《おも》うと、なにか人間的《にんげんてき》に欠《か》けるところがあるような気《き》がしないでもなかったが、それはむしろ贅沢《ぜいたく》な仙道修行者《せんどうしゅぎょうしゃ》の悲《かな》しみというものだったろう。一切《いっさい》の過去《かこ》を断《た》ち切《き》ってから、わたしは鞠君子《きくくんし》に教《おし》えられた通《とお》り晥公山《かんこうざん》におもむくと、そこに小《ちい》さな庵室《あんしつ》を築《きず》いて仙道三昧《せんどうざんまい》*に明《あ》かし暮《く》らしたものだ。わたしがいまも心楽《こころたの》しく生《い》きているのは、このようにしてわたし自身《じしん》の古《ふる》い過去《かこ》と絶縁《ぜつえん》したためにほかならぬ。これがまあ、わたしの守玄一《しゅげんいち》というものさ。

＊

薪伐《まきき》りの男《おとこ》を前《まえ》にして、朱橘《しゅきつ》の語《かた》った長《なが》い話《はなし》はここで終《おわ》った。老人《ろうじん》は語《かた》り終《お》えると、しばらく口《くち》をつぐんでいた。それから閉《と》じていた目《め》をひらくと、意味《いみ》ありげに笑《わら》いながら、
「そうそう、おまえさんにもう一《ひと》つ秘密《ひみつ》を明《あ》かしてやろう。あれをごらん。」
老人《ろうじん》の指《ゆび》さすほうを男《おとこ》が見《み》ると、なんの飾《かざ》りもない庵室《あんしつ》の壁《かべ》に、妙《みょう》な円《まる》いかたちをした＊木製《もくせい》のものがぶらさがっていた。

じたばた　あわてふためいて、手足《てあし》を動《うご》かしもがいたりするさま。

過去《かこ》というものがない……　影《かげ》をなくした男《おとこ》ならぬ過去《かこ》をなくした男《おとこ》となったのである。

三昧《ざんまい》　一心不乱《いっしんふらん》に何《なに》かに集中《しゅうちゅう》するさま。

妙《みょう》な円《まる》いかたちをした……　オブジェへの偏愛《へんあい》を折《おり》にふれ明言《めいげん》する作者《さくしゃ》だが、幼少期《ようしょうき》にお気《き》に入《い》りのカフスボタンをうっかり呑《の》みこんでしまったときの体験《たいけん》を記《しる》した「カフスボタン」（『玩物草紙《がんぶつぞうし》』所収《しょしゅう》）には、次《つぎ》の一節《いっせつ》がある。「カフスボタンの形《かたち》にもいろいろある。私《わたし》の愛玩物《あいがんぶつ》だったそれは、まあ言《い》ってみれば、小《ちい》さな『空飛《そらと》ぶ円盤《えんばん》』を二《ふた》つ重《かさ》ねたような形《かたち》をしていた」——これは本篇《ほんぺん》における井戸《いど》の「轆轤《ろくろ》」と、一脈《いちみゃく》通《つう》ずるところがある形状《けいじょう》ではなかろうか。

澁澤龍彦

「井戸《いど》の轆轤《ろくろ》を、わたしはこっそりはずして持《も》ってきたのだよ。このことは他言無用《たごんむよう》だ*ぞ。」

（「ユリイカ」一九八〇年《ねん》七月号《がつごう》に掲載《けいさい》）

他言無用《たごんむよう》　他人《たにん》に話《はな》してはいけないこと。

幻《げん》妖《よう》チャレンジ！

影《かげ》の病《やまひ》

只《ただ》野《の》真《ま》葛《くず》

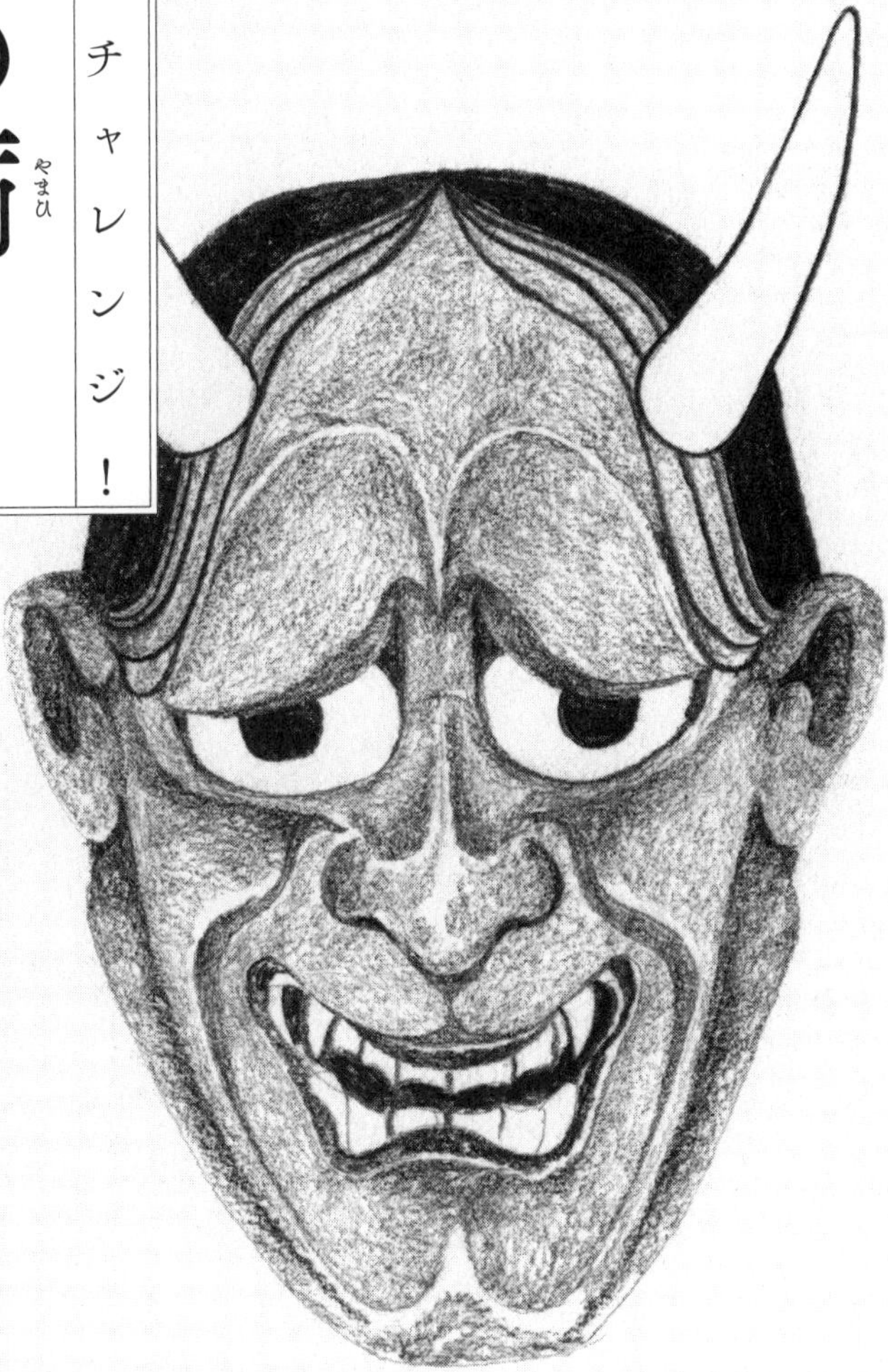

北勇治《きたゆうぢ》と云《い》ひし人《ひと》、外《そと》より歸《かへ》りて我《わ》が居間《ゐま》の戸《と》を開《ひら》きて見《み》れば、机《つくゑ》に押倚《おしかゝ》りて人有《ひとあ》り。誰《たれ》ならん、我《わ》が留守《るす》にしも、かく立籠《たてこ》めて馴顔《なれがほ》に振舞《ふるま》ふは、怪《あや》しきことゝ暫《しば》し見居《みゐ》たるに、髮《かみ》の結様《ゆひやう》衣類帶《いるゐおび》に至《いた》るまで、我常《わがつね》に著《き》し物《もの》にて、我《わ》が後影《うしろかげ》を見《み》しことはなけれど、寸分違《すんぶんたが》はじと思《おも》はれたり。餘《あま》り不思議《ふしぎ》に思《おも》はるゝ故《ゆゑ》、面《おもて》を見《み》ばやとつか〳〵と歩《あゆ》みよりしに、彼《あな》方《た》を向《む》きたる儘《まゝ》にて、障子《しやうじ》の細《ほそ》く明《あ》きたる所《ところ》より縁先《えんさき》に走《はし》り出《い》でしが、追《お》ひかけて障子《しやうじ》を開《ひら》き見《み》しに、何地《いづち》か行《ゆ》きけん形見《かたちみ》えず成《な》りたり。家内《かない》に其由《そのよし》を語《かた》りしかば、母《はゝ》は物《もの》をも云《い》はず顰《ひそ》める體《てい》なりしが、それより勇治病氣《ゆうぢびやうき》つきて、其年《そのとし》の内《うち》に死《し》したり。是迄三代《これまでさんだい》、其身《そのみ》の容《すがた》を見《み》てより病《やみ》つきて死《し》したり。これや所謂影《いはゆるかげ》の病《やまひ》なるべし。祖父父《そふちゝ》の此病《このやまひ》にて死《し》せしこと、母《はゝ》や家來《けらい》は知《し》るといへども、餘《あま》り忌《い》みしきこと故《ゆゑ》、主《あるじ》には語《かた》らで有《あ》りし故知《ゆゑし》らざりしなり。勇治妻《ゆうぢつま》も又二歳《またにさい》の男子《をのこ》を抱《いだ》きて後家《ごけ》と成《な》りたり。只野家《たゞのけ》遠《とほ》き親類《しんるゐ》の娘《むすめ》なりし。

〔現代語訳《げんだいごやく》〕

北勇治《きたゆうじ》という人《ひと》が、外出《がいしゅつ》から我《わ》が家《や》に帰《かえ》って、居間《いま》の戸《と》を開《ひら》いて見《み》ると、机《つくえ》にもたれている人《ひと》がいた。誰《だれ》だろう、私《わたし》が留守《るす》をしていた間《あいだ》に、このように部屋《へや》に入《はい》りこんで我物顔《わがものがお》に振《ふ》る舞《ま》っているのは怪《け》しからんことだと、しばらく様子《ようす》を窺《うかが》っていると、髪《かみ》の結《ゆ》い方《かた》といい、衣類《いるい》や帯《おび》の具合《ぐあい》といい、自分《じぶん》がいつも着用《ちゃくよう》しているもので、自分自身《じぶんじしん》の後《うし》ろ姿《すがた》を見《み》たことはないが、寸分《すんぶん》も違《ちが》うところはないように思《おも》われた。

あまりに不思議《ふしぎ》なことだと思《おも》ったので、顔《かお》を見《み》ようと、つかつか歩《あゆ》み寄《よ》ると、あちらを向《む》いたままで、障子《しょうじ》の細《ほそ》く空《あ》いた隙間《すきま》から縁先《えんさき》に走《はし》り出《で》た。追《お》いかけて障子《しょうじ》を開《あ》け放《はな》って見《み》ると、どこに行《い》ったものやら、影《かげ》も形《かたち》も見《み》えなかった。家《いえ》の者《もの》にその次第《しだい》を告《つ》げたところ、母親《ははおや》は物《もの》も言《い》わず眉《まゆ》をひそめるばかり。それより勇治《ゆうじ》は病《やまい》にかかって、その年《とし》の内《うち》に死《し》んでしまった。

それまで三代《さんだい》にわたり、自分自身《じぶんじしん》の姿《すがた》を見《み》てから、患《わずら》いついて死《し》んだという。これこそは所謂《いわゆる》、影《かげ》の病《やまい》であろう。祖父《そふ》と父《ちち》が、この病気《びょうき》で死《し》んだことは、母親《ははおや》や家来《けらい》の者《もの》は知《し》っていたが、あまりに忌《い》まわしいことなので、当主《とうしゅ》である勇治《ゆうじ》には語《かた》らなかったので、本人《ほんにん》は知《し》らなかったのである。勇治《ゆうじ》の妻《つま》もまた、二歳《にさい》の男児《だんじ》を抱《かか》えた未亡人《みぼうじん》となった。彼女《かのじょ》は只野家《ただのけ》（作者《さくしゃ》の婚家《こんか》）の遠《とお》い親類《しんるい》にあたる家《いえ》の娘《むすめ》であった。

（東雅夫訳《ひがしまさおやく》）

【訳者付記《やくしゃふき》】

『奥州《おうしゅう》ばなし』（文政元年成立《ぶんせいがんねんせいりつ》）には、著者《ちょしゃ》から同書《どうしょ》を託《たく》された江戸《えど》の文豪《ぶんごう》・曲亭馬琴《きょくていばきん》による頭註《とうちゅう》が付《ふ》されている。「影《かげ》の病《やまい》」の頭註《とうちゅう》は、次《つぎ》のとおり。

「解《と》きて云《い》う。離魂病《りこんびょう》は、そのもの（当事者《とうじしゃ》）に見《み》えて人《ひと》（他人《たにん》）には見《み》えず。『本草綱目《ほんぞうこうもく》』（中国《ちゅうごく》・明代《みんだい》に成立《せいりつ》した博物学《はくぶつがく》の書《しょ》）の説《せつ》、及《およ》び羅貫中《らかんちゅう》（元末《げんまつ》・明初《みんしょ》の作家《さっか》）が書《か》きたるものなどにあるも、皆《みな》これなり。俗《よ》には、その人《ひと》のかたちのふたりに見《み》ゆるを、かたへ（傍《かたへ》）の人《ひと》の見《み》るといへり。そは、『捜神記《そうじんき》』（中国最古《ちゅうごくさいこ》の志怪書《しかいしょ》のひとつ）に記《しる》せしが如《ごと》し。ちかごろ飯田町《いいだまち》なる鳥屋《とりや》の主《あるじ》の、姿《すがた》のふたりに見《み》えしなどいへれど、そはまことの離魂病《りこんびょう》にはあらずかし」

「只野大膳《ただのたいぜん》、千石《せんごく》を領《りょう》す。この作者《さくしゃ》の良人《りょうじん》（夫《おっと》）なり。解《と》きて云《い》う」

編者解説《へんじゃかいせつ》

東《ひがし》　雅夫《まさお》

汐文社版《ちょうぶんしゃばん》〈文豪《ぶんごう》ノ怪談《かいだん》ジュニア・セレクション〉は、下《した》は小学校高学年《しょうがっこうこうがくねん》から上《うえ》は大学生《だいがくせい》――おもに十代《じゅうだい》の読者《どくしゃ》の皆《みな》さんに向《む》けて、近現代日本《きんげんだいにほん》の文学史《ぶんがくし》を妖《あや》しく彩《いろど》る文豪《ぶんごう》たちが手《て》がけた怪談文芸《かいだんぶんげい》の名作《めいさく》を、テーマごとに選《よ》りすぐり、詳《くわ》しい註釈《ちゅうしゃく》、美麗《びれい》な挿絵《さしえ》・造本《ぞうほん》とともにお届《とど》けする、画期的《かっきてき》なアンソロジー・シリーズです。

大正《たいしょう》の文豪《ぶんごう》・佐藤春夫《さとうはるお》が語《かた》り、昭和《しょうわ》の文豪《ぶんごう》・三島由紀夫《みしまゆきお》が伝《つた》えた「文学《ぶんがく》の極意《ごくい》は怪談《かいだん》である」という名言《めいげん》にも明《あき》らかなように、優《すぐ》れた怪談作品《かいだんさくひん》を読《よ》む体験《たいけん》は、最《もっと》も良質《りょうしつ》な文学《ぶんがく》に触《ふ》れることであり、ひいては日本語《にほんご》の魅力《みりょく》と奥深《おくぶか》さを体感《たいかん》することにも繋《つな》がります。人間《にんげん》が生《い》きてゆくうえで総《すべ》ての基本《きほん》となる「言葉《ことば》」のスキルを磨《みが》くためにも、怖《こわ》い話《はなし》や不思議《ふしぎ》な物語《ものがたり》に若《わか》いうちから親《した》しむ読書体験《どくしょたいけん》は、とても大切《たいせつ》なことなのです。

こうしたポリシーにもとづき、二〇一六年《ねん》の十一月《がつ》から翌年《よくねん》三月《がつ》にかけて刊行《かんこう》した〈文《ぶん》豪《ごう》ノ怪談《かいだん》ジュニア・セレクション〉第《だい》一期《き》は、『夢《ゆめ》』『獣《けもの》』『恋《こい》』『呪《のろい》』『霊《れい》』という全《ぜん》五巻《かん》のラインナップでしたが、幸《さいわ》い好評《こうひょう》をいただき、このほど第《だい》二期《き》全《ぜん》三巻《かん》の刊行《かんこう》を開始《かいし》することになりました。巻数《かんすう》が五冊《さつ》から三冊《さつ》に減《へ》ったのは、註釈《ちゅうしゃく》に要《よう》する作業量《さぎょうりょう》が当初《とうしょ》の予《よ》想《そう》をはるかに超《こ》えてしまい、五冊《さつ》では編者《へんじゃ》の身《み》が保《も》たない懼《おそ》れが出《で》てきたためです。御理解《ごりかい》を賜《たま》わりますとともに、どうか変《か》わらぬ御愛読《ごあいどく》をお願《ねが》いいたします。

第《だい》二期《き》のラインナップを検討《けんとう》するにあたっては、第《だい》一期《き》をお読《よ》みになった皆《みな》さんに、次《つぎ》はどんなテーマの巻《かん》が読《よ》みたいか、インターネット上《じょう》でリクエストを募《つの》りました（お応《こた》えくださいました皆様《みなさま》に、この場《ば》を借《か》りて篤《あつ》く御礼《おんれい》を申《もう》しあげます）。

その結果《けっか》も踏《ふ》まえて、第《だい》二期《き》は『影《かげ》』『厠《かわや》』『死《し》』という、なんとも仄暗《ほのぐら》いラインナップに決《き》まりました。「厠《かわや》」はトイレのことですね。

ずいぶんとまあ、後《うし》ろ向《む》きで、ネガティヴなテーマだな……と思《おも》われるでしょうか。

確《たし》かにそうです。どれもが私《わたし》たちの日常生活《にちじょうせいかつ》の中《なか》で、敬遠《けいえん》されたり、隠《かく》されていたり、ときには忌避《きひ》されるような事柄《ことがら》ばかり。けれども実《じつ》のところ、そうした影《かげ》の部分《ぶぶん》にこそ、私《わたし》たちを取《と》り巻《ま》く物事《ものごと》の本質《ほんしつ》や人間《にんげん》の真実《しんじつ》が露呈《ろてい》されているものなのです。

それゆえ今《いま》も昔《むかし》も文豪《ぶんごう》たちは、仄暗《ほのぐら》い影《かげ》の領域《りょういき》に好奇《こうき》のまなざしをそそぎ、そこに自然《しぜん》と人生《じんせい》の真実《しんじつ》を見《み》いだし、優《すぐ》れた文芸作品《ぶんげいさくひん》に結実《けつじつ》させてきました。

その精華《せいか》を厳選収録《げんせんしゅうろく》しようと企画《きかく》したのが、本《ほん》シリーズ第《だい》二期《き》の三冊《さつ》であります。

一冊目《さつめ》となる本書《ほんしょ》『影《かげ》』には、影《かげ》に魅《み》せられ、影《かげ》に愛《め》でられた文豪《ぶんごう》たちの作品《さくひん》十二篇《へん》を収《おさ》めました。

巻頭《かんとう》に掲《かか》げた**梶井基次郎《かじいもとじろう》「Ｋの昇天《しょうてん》」**と**岡本綺堂《おかもときどう》「影《かげ》を踏《ふ》まれた女《おんな》」**の両篇《りょうへん》は、影《かげ》のあやかしをテーマに書《か》かれた近代日本《きんだいにほん》の怪奇幻想小説《かいきげんそうしょうせつ》の中《なか》で、おそらくは最《もっと》も広《ひろ》く読《よ》まれてきただろう名作中《めいさくちゅう》の名作《めいさく》です。

奇《く》しくも共《とも》に、月《つき》の光《ひかり》が地上《ちじょう》に投《とう》じる黒々《くろぐろ》とした影《かげ》が、その本体《ほんたい》である作中人物《さくちゅうじんぶつ》に、霊妙《れいみょう》にして運命的《うんめいてき》な影響《えいきょう》をもたらす不思議《ふしぎ》さを、美《うつく》しい情景描写《じょうけいびょうしゃ》をまじえ、哀調《あいちょう》を帯《お》びた語《かた》り口《くち》で描《えが》いて深《ふか》い余韻《よいん》を残《のこ》します。

新体詩《しんたいし》（明治前期《めいじぜんき》に西欧《せいおう》の詩歌《しいか》の様式《ようしき》・精神《せいしん》を受容《じゅよう》して生《う》まれた新《あら》たな詩型《しけい》）として書《か》かれた**「影《かげ》」**の**柳田國男《やなぎたくにお》**、幻想的《げんそうてき》な小品文《しょうひんぶん》（後《のち》の掌篇《しょうへん》やショートショートの先駆《せんく》となったミニマムな小説形式《しょうせつけいしき》）の一典型《いちてんけい》である**「跫音《あしおと》」**の**水野葉舟《みずのようしゅう》**、大正《たいしょう》から昭和初期《しょうわしょき》にかけて大《おお》いに流行《りゅうこう》するドッペルゲンガー（分身《ぶんしん》）小説《しょうせつ》の魁《さきがけ》となった**「星《ほし》あかり」**の**泉鏡花《いずみきょうか》**――以上《いじょう》の三作家《さんさっか》は、明治後期《めいじこうき》における「おばけずき」文学者《ぶんがくしゃ》（柳田《やなぎた》は後《のち》に日本民俗学《にほんみんぞくがく》の創始者《そうししゃ》となりますが、初期《しょき》には幻想的《げんそうてき》な恋愛詩人《れんあいしじん》として名《な》を馳《は》せました）の代表選手《だいひょうせんしゅ》であると同時《どうじ》に、相互《そうご》に影響《えいきょう》を与《あた》え合《あ》ったことでも知《し》られています。

すなわち、水野葉舟《みずのようしゅう》が友人《ゆうじん》の佐々木喜善《ささききぜん》を伴《ともな》って柳田邸《やなぎたてい》を訪《おとず》れ「お化話《ばけばなし》」に興《きょう》じたことから名著《めいちょ》『遠野物語《とおのものがたり》』（『呪《のろい》』に抄録《しょうろく》）が明治《めいじ》四十三年《ねん》（一九一〇）に誕生《たんじょう》し、同書《どうしょ》を鏡花《きょうか》が文芸誌《ぶんげいし》「新小説《しんしょうせつ》」に載《の》せた書評《しょひょう》「遠野《とおの》の奇聞《きぶん》」（一九一〇）で大絶讃《だいぜっさん》し、翌《よく》四十四年《ねん》の同誌《どうし》十二月号《がつごう》で、柳田《やなぎた》・葉舟《ようしゅう》・鏡花《きょうか》が揃《そろ》って参加《さんか》した「怪談百物語《かいだんひゃくものがたり》」特集《とくしゅう》が組《く》まれ……といった具合《ぐあい》に。美事《みごと》な「おばけずき」聯繫《れんけい》プレーではありませんか！

明治後期《めいじこうき》から大正《たいしょう》にかけて興隆《こうりゅう》する怪談《かいだん》／幻想文学《げんそうぶんがく》ブームを主導《しゅどう》したこれら三作家《さんさっか》が、その初期《しょき》に揃《そろ》って「影《かげ》」や「分身《ぶんしん》」といったテーマに深《ふか》い関心《かんしん》を寄《よ》せ、こうした先駆的作品《せんくてきさくひん》を手《て》がけている事実《じじつ》は、いかにこのテーマが、怪談文芸《かいだんぶんげい》や幻想文学《げんそうぶんがく》の根幹《こんかん》に関《かか》わる、いわば骨《ほね》がらみの主題《しゅだい》であるかを示唆《しさ》しているようでもあります。

またそれと同時《どうじ》に「影《かげ》」「跫音《あしおと》」「星《ほし》あかり」は、それぞれが瑞々《みずみず》しくも「中二病《ちゅうにびょう》」的《てき》な(!?)仄暗《ほのぐら》い感性《かんせい》を湛《たた》えた青春《せいしゅん》の文学《ぶんがく》としても面白《おもしろ》く読《よ》めるのではないでしょうか。明治《めいじ》の文豪《ぶんごう》たちだって、最初《さいしょ》は堂々《どうどう》たる中二病《ちゅうにびょう》から出発《しゅっぱつ》したのです。

一方《いっぽう》、同時代《どうじだい》の詩《し》と短歌《たんか》の世界《せかい》で、鏡花《きょうか》や柳田《やなぎた》に匹敵《ひってき》する巨大《きょだい》な足跡《そくせき》を刻《こく》した**北原白秋**《きたはらはくしゅう》も、数《かず》こそ少《すく》ないものの小説作品《しょうせつさくひん》を手《て》がけており、なかには本書《ほんしょ》に収《おさ》めた「影《かげ》」のようにドイツ浪漫派《ろまんは》のシャミッソーやホフマンらのドッペルゲンガー小説《しょうせつ》を彷彿《ほうふつ》させるような、力《ちから》のこもった作品《さくひん》が散見《さんけん》されます。

ちなみに本篇《ほんぺん》は、東京《とうきょう》・谷中界隈《やなかかいわい》の夜《よる》の街《まち》を稠密《ちゅうみつ》に描《えが》いた一種《いっしゅ》の都市小説《としのしょうせつ》としても興味深《きょうみぶか》い作品《さくひん》ですが、幸《さいわ》いなことにこのエリアは、現在《げんざい》でも往時《おうじ》の面影《おもかげ》をかなり留《とど》めており、白秋《はくしゅう》が住《す》んだ墓畔《ぼはん》の家付近《いえふきん》も（霊園《れいえん》という特殊性《とくしゅせい》のおかげもあって）おおむね昔《むかし》のままです。また周辺《しゅうへん》には、三遊亭圓朝《さんゆうていえんちょう》（『呪《のろい》』に「百物語《ひゃくものがたり》」所収《しょしゅう》）ゆかりの幽霊画《ゆうれいが》を収蔵《しゅうぞう》する名刹《めいさつ》・全生庵《ぜんしょうあん》や、江戸川乱歩《えどがわらんぽ》（『恋《こい》』に「押絵《おしえ》と旅《たび》する男《おとこ》」所収《しょしゅう》）の「D坂《ディーざか》」こと団子坂《だんござか》、耽美《たんび》幻想系《げんそうけい》の企画展示《きかくてんじ》で知《し》られる弥生美術館《やよいびじゅつかん》など、おばけずき読者《どくしゃ》向《む》きの文化施設《ぶんかしせつ》も多《おお》いので、機会《きかい》があれば、本書《ほんしょ》を携《たずさ》えて文学散歩《ぶんがくさんぽ》を試《こころ》みられるのも一興《いっきょう》かと思《おも》います。

ところで白秋《はくしゅう》の「影《かげ》」には、影《かげ》の領域《りょういき》に不用意《ふようい》に近《ちか》づき、あたら若《わか》くして非業《ひごう》の死《し》を遂《と》げる青年《せいねん》が登場《とうじょう》しますが、影《かげ》や分身《ぶんしん》という文学的《ぶんがくてき》モチーフには、なぜか夭折《ようせつ》のイメージが色濃《いろこ》くつきまとうように思《おも》われます。しかもそれは、作中《さくちゅう》だけに限《かぎ》りません。

梶井基次郎《かじいもとじろう》、肺結核《はいけっかく》のため三十一歳《さい》で病没《びょうぼつ》。

山川方夫《やまかわまさお》、交通事故《こうつうじこ》により三十四歳《さい》で急逝《きゅうせい》。

渡辺温《わたなべおん》、交通事故《こうつうじこ》により二十七歳《さい》で急逝《きゅうせい》。

沙良峰夫《さらみねお》（「お化《ば》けに近《ちか》づく人《ひと》」参照《さんしょう》）、膵臓壊疽《すいぞうえそ》により二十八歳《さい》で病没《びょうぼつ》。

また、紙幅《しふく》の都合《つごう》で本書《ほんしょ》に収録《しゅうろく》できませんでしたが、ドッペルゲンガー・テーマの奇作《きさく》「あめんちあ」（一九二五）を遺《のこ》した富《とみ》ノ澤麟太郎《さわりんたろう》も感染症《かんせんしょう》がもとで二十五歳《さい》で病没《びょうぼつ》、そして「二《ふた》つの手紙《てがみ》」（一九一七）「影《かげ》」（二〇）「歯車《はぐるま》」（二七）等々《とうとう》、影《かげ》と分身《ぶんしん》のテーマに憑《つ》かれた文豪《ぶんごう》というべき芥川龍之介《あくたがわりゅうのすけ》（『夢《ゆめ》』に「沼《ぬま》」、『獣《けもの》』に「馬《うま》の脚《あし》」所収《しょしゅう》。第二期《だいき》の『厠《かわや》』に「尼提《にだい》」、『死《し》』に「凶《きょう》」を収録予定《しゅうろくよてい》）は、三十五歳《さい》で薬物自殺《やくぶつじさつ》……。

影《かげ》に愛《め》でられた文豪《ぶんごう》たちは、永遠《えいえん》の影《かげ》の領土《りょうど》たる冥府《めいふ》へと、いち早《はや》く拉《らっ》し去《さ》られるものなのでしょうか。

稲垣足穂《いながきたるほ》の「**お化《ば》けに近《ちか》づく人《ひと》**」は、そうした影《かげ》に愛《め》でられし早世《そうせい》の作家《さっか》たちに捧《ささ》げられた、タルホ流《りゅう》のレクイエム（鎮魂曲《ちんこんきょく》）というべき趣《おもむき》の佳品《かひん》ですが、かれらが溜《たま》り場《ば》としてこよなく愛《あい》したモダニズム期《き》の銀座《ぎんざ》の華《はな》やかな表通《おもてどお》りの裏側《うらがわ》、いわば大都会《だいとかい》の影《かげ》の領域《りょういき》で、人知《ひとし》れず繰《く》りひろげられる隠微《いんび》で心地《ここち》よい物語《ものがたり》が、**城昌幸**《じょうまさゆき》「**影《かげ》の路《みち》**」です。

ちなみに城《じょう》は昭和初期《しょうわしょき》から中期《ちゅうき》にかけて、水野葉舟《みずのようしゅう》ら明治《めいじ》の小品文《しょうひんぶん》と、戦後《せんご》の星新一《ほししんいち》に始《はじ》まるショートショートとの間《あいだ》を繋《つな》ぐかのように、掌篇形式《しょうへんけいしき》の怪談《かいだん》や幻想文学《げんそうぶんがく》、ミステリー、ＳＦを数多《かずおお》く手《て》がけた作家《さっか》でもあることを付言《ふげん》しておきたいと思《おも》います。

さて、『影《かげ》』の巻《かん》の締《し》めくくりに据《す》えたのは、**澁澤龍彦《しぶさわたつひこ》**の短篇集《たんぺんしゅう》『ドラコニア綺譚集《きたんしゅう》』（一九八二）から採《と》った**「鏡《かがみ》と影《かげ》について」**です。註釈《ちゅうしゃく》で解説《かいせつ》したとおり、この作品《さくひん》は、中国古代《ちゅうごくこだい》の仙人伝《せんにんでん》と二十世紀《せいき》イタリアの文豪《ぶんごう》パピーニの幻想小説《げんそうしょうせつ》に材《ざい》を取《と》り、本来《ほんらい》なら縁《えん》もゆかりもない東西《とうざい》の綺譚《きたん》を、驚《おどろ》くほど首尾一貫《しゅびいっかん》したひと連《つら》なりの物語《ものがたり》へ融合変容《ゆうごうへんよう》せしめ、中島敦《なかじまあつし》「山月記《さんげつき》」（『獣《けもの》』所収《しょしゅう》）にも一脈通《いちみゃくつう》ずる、ほろ苦《にが》い抒情《じょじょう》を漂《ただよ》わせる逸品《いっぴん》です。

サドやユイスマンス、コクトーなどフランス幻想文学《げんそうぶんがく》の名訳《めいやく》で知《し》られる仏文学者《ふつぶんがくしゃ》として、また後年《こうねん》は『高丘親王航海記《たかおかしんのうこうかいき》』（一九八七）をはじめとする伝奇幻妖《でんきげんよう》の物語作家《ものがたりさっか》としても活躍《かつやく》した澁澤《しぶさわ》は、中世《ちゅうせい》ヨーロッパの驚異博物誌《きょういはくぶつし》から東西《とうざい》のオカルティズム、シュルレアリスム美術《びじゅつ》に至《いた》るまで――まさに西欧文化《せいおうぶんか》の影《かげ》の領域《りょういき》に精通《せいつう》したスペシャリスト、影《かげ》の文化《ぶんか》の案内人《あんないにん》でありました。

ドラコニア（＝龍彦《たつひこ》の国《くに》）と呼《よ》ばれる澁澤《しぶさわ》ワールドと、そのライフ・スタイルは、昭和《しょうわ》後期《こうき》の一九六〇年代《ねんだい》から八〇年代《ねんだい》にかけて多《おお》くの若《わか》い読者《どくしゃ》たちを魅了《みりょう》し、眼前《がんぜん》の現実《げんじつ》を超《こ》えた美《び》と幻妖《げんよう》と驚異《きょうい》の世界《せかい》へ誘《いざな》う水先案内役《みずさきあんないやく》を務《つと》めることとなりました。かく申《もう》す私自身《わたしじしん》も、中学時代《ちゅうがくじだい》にたまたま出逢《であ》った桃源社版《とうげんしゃばん》『澁澤龍彦集成《しぶさわたつひこしゅうせい》』や稀代《きたい》の名《めい》アンソロジー『暗黒《あんこく》のメルヘン』によって、怪奇幻想文学《かいきげんそうぶんがく》の豊饒《ほうじょう》な世界《せかい》を教《おし》えられ、こうしてアンソロジストを志《こころざ》したわけで、その影響力《えいきょうりょく》の絶大《ぜつだい》であったことは身《み》を以《もっ》て断言《だんげん》できます。

いや、没後《ぼつご》三十年余《ねんよ》を経《へ》た現在《げんざい》でも、ドラコニアン・ワールドの魔力《まりょく》は一向《いっこう》に衰《おとろ》えを知《し》りません。二〇一八年《ねん》三月《がつ》に封切《ふうき》られたアニメ映画《えいが》『文豪《ぶんごう》ストレイドッグス　DEAD APPLE』（五十嵐卓哉監督《いがらしたくやかんとく》）には、凄《すさ》まじい異能《いのう》（その名《な》もドラコニア・ルーム！）をあやつる敵方《てきがた》の首魁《しゅかい》として「澁澤龍彦《しぶさわたつひこ》」が登場《とうじょう》、武装探偵社《ぶそうたんていしゃ》の中島敦《なかじまあつし》・泉鏡花《いずみきょうか》コンビやポートマフィアの芥川龍之介《あくたがわりゅうのすけ》らと死闘《しとう》を演《えん》じたことは、御記憶《ごきおく》の向《む》きも多《おお》いでしょう。

なお〈文豪《ぶんごう》ストレイドッグス〉については、すでに『獣《けもの》』の解説《かいせつ》に詳述《しょうじゅつ》しましたので、御参照《ごさんしょう》いただけたら幸《さいわ》いです（同書《どうしょ》はひそかに〈文《ぶん》スト〉縛《しば》りのアンソロジーになっています）。とはいえ、まさか自分《じぶん》が今回《こんかい》の映画公開《えいがこうかい》にちなんだ澁澤作品《しぶさわさくひん》のアンソロジー『ドラコニアの夢《ゆめ》』（角川文庫《かどかわぶんこ》）の編纂《へんさん》を担当《たんとう》することになるとは夢《ゆめ》にも思《おも》わず、不思議《ふしぎ》な巡《めぐ》り合《あ》わせに驚《おどろ》くばかりでした。ちなみに同書《どうしょ》は澁澤龍彦《しぶさわたつひこ》による内外《ないがい》の文豪論集《ぶんごうろんしゅう》としても読《よ》めるので、本《ほん》シリーズの読者諸賢《どくしゃしょけん》にも一読《いちどく》をお勧《すす》めしておきたいと思《おも》います。

映画《えいが》の完成試写《かんせいししゃ》に伺《うかが》って、スクリーン狭《せま》しと暴《あば》れまわる敦《あつし》くんややつがれ（芥川《あくたがわ》）や澁《しぶ》澤《さわ》さんを眺《なが》めていたら、はからずも目頭《めがしら》が熱《あつ》くなりました。若《わか》くして病没《びょうぼつ》したり自《みずか》ら命《いのち》を絶《た》った文豪《ぶんごう》たちが、こうして新時代《しんじだい》のキャラクターとなって二次元世界《にじげんせかい》で甦《よみがえ》り、破天荒《はてんこう》に活躍《かつやく》する……これは一種《いっしゅ》の回向《えこう》になるのではないかなと思《おも》えてならなかったからです。

巻末附録《かんまつふろく》の「幻妖《げんよう》チャレンジ！」は、近世以前《きんせいいぜん》の古典作品《こてんさくひん》を、現代語訳《げんだいごやく》を参考《さんこう》にしながら直接《ちょくせつ》、原文《げんぶん》で読《よ》んでみよう！　という趣旨《しゅし》のコーナーです。今回《こんかい》は女性作家《じょせいさっか》の先駆《せんく》となった**只野《ただの》真葛《まくず》**（本名《ほんみょう》・工藤《くどう》あや子《こ》）の奇談随筆集《きだんずいひつしゅう》『奥州《おうしゅう》ばなし』から「**影《かげ》の病《やまひ》**」を。近《きん》代以前《だいいぜん》に記録《きろく》された分身譚《ぶんしんたん》として、芥川龍之介《あくたがわりゅうのすけ》らも注目《ちゅうもく》していた貴重《きちょう》な作品《さくひん》です。

二〇一八年《ねん》六月《がつ》

著者《ちょしゃ》プロフィール（収録順《しゅうろくじゅん》）

梶井基次郎《かじいもとじろう》

（一九〇一〜一九三二）小説家《しょうせつか》。大阪生《おおさかう》まれ。一九二四年《ねん》、東京帝国大学英文科《とうきょうていこくだいがくえいぶんか》に入学《にゅうがく》。同人誌《どうじんし》「青空《あおぞら》」で積極的《せっきょくてき》に活動《かつどう》するが、幼少時《ようしょうじ》からの肺結核《はいけっかく》が悪化《あっか》し卒業《そつぎょう》はかなわなかった。療養《りょうよう》のため訪《おとず》れた伊豆《いず》の湯ケ島温泉《ゆがしまおんせん》で川端康成《かわばたやすなり》、広津和郎《ひろつかずお》と交流《こうりゅう》し創作《そうさく》を続《つづ》けた。しかし病《やまい》は次第《しだい》に重《おも》くなり、初《はじ》めての創作集《そうさくしゅう》『檸檬《れもん》』刊行《かんこう》の翌年《よくねん》、郷里《きょうり》の大阪《おおさか》にて逝去《せいきょ》。

岡本綺堂《おかもときどう》

（一八七二〜一九三九）劇作家《げきさっか》、小説家《しょうせつか》。東京生《とうきょうう》まれ。中学時代《ちゅうがくじだい》から劇作《げきさく》を志《こころざ》し、一八九〇年東京日日新聞入社《ねんとうきょうにちにちしんぶんにゅうしゃ》、一八九三年中央新聞社会部長《ねんちゅうおうしんぶんしゃかいぶちょう》となり、劇評《げきひょう》も担当《たんとう》した。一八九六年《ねん》に処女戯曲《しょじょぎきょく》『紫宸殿《ししんでん》』を発表《はっぴょう》。『維新前後《いしんぜんご》』（一九〇八）、『修禅寺物語《しゅぜんじものがたり》』（一九一一）の成功《せいこう》によって、新歌舞伎《しんかぶき》を代表《だいひょう》する劇作家《げきさっか》となった。一九一三年以降《ねんいこう》は作家活動《さっかかつどう》に専念《せんねん》し、多《おお》くの戯曲《ぎきょく》や小説《しょうせつ》を残《のこ》した。小説《しょうせつ》に『青蛙堂鬼談《せいあどうきだん》』『半七捕物帳《はんしちとりものちょう》』など。

柳田國男《やなぎたくにお》

（一八七五〜一九六二）民俗学者《みんぞくがくしゃ》。兵庫県生《ひょうごけんう》まれ。一九〇〇年《ねん》、東京帝国大学法科大学卒《とうきょうていこくだいがくほうかだいがくそつ》。農商務省《のうしょうむしょう》に入《はい》り、法制局参事官《ほうせいきょくさんじかん》、貴族院書記官長《きぞくいんしょきかんちょう》などを歴任《れきにん》。一九三五年《ねん》、民間伝承《みんかんでんしょう》の会《かい》（のち日本民俗学会《にほんみんぞくがっかい》）を創始《そうし》し、雑誌《ざっし》「民間伝承《みんかんでんしょう》」を刊行《かんこう》、日本民俗学《にほんみんぞくがく》の基礎《きそ》を確立《かくりつ》。一九五一年《ねん》、文化勲章受章《ぶんかくんしょうじゅしょう》。作品《さくひん》に『遠野物語《とおのものがたり》』『山《やま》の人生《じんせい》』『妖怪談義《ようかいだんぎ》』『海上《かいじょう》の道《みち》』ほか多数《たすう》。

水野葉舟《みずのようしゅう》

（一八八三〜一九四七）歌人《かじん》、詩人《しじん》、随筆家《ずいひつか》、小説家《しょうせつか》。東京生《とうきょうう》まれ。中学時代《ちゅうがくじだい》から「文庫《ぶんこ》」などに投稿《とうこう》し、「明星《みょうじょう》」誌上《しじょう》などに詩《し》や短歌《たんか》を発表《はっぴょう》。一九〇六年《ねん》、第一著作集《だいいちちょさくしゅう》『あららぎ』と窪田空穂《くぼたうつぼ》との共著歌集《きょうちょかしゅう》『明暗《めいあん》』を刊行《かんこう》。ついで小説《しょうせつ》や随筆《ずいひつ》も発表《はっぴょう》し文壇《ぶんだん》での地位《ちい》を築《きず》く。児童《じどう》ものも多《おお》く、「小学男生《しょうがくだんせい》」「小学少女《しょうがくしょうじょ》」「少女《しょうじょ》の友《とも》」などに詩《し》や小説《しょうせつ》を執筆《しっぴつ》した。著書《ちょしょ》に短篇集《たんぺんしゅう》『微温《びおん》』、小品文集《しょうひんぶんしゅう》『草《くさ》と人《ひと》』など。

泉鏡花《いずみきょうか》

（一八七三～一九三九）小説家《しょうせつか》。石川県《いしかわけん》生《う》まれ。北陸《ほくりく》英和学校《えいわがっこう》中退《ちゅうたい》。一八九一年《ねん》より尾崎紅葉《おざきこうよう》に弟子《でし》入《い》り。一八九五年発表《ねんはっぴょう》の『夜行巡査《やこうじゅんさ》』『外科室《げかしつ》』で新進作家《しんしんさっか》としての地位《ちい》を確立《かくりつ》。以後《いご》、『照葉狂言《てりはきょうげん》』、『高野聖《こうやひじり》』、『婦《おんな》系図《けいず》』など、江戸文芸《えどぶんげい》の影響《えいきょう》を受《う》けた浪漫的《ろまんてき》・神秘的《しんぴてき》な作品《さくひん》を多数発表《たすうはっぴょう》し、独自《どくじ》の幻想文学《げんそうぶんがく》の境地《きょうち》を開《ひら》いた。

北原白秋《きたはらはくしゅう》

（一八八五～一九四二）詩人《しじん》、歌人《かじん》、童謡作家《どうようさっか》。福岡県《ふくおかけん》生《う》まれ。一九〇四年《ねん》、早稲田大学《わせだだいがく》に入学《にゅうがく》。学業《がくぎょう》のかたわら詩作《しさく》にはげみ、詩集《ししゅう》『邪宗門《じゃしゅうもん》』『思《おも》ひ出《で》』で名実《めいじつ》ともに詩壇《しだん》の第一人者《だいいちにんしゃ》となる。『桐《きり》の花《はな》』『雲母集《きららしゅう》』などの歌《か》集《しゅう》も次々《つぎつぎ》と発表《はっぴょう》。また「この道《みち》」「からたちの花《はな》」などで童謡《どうよう》の新《あたら》しい世界《せかい》をひらいた。校歌《こうか》の作詞《さくし》も数多《かずおお》く手《て》がけた。

山川方夫《やまかわまさお》

（一九三〇～一九六五）小説家《しょうせつか》。東京《とうきょう》生《う》まれ。日本画《にほんが》家《か》・山川秀峰《やまかわしゅうほう》の長男《ちょうなん》。慶應義塾大学文学部仏文科卒業《けいおうぎじゅくだいがくぶんがくぶふつぶんかそつぎょう》。第《だい》三次《じ》「三田文学《みたぶんがく》」を田久保英夫《たくぼひでお》らと復刊《ふっかん》、編集《へんしゅう》に参加《さんか》。「日々《ひび》の死《し》」「海岸公園《かいがんこうえん》」などの小説《しょうせつ》を発表《はっぴょう》、ショートショート作品《さくひん》も多《おお》く残《のこ》した。交通事故《こうつうじこ》で逝去《せいきょ》。

渡辺温《わたなべおん》

（一九〇二～一九三〇）小説家《しょうせつか》。北海道《ほっかいどう》生《う》まれ。一九二四年《ねん》、慶應義塾大学在学中《けいおうぎじゅくだいがくざいがくちゅう》に、プラトン社《しゃ》の映画筋書懸《えいがすじがきけん》賞募集《しょうぼしゅう》に「影《かげ》」で一等入選《とうにゅうせん》。一九二七年《ねん》、博文館《はくぶんかん》に入《にゅう》社《しゃ》し、横溝正史編集長《よこみぞせいしへんしゅうちょう》のもとで雑誌《ざっし》「新青年《しんせいねん》」を担当《たんとう》。作品《さくひん》はほとんどが掌篇《しょうへん》で、主《おも》に「新青年《しんせいねん》」に発表《はっぴょう》された。一九三〇年《ねん》、谷崎潤一郎《たにざきじゅんいちろう》への原稿依頼《げんこういらい》の帰途《きと》、交通事《こうつうじ》故《こ》で逝去《せいきょ》。

稲垣足穂《いながきたるほ》

（一九〇〇〜一九七七）小説家《しょうせつか》、詩人《しじん》。大阪《おおさか》生《う》まれ。関《かん》西学院大学普通部卒業後《せいがくいんだいがくふつうぶそつぎょうご》、上京《じょうきょう》。一九二三年《ねん》、掌篇集《しょうへんしゅう》『一千一秒物語《いっせんいちびょうものがたり》』により注目《ちゅうもく》される。飛行願望《ひこうがんぼう》、メカニズム愛好《あいこう》、天体《てんたい》とオブジェなどをモチーフにした数々《かずかず》の作品《さくひん》を発表《はっぴょう》した。一九六九年《ねん》『少年愛《しょうねんあい》の美学《びがく》』で第一回《だいいっかい》日本文学大賞《にほんぶんがくたいしょう》を受賞《じゅしょう》。

城昌幸《じょうまさゆき》

（一九〇四〜一九七六）詩人《しじん》、小説家《しょうせつか》、編集者《へんしゅうしゃ》。東京《とうきょう》生《う》まれ。日本大学芸術科《にほんだいがくげいじゅつか》中退《ちゅうたい》。一九二四年《ねん》、同人誌《どうじんし》「東邦芸術《とうほうげいじゅつ》」を発刊《はっかん》、「城左門《じょうさもん》」の名前《なまえ》で詩《し》を発表《はっぴょう》。戦後《せんご》は探偵小説専門誌《たんていしょうせつせんもんし》「宝石《ほうせき》」の編集長《へんしゅうちょう》を務《つと》めた。ショートショートの先駆者《せんくしゃ》であり、怪奇探偵小説《かいきたんていしょうせつ》の分野《ぶんや》で多《おお》くの掌篇小説《しょうへんしょうせつ》を残《のこ》したほか、「若《わか》さま侍捕物帖《ざむらいとりものちょう》」など時代小説《じだいしょうせつ》も多数執筆《たすうしっぴつ》。

澁澤龍彦《しぶさわたつひこ》

（一九二八〜一九八七）仏文学者《ふつぶんがくしゃ》、エッセイスト、小説《しょうせつ》家《か》。東京《とうきょう》生《う》まれ。東京大学文学部仏文科卒業後《とうきょうだいがくぶんがくぶふつぶんかそつぎょうご》、マルキ・ド・サドやジャン・コクトーらの著作《ちょさく》を翻訳《ほんやく》するかたわら、美術評論《びじゅつひょうろん》や中世《ちゅうせい》の悪魔学《あくまがく》などのエッセイ、独自《どくじ》の幻想小説《げんそうしょうせつ》など、幅広《はばひろ》いジャンルで旺盛《おうせい》な執筆活《しっぴつかつ》動《どう》を行《おこな》った。『唐草物語《からくさものがたり》』で第《だい》九回《かい》泉鏡花文学賞《いずみきょうかぶんがくしょう》、遺《い》作《さく》『高丘親王航海記《たかおかしんのうこうかいき》』で第《だい》三十九回《かい》読売文学賞《よみうりぶんがくしょう》を受賞《じゅしょう》。

只野真葛《ただのまくず》

（一七六三〜一八二五）江戸時代中期《えどじだいちゅうき》〜後期《こうき》の随筆家《ずいひつか》。江戸《えど》に育《そだ》ち、仙台藩《せんだいはん》の奥《おく》づとめののち、三十五歳《さい》で仙台藩士《せんだいはんし》只野行義《ただのゆきよし》の後妻《ごさい》となる。和文《わぶん》、和歌《わか》にすぐれた。滝沢馬《たきざわば》琴《きん》に批評《ひひょう》を依頼《いらい》した経世論《けいせいろん》『独考《ひとりかんがえ》』がある。他《た》の著作《ちょさく》に『松島紀行《まつしまきこう》』『むかしばなし』など。

底本一覧

梶井基次郎「Kの昇天」『梶井基次郎全集　全一巻』ちくま文庫
岡本綺堂「影を踏まれた女」『岡本綺堂読物集三　近代異妖篇』中公文庫
柳田國男「影」『柳田國男全集　第二十三巻』筑摩書房
水野葉舟「跫音」『文豪怪談傑作選・明治篇　夢魔は蠢く』ちくま文庫
泉鏡花「星あかり」『鏡花全集　巻四』岩波書店
北原白秋「影」『白秋全集32』岩波書店
山川方夫「お守り」『親しい友人たち』東京創元社
渡辺温「影」『アンドロギュノスの裔　渡辺温全集』創元推理文庫
稲垣足穂「お化けに近づく人」『稲垣足穂全集　第二巻』筑摩書房
城昌幸「影の路」『怪奇探偵小説傑作選4　城昌幸集』ちくま文庫
澁澤龍彥「鏡と影について」『澁澤龍彥全集19』河出書房新社
只野真葛「影の病」『女流文学全集　第三巻』文芸書院

＊本シリーズでは、原文を尊重しつつ、十代の読者にとって少しでも読みやすいよう、文字表記をあらためました。
●右記の各書を底本とし、新漢字、現代仮名づかいにあらためました。ただし『影』（柳田國男）『影の病』については例外的に旧仮名づかいのままとしました。
●ふりがなは、すべての漢字に付けています。原則として底本などに付けられているふりがなは、そのまま生かし、それ以外の漢字には編集部の判断でふりがなを付しました。
●作品の一部に、今日の人権意識に照らして不当・不適切と思われる表現・語句がふくまれていますが、発表当時の時代的背景と作品の文学的価値に鑑み、原文を尊重する立場からそのままにしました。

東雅夫（ひがし・まさお）
一九五八年、神奈川県生まれ。アンソロジスト、文芸評論家。怪奇幻想文学研究誌「幻想文学」、怪談専門誌「幽」の編集長を歴任。『遠野物語と怪談の時代』で日本推理作家協会賞を受賞。著書に『百物語の怪談史』『クトゥルー神話大事典』、編纂書にちくま文庫版『文豪怪談傑作選』、平凡社ライブラリー版『文豪怪異小品集』ほか多数、監修書に岩崎書店版『怪談えほん』ほかがある。

水沢そら（みずさわ・そら）
イラストレーター。北海道函館市出身。バンタンデザイン研究所ビジュアル学部卒業後、MJイラストレーションズにて学ぶ。主に書籍装画や音楽関係、アパレルなどで活動中。絵本では『絵本 御伽草子 木幡狐』（藤野可織・文／講談社）、『イソップえほん アリとハト』（蜂飼耳・文／岩崎書店）など。

装丁－小沼宏之
編集担当－北浦学

文豪ノ怪談 ジュニア・セレクション
影 北原白秋・澁澤龍彦ほか

二〇一八年 七 月三十一日 初版第一刷発行
二〇二〇年 四 月 一 日 初版第二刷発行

編・註 東雅夫
絵 水沢そら

発行者 小安宏幸
発行所 株式会社汐文社
〒102-0071
東京都千代田区富士見1-6-1
TEL 03-6862-5200
FAX 03-6862-5202
http://www.choubunsha.com

印刷 新星社西川印刷株式会社
製本 東京美術紙工協業組合

ISBN978-4-8113-2483-8